极光之恋

王千赫

○

作品

江苏凤凰文艺出版社
JIANGSU PHOENIX LITERATURE AND ART PUBLISHING, LTD

图书在版编目（CIP）数据

极光之恋/王千赫著. —南京：江苏凤凰文艺出版社，2018.1

ISBN 978-7-5594-0931-7

Ⅰ.①极… Ⅱ.①王… Ⅲ.①长篇小说－中国－当代 Ⅳ.①I247.5

中国版本图书馆CIP数据核字（2017）第180595号

书　　名	极光之恋
作　　者	王千赫
出版统筹	黄小初　侯　开
选题策划	傅兴文　李文峰　风染白
责任编辑	姚　丽
文字编辑	许　新
责任监制	刘　巍　江伟明
出版发行	江苏凤凰文艺出版社
出版社地址	南京市中央路165号，邮编：210009
出版社网址	http://www.jswenyi.com
印　　刷	三河市南阳印刷有限公司
开　　本	880毫米×1230毫米　1/32
字　　数	260千字
印　　张	11
版　　次	2018年1月第1版，2018年1月第1次印刷
标准书号	ISBN 978-7-5594-0931-7
定　　价	39.80元

影视版权抢订热线　13911704013

江苏凤凰文艺版图书凡印刷、装订错误可随时向承印厂调换

CONTENTS 目录

目录 CONTENTS

第一章

LOVE
OF AURORA

两道视线狠狠碰撞，一个饱含怒火，一个莫名其妙，但都默契地同时愣住。

哇，这个贼很帅哦！

纽约时代广场，世界的十字路口。鳞次栉比的各色建筑和流光溢彩的广告屏幕令人目眩，有着近40家豪华商场和剧院的繁华大街车水马龙。在时代广场巨大的标志性大屏幕不远处，聚集着一群热情奔放的街头艺人。这些街头艺人中有拿着形状浮夸的电子吉他唱歌的裸体牛仔，有身上插满羽毛仿佛“维密天使”的身体彩绘女孩，还有装扮成各种著名的雕塑以及奥斯卡金像奖奖杯展示着静态行为艺术的人。

突然，一声惊叫从一片喧哗中刺出——

“我的包！”

紧接着，人群骚动，一道快如闪电的人影闯进看热闹的人群。他推开人群，不顾一切地向前冲去。他身后不远处，一个抱着两三岁娃娃的年轻母亲正迷茫地哭喊着。

“抢包贼！”装扮成金像奖奖杯“小金人”的韩星子愤怒地睁开眼睛，死死地盯着离她越来越近的人。

自从她两年前在纽约机场被抢包，差点儿无法正常入学，她就恨死了抢包贼。当时她就发誓，以后遇到抢包贼，见一次抓一次！

韩星子磨了磨牙，在抢包贼冲到离她不到一米远的地方时，猛地冲了出去。

韩星子将表演用的道具铁链向前一抛，铁链如同一条灵敏的蛇，瞬间缠住了抢包贼的脑袋，韩星子同时快速下蹲。

她的动作一气呵成，再加上身体的惯性，不到一秒钟的时间，韩星子就将抢包贼制服，拽翻在地上滚了一圈。

“啊——疼！”抢包贼捂着脖子喊疼。

“疼？你脸皮比城墙还厚，疼什么疼！”韩星子愤怒地跳起来踩住对方的胸膛，阻止他逃走，“小贼，我在两年前就发誓要抓住你，看你这次往哪里跑！”

“贼？”对方难以置信地抬起头。

两道视线狠狠碰撞，一个饱含怒火，一个莫名其妙，但都默契地同时愣住。

哇，这个贼很帅哦！韩星子心底吹响口哨。

对方的五官特别立体，深邃的黑瞳里好像装下了整片璀璨的星夜，神秘又迷人。他高挺的鼻梁如同山脊，丰厚的嘴唇如同红色的珊瑚。更重要的是对方的五官、头发和肤色有着典型的东方人的特征。该不会那么巧，他们来自同一个国家吧？

与此同时，对方也在打量韩星子。

金灿灿的衣服、金灿灿的皮肤、金灿灿的头发……非常熟悉的造型，这不就是——

“奥斯卡小金人！”对方嗤笑出声，“小金人，我可是大名鼎鼎的李俊泰，不是贼。”

“你还有脸笑，脸皮比城墙还厚！”韩星子恼羞地一巴掌拍在李俊泰的脑袋上，流利的美式英语也变成了汉语，“你也长得人模狗样、手脚健全，去唐人街刷盘子也比当贼强一百倍，我们中国同胞的脸都被你们这些厚脸皮的贼给丢尽了！”

“同胞？真是不怕神一样的对手，就怕猪一样的同胞！”李俊泰恼火地嘶喊，“你认错人了！我不是贼。”

“哪个贼也没在脑门儿上写着‘我是贼’！我看你贼眉鼠眼，天生就是当贼的材料！走走走，到警察局，看你还嘴硬！”韩星子翻翻白眼。

“你——简直不可理喻！”李俊泰气愤地推开韩星子。帅哥遇到小金猪，有理说不清，走总行了吧？

他跳起来，刚想跑就发现自己的脖子被铁链牢牢拴住了。难怪脖子疼得厉害，原来是这玩意儿闹的。

“你拴狗呢？这什么玩意儿，给我解开！”李俊泰伸手扯铁链。

“不准动！”让抢包贼跑了，那怎么行？韩星子急中生智，抓着铁链绕着李俊泰跑了两圈，将李俊泰紧紧缠住，又将铁链缠在自己腰间打了个死结。

大功告成，韩星子挑衅地对李俊泰笑：“小贼，看你怎么跑！跟我耍横，一会儿我就把你当螃蟹拖到警察局！”

“猪——”李俊泰气得跳脚。

“怎样？就算是猪，也是会抓贼的好猪！”韩星子毫不畏惧地抬头、瞪眼、撇嘴，活脱脱小金人版的奥特曼，专门打击犯罪、伸张正义。

“我赶时间，没空陪你玩低智商的游戏。”李俊泰隐隐的怒火夹着冰霜般的嗓音蹦了出来，正要发火，忽然瞥见在人群里穿梭、正准备扑来的黑衣人。

前后左右，包围圈正在缩小，逐渐把他包围。

Shit!

如果被黑衣人抓到，他在纽约的自由生活，可就到头了!

李俊泰又急又怒，偏偏被韩星子缠得脱不开身。难道就这样被捉回国去？NO，NO，他有权追求自己想要的生活!

电光石火之间，李俊泰抓住了韩星子的胳膊。

“啊——你干什么？”

“当然是逃走，小金猪！”李俊泰不顾韩星子的挣扎，将她扛在肩上，拔腿就跑。

“你，你不仅抢劫，还当众绑架！”韩星子拼命挣扎。

“别乱动，否则打晕你！”逃亡中，李俊泰不想多费口舌解释，直接恐吓。

“浑蛋，放开我！”韩星子倒吸口凉气，更加用力地拉扯铁链。可是铁链不仅缠住了李俊泰，还缠住了她。她的拉扯动作并没有如她预想的那样让李俊泰无法呼吸，反倒让她和李俊泰的身体越贴越紧。随着李俊泰大幅度的跑动，她的上半身摇晃得厉害，脑袋更是频频与他挺翘性感的臀部撞击。

突然，一个急转弯，韩星子的头左右摇摆后落下，唇瓣直接贴在了他的屁股上。

韩星子脑袋嗡的一下，一片空白，脸蛋红得比天边的火烧云还要娇艳。

一秒，两秒，三秒……

“李俊泰！”韩星子羞愤地嘶吼。

“闭嘴！”李俊泰用力钳住韩星子的腰，防止她乱动。

“你——”韩星子觉得自己就像是被架在火炉上的水，怒火已经快让她沸腾了。

然而，李俊泰对这一小插曲浑然不觉，他飞奔甩掉黑衣人后立刻绕过百老汇，到达了他今天的目的地——WOW电竞决赛颁奖礼现场。

“恭喜52号参赛者李俊泰，成为第十届WOW电竞赛的冠军！”

主持人的声音，引爆了现场，欢呼声、口哨声，此起彼伏。

“太好了，赶上了！”李俊泰一边喘，一边兴奋地大笑。然而，马上他就意识到自己被铁链缠着，肩膀上还扛着一只小金猪，根本无法上台领奖。

“猪——你真会给我找麻烦！”李俊泰咬牙切齿。

“这叫老天有眼！我让你抢包、绑架，哼哼，活该！现世报什么的，太爽了！”韩星子口齿伶俐地反驳。

“现世报？现世报就是，我扛着你上台，让全美国的人民都认识你这只愚蠢的小金猪！”李俊泰凶狠地磨牙，突然扛着韩星子就往舞台上走去。

“你，你要干吗？”韩星子顿时慌了。

这不对，不对啊！

她的梦想，是成为舞台剧的主角，穿着精美的演出服登上光芒万丈的舞台，收获无数的掌声和鲜花。而不是这样狼狈地登台，以奥斯卡小金人的狼狈模样出现在大屏幕里！

“你说呢？”李俊泰肺都快气炸了。他不是第一次登台领奖，但是这个奖项对他的意义非常重大，可以说是他人生中的一个重要转折点。他不可以错过，必须要拿到奖杯。

在强烈的信念驱使下，李俊泰哪还管什么韩星子，哪怕肩膀上扛着原子弹，他也得登上领奖台。

“呀，怎么扛着‘小金人’上台领奖？”

“这个造型真奇特！”

“这是炒作吧！”

……

台下的群众瞬间沸腾了，李俊泰扛着韩星子出场的造型，不但没有被取笑，反而吸引了所有人的眼球。

“52号参赛选手李俊泰？”主持人吃惊地看着李俊泰和韩星子。

“你好，主持人。”李俊泰压下内心的尴尬，礼貌地微笑。

闪光灯闪烁，摄入镜头的李俊泰，绅士般的笑容里带着西方人的热情奔放以及中国人特有的儒雅。

韩星子心乱如麻，突然听到掌声吓了一跳，条件反射地抬起头，一眼看到大屏幕中的李俊泰。她倒吸一口凉气，被李俊泰的笑容弄得脸红耳赤、心跳加速。

屏幕上的李俊泰比他本人更帅，尤其是他神采飞扬、充满自信的样子，就像是奥斯卡影帝一样，让人舍不得移开视线。

“你好！”主持人也被李俊泰的笑容迷住，愣了片刻才轻咳一声遮掩尴尬，继续主持颁奖典礼，“李俊泰这个造型寓意深刻啊，看来李俊泰对获奖很有信心，早早就把小金人准备好了……”

小金人？

韩星子眨眨眼，金色的脸蛋上竟然浮现出一抹尴尬的粉红。没脸见人了啊！她多年的梦想，居然是以这个方式实现，简直是噩梦！

但是，但是……

耀眼的灯光、万众瞩目的焦点、观众的呐喊和鼓掌声，却如此美好，让她在尴尬的同时，竟然产生了一丝幸福感。

如果这会儿登上舞台领奖的人不是李俊泰而是她，而她即将领取的奖杯是真正的奥斯卡小金人……天哪！只是想想，韩星子就差点儿幸福得晕过去。

“是啊，我相信我永远是最棒的！”李俊泰自信地笑。

“这位小金人是你朋友吗？牺牲这么大啊！是女朋友？给我们

介绍一下吧！”主持人大胆推测。

“普通朋友。”李俊泰没想到话题会绕到韩星子身上，顿时有点儿紧张，神色也变得很不自然，十分心虚，“主持人，还是颁奖吧，她……她害羞。”

“哦，害羞的女朋友啊……”主持人心领神会地大笑。

李俊泰更加尴尬，韩星子也被闹了个大红脸。

“你，你放我下来。”韩星子羞愤地挣扎，奈何力气太小，而且干涩的嗓音小得像蚊子似的，除了李俊泰，其他人根本听不到。

“安静，否则把你扔下去！”李俊泰偷瞥了一眼主持人，立刻趁着主持人开始介绍他背景资料的时候，低声用汉语警告韩星子。

“我才不怕——啊！”韩星子突然惊呼，失魂落魄地抱住李俊泰的脖子。

他，他竟然将她抱起来，跟拎小鸡似的，将她从左肩膀换到了右肩膀上！

“你——”

天，他玩真的！韩星子被李俊泰警告性的举动吓出了一身冷汗。

台下的观众和媒体却被李俊泰堪比施瓦辛格的动作刺激得尖叫连连，口哨声响个不停。

李俊泰也没想到现场反应会这么大，有点儿尴尬地笑了笑，向大家挥挥手。顿时，场下的掌声、欢呼声、尖叫声、口哨声更加响亮了。

主持人在热火朝天的气氛中完成了对李俊泰的介绍。然后宣布：“有请WOW电竞……颁奖！”

音乐声响起，颁奖人走上舞台，把代表此次比赛最高荣誉的奖杯颁发给李俊泰，并送上祝福。

主持人掌握好节奏，在全场气氛达到高潮的时候采访李俊泰，让他说说获奖感言。

李俊泰露出洁白而整齐的牙齿笑了笑，右肩扛着韩星子，左手高举奖杯，振臂欢呼："荣誉！"

瞬间，闪光灯不停闪烁，媒体将这一幕摄入镜头，同时直播到各大电台和网络媒体。

韩星子被这一幕深深震撼了！她终于能够理解为什么热爱表演的人都想得到奥斯卡小金人，原来登上舞台领奖、接受大家掌声的感觉是如此美好。哪怕此时此刻获奖的人不是她，但是舞台上的灯光也落在了她的身上，耳边还不断回荡着鼓掌声、欢呼声，让她犹如自己获奖了一般激动不已。

颁奖结束，李俊泰向所有人又挥挥手，在大家的喝彩声中走向后台。

"喂，你现在可以放下我了吧？"韩星子还沉浸在刚才的颁奖仪式里，眼眶里闪着点点激动的泪花。

"再等会儿。"李俊泰左看看、右瞧瞧。那些黑衣人似乎并没有在附近徘徊，媒体还集中在舞台前，是离开的最好时机。

"先离开这里。"李俊泰当机立断，扛着韩星子从安全出口快速撤离，躲进附近一条小巷。

"你把铁链解开。"李俊泰把韩星子放到地上，一边揉着酸痛的肩膀，一边吐槽，"看起来小小的，结果比北极熊还重，怪不得扮成小金猪。"

那群来抓他的人鼻子比狗还灵敏，他不认为能够这样轻松地摆脱他们。当务之急，还是要摆脱韩星子，然后快速离开。

"你才是小金猪！"韩星子羞愤地嘶吼，"还有，别想逃！你是抢包贼，获奖也无法改变这个事实。"

"闭嘴，满口猪言！我最后一次警告你，赶紧给我解开，我不是贼！"

“事实胜于雄辩！”

“你——”李俊泰正磨牙，突然从身后传来一阵急促而嘈杂的脚步声，吓得他出了一身冷汗，急忙捂住韩星子的嘴巴，“安静！”

韩星子想喊喊不出来，挣扎又挣脱不开，只能瞪着李俊泰。如果目光能杀死人，李俊泰早就死了千百次了！

李俊泰趁机拖着韩星子，藏在巷子的昏暗角落向外望。巷子外聚集着他熟悉的黑衣人。这群人东张西望，频频朝巷子里看，似乎打算进来搜查。

“糟糕，追来了！”李俊泰急切地寻找后路，可是巷子里除了停着一辆破旧的越野车，就再没有藏身之处了。

等等，越野车？！

李俊泰仿佛看到了希望，匆匆跑到越野车后面，抱着韩星子就地一滚，藏在了车底下。狭窄的空间里，两个人叠罗汉似的，一个压着一个。

“唔唔——”韩星子被压得快喘不过气来，本能地激烈挣扎。

“嘘，不准吭声，否则掐死你！”李俊泰松开手，同时瞪眼警告韩星子。

韩星子恢复了呼吸，她贪婪地大声喘息了几下，嘴巴再次被李俊泰无情地封锁。她瞪圆了眼睛，用眼神骂李俊泰出尔反尔。

“气息太重了。”李俊泰小声解释，然后屏住呼吸。

嗒嗒嗒——

脚步声突然近了，气氛顿时变得紧张，李俊泰不敢呼吸，一动不动，生怕被这些黑衣人发现。

嗒嗒嗒——

脚步声忽然在越野车旁边停下。

李俊泰立刻紧张起来，一颗心扑通扑通，急速跳动。

“没有发现？”黑衣人似乎都聚了过来。

“都找过了？车呢？”一个人突然提议，然后绕着越野车走了一圈，还趴在车窗上看了看。

“没有。”

“车底下看了？”

巷子里沉默了一下，李俊泰的心差点儿从嗓子眼里蹦出来。

千万不要啊！

他在心里默默祈祷着，什么西方的上帝、东方的玉皇大帝，通通在心底祷告了一遍。

不知道是他临时抱佛脚生效了，还是黑衣人判断失误，车旁有个低沉的声音响起：“车底下那么脏，他肯定不会选择在这里藏身。”

“没错。”立刻有人附和。

“去巷子后面再找找吧，应该跑不远。”低沉的声音再次响起，接着是集体移动的脚步声。

脚步声彻底消失了。

“终于甩开了。”李俊泰长舒一口气。

刚刚太紧张，这一放松，他才发现自己出了一身冷汗，衣服都被汗水浸透了，湿答答地贴在身上，特别难受。

“唔唔——”韩星子突然奋力挣扎。

“啊，糟糕，忘记你了！”李俊泰这才意识到还捂着韩星子的嘴，急忙松手。

“咯咯，你想憋死我，杀人灭口啊？！”韩星子恢复了呼吸，立刻嘴不饶人。

“如果可以，我真想掐死你。”李俊泰唇角勾起，想掐她脖子吓唬吓唬她，却在伸胳膊的时候擦过韩星子的胸口，触碰到一团柔软。

这种触感，李俊泰好奇地低下头——

OMG!

他的身下不是硬邦邦、脏兮兮的公路，而是韩星子柔软的身体。而且，她装扮成“小金人”的模样，衣服和身体一个颜色，金灿灿的，和全裸几乎没区别。她看起来小小的，身材却特别有料，饱满的胸口正随着呼吸起起伏伏，不断刺激着李俊泰。

李俊泰一个激灵，身体咻地绷紧，呼吸变得急促起来。

“你看什么呢？啊——”韩星子奇怪地顺着李俊泰的目光看去，这才猛地发现，李俊泰正压在她的身上，而刚刚他的手臂，擦过的是她的胸，胸——

“色狼！”韩星子抬手就是一巴掌，对着李俊泰的脸扇过来。

“叫什么，冒失鬼！”李俊泰一把抓住韩星子的胳膊，“就你这小金猪，我色你，我得多变态才下得去手？！”

“你，你这个死变态、抢包贼、绑架犯！”韩星子气得发抖。

“你哪只眼睛看到我抢包了？还绑架呢，是你用铁链绑架了我！”李俊泰超级讨厌这种被冤枉的感觉。

“你糊弄三岁娃娃呢？刚刚我在时代广场明明看见你抢了包，还逃跑。而且，外面那群黑衣人为什么追你，是不是你偷了人家的东西？我最讨厌你这种贼，有胆子偷却没胆子承认！你还算男人？不，你压根儿不是人，你是贼！”韩星子越说越激动，口水都快要淹死人了。

“他们追我那是因为……”李俊泰有种掐死韩星子的冲动，“我犯得着跟你解释吗？你谁呀！小金猪，你再胡搅蛮缠，小心我把你丢到河里喂鱼！”

李俊泰握起拳头比画了两下，又不能真打女人，只好郁闷地翻身下去，朝车外爬。

他一动，铁链另一端的韩星子猝不及防，被铁链拽出去，脑袋直接撞在车轱辘上，痛得泪花在眼眶打转。

“痛痛痛——”韩星子抱着头喊疼。

“我不是故意的。”李俊泰吓了一跳。

“偷包贼，你杀人灭口！”

“随你怎么说，反正我不是故意的。”李俊泰悻悻地挠挠脑袋，再次朝车外爬去。他这次动，韩星子又必须跟着一起移动，直到两个人一前一后从车底爬出来。

韩星子捂着脑袋，幽怨地瞪着李俊泰。

李俊泰被她盯得不自在，转头朝黑衣人离开的方向看去。那边是繁华的街道，不知道黑衣人有没有跑远，会不会找不到人再折返回来。

当务之急，还是应该离开这里，赶回停车场。

李俊泰不敢停歇，转身就想走。但是他只走出去两步，就被铁链固定，无法再移动半步。

“把铁链解开！”李俊泰气呼呼地转身拉扯捆绑着两个人的铁链，眼底蹿出恼怒的火焰。他非常不爽这种被限制自由的感觉，有种走到哪里都拖家带口的错觉。

“你做梦还比较快！哼，把你放了，我就真变成了猪！”

李俊泰觉得自己纯属秀才遇上兵有理说不清，对方还是个冒失的女兵：“你不是说我是贼吗？我这就带你去警察局，我们找警察评理。”

“啊？”韩星子愣住。

李俊泰主动要求前往警察局？他傻了还是胸有成竹？难道她真的弄错了？

“傻愣愣的干什么呢，难道还要我扛着你满街跑？你当在这儿坐免费人工轿车呢？冒失猪，我告诉你，你现在要么跟我去警察局证明我的清白，要么立刻解开铁链放我走。”李俊泰不耐烦地拉扯铁链。

“对错不是你一张嘴说了算的！去就去，谁怕谁！”韩星子昂首挺胸，尽量让自己看上去胸有成竹。

一个小时后，警察局门口，李俊泰悠闲地倚在门上，修长的腿有节奏地抖动着，手中把玩着已经解开的铁链，表情十分玩味。“小金人”造型的韩星子，耷拉着脑袋，像是做了错事的小学生。

“对不起，我没想到你真不是贼……”韩星子不停地道歉。

“‘对不起’不是万能的。难道我把你杀了，然后说句‘对不起’，就不算犯罪了？”李俊泰毫不留情地用言语撕裂韩星子毫无用处的道歉。

“那，那你想怎么样？”韩星子真想找块豆腐砸晕自己。

太丢人了！

刚刚在警察局，那些警察非常敬业地处理了他们这起乌龙案件，并且认真调查取证，还给李俊泰清白。事后，警察虽然夸她勇气可嘉，但也希望她下次不要这样冒失，错把好人当成贼。她当时羞得满脸通红，恨不得马上找个地缝钻进去。

怎么就这么莽撞呢？她已经不是一次两次闹乌龙了，似乎她每次见义勇为都会搞错对象。这次要不是李俊泰反应快，肯定会被她害得无法领奖，更会被黑衣人追到。

想想她就觉得尴尬、羞愧，头也垂得更低了。

“学三声狗叫。”李俊泰有很多种手段惩罚韩星子。

“啊——”韩星子猛地抬起头，不敢置信地看着李俊泰。

李俊泰玩味地看着她，目光一下了撞进韩星子的眼睛。她浑身金灿灿的，眼睛却黑白分明，尤其是发亮的眼珠，像是这个世间最明亮纯净的宝石。

他有点儿看呆了，无法相信冒失鬼居然有双这么美丽的眼睛。

“咳咳——”李俊泰突然意识到自己竟然盯着韩星子走神，立刻尴尬地轻咳了两声，“小金猪，算你运气好，遇到的是我。换作别人，还不知道会怎么修理你！”

“什么意思？”韩星子的脑子一时没有转过弯。

“笨蛋！”李俊泰揉了揉韩星子的脑袋，然后把铁链挂在她脖子上。

笨蛋？今天这事，她的确像个笨蛋。

“对不起。”韩星子再次道歉，一个劲鞠躬作揖。

“好了，我又不是财神爷，拜拜就能从天上掉美金！”李俊泰后退了一步，目光有点儿不自然地看向地面，“快走吧，回家好好洗洗，这个造型实在太蠢萌了。”

韩星子没想到凶巴巴的李俊泰会轻易放过自己，她愣了愣，好不容易找回自己的声音：“哦！那，那我走了？”

“快走吧！”

韩星子眨眨眼，转身离开。她有种做梦的感觉，忍不住一步三回头，想知道李俊泰是在想恶作剧的坏点子，还是真好心放过她。

“等等！”

“干吗？”韩星子的身体猛地绷紧，该不会好的不灵坏的灵，被她猜中了？

“这么晚了，你一个人走，没人来接你？”李俊泰看着韩星子瘦弱的身影，忍不住吭声。

“对啊！这么晚，怎么好意思开口找别人来接？”韩星子一头雾水。

“一个女孩子独自走夜路容易出事。”李俊泰善意提醒。

“没事！我会一点儿功夫，还有铁链，遇到坏人直接绑起来扭送到警察局。”韩星子自豪地甩动铁链，拍拍胸脯。

“就你那点儿功夫，还有爆棚的正义感？算了吧，冒失鬼，别把自己搭进去！”今天幸亏韩星子遇见的是他，假如韩星子遇见的是真的抢包贼，说不定明天头版头条就是韩星子被分尸丢进河里的新闻。

李俊泰越想越觉得韩星子一个人回去不安全，忍不住问："你住哪里？"

"纽约大学TISCH艺术学院的布鲁克林校区。"韩星子毫无心机地回答。

"单纯的冒失鬼，也不怕我是坏人。"

"啊，刚刚警察说了，你不是贼。"

"叫你小金猪，你真当自己是笨蛋啊？"李俊泰咧嘴大笑，"这么晚坐地铁和打车都不安全，我送你吧！"

"不用了，我一个人可以的。"韩星子摇头。她独自来美国留学已经两年，天大的事也都是一个人解决的，她完全相信自己有能力应付一切突发事件。而且她刚刚给李俊泰惹了那么大的麻烦，怎么好意思再麻烦他送自己回学校？

"说了送你，就走呗！"李俊泰拍拍韩星子的脑袋。

上星期布鲁克林校区才出了一起抢劫案，凶手尚未被缉捕归案。韩星子一个人走夜路，说不定会遭遇这个凶手。再按照韩星子爆棚的正义感，很有可能让一起简单的抢劫案，直接演变成抢劫强奸杀人案。

李俊泰脑海里刚跳出犯罪现场的画面，立刻甩甩头，不让自己再想下去。他不顾韩星子的反对，抓起她的手，朝自己停车的停车场走。

韩星子一路挣扎，可总也甩不掉李俊泰的手。好不容易坐上车，她才抽回自己的手。莫名地，被李俊泰牵过的地方，像是发烧了一样滚烫。而且这股热源好像传到了全身，她的脸蛋有些发烫，嘴巴也变得干起来。

韩星子下意识地拍拍脸颊，努力让自己恢复正常。

“系好安全带。”李俊泰的声音突然响起。

“啊——”韩星子吓了一大跳，从异样的状态中回过神来，“哦，忘了。”

她急忙伸手去扯安全带，没动；再扯，还没动。

“你这什么破车啊！”韩星子大窘，好像自己是没坐过车的乡巴佬，特丢人。

“又不是我的车，我哪里知道？朋友的车，前几天安全带还没问题，怎么今儿坏了？”李俊泰尴尬地咕哝了两句，伸手过来。

他本来想看看安全带哪里出了问题，结果去扯的时候，重心不稳，直接趴在了韩星子的身上。

“你——”

“我——”

两个人同时愣住。

韩星子张大嘴巴，盯着近在咫尺的脸孔。他很帅，是她在纽约见过的最帅的华人。尤其是他的侧脸，太迷人、太性感了！她不由自主地做了个吞咽口水的动作。

此刻，李俊泰身体紧绷，僵在半空。身下几厘米的地方，就是韩星子柔软的身体。那种近在咫尺的体香飘进李俊泰的鼻子里，若有似无地拨动他的心弦。

李俊泰不由得心跳加速，望向韩星子。

金色的小金人脸蛋，初看有点儿呆傻，可是她黑白分明的眼睛在车内灯光下闪烁着迷人的光晕，像是在眼前映射出七彩的虹，美丽又充满了灵气。

一时间，整个车内，弥漫着让人脸红心跳的暧昧。

“你在干吗？”韩星子有点儿心慌，目光躲避李俊泰的脸，却不小心瞄到他衬衫领口处露出的皮肤以及漂亮的锁骨。她愣了一下，呼吸突然变得急促。

“安全带没问题，是你力气太小。”李俊泰慌乱地咳了咳，飞快抓住安全带，拉扯过来给她系好，然后正襟危坐、目不斜视地踩油门。

太尴尬了，两个人同时保持着缄默，直到到达纽约大学TISCH艺术学院。

“停在校门口？”李俊泰握着方向盘，一边减慢车速，一边询问。

“哦，对对！”韩星子恍然回神，才发现不知不觉间已经到了学校门口。

李俊泰一个漂亮的转弯，将车平稳地停下：“校门口似乎有点儿太安静了。你们学校该不会像国内一样，有夜禁吧？”

“没有啦，学校有很多情侣哦。这会儿应该都在校园内秀恩爱吧，没事的。”韩星子一点儿也不觉得奇怪。

“哦。”李俊泰又扫了一眼校门口，太安静就代表着不寻常。韩星子一个女生在这么安静的校园行走，会不会遇到跟踪狂或者变态色魔?

“我送你吧。”

“啊——”韩星子正解安全带，猛地听到李俊泰的声音，惊了一下就被口水呛到，引发剧烈咳嗽。

“这是绅士风度。”李俊泰找了个借口，抢先下车。

他也将绅士风度发扬到极致，转到副驾驶座前，将车门打开，伸出手来。

“谢谢！”韩星子被李俊泰前后判若两人的模样震住了，傻乎乎地将手放在李俊泰的掌心，然后由他护着脑袋，走下车。

“你回宿舍？哪边？我送你到宿舍门口。”李俊泰握着韩星子的小手，耳边竟隐隐浮现出一抹淡淡的粉红。

“右边。但是……我不回宿舍啊！”韩星子眨眨眼。

“这么晚，不回宿舍，有约会？”李俊泰的心口忽然有点儿异样，说出的话就好比山西陈醋，酸酸的，“真想不到啊，小金猪也有人喜欢！难道是小金鸭、小金狗什么的？”

“我，我哪有那么差！”韩星子羞愤地甩开李俊泰的手。

“那就是有男朋友？”李俊泰愣了愣，掌心失去她手指尖的热度，变得空荡荡的，好像一下子失去了整个世界，心里很不是滋味。

“不是啦。今晚有排练，我要去学校剧场。”

“哦哦，那我送你去学校剧场。”李俊泰竟然有松了口气的感觉，“也是右边？”

“直走右转，图书馆后面就是学校剧场。”

“那走吧。”李俊泰自然地拉住韩星子的手，走进校园。

“那个……”韩星子羞得满脸通红，很不自在地想甩开李俊泰的手，“你干吗还牵我的手？又不是下车，我也不是三岁小孩，走路还能摔……啊！”她话还未说完，就因为太害羞太紧张，左腿绊右腿，摔倒在走在前面的李俊泰的后背上。

“痛痛痛——”韩星子眼含泪花。

“这不是就摔了？还是我牵着你吧，安全点儿。”李俊泰转身看到韩星子的狼狈样，嘴角不自觉地飞扬。

“哦哦——”韩星子无法辩解。

两个人就这样牵着手继续走，韩星子的全部感受都集中在右手上，肌肤的摩擦、属于李俊泰掌心的热度，烧得她心跳加速、头昏脑涨。

李俊泰也不说话，紧握着的小手，夺走了他全部的注意力。

两个人沉默地走在校园宁静的小路上，耳边吹着仲夏夜的风，偶尔还能听到几声蛐蛐叫。鹅卵石路上，静谧的灯光将校园点缀得朦朦胧胧，有着说不出的美丽。图书馆前的草坪和人工湖附近开始出现三三两两的人，大多数是情侣，或热情奔放，或你侬我侬，或呢喃细语……谱写出一曲曲风格各异的青春恋曲。

忽然，一声口哨，惊醒了两个人。

“这么晚，你们排练什么？学校有演出？”李俊泰尴尬地甩开韩星子的手。

“不是学校的演出。”韩星子急忙将手背在身后，躲避男同学作怪和戏弄的目光，脸不争气地直接红到耳根。

“那是什么？”

“我和同学们在排练试演呢。”自然的对话，再加上排练的话题，缓解了尴尬的气氛，韩星子觉得自己的呼吸开始顺畅，脸色也自然起来。

“试演？”李俊泰意外地抬头看韩星子。

“你知道詹姆斯吗？国际著名导演。他准备将百老汇经典歌舞剧《妈妈咪呀》翻拍成电影，明天是第一次公开海选！”韩星子像变了个人似的，神采飞扬，充满活力。

“我很少看歌舞剧，不过听起来还不错。”李俊泰的脚步慢慢停下，仔细看着眼前这个女孩。

虽然小金人的打扮看不出她本来的模样，但是她那双漂亮的眼睛，还有她此刻张扬青春的笑容，竟是那么动人心魄，很难让人不沦陷于其中。

“嗯嗯，是很棒的机会呢。所以才要更努力，通过一次次排练找到自己的不足，完善，再完善！”韩星子踮着脚转了一个圈，欢乐得像个孩子。

一个月前，学校通知，会从这一届的表演系学生中挑选试演者。竞争非常激烈，她和同学开始没日没夜地排练，终于在一周前成功打败所有对手，获得试演资格。如果能够试演成功，她就离梦想更近了一步。

她还记得小时候第一次看电影，是莎士比亚的《罗密欧与朱丽叶》，剧中美丽的朱丽叶和帅气的罗密欧，以及他们缠绵的爱情，都给她留下了深刻的印象。不过，她最喜欢的是剧中提到的象征着爱与勇气的极光女神欧若拉。也正因为如此，她开始热爱电影、热爱表演，把成为好莱坞演员定为自己的奋斗目标。

功夫不负有心人，她终于在两年前成功考入纽约大学TISCH艺术学院的表演系。

两年来，她每天都辗转于学校、排练场和各种演出之间，追逐着自己远大的好莱坞演员梦。只是，她一直没有机会崭露头角。在学校有出色的学姐，在校外有更出色的演员们，她没有任何发挥空间，直到这个姗姗来迟的机会。

“看不出来，你这个冒失鬼还挺勤奋认真的。加油！”李俊泰被韩星子欢快的情绪深深感染。

“自己的梦想，当然要付出百分之二百的努力！”韩星子大笑，露出漂亮洁白的牙齿。

“祝你成功。”

“谢谢。”韩星子停下蹦蹦跳跳的脚步，“到了。这就是我们学校的剧场，虽然不大，却是我们表演系所有同学最喜欢、感觉最亲切的地方。我们有时候会一天20个小时都待在剧场，同学们就开玩笑说，剧场都快要变成我们的宿舍了！”

“这么辛苦？”20个小时？只是为了梦想，需要这么刻苦努力？

李俊泰想到了自己。

他含着金汤匙出生，从小就知道他长大了必须继承庞大的家业，做个忙忙碌碌、毫无自由的总裁。所以，他从没有想过梦想，直到一年前，他成功从家里逃离到纽约，不再花家里的一分钱，才知道在这个社会上生活有多么艰辛。

他开始考虑自己想要的生活，自由和金钱比起来，他更向往自由。为了获得自由，他开始不断吸取各种知识，最后喜欢上了拳击和电子游戏。

他以为他找到了梦想，才会整日混迹于拳击俱乐部和电竞赛场之间。但是现在看着韩星子为了梦想努力拼搏，再看看他为梦想所做的事，李俊泰的内心第一次产生动摇，忍不住质疑，自己的梦想是不是完全错了。

“不管再怎么辛苦，站在舞台上的那一刻，所有的辛苦和流下的汗水都会变成甜的，甜到心里去！”韩星子眼睛发亮，犹如好莱坞巨星一样耀眼。

李俊泰再也舍不得移开视线。他就这样傻傻地看着，直到韩星子伸手在他眼前晃了晃，他下意识地抓住韩星子的手，把韩星子吓了一跳。

“舍得回神啦？我时间快来不及，去后台了。拜——”韩星子抽回手，着急地转身就跑。

李俊泰看着她因焦急而匆忙跑开的背影，愣了愣，竟鬼使神差地跟着她一起走进了学校剧场。虽然已经是深夜，但是剧场里灯火通明，不少人在台前幕后忙碌着。

似乎挺有趣的！

在好奇心的驱使下，李俊泰一步步接近韩星子梦想的舞台，最终在不起眼的角落挑选了座位坐下。

不一会儿，舞台的灯光开始发生变化。刚刚还在排练的人纷纷退场，简易的幕布也从红色变成了象征大海的蓝色背景，陆续有人抬道具上台布置舞台。五分钟后，剧场突然变得安静，所有人的目光同时落在舞台上，屏住呼吸，连眼睛都不敢眨一下。

两个年轻的女孩一前一后，手拉着手欢快地走上舞台，突然一道娇小的身影从舞台对面扑过来，将她们紧紧抱住。

“小金猪！”李俊泰吃惊地瞪大了眼睛。他以为韩星子会简单清洗一下，却没想到她直接用小金人的形象开始了排练。

“艾利，莉莎，我明天就要结婚了，我很高兴你们能来。”韩星子抱着两个女孩转了三圈，然后拉着她们的手，走向舞台中央，“因为我有个秘密，只能告诉你们！”

“苏菲，你的肚子被搞大啦？”艾利惊呼。

“不是啦！我邀请了我爸爸来参加婚礼。”韩星子笑着摇头。

“别开玩笑啦！”艾利一脸不信。

“你终于找到他了？”莉莎也满脸震惊。

“没，不算是。”韩星子拉着两个女孩的手，走到舞台中间布置好的礁石上坐下，视线盯着脚前一米左右的地方，仿佛那里就是无边无际的大海，“你们也知道，我妈每次都是那句话——那是一段夏日恋情，她知道怀孕之前，他早就走了。我一直以为就只能这样喽，结果前阵子我在整理旧皮箱，找到了这个……”韩星子从背包里拿出一个粉色的日记本，“她怀我那年的日记。”

“哦，苏菲！”艾利和莉莎一起捂着嘴惊呼。

李俊泰情不自禁地站起来，舞台上还在表演着什么，他已经完全不知道了。他的全部视线，都集中在韩星子的身上——这还是那个冒冒失失的女孩吗？

站在舞台中央的韩星子，简直就是一个小太阳，和另外两个女孩组成一个小宇宙，发光发热！李俊泰不由自主地想到了自己仅知的好莱坞巨星——奥黛丽 赫本、玛丽莲 梦露，她们年轻的时候，是不是就像是此刻的韩星子呢？那么出众，那么闪亮，比太阳还耀眼！

李俊泰被深深震撼了，眼睛里跳动着足以燎原的火焰。

舞台上的表演还在继续，韩星子的演技充满了奇异的吸引力。

李俊泰专注地盯着韩星子，完全沉浸在了她的表演里。直到她退场，李俊泰才浑浑噩噩地离开剧场，返回他在纽约居住的地方——零度地下摇滚酒吧。

这家酒吧，是他在纽约最好的朋友Nick开的。

算算时间，他在这里已经寄宿一年多了。每天夜晚来临的时候，他就会变身酒吧的服务生，忙到骨头散架，或者忙里偷闲和布鲁克林的年轻艺术家们在这里享受都市游牧族般无拘无束的狂野生活。

“今晚开party（派对）？”李俊泰回到酒吧，吓了一跳。今晚的酒吧不但比平时热闹，而且简直变了一个样。也不知道是哪个人那么有才，居然将T恤撕裂，用红酒在上面写上“恭喜李俊泰夺冠”七个大字，挂在酒吧的吧台上。还有各种红色的、黄色的气球在酒吧棚顶安家落户，各种让人垂涎的鸡尾酒、香槟和威士忌摆满了整个吧台，一群热情洋溢的男人正在拼酒。

“Hi！”李俊泰和吧台中的Nick拍掌打招呼后坐下来，“你开party？”

“专门为你开的，够意思吧？”Nick将空杯子放到李俊泰身前，一口气做了十个“深水炸弹”，“大家注意，咱们的冠军回来啦！不过回来得这么晚，罚他全干了！”

“全干了！”男人们纷纷起哄。

“喝就喝，这点儿小意思！”李俊泰也很高兴，夺冠了嘛！

他毫不犹豫地拿起一杯，一饮而尽。

啤酒和伏特加一起在口中炸开，伏特加特有的烈焰般的刺激，再加上啤酒特有的苦味，形成了绝妙的味蕾体验。回味无穷，但是后劲十足，很辣！

“过瘾！”李俊泰将空杯放下。

“再来！”Nick又推过来一杯，起哄声也跟着再次响起。

李俊泰毫不犹豫地拿起来，再次一饮而尽，这一动作引爆了人群，欢呼声、叫好声不绝于耳。

“你小子坑我，剩下的你都干了！”李俊泰一口气喝了5杯“深水炸弹”后，突然一把抓住Nick的胳膊，这种遭罪的事，是好友必须一起来。

“好！”Nick痛快地答应，“为了咱们的冠军，干杯！”

“干杯！”男人们沸腾了。

李俊泰看着大家热闹地喝酒、聊天、傻笑着，突然，一张金灿灿的脸蛋毫无预兆地浮现在脑海里，李俊泰不由得打了个激灵，一下子就呆住了。

“哥们儿，说说领奖的时候，是不是特激动，都忘记自己是谁了？”Nick凑过来，搂住他的脖子，神秘兮兮地问，“话说回来，你扛着的那个妞是谁啊，我怎么没见过？那么正点的女孩你不介绍给我们认识，该不会你小子打算玩金屋藏娇这一套吧？”

“陌生人。”李俊泰拍拍桌子，懊恼不已。他和韩星子聊了一大堆有的没的，怎么就忘记问她叫什么了呢？唉，好笨，好蠢！

“找死啊！你都当着全纽约的人承认那是你害羞的女朋友了！”Nick凶巴巴地吼。

“我又不是小金鸭，不会喜欢小金猪。”李俊泰想到韩星子犹如小太阳发光发热的舞台形象，脸上不自在地浮现出粉红。

他不自然地甩甩头，然后简单地解释了事情经过。

“还真是个冒失鬼，不过哥们儿你艳福不浅啊，这是天降艳遇，比好莱坞那些爱情电影还过瘾啊！”Nick羡慕地拍了拍李俊泰的肩膀，“你今晚过得真刺激，还有黑衣人！不过你小心点儿，没事少出去乱蹦跶，被他们找到大本营，你就惨了！”

“我心里有数。”李俊泰点点头。

“快看，九点钟方向，辣妹！今晚别等我了。车钥匙呢？一会儿带辣妹兜风去！”Nick突然发现一个红头发超短裙的性感辣妹，立刻吹了声口哨。

“看到辣妹就被下半身控制的笨蛋！”李俊泰酷酷地把包丢给Nick，Nick迫不及待地打开，没找到钥匙，却意外地从包里发现一个粉红色的钱包。

Nick顿时眼前一亮，笑得暧昧。

“粉红色！”Nick将钱包拿起来，在李俊泰眼前晃动，“Hello Kitty的钱包啊！还说没有女朋友？你小子偷着交女友也不告诉我，我还能泡兄弟的女友吗？太过分了，李俊泰，你给我老实交代！”

“啊？！”李俊泰意外地瞪大了眼睛。

他的包里，怎么会有女人的钱包？他可是连女朋友都没有的人啊！

“这是什么啊，你丢进去诬陷我的？”李俊泰一把将钱包抢过来，疑惑地打开，一张俏丽的脸蛋立刻映入眼帘。

女孩的皮肤白皙粉嫩，黑白分明的大眼睛好像一泓温泉，清澈水润；樱桃大小的唇瓣拥有比樱花还娇嫩漂亮的色泽，让人怦然心动。

李俊泰着迷似的盯着照片，眼中逐渐变得火热。他脑海中不禁浮现出“小金人”模样的韩星子，她的眼睛就是这样漂亮，宛若星辰。李俊泰不由得将照片中漂亮的女孩和韩星子对比，一张金灿灿的脸蛋和一张桃花脸，竟然完美地重叠了。

“是她！”李俊泰惊喜地低呼。

只是，她的钱包怎么会在他这里？

李俊泰不由得仔细回想，从和韩星子乌龙相遇，到上台领奖，再到躲避黑衣人……对了，警察局！

他们闹到警察局，接受搜查。当时，搜查官应该是在检查他们两人背包的时候不小心把包弄错了。

“还说不认识？”Nick从李俊泰的表情中看出了端倪，立刻钳住李俊泰的脖子，不依不饶地低吼，“说这是谁！该不会是撞到你怀里的那个冒失鬼吧？哟呵，长得真漂亮！这皮肤、这嘴唇，真想……啊！”

李俊泰胳膊肘一个侧拐，打完就愣住了。

“你为了妞打我，还说不是你女友？”Nick捂着肚子，踉跄着后退一步，跌坐在附近的椅子上。

“我这是条件反射！”李俊泰尴尬地挠挠脑袋，然后在钱包中翻找，果然找到了女孩的身份证。第一行就是醒目的字体，写着女孩的名字——韩星子。

“冒失鬼叫‘韩星子’啊？星子，星子，难怪眼睛那么漂亮，原来名字也像星星一样美丽呢。”李俊泰修长的指尖轻轻划过身份证上的名字。

“告诉我真相，我就原谅你！”Nick一巴掌拍在李俊泰的肩膀上。

“钱包被警察局弄错了。”李俊泰回答。

“还以为有什么八卦呢，结果话还是这么少，一点儿都没意思。”Nick挫败地低头。

李俊泰不以为然地耸耸肩，在Nick失望地去泡辣妹的时候，收回目光盯着手中的钱包。他本以为，今天的意外已经终止，以后再也不会遇到韩星子。但是，这个钱包……

李俊泰脑海里再次浮现出韩星子漂亮的眼睛，忽然有点儿冲动，想马上飞奔回学校，再见到那个为梦想而努力拼搏、充满朝气和活力的漂亮女孩韩星子。

星空下的另一边，纽约机场。

从国内飞到纽约的航班空降在机场，二十分钟后，一道修长的身影从机场走出。他抬头看了一下纽约的天空，然后撩起西装袖口扫了一眼价值不菲的腕表，神色变得难以捉摸："纽约，李俊泰。"那个小子，逃到纽约有一年了吧！

男人想到李俊泰，唇角浮现出一丝苦涩的笑容。他们是兄弟呢，感情也一直不错，可是李俊泰是爷爷最宠爱的孙子、爸爸最欣赏的儿子，也是家族一致认可的继承人！而他，只是爸爸一次风流债的产物、最不入流的私生子。

"副总，已经安排好，明天上午和美国传媒界巨头威尔斯洽谈。"助理小心翼翼地看了一眼副总李明哲的脸色，总觉得下飞机后李明哲的脸色就阴晴不定，十分恐怖。

"李俊泰的事呢？"李明哲收敛神色，恢复沉稳干练的一面，"追踪者那边有什么消息？找到了还是又追丢了？"

"刚刚收到最新消息，又追丢了。"

"果然。"李明哲早就料到了这样的结果，丝毫不觉得意外，"走吧，先回酒店。"

"好的。"助理立刻叫车，载着李明哲赶赴预约好的纽约广场酒店。

车辆行进中，李明哲习惯性地打开电视，观看时事新闻。他先切换到国内的电视频道，看了一会儿自己最近关注的新闻，然后又切回美国纽约频道。

突然，一张张扬的笑脸映入李明哲眼帘。

"李俊泰！"李明哲惊呼。

电视屏幕上，恰好播出的是李俊泰获奖的实况转播。

"这位小金人是你朋友吗？牺牲这么多，是女朋友？给我们介绍一下吧！"主持人笑着问。

"普通朋友。"李俊泰表情大变，很不自然，有点儿害羞和尴尬，“主持人，还是颁奖吧，她……她害羞。”

“哦，害羞的女朋友啊！”主持人大笑。

“WOW大赛颁奖礼？女朋友？”李明哲捏了捏指关节，发出啪啪声。

他将电视画面定格，脸色阴晴不定地盯着电视画面，视线直接定格在被李俊泰扛着的小金人身上。

这个女人，真的是李俊泰的女朋友？她为什么做出这个造型？一根铁链将他们紧紧缠绕，是在昭告天下他和她永远在一起的决心，还是另有蹊跷？

“这个女人，很关键。”李明哲当机立断，下达命令，“马上找到李俊泰获奖的新闻，把他获奖的照片给追踪者发过去，让他们从那个小金人模样的女孩身上寻找突破口。”

“好的。”助理立刻着手安排。

李明哲做好安排后，视线再次回到电视屏幕上。如果这次顺利找到李俊泰，他们兄弟俩分别一年即将见面，他的思绪突然间有点儿凌乱和紧张起来。

“李俊泰，俊泰……我该拿你怎么办呢？”李明哲下意识地将手握紧。

咔嚓——

一声惊雷。

一道闪电后，又一声响雷掠过，铜钱大的雨点便噼噼啪啪地倾泻下来。转眼间，四面八方哗哗地响成一片。

“呀，这破天气，说变脸就变脸，跟小孩似的淘气。”韩星子逃回到宿舍的时候，已经淋成了落汤鸡。这样直接睡，明天肯定感冒。韩星子急忙扒掉身上湿漉漉的衣服，抱着毛巾冲进了洗手间。

“洗澡真舒服啊！”二十分钟后，韩星子擦干头发走出洗手间。

她快速换上睡衣，躺在床上的时候定好了闹钟。累了一天，她很快就进入了梦乡，唇角微微翘起，不知道是不是做了试演成功的美梦。

窗外大雨一直下，快天亮的时候终于停了。

太阳刚跳出地平线，晨曦就点亮了大地。树木、草地上的水珠折射阳光，一道彩虹出现在纽约大学TISCH艺术学院的上空。

丁零零——

刺耳的闹铃叫醒了韩星子，她骑着被子翻了个身，眼睛还没睁开，就已经习惯性地摸到手机，关掉闹铃，然后爬起来机械地脱掉睡衣，换上摆在床头的白色连衣裙。

刷好牙洗完脸，韩星子才彻底清醒。

“7点半，来不及赶地铁了！”韩星子急忙抓起切片面包塞进嘴里，胡乱地将手机、钥匙等物品塞进背包，跑到门口换上鞋，一阵风似的就冲下了楼。

刚下楼，她就遇到一样急匆匆跑下楼的好友。

“快走！去早了还能抓紧时间再排练排练。”韩星子拉着好友的手，朝校门狂奔。

快到校门口的时候，忽然刮起一阵清风，吹乱了韩星子的长发。她停下脚步整理，从包里摸出一根发绳，随手扎了个马尾。

这时，吱嘎一声，一辆破旧的吉普车在校门口停下，车上跳下来一个穿着白色T恤、白色休闲裤的男人。从侧面看过去，五官俊朗、气质迷人。

“好帅！”Lily顿时星星眼。

“比校草还帅！”清雅也做花痴状。

“什么啊？”韩星子整理好头发看过来，也发现了男人。

恰好此时，男人锁好车门，拔腿朝着校门口跑来。他的动作矫健，速度飞快，像是百米冲刺的奥运冠军。

眨眼间的工夫，他就跑到了韩星子身边，和她擦肩而过。

男人跑动带起一阵风，卷起韩星子的马尾，一缕发丝绕过她漂亮的颈部线条，落在锁骨上。

韩星子愣了愣，风中似乎有股熟悉的味道，很清爽。

她的脚步不由自主地停顿下来，下意识地转过身，盯着男人跑远的背影发呆。

“怎么了？”Lily好奇地停下来询问。

“哦，没什么。”韩星子甩甩头，觉得自己可能看错了，昨晚乌龙事件的男主角，怎么可能一大早来她的学校?

“走吧。”韩星子不以为然地耸耸肩。

“赶时间，真是可惜了，是个帅哥呢！”Lily一脸可惜地挽住韩星子的胳膊，三个人坐着地铁，一路叽叽喳喳讨论试演的事，几站后就抵达了今天的目的地——百老汇。

纽约百老汇，美国戏剧和音乐剧的重要发祥地。这里有数不清的剧院，每天上演无数场剧目，《悲惨世界》《美女与野兽》《歌剧魅影》《西贡小姐》等剧目尤为出色。19世纪初，先后从百老汇走出无数的好莱坞巨星。就是现在，也不断有新星从百老汇走上世界的舞台。

此刻，剧场后台汇聚了无数和韩星子有一样梦想的年轻女孩。她们青春美丽的脸上全是同一种表情——紧张。

“30号试演者准备登场，请31号试演者做准备。”后台响起工作人员的提示声。

“是我，是我！”Lily紧张地大叫。

“加油！”韩星子和清雅一起抱住Lily，送她走上舞台。

“怎么办，我开始紧张了！”韩星子刚刚还劝说好友别紧张，这会儿马上轮到自己登场，顿时紧张地摸了摸贴在腰间的号码牌——她是31号，排在Lily的后面。

“别紧张，加油！”清雅双手交叉放在胸前，开始祈祷。

“嗯，努力……”韩星子拍拍脸蛋，用力深呼吸，忽然从腰间传来一阵震动，酥酥麻麻的，吓了她一跳。

“这个时间，是谁呀？”韩星子急忙掏出手机扫了一眼，是陌生号码。

“喂，哪位？”韩星子疑惑地接听。

“你好，请问是韩星子小姐吗？”

“对，我是。”

“是这样的，您的母亲陈倩云女士因为生意破产导致精神失常，你作为陈倩云唯一的监护人，必须尽快回国……”

“31号——”电话被工作人员的呼叫声打断。

轮到她上台了？

可是电话，还有她妈妈的事……韩星子大脑一片空白，紧握着手机，却再也听不见电话里的声音。

“31号，韩星子？”

“来了！”韩星子猛地回神，发现电话已经挂断。或许打错了？诈骗电话？韩星子没时间再思考，急忙将手机塞进包里丢给清雅，跑上舞台。

灯光顿时射过来，晃得她险些睁不开眼睛。韩星子下意识地抬起手臂，遮挡刺眼的灯光。等她适应了，朝对面一看，顿时心惊肉跳——舞台对面坐着好多评委。

享誉国际的著名导演詹姆斯就坐在正中间看着她，韩星子的小心脏大受刺激，紧张得扑通扑通乱跳。

“导演好，我是31号试演者韩星子。”韩星子紧张得结巴起来。

“不要紧张。”詹姆斯低头扫了一眼韩星子的参赛资料，“纽约大学TISCH艺术学院，你就当是在学校的剧场排练，随意点儿！”

“好的。”韩星子努力想放轻松，效果却适得其反。加上临登台前的那通电话也搅得她心神不宁，很快，韩星子的额头上就渗出一层细密的汗珠，手心里也布满了汗珠。

但是音乐已经响起，她必须马上开始表演！

“真希望艾利和莉莎能够马上来！”韩星子刚说了一句台词，气息就因为过分紧张开始变得急促紊乱，有种快喘不上气的窒息感。

不行！这样下去，她会失败。

韩星子打起精神，想要补救，但是越着急越乱错误越多，尤其是她无意间发现评委席上的詹姆斯频繁地摇头，似乎对她的表现非常不满意。

不好，让导演失望了，怎么办？

难道就这样错失机会、错失梦想？不，不可以！她想要走上百老汇的舞台，她想要走到镜头前表演，被大家喜爱和认可，成为好莱坞演员。

“这是惊人的……惊人的发现，关于我出生的秘密……”

“停——”詹姆斯忍无可忍后喊停，“这是我看过的最糟糕的表演。”

“对不起——”韩星子急得双眼通红，差点儿当场落泪，“导演，对不起，我太紧张了，没有发挥好。”

“紧张不是借口，实力才是关键。”詹姆斯不耐烦地冷哼。

“我……我很有实力的！这次试演，我们学校所有女同学都报名参加了，但是最后我打败了所有人，获得试演苏菲的资格，这足以说明我足够优秀。”韩星子不甘心和梦想失之交臂，激动地大声辩解，“从小我就热爱表演，并且比别人小一岁就成功考入美国纽约大学TISCH艺术学院表演系。留学的两年时间里，我每天都在学校剧场排练，也曾经出演各种校园舞台剧的女主角，这些都奠定了我优秀的基础。这一次海选角色，我通宵读剧本，反复观看百老汇舞台剧，将苏菲的角色理解得十分透彻，我相信我有实力饰演苏菲。”

“一个出色有实力的演员，不应该在舞台上紧张。”詹姆斯继续挑刺。

“那是因为我真的热爱表演、喜欢苏菲这个角色，只有在乎才会在意、才会紧张。”韩星子紧紧握起拳头，手心里全是冷汗。

詹姆斯不由得抬头仔细看舞台上和自己据理力争的女孩，这一看，他有些愣住。

今天参加试演的女孩一个比一个漂亮，但是谁都没有韩星子这样一双让人心跳的眼睛。这双眼睛黑白分明，白的地方通透纯净，犹如天使的颜色，黑色的眼珠比黑珍珠还要美丽，闪烁着犹如太阳般耀眼的光芒。

“你很努力，这一点我很欣赏。这样，我最后给你三分钟时间。你准备一下，三分钟后重新开始试演。”詹姆斯说。

“谢谢导演！”韩星子惊喜地捂住嘴巴。她急忙走下舞台，告诉自己不要紧张，一定要把握最后的机会。

三分钟很快过去，韩星子再次走上舞台。这一次，她选择了自己最喜欢的一场戏，也是她练习最多、最能表现苏菲人物性格的经典场景。

“可以重新开始了吗？”詹姆斯询问。

“嗯，我准备好了。”韩星子认真点头。这一次她心无杂念，脸上飞扬着自信的笑容，和之前完全判若两人。

“开始吧！”詹姆斯有些吃惊。

“好的。”韩星子深呼一口气，情绪瞬间到位。

这一刻开始，她不在是为了追逐梦想不断努力的表演系学生韩星子，而是《妈妈咪呀》中那个可爱漂亮的女主角苏菲。

“我——”

嘎吱——

巨大的噪音吞没了韩星子极富感情的声音，她吓了一跳，下意识地抬头追随声音的来源，看向天花板。剧场内的天花板足足十多米高，上面搭建了灯架阁楼。这会儿灯架阁楼一阵剧烈摇晃，巨大的噪音不断响起，十分刺耳、恐怖。

“发生什么事了？”詹姆斯和其他评委，纷纷站起来。

吱嘎——

又一声巨响，接着，舞台顶灯毫无预兆地脱落，迎面朝韩星子砸下!

“啊——”韩星子失声尖叫。

危急时刻，一道黑影从灯架阁楼上一跃而下，在顶灯即将砸中韩星子的瞬间，抓住韩星子的胳膊将她往后一拽，两个人先后跌倒，在地上滚了数圈才停下。

砰——

顶灯砸在舞台中央，将舞台的地板砸出了一米多宽的深坑。粉尘四起，呛得人睁不开眼睛，剧烈咳嗽。

突发的状况惊呆了所有人，舞台后面的人听到动静好奇地跑出来，看到舞台犹如遭遇了地震一样惨烈，都不禁大惊失色。

“星子，你没事吧？”焦急的询问声从头顶响起。

韩星子这才从震惊中回神，抬头恰好对上一张俊脸，忍不住惊呼，“李俊泰，怎么又是你？”

“我——”李俊泰尴尬地挠挠头，“这不重要，你快看看有没有受伤，哪里疼？”

“我没事。”韩星子推开李俊泰想站起来，岂料她一动立刻痛得五官扭曲，倒吸凉气，“啊，我的脚！”

李俊泰惊慌地急忙低头，一眼看到韩星子的右脚脚踝处又红又肿。

“扭伤了？”他顿时满脸自责，“我送你去医院。”李俊泰急忙扶着韩星子站起来，用自己的身体做她的拐杖，支撑她摇摇欲坠的娇小身体。

“等一下，还有更重要的事。”韩星子制止李俊泰，急切地找到詹姆斯，“导演，我，我还没有表演完，可以继续吗？”

“继续？”詹姆斯看着狼藉的舞台，无名怒火在心中燃烧，他态度傲慢地斜视韩星子，“第一次你失败，是因为你不够专业；第二次你失败，是你运气不好！不管哪一条，我都很不喜欢。31号试演者，你失败了，我永远不会让你这种不专业的人成为我电影中的演员！”吼完，詹姆斯气呼呼地走掉了。

韩星子委屈地瞪圆了眼睛，愣在台上。詹姆斯的话犹如晴天霹雳，不但粉碎了她心中所有的期待，也带给她极大的羞辱！

韩星子顿时羞愤交加，紧咬下唇：“我发誓，总有一天我会成功，我要让你知道自己判断失误，我要让全天下人都知道我是最棒的演员！”韩星子暗暗憋了一口气，同时握紧拳头。

剧场一片混乱，海选被迫中止。

不一会儿，警车和救护车先后赶到。李俊泰搬来一把椅子，想扶着韩星子坐下，却被韩星子一脚踢翻。

“嘶——”韩星子扯到受伤的脚踝，痛得眼泪在眼眶里打转。

“小心，你受伤了。”李俊泰看着韩星子红了一圈的眼睛，非常自责，“我送你去医院吧。”

“我自己去，不用你管。”韩星子拒绝。

“你自己怎么去？我开车送你。”

“不用你操心。”韩星子转身要走，突然，剧场内一阵骚动，接着人群散开，几个穿着制服的纽约警察走进来。

“谁是事故负责人？”警察询问声刚落下，所有人都看向李俊泰和韩星子。

“不是我，这件事和我没关系，我是受害者。”韩星子急忙辩解。

“是我造成的。”李俊泰主动承认。

警察简单调查了一下，然后走过来拍拍李俊泰的肩膀：“经过我们的调查和目击者的证词，现在断定你破坏舞台给剧场带来巨大损失，请跟我们回警察局。”

“OK！”李俊泰点头。

韩星子看着李俊泰被警察带走，愣了一秒，医护人员就找到了她。

她被抬上担架，走出剧场的时候，恰好碰见准备上警车的李俊泰。她再次愣了愣，然后不自在地将头扭开。

“韩星子！”李俊泰恰好回头看到这一幕，心里突然有点儿闷。

韩星子的手指动了动，没有回应。

“韩星子！”李俊泰不甘心地再喊。

韩星子咬紧唇瓣，直到被医护人员抬上救护车，也没有回头。

李俊泰看着坐在救护车上的韩星子娇小的身影，目光灼灼。她微微蜷缩的身体看起来很悲伤、很失落、很委屈，让人心生怜爱。

“我一会儿去医院找你！”李俊泰心中一阵悸动，在救护车门即将关闭的一瞬，对着韩星子喊。接着，救护车门完全关闭，救护车灯闪烁，最先驶离剧场。

“走吧。”警察催促。

李俊泰点点头，坐上警车的时候，视线死死盯着前方的救护车。他下意识握紧拳头，刚好救护车转弯，视野里出现了几个醒目的红色大字。

“是距离这里最近的医院？”李俊泰眼底突然迸射出灼热的视线。

很快，警车停下，李俊泰被带到了最近的警察局。

警察局里非常嘈杂，人来人往。警察按照程序告知李俊泰，剧场要求赔付3万美金，他可以选择接受律师援助，减少部分赔偿金。

如果是一年前，3万美金对他来说就好像从狮子身上拔下一根毛那么简单，可是现在，他逃离家里已经整整一年，仅靠打工薪水生活，很难支付这笔巨款。

找Nick帮忙吗？不行！Nick已经帮了他很多忙，他不能再给Nick添麻烦，而且Nick的酒吧即将到期，需要支付一大笔租金。

似乎，他唯一能寻求帮助的，只有他的爷爷李政权和哥哥李明哲。

但是，真要联系他们，把已经得到的自由重新埋葬？李俊泰的眼神不由得黯淡下来。

“你好！请问李俊泰在吗？”清爽的男中音突然响起。

李俊泰愣了一下，猛地站起来，不敢置信地看着眼前的人：“哥！”

“俊泰！”李明哲看到李俊泰没有受伤，顿时松了口气。他大步走过来，拥抱了一下李俊泰，然后拍拍他的肩膀。

“哥，你怎么来纽约了？”李俊泰吃惊地问。

“谈生意，爷爷让我接你回家。”李明哲打量了一下李俊泰。一年不见，李俊泰没有像他想象中那样被生活磨光意志和傲骨，双目依旧炯炯有神，脸色看起来和电视里一样，始终洋溢着与生俱来的自信和傲骨。

从小到大都是这样，他们兄弟俩分开的时候，都是人中之龙。但是站在一起，他总是会被李俊泰比下去，一个是天生的帝王，一个只能屈居人下，做个看人脸色的臣子。

“幸好你没出事，否则爷爷那边我没办法交差。”李明哲的眼光暗淡一下，自卑感再次冒头。

“那些黑衣人是你安排的？”李俊泰皱起眉头。难怪消失半年多的追踪者再度活跃起来，而且像是训练有素的警犬，总能准确地嗅到他的气息。

“还不是为了找到你！”

“所以把我当贼抓吗？”李俊泰想到韩星子难过得眼圈发红、想哭却拼命忍着的模样，激动得难以自控，“你知不知道，这些黑衣人不仅给我的生活带来了影响，甚至还毁了别人的梦想！梦想啊！是你赚几亿几十亿都无法买到的、这个世界最宝贵的财富！可是，就因为你，那个人的梦想破碎了！”

李明哲愣了，从小到大，李俊泰从没有对他吼过，更别说当场翻脸。

“发生了什么我并不清楚，不过如果是我造成的，我很抱歉。”李明哲收敛心神，脸色却难以掩盖地阴沉了下来。

“对不起不是万能的，无法改变对别人的伤害！”李俊泰大吼，突然一拳狠狠砸在墙上，手背的肌肤顿时崩裂了十多道细小的伤口，鲜血顺着伤口溢出来，鲜红一片。

“你想怎么办？”李明哲扫了一眼李俊泰手上的伤，再次感到意外。他和李俊泰只是分别了短短一年，但是眼前的李俊泰变得太陌生了。他不由得重新审视李俊泰，却发现对现在的他缺乏了解，也没有详细资料来判断。

“剧场的事因你而起，赔付你负责。还有，马上给我办理保释手续，我要出去！”李俊泰心急如焚，比起和李明哲吵架，他更想马上赶到医院找到韩星子。今天的事，他欠韩星子一个补偿。

“多少？”

“3万美金。”

“不多。”李明哲掏出钱包，填好一张支票，递给警察。

很快，保释手续就办好了。李俊泰头也不回地走出警察局，李明哲紧随其后。

刚出门，李俊泰就走到一辆玛莎拉蒂旁边，一脸不爽地朝李明哲伸手：“钥匙呢？”

“手痒了？”李明哲自以为了解他地笑了笑，把钥匙掏出来丢给李俊泰，“从小你就喜欢车，最喜欢黑色的玛莎拉蒂。一年多没碰车，憋坏了吧？”

“交通工具而已，好坏能用就行。”李俊泰焦急地接过车钥匙，解锁、上车、踩油门，动作一气呵成，快得让人来不及反应。

玛莎拉蒂绝尘而去。

李明哲愣了一下，随后苦笑：“这算是抢车逃逸？”

车上，李俊泰心急如焚，打开GPS后，很快就找到了救护车所属的那家医院。他一个急转弯，立刻朝医院赶过去。

这个时候，医院里的韩星子刚刚打上了石膏，坐着轮椅被医护人员送回病房。

“真是无妄之灾，该死的李俊泰，麻烦精！”韩星子躺在床上恨恨地捶床。医生说她运气好，腿并没有骨折，但是踝关节外侧韧带拉伤，3天内不能运动，得卧床静养。

可是她哪有时间住院三天？试演失败的事，还有那通莫名其妙的电话，都在等着她处理。尤其是那通电话，一直搅得她心神不宁。

究竟是诈骗电话，还是真出事了呢？

韩星子越想越着急，越想越担心，立刻掏出手机打给妈妈。

很快电话就通了，传来的却是机械的提示声：“Sorry，the

number you dialed is power off.对不起……”

“怎么会关机，难道真出事了？”韩星子的心咯噔一下，有点儿慌。自从她来纽约留学，妈妈的手机就24小时开通，洗澡、做饭、睡觉……不管任何时候手机都不离开身边，就怕错过了她打来的电话。但是，现在妈妈居然关机了！

“怎么办？”韩星子急得眼圈发红，突然捶了一下自己的脑袋，“猪脑袋，怎么忘了张阿姨！”

张阿姨是妈妈的好友，妈妈有什么事都会找张阿姨商量，如果妈妈真出事，张阿姨一定知道。

韩星子立刻拨打张阿姨的电话。

“喂，星子啊！”电话接通的瞬间，张阿姨的声音就从手机听筒里飘了出来。

“张阿姨，我妈妈是不是出什么事了？”韩星子焦急地喊。

“这事……说来话长。”张阿姨沉默了一会儿，才开始讲述事情的原委。

一周前，韩星子的妈妈陈倩云被人欺骗，风投失败，辛苦打拼半辈子的资产全赔了进去。陈倩云大受打击，精神失常。银行急于找到韩星子办理资产拍卖手续，才有了今天那通电话。

韩星子心情沉重地挂断电话，有些发呆。妈妈投资失败，破产了不说，还赔上了所有家产。她的家即将被银行拍卖，她和妈妈不但一夜之间变得一无所有，她也再没有能力支付巨额学费。

第二章

LOVE
OF AURORA

韩星子转过身，背对着李俊泰蹲坐在地上。李俊泰继续给韩星子处理头发，擦着擦着，身体慢慢前倾，不知不觉间，他的胸膛就贴上了她的后背。

“怎么会这样，所有倒霉事一起发生？”韩星子紧咬着下唇不让自己哭出来，粗重的气息却暴露了她此刻的脆弱。

一天之内，她的梦想破碎、受伤住院、家里破产、妈妈精神失常……似乎所有的倒霉事全都找上门来。

韩星子翻了个身，对着天花板发呆。

妈妈的笑脸，突然闯入视野。

“妈妈……”韩星子揉了揉眼睛。

她不能只想着留学的事，妈妈更重要！韩星子当机立断，决定回学校办理休学手续，然后回国找到妈妈，带妈妈去医院接受治疗。

“但是，怎么办理出院手续呢？医生让我三天不准下床！”韩星子发愁地揉乱了一头黑发。

这会儿，走廊里突然响起一串脚步声。韩星子好奇地抬头，发现医生正带领实习医生和护士们一间病房一间病房地查房。或许，这是个机会？韩星子眼前顿时一亮。她按捺住内心的冲动，等医生检查完自己这间病房，走进下一间病房的时候，飞快地掀开被子跳下床。刚好走廊里病人出出进进，遮掩住了她娇小的身影。

一路畅通无阻，韩星子一瘸一拐地逃到安全出口。只要打开眼前这扇门，她就可以离开医院！

“加油！”韩星子伸手开门，不料门却从里面被人拉开了。

“糟了——”韩星子倒吸一口凉气，没想到刚逃跑就要被抓包。

“韩星子！”门开的瞬间，李俊泰一眼瞧见犹如受惊小兔子般惴惴不安的韩星子。他大喜过望，伸手抓住韩星子的肩膀：“太好了，刚到医院就看到你。你的腿怎么样，治疗了吗？”

李俊泰说着低头看了一眼韩星子的脚，立刻瞪圆了眼睛：“打了石膏？很严重！骨折了吗？”李俊泰脸上浮现出强烈的自责和愧疚，“你怎么没在床上躺着？腿不要了？还到处蹦，是不是不够疼？怎么这么不会照顾自己呢？！”

“要你管！”韩星子终于从震惊中回过神来。

她没想到会在医院里再次和李俊泰重逢，韩星子眼圈再次发红，一直隐忍的情绪，在看到李俊泰的瞬间犹如火山爆发般：“你怎么会来这里？你阴魂不散地缠着我，到底想干什么？”韩星子哭喊着，推打李俊泰的胸膛，“都是你……如果不是你，我就不用受到詹姆斯导演的羞辱，我的梦想也不会因此止步，重新回到原点。你为什么要这么对我？就因为我昨天错把你当贼，所以你就要这样报复我？”

“事情已经发生了，我道歉也于事无补。所以我来找你，你想要什么补偿都可以。”李俊泰从小到大都没有向人低过头，更没有道歉的经验，唯一能想到的就只有物质赔偿这种爷爷常用的手段。

“补偿？你以为钱是万能的，能买来梦想？”韩星子控制不住地大发脾气。试演失败、被詹姆斯羞辱、梦想又一次远离……这些组合在一起，变成一把锋利的匕首，不断凌迟着她的心脏，心痛到滴血。

“当然可以。比如我投资拍电影，选你做主角。”李俊泰信誓旦旦地回答。

“你——”韩星子气得两眼发红，“你简直就是浑蛋！我的梦想，被你破坏一次还不够，难道你还想糟蹋它吗？”

“我想补偿你，怎么就浑蛋了？”李俊泰也有点儿往外冒火气，从小到大，他什么时候这样接低三下四过？如果不是韩星子为梦想努力拼搏的精神感动了他，如果不是他间接毁掉了她的梦想，他管她受没受伤，直接丢下几万美金补偿，省时、省力、省心。

李俊泰暴躁地抓了抓头发：“痛快点儿，想要什么补偿就说！不管是现金还是投资拍电影，不过就是几百万美金的事，简单！”

几百万美金还简单？果然有钱人就是任性。

“敬谢不敏。”韩星子很讨厌李俊泰这种眼高于顶、高高在上的命令口吻。

“让你说你就说，怎么这么麻烦？”李俊泰不耐烦地坚持着，大有韩星子不开口就决不离开的意思。

“你——”韩星子被他吵得心浮气躁，她这边心急如焚，哪有时间在医院耽搁，“你不走我走，我着急着呢！”

“你受伤了不在病房好好休息，急着干什么去？”

“我的事用不着……”韩星子眨眨眼，忽然灵机一动，猛地拽住李俊泰的胳膊，“你不是要补偿吗？好啊，你送我回学校，咱们就扯平了。”

“就这样？”李俊泰惊呆了。

“我高兴！你不是说我提出的任何要求你都答应吗？怎么，你反悔了？行啊，那你麻溜滚蛋，我自己回学校！”韩星子赌气地一瘸一拐下楼。

“我不是……好吧，我送你回学校。”李俊泰拗不过韩星子，无奈地妥协。

很快，李俊泰就将韩星子送到校门口，韩星子急切地推开门，一瘸一拐地跑进校园。

“到底什么事这么着急？”李俊泰看着韩星子的背影，一头雾水。

他在校门口发了一会儿呆，刚发动汽车准备离开，手机就响了：“喂？”

“俊泰，你在哪儿？”

“哥？”李俊泰意外地把手机拿离耳边，看了一眼，确定这是自己逃到纽约的专用手机，才猛地想起自己的电话号码在警察局有记录，“什么事？”

“我刚联系了爷爷，他让我们明天回国。机票我已经买好了，你收拾一下吧，然后来广场酒店找我。”

“我不回去！”李俊泰赌气地说。

“你不回去，难道还要继续窝在那家地下酒吧？我已经见过老板Nick，感谢了他这一年来对你的照顾，并且留给他五万美金。我相信这是对他最好的回报。”

“你——”李俊泰有点儿反感，他讨厌自己的生活被人干涉、自由被剥夺。可是，Nick是他在美国最好的朋友，他知道五万美金对Nick来说意味着什么。

李俊泰握紧方向盘，足足发愣了一分钟，才长呼一口气：“哥？”

“嗯，我在等你回答。”

“如果可以，多帮帮Nick。他不仅需要钱，更需要一个展示能力的舞台。”李俊泰说完挂断电话，狠狠踩下油门。玛莎拉蒂在黑夜里像是脱缰的野马，在公路上疯狂地奔驰。

他足足疯了一夜，天亮了才开车赶往纽约肯尼迪国际机场，和李明哲会合。

李俊泰刚换好登机牌，在候机厅的VIP区等候航班的时候，韩星子也拖着行李来到机场，办理托运、换登机牌。

“也不知道妈妈到底怎么样了。”韩星子在候机厅等候的时候，忍不住胡思乱想，越想越着急，越想越担心，“妈妈那么脆弱，一定会躲在某个角落一天一天地哭。这种时候真想有个哆啦A梦，用任意门直接回到家里去！”

韩星子叹息了两声，再次掏出手机，试着拨打妈妈的电话，可是电话依旧关机。她不由得握紧手机，不断祈祷：“妈妈，求求你，千万不要出事……”

“乘客朋友们……”机场广播突然响起。

韩星子急忙把手机关掉，拿起背包，走向登机口。她剩的积蓄不多，买了一张经济舱半价的X舱学生票，就只剩下不到一百元了。

登上飞机后，经济舱人多，过道比较窄，十分拥挤，韩星子等了足足十分钟，才走到自己的座位前。她把iPad mini拿出来，刚想把背包放到托架上，就看到从拥挤的过道走来一个大腹便便的孕妇。孕妇走路十分吃力，好几次差点儿摔倒。

“呀，这有七八个月了吧？”韩星子急忙放下背包，跑过去搀扶孕妇，热心肠地帮她安顿。

“谢谢。”孕妇在韩星子的座位边坐下。座位有点儿小，再加上刚刚走得有点儿喘，她这会儿呼吸紊乱，脸色发白，手在腹部频频抚摸。

“怎么了，肚子不舒服？”韩星子紧张地问。

“嗯，可能也是我紧张吧！”孕妇的脸色更加难看。

“乘务员！”韩星子看着要出事，急忙求救。不一会儿，乘务员和乘务长都来了。乘务长在了解情况、和孕妇商量后，当机立断，带她更换舱位。

韩星子目送孕妇离开，直到看不见，才坐回到座位，一边长舒了口气，一边拍打胸口：“好险，差点儿出事！”

有了这一插曲，韩星子的心又静不下来了，试演失败的事、妈妈破产的事，一股脑儿地浮上脑海。

“啊，好烦！”韩星子打开iPad mini，戴上耳机听治愈系的音乐，然后闭上眼睛，想让自己的脑子放空。可是事与愿违，越不想想起来的烦恼越是如影随形，甩都甩不掉。

韩星子更加心烦，忍不住睁开眼睛，眺望窗外。这时，飞机起飞，飞上了蓝天。她看着触手可及的天空，思绪烦乱。要离开美国了吗？从今往后，她距离自己的好莱坞梦想，又远了一步！

韩星子的眼角突然有点儿湿润，泪光在眼眶里滚动，却始终没有掉下来。她轻轻吸了一口气，将难过的泪水咽回肚子里，故作坚强地笑了笑。

“小姐，请问需要什么饮料？”乘务员亲切甜美的声音打断了韩星子的感伤。

她急忙揉了揉眼睛，尴尬地笑：“果汁，谢谢。”

“好的，祝您旅途愉快。”乘务员将果汁放在小桌板上，推车离开，为下一位乘客服务。

韩星子重新戴上耳机，突然发现一道视线在看着自己，她扭过头，发现是一个外国小女孩。小女孩长着一头漂亮的金发，眼睛碧蓝色，白皮肤，美得好像洋娃娃。

“Hi——”韩星子打招呼。

“Hi——”小女孩对着韩星子摆手、眨眼睛。

她活泼可爱的笑容逗笑了韩星子，韩星子也摆摆手，然后收回视线，盯着iPad mini看。也许是受了小女孩的影响，韩星子心情不再那么惆怅，重新看向窗外。这时有人走过来，引发一阵躁动。韩星子往窗边刚靠了靠，黑影一闪，她身边的空位上就坐了个人。

“李俊泰！”韩星子好奇地扭头，正对上李俊泰迷人深邃的黑瞳，顿时吓了一跳。

“是你，小金猪！”李俊泰惊讶后爆笑，“你的腿好了？怎么到处乱蹦？学校也没放假，你回国干吗？”

“我……要你管！”韩星子撇嘴，扭头，“到哪里都能遇见你，真不知道是走什么霉运，遇到你准没好事！”

“我没那么厉害，当不了衰神，但是可以做帅哥。”李俊泰听到韩星子的小声抱怨，忍不住反驳。

“耳朵真灵，难道属驴的？”韩星子继续撇嘴，还把音乐声调大了，不想再和李俊泰对话。

李俊泰看了韩星子一眼，也拿出iPad玩游戏。

气氛沉默下来，有点儿尴尬。韩星子又往窗边挪了挪，忽然就瞧着天空刚刚还飘着棉花糖一样的白云呢，这会儿就被黑压压的乌云吞噬了，远处有闪电在云中穿梭，雷声轰鸣。

“呀，乌云！”韩星子刚吃惊地指着窗外喊。忽然飞机一个剧烈的颠簸，她身体一歪，脑袋枕在了李俊泰的肩膀上。

李俊泰伸出一根手指，将韩星子的脑袋推开：“投怀送抱？你这也太大方了，我受之有愧啊！”

“变态！”韩星子尴尬地刚直起身子，飞机又是一个颠簸。

“啊——”韩星子身体失控地扑出去，一下子就趴在了李俊泰的腿上，嘴巴正好对准他双腿间的敏感部位。

她吓呆了，满脸通红。

“你打算一直这样飞回国？”李俊泰的耳根也有点儿泛红，身体变得滚烫、燥热，有种说不出的情绪在心底快速发酵。

“啊，对不起——”韩星子失魂落魄地，急忙起来，重新坐回座位上。

太尴尬了，韩星子伸手去拿果汁，结果飞机再次颠簸，她手一歪，整杯果汁都洒在了身上。

“笨蛋！”李俊泰斜了她一眼。

“是，我是笨蛋怎么了，还不都怪你这个倒霉蛋？”韩星子羞愤交加，“要不是你这个倒霉蛋带给我衰运，我怎么会试演失败还韧带拉伤？我家里也就不会……还有现在，飞机好端端的，怎么会这么颠簸？都是因为你才遇到暴风雨，遇到危险！”

“飞机遇到暴风雨和我有什么关系，我又不是老天爷，还能操控天气？”李俊泰也有些火大，但是又有些心虚，的确是因为他给韩星子带来了大麻烦。所以，他想赔偿的时候韩星子干吗不要？这下好了，他有预感，他会因为这一件错事，被韩星子埋怨一辈子。

“谁知道是不是老天爷看你不顺眼想惩罚你，却连累了我们这些可爱的人。”韩星子冷哼，找出纸巾擦衣服。飞机再次颠簸，这次和前几次不一样，飞机开始不间断地颠簸，像是遭遇到了强气流。韩星子脸都吓白了，失魂地一下抓住李俊泰的手。

“怎么了？难道飞机要出事了？”一瞬间，韩星子脑海里浮现出很多电视新闻，都是报道飞机在空中遭遇强气流等恶劣天气，最终坠机。

“别胡思乱想，自己吓自己！飞机应该是遇到气流了，这很正常，没事。”李俊泰低头看了一眼抓着自己的小手，粉白的颜色，像极了初春的桃花。

“我……”韩星子的声音和广播同时响起，她立刻噤声。

“各位旅客，飞机遇到强气流，请跟随乘务员的指引，系好安全带，戴好氧气罩……”机长的声音透过广播，传遍飞机的每个角落。

韩星子急忙放开李俊泰的手，手忙脚乱地跟随乘务员的讲解系好安全带、戴好氧气罩，情绪突然不受控制，她哇的一声哭了。

李俊泰被她吓了一跳，正不知道该怎么安慰，韩星子就哭开了：“都怪你，自从遇到你，就好像遭遇了魔咒一样，坏事不断，这次难道要坠机死掉吗？”韩星子越哭越觉得委屈。

“别哭了，除了破坏你试演，其他事真不赖我。”李俊泰再次被埋怨，但是看着韩星子哭得梨花带雨惹人疼的模样，又发不出火来。他只好伸手在韩星子的脑袋上拍拍：“别怕，没事的，深呼吸。”

韩星子按照李俊泰说的，深呼吸，失控的情绪慢慢稳了下来。可是这个时候，飞机又是一阵强烈的颠簸，紧接着开始左右摇晃。所有人都系着安全带，却无可避免地随着飞机一起左右摇摆，上下颠簸。

剧烈的颠簸让人产生深深的窒息感，濒临死亡的感觉袭击着每个人的神经，在死亡面前，几乎所有人都崩溃了。

“啊——”

“Help——”

机舱内，旅客的尖叫声此起彼伏，还有和韩星子一样的哭声掺杂其中，一时间所有人乱成了一团。

“哭！哭有什么用？”李俊泰不关心其他人，看到韩星子再次脸色发白，急忙主动抓住她的手。

掌心的温暖，立刻安抚了韩星子濒临崩溃的情绪。她慢慢转头，对上李俊泰充满鼓励的眼神，泪水竟神奇地慢慢止住了：“对，还不到哭的时候，有更重要的事要做！”

“什么？”李俊泰一头雾水地看着韩星子打开iPad mini的视频录音界面，“你想录音留言？没事的，真不会出事的，飞机是这个世界上最安全的交通工具，出事的几率很低，相当于彗星撞地球……”

“闭嘴！不要吵。”韩星子白了李俊泰一眼，然后把自己的手抽出来，调整角度。当她的脸完全出现在电脑屏幕上的时候，韩星子眼圈一下子红了：“妈——”

她用力吸了吸鼻子，才忍住泪水：“妈，我是星子。我现在在回国的航班上，飞机遇到了强气流，可能有空难的危险。如果你看到这段视频，就说明我已经离开这个世界，去了天堂——应该会去天堂吧？不，我更希望去北极圈，在天寒地冻的北国世界，寻找我信仰的极光女神欧若拉！”

韩星子停顿了一下，然后扯下氧气罩，强装镇定地对着镜头微笑：“妈，以后我不在了，你要学会照顾自己，不要总是投机取巧。天下没有免费的午餐，掉下来的馅饼不是坏掉了就是有毒，谁抢谁倒霉。你瞧，你又一次把自己推入二十年前的境地，一夜之间所有家产都没了吧？不过和二十年前不同，我长大了，可以赚钱养家了。可是我现在回不去了，你要坚强哦，要再次战胜困难。”韩星子眼圈红红的，鼻息很重，明明想号啕大哭却拼死忍住。

李俊泰突然惊呆了，看着韩星子。原来她不是不想住院休息，而是家里破产了？那她急着回国，难道连学费都交不起了？可是离开纽约大学，她的梦想怎么办？

李俊泰不知不觉握紧了手，忽然理解了韩星子崩溃的心理。如果换作是他，接二连三发生这种倒霉事，也许还不如她坚强。

“好啦，就知道你要哭，怎么那么能哭呢？明明是妈妈，反而感觉是爱哭的妹妹！”韩星子揉了揉鼻子，继续录最后的遗言，

“你要开心啊！我马上就可以见到我信仰的极光女神了，也许我会变成小天使或小精灵呢，每天和她一起把曙光带到人间，驱走黑暗。你如果想我的话，就看日出吧，日出那瞬间，其中有一道光芒一定是我！妈，我欠你一句对不起，出国留学前我答应过你，一定要实现梦想，成为好莱坞演员，然后登上领奖台，拿到奥斯卡小金人。但是我失败了，这个梦只有下辈子才能实现了吧？但是我不后悔！妈，谢谢你反对我当演员却还是选择支持我的梦想。谢谢！妈，我爱你……”

“奥斯卡小金人我不知道，奥斯卡小金猪，非你莫属！”李俊泰看着韩星子漂亮的眼睛里蓄满了泪水却拼命咬着嘴唇不哭出来，故作坚强模样，忽然有点儿心疼。

“那你是什么，小金鸭、小金狗？哦，忘了你是耳朵长的小金驴。”韩星子白了李俊泰一眼。

李俊泰猛地想到自己曾经调侃有小金鸭喜欢韩星子的话，突然间沉默了，耳根再次浮现出可疑的红晕。

“妈妈，我怕——”邻座的小女孩突然号啕大哭。

李俊泰转头，看向恐惧不安地在座位上挣扎、眼看就要把氧气罩扯下来的美国小女孩：“小妹妹，别怕！”李俊泰转过身揉了揉小女孩的头，幽默地安抚她，“你看，现在是白天，天怎么会这么黑？其实啊，这是机场的叔叔阿姨在给飞机穿衣服呢！”

“飞机也要穿衣服？”小女孩吃惊地问。

“对呀！飞机和小鸟一样，小鸟穿上羽毛做的衣服才能飞，飞机也要穿上衣服才能飞上蓝天，把我们送到目的地啊！”

“哦，飞机在穿衣服呢，是漂亮的衣服吗？”小女孩渐渐不害怕了。

“对呀，很漂亮呢！一会儿换好衣服，我们就飞到天空中啦！”李俊泰拉着小女孩的手，“等飞机降落后，你可以看看飞机的衣服漂不漂亮！”

“可以拍照吗？”

“下飞机后才可以哦！”李俊泰点头。

“好棒！”小女孩欢呼着，脸上重新浮现出灿烂的笑容。

韩星子满脸惊讶地看着李俊泰安抚小女孩的独特方式，不由得对李俊泰刮目相看。没想到这个麻烦一堆、还给她带来霉运又有点儿自大的富二代，居然有这样的一面。

“偷看我？有没有发现我很帅？”李俊泰回头，刚好对上韩星子漂亮犹如星辰的大眼睛。他微愣，随后笑着打趣。

“自恋狂！”韩星子急忙转开头，处理iPad的录音。

她将录音保存好，又备份了一份放在桌面上，命名为“给最爱的妈妈，女儿星子”。

“……”李俊泰尴尬地摸了摸鼻子。他拿出耳机，准备听歌打发漫长的时间，却瞥见韩星子又用纸巾擦身上的果汁。他瞧了一眼，韩星子的衣服被果汁完全浸透了，湿答答地黏在身上，肯定很不舒服。

李俊泰抬头看了一眼机舱上面，这会儿正吹送着冷气。他再次去看韩星子，果然，她这会儿正双手紧紧地抱着胸脯，身体冷得发抖。

“真是笨蛋！冷了也不知道穿件衣服。”李俊泰一边说一边脱下外套，很绅士地披在韩星子身上，“不用太感谢我，我一直这么绅士，只是你没发现。”

“谢谢你，自恋狂！”韩星子磨牙。

不过他的外套真的很温暖，上面还残留着他的体温，包裹在身上，有种躺在绿草茵茵的草坪上晒太阳的感觉，满是暖洋洋的春天气息。

恰好这个时候，飞机停止了颠簸。韩星子急忙看向窗外，果然，飞机已经冲出乌云，又看到了湛蓝的天空和棉絮般的白云。

“叔叔，是不是飞机穿好衣服啦？”小女孩突然拉了拉李俊泰。

李俊泰笑眼弯弯：“是呀！你看窗外，飞机飞到蓝天上啦！”

小女孩立刻扭头朝窗外看去，当看到蓝天白云时，她欢快地拍手，稚嫩的脸蛋上浮现出灿烂的笑容。

韩星子看着这温馨的一幕，甜甜地笑开。

也许是气氛太过美好，也许是劫后余生，两个人一言一语地闲聊起来，直到飞机到达机场。

纽约和国内时差是12个小时，这会儿刚好是北京时间13点整。

人群开始稀稀拉拉地走出机场，过了一会儿，李俊泰一手扶着韩星子，一手推着行李车走出机场，呼吸到了久违的国内的空气。

“阳光不错，晒在身上暖洋洋的。”李俊泰伸手遮挡着眼睛，抬头眺望了一下蓝天。

韩星子也仰起头看了一眼，外衣松动下滑，她急忙伸手去抓，没抓住外套，直接抓住了一双温暖的手。

“呀——”指尖传来滚烫的温度，吓得韩星子急忙撤回自己的手，在胸口无助地来回揉搓着。

“先披着吧，遮掩你衣服的狼藉。”李俊泰扫过自己的手背，嘴角不觉地勾起愉悦的笑容，绅士地帮韩星子重新披好外套。

这时，一辆限量版红色保时捷911缓缓在机场门前停下，从车上走下来一位穿着Givenchy品牌时装的漂亮女人。

她戴着Dior太阳镜，遮住了大半张脸，却无法遮掩她精致的五官、妩媚的神韵；她手里拿着香奈儿最新款的手袋，细高跟鞋走在地上，发出“嗒嗒嗒”的声音，同时，腰肢、翘臀随着走动来回摇摆，吸引了无数注目的视线。

"女神！"

"快看，是小天后何静文！"

"真的？怎么可能！国内四小花旦之一的何静文不是在拍戏吗，怎么来机场了？"

一时间机场开始骚动起来，无数人眼底闪着桃心，在疯狂寻找着偶像的身影。

何静文听到粉丝们的尖叫声，拨弄了一下如丝的长发，摘下太阳镜，露出妩媚的笑容，顿时引起一片哗然，群众沸腾了。

一直追踪她来的记者们也不甘落后地涌上，挤开人群，对着何静文不断拍照。

咔嚓咔嚓——

电子闪光灯不断闪烁，收录了一张又一张何静文精美的照片。

"俊泰！"何静文大方地让媒体拍照，还友好地摆出几个性感撩人的姿势。突然，视野里看到了高大的身影，她自信、优雅地，像个骄傲的公主般，走向李俊泰。

李俊泰抬头看到何静文还有跟着她的记者们，顿时心情不爽地皱眉："何静文，你来干吗？还带了一大堆尾巴！"

"我听明哲哥说你今天回来，我来接机啊！"何静文甜甜地笑着，忽然发现李俊泰身边还站着一只丑小鸭，差点儿笑不出来。

她漂亮的大眼睛像是X光一样不断在李俊泰和韩星子身上扫视，忍不住好奇和嫉妒，问道："俊泰，这位可爱的小美女是谁啊？你学妹，还是明哲哥哥的……"

"你说呢？"李俊泰眼睛一亮，突然搂住韩星子的肩膀。

韩星子吓得差点儿跳起来，汗毛直竖，本能地想推开李俊泰。

李俊泰却用力把她压下去，阻止她挣扎的同时，快速凑到她耳边低语："别乱动！帮我演场戏！"

他靠得太近了，近到他说话的时候，她都能感受到他湿热的气息喷在她最敏感的颈窝处，引起一片滚烫和战栗。韩星子头皮唰一下炸开，这种酥酥麻麻的、犹如触电的感觉，让她一下子就脸红了。

“你们——”何静文笑不出来了，从她的角度看去，就像是李俊泰刚刚吻了韩星子的脸蛋，再加上韩星子突然脸红，一切都说明了一件事，“你们是什么关系？”

“就是你看到的关系呗！”李俊泰更加亲密地搂住韩星子。

“李俊泰，你居然……”何静文嫉妒地死死盯着韩星子，如果眼神能杀死人，她现在早就把韩星子扫射成马蜂窝了，“瞒着我谈恋爱？”

“笑话！我谈恋爱为什么要瞒着你，你是我爸还是我妈啊？”李俊泰冷哼，神态又骄傲又嚣张，“你没事就走开！看你把她吓得，都不会讲话了。”

李俊泰吼完何静文，转身就温柔地安慰韩星子：“别怕！她就是个女疯子，自以为是个骄傲的公主，其实就是个不懂事的小女孩。你觉得烦，我们这就走，眼不见为净。”

“李俊泰，你去死！”何静文恼羞成怒地跺脚。

咔嚓咔嚓——电子闪光灯再次爆闪，目标从何静文变成了三个人，把韩星子和李俊泰也拍摄了进去。

“何小姐，请问这位先生是你男朋友吗？”记者们像是嗅到了头条新闻的气息，蜂拥而上。

“如果我没记错，这位先生是传媒集团的少东、X市天才般的富三代李俊泰？请问你和小天后何静文小姐正在秘密恋爱吗？还有这个女孩，是你的新女友、过去式还是说你们在三角恋？”

……

记者们的问题越来越犀利，让人难以招架。

“不要为了新闻而制造新闻！我和何静文就只是一起读小学、

初中、高中和大学的同学而已！”李俊泰辩解了两句，句句都是在撇清和何静文的关系，但是提到他和韩星子的关系，态度却截然相反，“至于这个可爱的、清纯的美女，是我唯一的女朋友！”

咔嚓咔嚓——闪光灯突然集中在韩星子一个人的身上不断拍摄。

突如其来的万众瞩目，吓坏了韩星子。她从没想过，有一天聚焦在镜头下，竟然是如此意外的情况。这不对，不对！这不是她要的舞台，不是她追逐的那个梦！

“不要——”韩星子突然尖叫，猛地推开李俊泰，冲开人群，转身就跑。

李俊泰直接呆住了，何静文也不由得瞪大了眼睛。记者们更是傻了眼，忘记了捕捉镜头，傻乎乎地任由韩星子跑走。

但是，刚跑开的韩星子突然又折了回来。

“对不起！对不起——”韩星子跑到李俊泰身边，抓起自己的行李箱，像午夜十二点落跑的灰姑娘一样，再次跑开。

这一次她没有再回来，而是消失得无影无踪。

“俊泰，你该不会是骗我的吧？”何静文第一个回过神，立刻对韩星子的举动质疑。

“都告诉你们她胆小了，看你们把她吓的！真不知道她会乱跑去哪里——你真会给我找麻烦，何静文！”李俊泰望着韩星子消失的方向，心中竟然莫名地生起一种淡淡的失落。

“你——我是好心来接机，就为了一个我不知道的女人，你用得着这么损我？”何静文大怒。骄傲如她，从出道以来都是众星捧月，什么时候被如此奚落过？可是李俊泰居然一而再、再而三地挖苦她，而根本原因，竟然是一只上不了台面的丑小鸭！

强烈的嫉妒心和对李俊泰的占有欲，差点儿把何静文当场逼疯。

“谁让你来了？自作主张，坏人好事！”李俊泰毫不留情地反击，然后拿着行李箱，头也不回地高调离开了。

何静文顿时怒火中烧——她，被李俊泰当着大家的面，抛弃了？

羞愤、嫉妒，所有负面情绪一起涌来，何静文突然狠狠跺了一下脚，甜美的脸蛋上浮现出和出道以来的甜美形象完全不符的怒气，扭曲的面部表情犹如《白雪公主》中的恶毒王后。

咔嚓咔嚓——闪光灯一阵闪烁，将这历史性的画面摄入镜头。

“不要拍了！滚！”何静文怒吼。

“静文？”李明哲姗姗来迟，刚出机场就撞到何静文发大小姐脾气，“这么大火气，俊泰又惹你了？”

“明哲哥。”何静文看到李明哲，不冷不热地打了声招呼，“习惯了。从小到大，他要不跟我吵、会让着我，也就不是李俊泰了。明哲哥，你回家吗？我跟你一起，好久没见到李爷爷了。”

“好。”李明哲礼貌地笑笑，保持着距离感。

两个人先后上车，离开机场，直奔李家。身后，一大串准备深挖的记者再次蜂拥追随。

这个时候，韩星子已经乘坐地铁火速赶回了家里。

家门口停着一辆超大的搬家公司的车，有人正不断地从房间里搬东西出来。韩星子大概扫了一眼，都是家里的家具等物品。这应该是银行来查封房子了吧？

韩星子叹了口气，急忙跑进家里寻找妈妈的身影。客厅里空荡荡的，只剩下四面的白墙。她只是看了一眼，便毫不在意地往卧室里走去。

“不要抢我的包——啊啊啊——”突然，从卧室里传出刺耳的尖叫。

“妈——”韩星子丢下行李跑过去，就看到妈妈陈倩云正一把鼻涕一把泪地拼死保护着几个名牌皮包，搬家公司的人也紧紧抓着包不放，两边拉锯，难分胜负。

“妈！你在干吗呢？”韩星子惊呼一声。

“星子？”陈倩云吃惊地停止了哭泣，下一秒，继续和搬家公司的人拼命争夺名牌皮包。

韩星子急忙扑上去抱住陈倩云，掰开陈倩云的手，让搬家公司的人将皮包拿走：“妈，别这样！皮包我们不要，将来我给你买更好的啊……”

“我——呜呜……”陈倩云失去了最心爱的皮包，突然跌坐在地上，捧着脸号啕大哭。

韩星子叹口气，有很多话想说，又不知道怎么安慰妈妈。

咚咚咚——敲门声忽然响起。韩星子转身，看到搬家公司的工作人员很有礼貌地站在门口。

“怎么了，还有什么事？你也看到了，家里已经被搬空，我们一无所有了。”

“是这样的，银行让我通知你们，房子明天一早会被查封抵债，请你们及时搬离。”工作人员客气地说完离开了。

“抵债？”陈倩云停止了哭泣，发愣了三秒，再一次拍打着胸口大哭，“该死的骗子，不得好死啊！星子啊，妈妈积攒了一辈子的钱啊，都被骗走了！还有我的房子、我的皮包……”

“妈？”韩星子目瞪口呆。不是精神出问题了？这逻辑挺清楚的啊，还知道心疼钱和皮包呢！

“妈，你没有精神失常？”韩星子蹲坐在陈倩云身边，有些头疼地拍了拍脑门，“张阿姨告诉我你出事了，吓死我了！”

“精神失常？就快了！”陈倩云继续号啕大哭。

“那你干吗装疯？你知道我听到你出事有多担心吗？”韩星子从包里拿出一包纸巾，递给陈倩云。

陈倩云接过来，用力擤了一下鼻涕：“我这不是为了拖延时间吗？我就想着，能晚一天是一天，也许风投又赚回来了，咱们的房子就不用被银行回收了。”

“妈——”韩星子对陈倩云脱线的行为简直哭笑不得。不过她看陈倩云没事，还能耍小聪明，一路悬着的心总算是放下了。

“钱没了可以再赚，只要你没事就好。”韩星子扑上来抱住陈倩云，“你忘记我小时候了？那会儿我们也没有家，和现在一样。我还小，一切都要靠你，可我们也挺过来了，还打拼出来一个家。现在，我可以赚钱了，我们一起努力，从头再来。只要我们母女在一起，哪里都是家。”

两个人说了一会儿贴心话，陈倩云也不哭了。“星子，你回来了，学校怎么办？”陈倩云终于恢复了正常，开始担心韩星子的未来。

“我办理休学了。”韩星子走到洗手间，把毛巾浸湿拧干，递给陈倩云让她擦脸，“妈，这些事以后再说。当务之急，是看看我们还有多少积蓄，能维持多久生活。”

“对对对！我把这事给忘了。”陈倩云一骨碌从地上爬起来，神神秘秘地从贴身衣物里掏出一卷钱，数了数，刚好三千块。

“妈，你哪来的这么多钱？账户上的钱不是都被银行冻结了吗？”韩星子惊呼。

“多什么，只有几千块，也不知道够不够租房子。”陈倩云又忍不住掉眼泪，“早知道银行里的钱会被冻结，我应该早点儿取出来几万藏着。”

“如果早知道会无家可归，你就不应该去做风投了。有总比没有好，省着点儿花，应该能维持两个月。妈，明天一早我们就搬家吧。”韩星子已经没有力气安慰陈倩云了，她坐飞机十多个小时没睡，再加上时差的关系，现在困得睁不开眼睛。

“好。”陈倩云嘴上这样说着，可还是唠叨个没完。

韩星子早就习惯了陈倩云的祥林嫂模式，打了个哈欠，从行李中翻找出两条毛毯，自己裹了一条，另外一条披在陈倩云身上。

“妈，晚安。”韩星子又打了个哈欠，然后在地板上随便找块地方窝着睡着了。

陈倩云看看女儿，看看手里最后的三千块钱，裹着毛毯紧抱着钱，也睡了。

第二天一早，韩星子通过iPad找到一家租金很便宜的破旧老公寓，通过微信支付了两个月房租，和陈倩云一起搬了过去。

陈倩云对房子非常不满意，但是生计窘迫，她只好忍耐将就着。可是她从此以后又多了一个唠叨的话题，每天和祥林嫂一样碎碎念。

韩星子没空听妈妈发牢骚，每天早出晚归，找到一大堆兼职工作。

生活总算暂时安定了下来，直到韩星子准备大扫除清洗衣物的时候，发现了李俊泰的外套。

“呀，怎么把这个给忘了！”韩星子将外套拎起来，忽然想起那天在飞机上发生的糗事，尤其是她还差点儿亲到李俊泰的命根子。啊，想想就觉得好糗、好尴尬，韩星子的脸一秒钟就红透了。

“要想个办法把外套还给他，但是怎么能找到他呢？”韩星子看了看外套，鬼使神差地伸手掏兜，果然有收获——一张机票和一个校徽。

“景霖大学？”韩星子拿起校徽，上面写着四个俊秀的小字，她忍不住吐了吐舌头，“原来和我一样都是大学生，我还以为他是游手好闲的无业游民呢！刚好明天下午没有兼职，去学校把衣服还给他吧。”

打定主意，韩星子就将外套清洗干净，第二天找到了景霖大学。

景霖大学是私人贵族学校，离市中心只有半小时的车程，校园内更是建设得犹如公园一样漂亮，建筑风格豪华，充满了欧洲贵族气息。

“好气派的大学啊！”韩星子走进景霖大学的校园，正惊叹着，迎面就看到两个学生说说笑笑地走过来，她急忙跑过去打听，“同学，麻烦问一下，李俊泰读哪个班级？”

“李俊泰？他早就休学了啊！”学生惊讶地看着韩星子。

“休学了？！”韩星子惊呼，本以为能在学校里找到李俊泰把外套还给他呢，这可怎么办？她不能直接把外套扔了，但是又找不到李俊泰的人。

啊，发愁！

韩星子跟两位学生道过谢，烦躁地抓了抓头发，准备离开的时候，忽然听到身后传来女生八卦的声音：“你们听说了吗？一年一次选送优秀学生前往好莱坞威尔斯影业做见习演员的时间又到了！这次表演系的同学都鼓足了劲儿卖力排练，希望能够被丁桐老师选中呢！”

“真的呀？我都心动想转读表演系了。”

“就是呀，那可是好莱坞！万一被大导演选中什么的，出演大片女主角，一下子就从丑小鸭变成白天鹅，成为好莱坞巨星了！”

“算了吧！你们没听说丁桐的外号？她可是咱们学校出了名的魔鬼导师，在她系里学习，表现好会被她严苛训练成表演机器，表现差，直接挂科！”

“这么惨呀……”女学生们叽叽喳喳，继续聊八卦。

“好莱坞巨星？”韩星子竖起耳朵，转身偷偷跟在闲聊的几个女学生身后偷听了一会儿，大概明白了。景霖大学有个传统，每年都会选送优秀学生前往好莱坞威尔斯影业做见习演员。今年又要到提交选送名单的时候，表演系的学生都铆足了劲，想拔得头筹。

“只要是表演系的学员，就可以争取这个名额吗？”韩星子怦然心动。

但是，选拔条件是什么呢？她不是景霖大学的学生，怎么办呢？韩星子越想越着急，想要放弃，对梦想的追求却更加迫切。

最终，梦想暂时占据上风。

韩星子找到几个路过的同学，打听到表演系的地址后，立刻赶了过去。

景霖大学的表演系就在学校剧场后面，有独立的教学楼和排练剧场。韩星子站在门口发呆，最后压抑不住内心的渴望，走了进去。

教学楼很大，有很多不同的班级。但是这会儿所有班级都空荡荡的，一个人也没有。

“难道今天没有课？不会吧，哪有这么巧同时不上课的？”韩星子正疑惑着，突然听到音乐声从教学楼深处传来。她好奇地顺着声音寻过去，找到了表演系的排练剧场。

所有学生都集中在这里，舞台上有学生正在表演，舞台下，其他学生在围观、学习。学生中间站着一个短发的导师，正蹙着眉头和其他导师讨论着什么。

韩星子偷窥了一会儿，内心的渴望不断膨胀。眼前的一幕像极了她在纽约大学剧场排练的情景。熟悉的场景，让她鬼使神差地走进了剧场。

韩星子站在一个毫不起眼的小角落，如痴如醉地看着舞台上的彩排。舞台上正在表演莎士比亚最经典的名著《罗密欧与朱丽叶》，而且也正巧是这部戏第二幕最经典的部分。

“罗密欧啊，罗密欧！为什么你偏偏是罗密欧呢？否认你的父亲、抛弃你的姓名吧！也许你不愿意这样做，那么只要你宣誓做我的爱人，我也不愿再姓凯普莱特了。”朱丽叶深情地双手交叠在胸前，诉说着对爱人的思念。

罗密欧躲在角落偷听。

“只有你的名字才是我的仇敌，你即使不姓蒙太古……”

“仍然是这样的一个你。”韩星子不由自主地跟着朱丽叶的表演者一起默念台词，甚至表情同步地表演起来，“姓不姓蒙太古又有什么关系呢？它又不是手，又不是脚，又不是手臂，又不是脸，又不是身上任何其他的部分。啊！换一个姓名吧！姓名本来是没有意义的；我们叫作玫瑰的这一种花，要是换了个名字，它的香味还是同样的芬芳；罗密欧要是换了别的名字，他的可爱、他的完美也绝不会有丝毫改变。罗密欧，抛弃了你的名字吧！我愿意把我整个的心灵，赔偿你这一个身外的空名。”

丁桐和导师谈完话，转身一下子就看到了韩星子，她这会儿正在和舞台上表演朱丽叶的演员一起表演。

丁桐转头看看台上的表演，再看看台下韩星子的表演，不管怎么看，韩星子都完胜台上的表演者，丁桐不由得被韩星子吸引了。

“很有潜力，天分也比何静文好！”丁桐交代了几句，大步朝韩星子走来。

韩星子还在聚精会神地表演着，没有注意到自己已经被发现了，直到丁桐走到她身边，轻轻鼓掌叫好。

“啊——对不起，我不是故意的。”韩星子惊慌失措地道歉。

“没关系，看得出来你很喜欢表演，功底也不错，怎么没有选择表演系？难道因为我的外号，害怕了？”丁桐笑着问。

“外号？”韩星子一头雾水。

“‘魔鬼导师’啊！”丁桐有些意外，现在学校里还有不知道她外号的学生吗？

“哦，我不知道。我并不是景霖大学的学生，我是为了找这里的同学，无意间听到学生们在谈论景霖大学的传统，好奇之下才过来看看的。”韩星子急忙解释，很不好意思地红了脸，“请问，每年景霖大学都会选送表演系的优秀学员去好莱坞实习吗？”

“是的，今年又开始选拔了，我是负责导师。”丁桐证实了学生们的八卦传闻。

“那请问，只有景霖大学表演系的学员才有选送资格吗？或者，还有什么其他的选送条件？”韩星子紧张得一颗心乱跳，犹如有一万头小鹿在里面疯跑。

“按照惯例，学校每年都会事先组织一次选拔赛，以筛选毕业大戏的演员名单。选拔赛分三轮比赛，最终只会选出两个名额，获取保送资格。”丁桐从口袋里掏出一张名片递给韩星子，“你可以考虑一下要不要进入景霖大学表演系学习，哪怕只是个旁听生，都有资格参演选拔赛。”

“我……”韩星子捏着名片，眼神复杂。

现实和梦想，她究竟该怎么办？成为好莱坞演员，是她一生追求的梦想。可是现在她和妈妈正面临生活的难关，她身兼数职才能勉强维持生活，哪有时间来学校学习？

理智输给了现实，韩星子在心里做分析说服自己——表演系的课时不多，但是需要刻苦排练，她在纽约大学的时候每天恨不得只睡一个小时，剩下的时间都用来练习表演，否则就会被其他人甩到后面去。可现实根本没有这么多时间让她挥霍……

韩星子用力捏紧名片，内心挣扎了好一会儿，才微笑着道谢，木讷地转身离开。

“奇怪，她明明很喜欢表演，又对去好莱坞见习很心动，为什么看起来很犹豫呢？难道是有什么困难？”丁桐对韩星子感到好奇，再加上韩星子惊人的表演功底，她立刻决定，只要韩星子来表演系，就尽最大能力帮助这个有天分的孩子。

韩星子回到家后，把丁桐的名片藏在口袋里，绝口不提自己的舞台梦。她依旧每天过着辛苦的兼职生活，早出晚归，十分辛苦。

陈倩云将这一切看在眼里，十分担忧，但是又无计可施。直到她给韩星子打扫房间时，无意间发现了藏在韩星子口袋里的名片。

“丁桐，景霖大学表演系导师？！”陈倩云双眼发光，拿着名片的手不断颤抖，“这真是需要什么，老天爷就送来什么！这孩子也真是的，既然找到合适的学校，为什么不告诉我？不行，我得想办法，让星子重返学校读书！”

她丢下衣服，急忙穿上自己最后一身得体的衣服，匆匆忙忙跑了出去。

夜幕降临的时候，陈倩云才返回家里，一进门，就闻到一股好闻的饭香：“星子啊，快来，妈妈给你带来好东西了！”

“什么啊？”韩星子摆好碗筷，走了过来。

陈倩云一把抓住韩星子的手，用力把纸袋塞进她的手里：“拿着，明天就去景霖大学办理入学手续！”

“妈，你怎么知道的？”韩星子吃惊地问，然后翻开袋子，发现里面放着一沓钱，看起来有三万那么多，“妈，你哪来的钱？”

“这你就别管了，反正不是偷的也不是抢的。你啊，找到合适的大学也不告诉妈妈，不知道妈妈多担心你的学业吗？明天你就去找那个丁桐导师，去表演系读书！家里这边你别担心，这些钱省着点儿，够我们花一阵子了。不够了，妈妈再想办法。你只负责给我好好读书，然后风风光光毕业，成为红遍大江南北的好莱坞巨星！”陈倩云心虚地不敢看韩星子，如果让韩星子知道她低三下四地找曾经生意场上的所谓朋友们借钱，韩星子肯定不会要这笔钱的。

“妈——”韩星子眼圈一红，忍不住抱住陈倩云。

“好了，这孩子怎么比我还能煽情？快把钱收起来，咱们吃饭。”陈倩云悄悄抹去眼泪。

“嗯。”韩星子终于露出了久违的笑容。

第二天一早，韩星子先去辞掉了白天兼职的工作，只保留了晚上的一份兼职，然后去景霖大学找丁桐办理入学手续。因为她就读于纽约大学表演系，虽然休学，但是学籍还在，无法直接入学，只能成为表演系的大三旁听生，就读于丁桐执教的班级。

周一，天清气爽，韩星子换上清爽的白裙子，拿着背包，起早搭乘地铁来到景霖大学。

校门口出乎意料地挤满了学生，都快看不到学校的正门了，而且一眼看去都是女学生。她们纷纷拿手机拍照，犹如见到了国际巨星一样花痴地尖叫，气氛热闹到有点儿吵。

“有明星来学校吗？”韩星子好奇地凑过去围观。

人群中间的位置反而不拥挤，空出来大概六平方米左右的圆圈。圈内站着两个男人，一个犹如流川枫，外表冷漠、内心如火，幽深的眸子闪着比星辰还迷人的韵味；另一个好像天生的对手樱木花道，豪爽、单纯、阳光，与之灿烂迷人的笑容相比，连夏日的阳光都逊色了几分。

“是景霖大学风云男神排行榜的第一名和第二名啊！天啊，我要幸福死了！”

“我知道！第一名李俊泰，高冷男神！传说全校女生都暗恋他、男生都崇拜他，甚至有不少女导师也和我们一样疯狂地喜欢他、迷恋他呢！”

“第二名孙华皓，阳光撩妹男神！传闻有他的地方连黑暗都绕道走，阴雨天立刻雨过天晴，冬天变成炙热的夏季，是个超级阳光、性格如火的超级男神，喜欢他的人非常非常多！”

“当初孙华皓只以一票之差输给了李俊泰，因此特别不服气，放言和李俊泰水火不容，有他就没有李俊泰。两个人从入学开始，一见面就是刀光剑影、战火纷飞。”

“那后来呢？”韩星子听得津津有味，忍不住八卦地追问。

“后来李俊泰退学了啊！孙华皓失去了对手，在学校里过得既舒服又无聊，结果到学期末才发现有四门挂科，留级一年。谁想到休学中的李俊泰今年复学，俩人又成了同窗，新的战争开始啦！”三年级学姐见有人认真听，更加认真地八卦讲解。

“他们是不是太闲了？只会掐架的男神算什么男神，跟幼稚园俩孩子争夺班长似的，幼稚，无聊！”韩星子听完八卦，撇嘴离开。

她的声音本来不大，但是恰好李俊泰和孙华皓准备开战，四周一下子变得静悄悄的，因此这句话就跟大喇叭放送似的，钻进了所有人的耳朵里。

李俊泰和孙华皓同时愣住，围观群众更是集体石化。

“谁？”李俊泰恼羞成怒，疯狂地找了一圈，刚好看到正往人群外面挤的韩星子。她娇小的背影、雪白的连衣裙，犹如这个夏天最明媚的风景。

这个背影，怎么有点儿眼熟？

“你认识？”孙华皓嘴角抽搐。

“关你什么事？”李俊泰白了孙华皓一眼。

刚刚那句“幼稚，无聊”犹如魔咒，李俊泰再也没心思和孙华皓掐架。他抬了抬手臂，背着背包绕过孙华皓，大步走进校园。

“有点儿意思！”孙华皓耍帅地捏了捏下巴，“美女们，谁能帮我把刚刚说我幼稚的女生找出来，有赏哦！”

“哇——”女生们集体星星眼，沸腾了。

孙华皓又一次成功撩妹后，悠哉地迈着修长的双腿，走进校园。

这个时候，韩星子已经来到表演系报到。但是她刚到教室就被告知这几天表演系不上课，要去学校剧场布置舞台，为毕业礼大戏做准备。

韩星子又急忙跑到学校剧场。

学校剧场非常大，是表演系排练剧场的整整五倍。舞台下的观众席也非常多，看上去就像是一个大型演唱会的标准。韩星子找到了表演系的负责导师，领到了装饰广告牌的任务。她和另一个女生一起，找到舞台上矗立的巨大广告牌。

“好大啊！”韩星子惊叹。

“你好，我们被分过来装饰广告牌。希望我们合作愉快，请多多关照哦！”女同学很爽快地打着招呼。

“怎么分到的是女生？要力气没力气，爬高只会尖叫，掉金豆子比谁都快，干活儿十个顶不上一个。”一个正在粉刷油漆的男生不满地发牢骚。

女同学的笑脸顿时垮掉，难以接受地红了眼睛，眼看就要哭了。

“女人怎么了？冲你这句话，就知道你是情商智商双低的渣男！”韩星子看到同学被欺负，再加上男生的言论，顿时火大，“都什么年代了，还嘲笑女性？景霖大学怎么会录取你这种人，这简直是景霖大学历史上最大的污点！”

“你说谁是渣男？”男生猛地将油漆刷扔在地上，起身要揍人。

“说不过就想动手？你们男人除了会欺凌弱小，还会干什么？想动手我奉陪，让你看看什么是新时代女性，上得了厅堂、打得了渣男！”韩星子不屑地翻白眼。打架？她会功夫！谁怕谁！

“好啊，这可是你说的！”男生毫不客气地挥拳。

韩星子正打算反击，突然一道高大的身影横插进来，挡住她娇小身体的同时，用力捏住了男生扬起的胳膊。

“她还真没说错，景霖大学录取你这样只会打女人的学生，真是历史性的污点。”

酷帅的声音响起，几乎同一时间，剧场变得鸦雀无声。所有人的目光看过来，男生们一个个噤若寒蝉，女生们都犯花痴，星星眼。

“李俊泰！”男生吓呆了。

“李俊泰——”韩星子不敢置信地惊呼。

“韩星子！”李俊泰推开男生，转过身看到自己救下的女生居然是韩星子，惊讶极了，“你怎么会在景霖大学？”

“当然是读书，难道还当你导师吗？”韩星子撇嘴。怎么每次遇到李俊泰，都会有倒霉事呢？

“读书？你不准备读纽约大学了？”李俊泰问完就后悔了。飞机上他听到韩星子的录音，知道了她家里破产的事。就算纽约大学的表演系比景霖大学好一百倍，她也只能放弃，选择国内的学校来完成学业。

“休学了，现在是景霖大学表演系的旁听生。”韩星子解释。

“挺好。”李俊泰不知道该怎么安慰韩星子，尴尬地挠挠头，然后转身怒瞪渣男，“滚！再让我看到你欺辱女生，见一次打一次！”

男生吓得发抖，头也不回地转身逃掉。

“真凶残！”韩星子翻白眼，但是那个渣男的确让人很不爽！她又笑了，拍拍李俊泰的肩膀：“不过做得好！”

“你把我当宠物呢？”李俊泰斜眼睛。

韩星子尴尬地咳了咳，转身翻找油漆桶，装忙碌：“我们可以做什么呀？只是刷油漆上色吗？”

“广告牌上有底稿……”李俊泰突然眯起眼，韩星子的背影好熟悉——娇小的身影、雪白的连衣裙……

“是你！早上骂我幼稚、无聊的人是你！”李俊泰脑海里猛地蹿出一幅画面，指着韩星子惊呼。

“……”被人抓包了！

“那个……”韩星子尴尬地转身，对上李俊泰喷火的眼睛，“我不是故意针对你的啊，我只是实话实说。你们的行为，的确很像是斗鸡场的公鸡，见面就掐！”

“韩星子——”李俊泰怒了。说他幼稚就算了，这会儿居然还骂他是鸡！

李俊泰指着韩星子漂亮的脸蛋，咬牙切齿地低吼：“早知道是你，我刚刚就应该看着你被渣男打死！”

“他打不过我，我会功夫！”韩星子天真地眨眼。

“你——小金猪！笨蛋！”

“幼稚鬼！你离我远点儿，遇到你准没好事！”又叫她外号，烦死了，她才不是猪。

韩星子凶巴巴地瞪着李俊泰。她火大地搬起油漆桶，绕到广告牌的另一边，再也不想看到李俊泰。

“本来就是猪！”李俊泰也扭头离开，丢给韩星子一个傲娇的背影。

这会儿韩星子已经快速投入到了工作中。她和另一个男生合作，男生爬到梯子上，负责上面的部分，韩星子负责广告牌的下面，用刷子蘸满绿色的油漆，均匀地涂色。

“我是一个粉刷匠，粉刷本领强……”韩星子转眼就忘记了刚刚的不愉快，哼起歌来。

“你唱歌真好听！”坐在梯子上的男生主动和韩星子聊天。

“哪有啊……”突然被异性夸赞，韩星子有些害羞地红了脸，“我唱得不好，就是随便哼着玩的。”

男生恰好看到韩星子脸红的可爱模样，笑了：“脸红啊？真少见。你是我见过最可爱的女生了！”

“啊……谢谢！”韩星子的脸更红了。

男生大笑，韩星子尴尬，这样的画面落在远处的李俊泰眼中，却变得另有深意。

“这么快就和男生有说有笑的了？”李俊泰觉得胸闷，很不爽，想找碴儿。他一眼瞥到脚边的油漆桶，想也不想，拿起来就朝着韩星子走过去。

“你——”李俊泰站在梯子下面，面无表情地朝男生勾了勾手指。

男生急忙从梯子上爬了下来。李俊泰看了一眼浑然不觉的韩星子，慢悠悠地拎着油漆桶爬上去，却在坐下的时候不小心失手，油漆桶从手中脱落，从上面掉了下来。

砰——油漆桶在地面上滚了一圈，红色的油漆洒出来，将地面染红。

“啊——”附近，韩星子抱着脑袋惊呼。头顶湿漉漉的，有什么东西正顺着她漂亮的黑发往下流。她伸手去摸，抓了一手油漆，鲜红似血。

“怎么回事？”韩星子愣了一秒，抬头看到李俊泰，顿时大怒，“又是你！你怎么就阴魂不散赖上我了？每次遇到你都没好事，好端端的油漆桶也会洒……”骂了两句，韩星子突然愣住，狐疑地眯起眼睛，“李俊泰，你该不会是故意报复我的吧？”

“对……”李俊泰正准备道歉的话被硬生生咽了回去，“你是猪吗？哪只眼睛看到我是故意的？”

“就算你不是故意的，事情也是因你而起！你这个倒霉鬼，以后离我远点儿！”韩星子气得抓了抓头发，结果又弄了满手的油漆，心情顿时更糟糕了。

她急匆匆跑到洗手间，抢救自己心爱的长发。可是油漆很难清理掉，韩星子把头发洗掉了一大团，油漆依旧存在，看着格外醒目刺眼。

韩星子又郁闷又恼火地走出洗手间，刚回到剧场，就被人看到狼狈的模样，引起一阵嘲笑。笑声里，隐隐约约好像有人喊什么“红毛怪”“油漆妖怪”……

“李俊泰——”韩星子恼羞成怒。

“怎么没处理干净？真笨！”李俊泰突然出现，拿着白毛巾包住韩星子的脑袋，然后半搂着她的肩膀往外走去。

“还不都怪你！”韩星子挣扎，却敌不过李俊泰的力气。她好像一只待宰的羔羊，被迫跟着李俊泰的脚步往外移动：“你想干吗，再来一次绑架吗？”

“绑架你干吗，你有被害妄想症啊？”李俊泰在韩星子脑门上弹了个栗暴，“你可真够笨的！没学过化学吗？油漆，要用汽油洗掉！”

“汽油？你别胡来啊，我好不容易才留这么长的头发！”韩星子惊呼，吓得发抖。

“笨蛋！汽油和油漆具有类似的化学基因，根据化学上相似相溶的原则，油漆当然会被汽油溶解。”李俊泰翻了个白眼，半搂着韩星子走出剧场。

他们前脚刚走，后脚剧场就沸腾了。女生们集体炸开锅，纷纷议论李俊泰和韩星子的关系。混乱中也不知道是谁喊了一句，大家纷纷将矛头指向韩星子，一致认为她是故意弄脏头发勾引李俊泰。

“勾搭男神？泰妃糖不同意！”一个长得甜美但是肌肉感很强的女生，咻地握紧拳头。

另一边，韩星子根本不知道自己已经成为众矢之的。她被李俊泰带到了化学实验室，趁着导师不注意，偷偷溜了进来，做贼一样的心虚充斥在韩星子的胸口。

“我们还是走吧，被发现就惨了！”韩星子盯着翻箱倒柜找汽油的李俊泰，缩在角落里的她看起来像只受惊的小兔子。

“找到了！”李俊泰惊呼。

“啊——”这么快？

韩星子正惊讶，李俊泰已经拿着汽油的量杯跑了过来。他直接将汽油倒在白毛巾上，然后拿起毛巾擦韩星子染着油漆的长发。汽油发挥了作用，油漆大片大片脱落，染红了毛巾。

“转过去，后面有更多需要处理。”李俊泰拍拍韩星子的肩膀。

韩星子转过身，背对着李俊泰蹲坐在地上。李俊泰继续给韩星子处理头发，擦着擦着，身体慢慢前倾，不知不觉间，他的胸膛就贴上了她的后背。

两个人浑然不觉，直到李俊泰撩开韩星子的长发，手指擦过她漂亮的脖子，他愣了愣，低头，视线落在她的皮肤上。白里透红的色泽，犹如樱花一样漂亮，触感很软很弹。李俊泰的呼吸一下子就乱了，手抓着白毛巾，整个人犹如石化，动也不动。

“怎么了？”韩星子发现了李俊泰的异常。

“没……弄好了。”李俊泰心慌地后退一大步，手一松，毛巾落在韩星子的头上，遮住了她全部的视野。

韩星子一把扯下毛巾，看到白毛巾染成了红毛巾，唏嘘不已：

"都弄掉了？"

"嗯，不过味道有点儿大，一会儿你洗个头。"李俊泰站在距离韩星子三五步远的地方，距离有了，但是呼吸依旧有点儿乱。他迫使自己不去看她，但是脑海里的那幅画面却怎么也挥不散。

"走吧，一会儿该被发现了。"李俊泰离开的背影有点儿仓促。

"哦，好。"韩星子急忙跟上去，因为太担心被导师发现，她没有注意到李俊泰的狼狈和古怪。

从实验室顺利溜出来之后，韩星子和李俊泰告别，匆匆跑回表演系找同学借了洗发液，足足洗了一个小时的头发，才把油漆味和汽油味完全清理干净。

下午，依旧没有课。

韩星子继续装饰广告牌，傍晚准备离开学校回家的时候，丁桐找到了她。

"导师？"韩星子有些意外。

"明晚开始，我单独给你加课。这是景霖大学的教材，你今晚回去看看。"丁桐将装着各种书籍的牛皮纸袋递给韩星子。

"谢谢导师，我一定会努力的！"韩星子感动得双眼发亮。

但是这股激动维持了还没十分钟，韩星子就开始发愁了。她一边往校园门口走，一边唉声叹气："这可怎么办？晚上有兼职，但是学业又不能放弃。生活……妈妈的三万块应该能坚持一阵吧？导师单独给我加课，应该持续不了太久，先把工作辞掉，以后再找吧！"

"回家？"校门口，李俊泰酷帅地背着始祖鸟的最新款背包，靠在红色的保时捷跑车上，交叠的双腿看着又直又长。

"是呀！"韩星子愁眉苦脸地点点头。

"怎么了？头发的味道还没弄掉？"李俊泰微微皱起眉头。

“不是啦！”韩星子摇摇头，“导师说明天开始给我单独加课，但是，我晚上有兼职。”

“兼职？”李俊泰想到韩星子的生活条件，明白地点头，“那你打算怎么办？是继续做兼职，还是辞掉呢？”

“当然是辞掉了！导师给我补课，这么好的事，可遇而不可求。而且我这段时间也的确落下了不少课，正好利用这个机会补回来。”韩星子又叹了口气。

“挺好。需要我帮什么忙吗？我还欠你一个补偿呢。”李俊泰想到纽约的事，再加上今天的事情，有点儿内疚。

“什么补偿？哦，纽约的事啊？过去的事就过去了，人啊，应该向前看。”韩星子乐观地耸耸肩，“我走了哦，不然赶不上地铁。”

“我送你。”李俊泰拦住韩星子，绅士地打开车门。

“哦，谢谢。”韩星子想到兼职的地方比较偏远，一来一回，到家就很晚了，她还要做饭、做家务，还要看丁桐给她的教材，时间很赶，就没有拒绝。

李俊泰负责地将韩星子送到做兼职的地方，等她辞掉工作后，又将她送回了家。

第二天一早，韩星子咬着油条赶上了地铁，准时赶到了学校。

学校还是一如既往的热闹，女同学疯狂呐喊，追星一样跟在李俊泰和孙华皓的身后尖叫。韩星子只瞄了一眼，就急忙朝剧场跑了过去。

布置会场的工作量很大，不过人多力量大，到了傍晚的时候，韩星子就和李俊泰将广告牌的工作完成了。

傍晚，夕阳欲落，鲜红的火烧云从东边烧到西边，把整个天空都给染红了。

表演系的教室里，丁桐在给韩星子单独加课。

“表情不对，你怎么这么笨？”丁桐火大地不断拍桌子，“台词情绪也有问题，没有表达出角色内心的彷徨、无助和更深层次的东西。这样不行！作为我的学生，你很优秀，但是作为演员、一个表演者，你远远不够！”

“我……”韩星子眼圈发红。从她走上表演者这条路开始，她还是第一次被导师骂得狗血喷头。她紧咬着下唇，强烈的自尊心让她感受到深深的羞辱，而这份羞辱感也化作了压力，变成她想变强的动力。

“我会努力的，导师！”韩星子眼睛亮晶晶的，闪着强烈的决心。

“我会盯着你的，韩星子！”丁桐很满意，但是脸上看起来依旧严厉，宛若真正的恶魔，“今天就到这里，早点儿回家，注意安全。”

“嗯。导师再见。”韩星子辞别丁桐，顾不得擦去汗水，急忙拿着背包跑出教室。

昨晚她看书忘记告诉妈妈加课的事，妈妈一定等着急了。

第三章

LOVE OF AURORA

不管什么事，只要他认定了，就会坚持到底，决不放弃。她看着李俊泰，仿佛看到了自己，就算明知道前面是暴风雨，为了梦想，也依旧勇往直前。

韩星子拿着手机正准备联系妈妈，忽然看到一个漂亮的女孩在朝自己招手。

“喊我吗？”韩星子疑惑地停下脚步。

“你是韩星子吧？”女孩大方地走过来，“我叫张悦，大三，美术系，是你的学姐。”

“学姐，你找我有事吗？”韩星子礼貌地打招呼。

“我听泰少说你需要一份兼职工作贴补家用？刚好学校的咖啡店招聘兼职，你明天下午过来面试吧，具体情况我们详谈。薪水优厚，按小时算钱，不会耽误你的功课。”张悦冲韩星子眨眨眼。

“泰少？”

“李俊泰啊，你不会不认识吧？”张悦问。

“李俊泰？”韩星子吃惊，怎么会是他？

“好啦！我们约好了，明天下午你没课，我们14点咖啡店见。”张悦摆摆手，离开。

“明天见。”直到张悦走远了，韩星子还在云里雾里。李俊泰居然会这么好心帮忙？想到李俊泰昨天再次提到补偿，也许他这么做，是为了不欠她什么吧。

“这样也好，省得麻烦了，我还有钱赚贴补家用。”韩星子耸耸肩，没把这件事放在心上。她急匆匆地一边往校门口跑，一边给家里打电话报平安。

生活开始变得忙碌起来。第二天韩星子在午休结束后，找到了学校中犹如传说一样存在的咖啡店——贵族花园咖啡店。

贵族花园咖啡店坐落在校园人工湖旁，修建得非常有古典特色，看上去像是欧洲古代贵族的花园。听说咖啡店的消费很昂贵，只有那些富家子弟才经常来这里消费，而传闻中的两大男神，是这里的常客。因此，有不少女生为了在这里邂逅男神，几乎全天泡在咖啡店里，促使咖啡店生意非常火爆。

“好梦幻的感觉啊！”韩星子是第一次走进贵族花园咖啡店，进来后不禁咋舌。

装潢太气派了，从沙发到餐具，都十分考究，古典贵族气息浓厚。尤其是VIP招待区，清一色的欧洲宫廷沙发、漂亮的刺绣抱枕，看着就价值不菲。

“韩星子！这边！”张悦首先看到韩星子。

韩星子急忙跑过去，礼貌地打招呼：“学姐，我真的可以在这里做兼职吗？我没做过咖啡店的工作，我怕我做不好，这里的东西看着又很贵，万一……”

“打住！既来之则安之。乖，你先去换工作服，然后我们再谈薪水和工作的事，OK？”张悦做了个Stop的手势。

韩星子点点头，被另一个服务生带去换制服。

不一会儿，韩星子换好制服，找到在收银台忙碌的张悦。张悦转身，看到韩星子的时候双眼发亮，忍不住吹了声口哨。

“果然人靠金装啊，换上这套Versace的制服，就是显气质！”张悦边说边从口袋里掏出工作牌递给韩星子，“我是咖啡店的店长，欢迎你加入我们的大家庭。服务生试用期一周，时薪100，转正后时薪200，周末和节假日薪水三倍。另外每月都有奖金，店内消费一律八折。”张悦对韩星子眨眨眼，“你今天先熟悉咖啡店的环境，三天内熟悉咖啡店的业务，一周内我要求你清楚每一种咖啡的味道、冲煮方法。”

“我记住了。”韩星子认真地点头。

她先熟悉咖啡店的环境，然后帮着其他服务生打扫卫生，擦玻璃、拖地、收拾餐桌、清洗咖啡杯……忙得不可开交。

这会儿刚好是下午茶时间，咖啡店里的客人很多，但是大多数都是女生，三三两两坐在一起，时不时朝门口张望，像是在等什么人。

忽然，咖啡店的门口一阵躁动，接着响起刺耳的尖叫。

“怎么了？”韩星子吓了一跳，条件反射地回头朝门口看去。

门口精致的铜风铃叮当作响，店门推开，走进来一个身高约185厘米、身材修长、笑容灿烂的超级大帅哥。

“孙华皓？”韩星子吃惊地瞪圆了眼睛。

“Hi，美女们！”孙华皓酷帅地走进来，立刻热情地给每个女生一个大大的飞吻。

尖叫声顿时四起，女生们沸腾了，一个个星星眼，犯花痴。

孙华皓放电的眼睛在咖啡店转了一圈，然后走向一个看起来很娇羞、很清纯的女生，他坐下姿态暧昧地挑起女生的下巴：“你真是我见过最漂亮、最清纯的小公主。告诉我，你叫什么名字？”

“方，方锦晞！”女生娇羞地红透了脸。

“人如其名，真美！”孙华皓修长的手指，轻轻划过方锦晞额前的长发，“我最喜欢像你这样长发飘飘的女孩，像天使，像精灵……”

女生激动地尖叫，猛地推开孙华皓，捂着脸羞答答地跑开了。

孙华皓酷帅地捏捏下巴，展现完美的阳光笑容：“第355个女生被我俘虏了，下一个会是谁呢？”他伸出手指，指尖划过一个女生，就引起一阵刺耳的尖叫。

直到，孙华皓的手指，指向正在擦桌子的韩星子。

“哇，大眼睛美少女！”孙华皓走过来，故技重施，轻佻地伸手想挑起韩星子的下巴。

“离我远点儿！”韩星子厌烦地推开孙华皓的手，她最讨厌这种将撩妹当性感的贱男，“我警告你，下次再对我动手动脚，我就打110告你骚扰！”

“你——”孙华皓灿烂的笑容顿时僵硬、垮掉。

从小到大，他这是第一次被女生拒绝，第一次被女生骂。

孙华皓不由得仔细打量着韩星子，精致的五官、吹弹可破的肌肤，和其他漂亮的女生没什么区别。但是她的眼睛非常漂亮，黑宝石一样，在阳光下闪烁着迷人的光晕，像是在眼前映射出七彩的虹，美丽又充满了灵气。

“我有没有说过，你真的很漂亮？”孙华皓由衷地赞美道。

“……”韩星子额头滑下三道黑线。

她突然将抹布丢在桌上，转手抄起扫帚就往孙华皓身上扫，跟赶苍蝇似的往外轰：“咖啡店门口挂着‘闲人勿进’，你是近视呢还是高度近视呢，还是超高度近视什么都看不见？”

“我消费！”孙华皓一边躲避扫帚无情的攻击，一边扯着嗓子喊，“我买咖啡——对，就是咖啡！”

“店里咖啡售罄了，只剩下巧克力口味的提拉米苏蛋糕！”韩星子故意刁难。

“我要了！”孙华皓得意地掏出钱包，站在收银台前笑眯眯地看着韩星子。

韩星子瞪了他一眼，转身走到收银台前，微笑着服务：“顾客你好，一共728元，请问现金还是刷卡？”

“……刷卡！”孙华皓磨牙，抢钱啊！

“好的，马上将蛋糕为你打包。”韩星子快速结账，然后将打包好的蛋糕和收银单据一起交给孙华皓，“顾客，你的蛋糕，请收好。”

“希望你喜欢。”孙华皓将卡收回，蛋糕却被推到了韩星子面前，“请收下我的心意。”

“抱歉顾客，本店不允许接受礼物和小费。”韩星子翻白眼，转身走出收银台。

“那我在咖啡店外等你。等你下班了我再送你，咖啡店就管不着了吧？”孙华皓不死心地抱着蛋糕去追，结果韩星子走到了工作间。

啪——

门关上的时候，孙华皓差点儿被撞到鼻子。

“这么辣？我喜欢！”孙华皓双眼发亮，脸上明媚的笑容更加灿烂，比夏天的太阳更火辣、更炙热、更夺人呼吸。

店里的女生们，集体惊呆。

孙华皓居然撩妹的时候碰壁了？孙华皓在被拒绝后居然死缠烂打？OMG，这还是景霖大学只输给李俊泰一票的阳光男神孙华皓？

“谁把刚刚的一幕拍下来了？”

“我我我，我拍了！”

“快传到论坛，OMG，太具有历史性的一幕了……”

不到一小时，孙华皓被韩星子拒绝的视频就引爆了论坛，点击量不断飞升，论坛的帖子也雪花般堆高。

计算机系的高手第一时间公布了事件女主角的人肉搜索数据——

姓名：韩星子

年龄：20

生日：10.12

星座：天秤座

学籍：纽约大学，现景霖大学表演系大三旁听生，导师丁桐

身高不详，三围不详。

女神指数：和李俊泰暧昧过，在学校剧场上演“油漆门”事件；被孙华皓追求过，在咖啡店上演“告白门”事件。综合指数，五颗星，新一代“双门”女神！

人肉帖一出，顿时横扫论坛其他帖子，更是爆了刚发布不到一分钟的“小天后归来”的劲爆消息，顺理成章地成为新的头版头条。

韩星子知道这件事的时候，已经是第二天中午。

“双门女神？”韩星子无所谓地耸耸肩，一个人来到人工湖假山后面的小树林吃午餐。这里风景秀美，平时很少人来，韩星子很喜欢这里的清静。

她一边咬着三明治，一边欣赏蓝天白云。

“好吃吗？”

“谁？”韩星子吓得从地上跳起来，犹如见了鬼似的，脸色煞白。

“真扫兴！连我的声音都听不出来，我还以为我们很熟了。”

一道修长的身影从假山顶上跳下来，落在韩星子身前的时候还不忘记要帅地捏捏下巴。

“孙华皓！”韩星子眼角抽搐。

“嗨，又见面啦！”孙华皓看看四周，一个人都没有，静悄悄的，顿时大胆地上前一步，接近韩星子，“我们足足有1245分钟，也就是74700秒没见面了。这段时间里，你是不是特别特别累？”

“累？”

“对啊，因为你在我心里跑了74700秒——不对，这会儿已经跑了有74825秒了，能不累吗？”孙华皓抛了个撩人的电眼，电压破万伏。

“……”韩星子一阵干呕。

“孙华皓，这么老的段子也敢拿出来泡妞，恶不恶心！”一个高大的身影突然出现，走到韩星子身后，立刻将她笼罩住。他伸出胳膊，很自然地从后面搂住韩星子的肩膀，暧昧地将脑袋倚在韩星子的颈窝处：“一会儿看不住，你就到处拈花惹草，惹来一身腥。”

身体的触碰令韩星子吓了一跳，条件反射地推开男人。

她快速转身，看到男人俊帅的脸顿时愣了：“李俊泰？！”

“叫那么大声干吗？我们什么关系，叫我‘泰’！还有，你午饭怎么就吃这么点儿，难怪瘦了吧唧的，抱起来都是骨头。”李俊泰再度伸手将韩星子捞到怀里，却一眼看到韩星子手里吃掉一半的三明治，不由得皱起眉头，“走，去食堂吃饭。”

“不去，还有我们……”韩星子挣扎。

“不要闹别扭，偶尔生气是可爱，一直生气就不可爱了。”李俊泰霸道地用食指封住韩星子的唇，无视她的反抗，搂着她就走。

“唔唔——”韩星子的抗议全都消失在李俊泰的掌心。

她挣扎，但是李俊泰的力气太大，她怎么也挣脱不开，反而累到筋疲力尽，到最后身体几乎是瘫在李俊泰的身上，被他半搂半拖着走向食堂。

“站住！”孙华皓发呆了三秒，追上去。

他以百米冲刺的速度直接反超到李俊泰和韩星子前面，嚣张地张开双臂拦住路：“你和她到底什么关系？”

“关你屁事！”李俊泰翻白眼。

“李俊泰，你该不会是想和我比赛吧？”孙华皓突然笑得暧昧。

“白痴！”李俊泰的语气轻蔑到了极点。

“你——这只猩猩，猴子，章鱼！怎么，怕了吗？哼！比赛正式开始，这一次我绝对不会输给你！”孙华皓咆哮。

“猪！”李俊泰翻白眼，强迫地搂着韩星子绕过孙华皓，继续走。

孙华皓气呼呼地在后面跺脚，看起来像即将喷发的火山。

李俊泰搂着韩星子离开人工湖，走进了人来人往的校园。很快，他和韩星子暧昧的姿势就引来了无数围观者。

一时间，惊叫声再度四起。

“唔唔——”韩星子羞愤地用力挣扎，甚至张口就咬。

“啊——你属狗的啊？”李俊泰吃痛地松手。

韩星子怒不可遏地瞪着李俊泰：“你——你，流氓！色狼！”

“我对小金猪没兴趣！”李俊泰一边揉着被咬出牙印的掌心，一边挑眉，“你还真是属狗的，不识好人心。”

“好人？”韩星子斜眼睛。

“难道，你喜欢被撩妹狂魔纠缠？”李俊泰心口一跳，忽然有点儿紧张。

“谁喜欢，我又不是变态！”

“就是呀，那我帮你，你干吗反过来咬我？”李俊泰质问。

“谁要你帮？越帮越乱！你看看刚刚有多少人围观！惨了，我明天不会还霸占头版头条吧？”韩星子懊恼地抓头发、瞪李俊泰。

“不会！谁敢乱说，直接灭了丫！”李俊泰霸道校长般冷笑。

“真的？”韩星子眼前一亮，就像是黑夜里见到了黎明的曙光，“那你能不能解决什么‘油漆门’‘告白门’‘双门女神’事件？”

李俊泰看着韩星子，发现她美丽的大眼睛像天上的太阳，太明亮，闪到了他的心底：“当然可以。不过，我为什么要帮你？”

“你想怎样？”

“陪我吃午饭！”李俊泰去拉韩星子的手。

啪——清脆的一声，李俊泰的手被用力拍开。接着，孙华皓就在韩星子吃惊的目光下，伸手戳向李俊泰的胸膛：“不要随便动手动脚，碰我的女神！”

“女神？不好意思，你的女神，是我的女友！”李俊泰推开孙华皓的胳膊，然后握住韩星子的胳膊，轻而易举地将她拉到了身边，两个人几乎要抱在一起：“走，吃饭去！”

“可以，不过要解决我的事！”韩星子挑了挑眉毛。

“成交！”李俊泰捏了捏韩星子的脸蛋，手感出奇地好。

韩星子拍开李俊泰的手，却无法挣脱他另一只手的钳制，只好被他握着手，拉进了食堂。

景霖大学的食堂内部很大，设施也比较豪华。一共有三层，一层大多是普通学生，二层有景霖大学的VIP卡才能进去，有点儿像外面的高级餐厅，三层供教授导师使用，据说环境非常优雅、清静。

这会儿，一层挤满了人，几乎没有空位。韩星子正苦苦寻觅空位的时候，被李俊泰直接拉上了二楼。

“我没有VIP卡啦！”韩星子惊呼。

“我有啊！”李俊泰从口袋里掏出一个小巧的黑卡，递给韩星子，“这是副卡，拿着！在这种私人贵族大学里，身份就是王道，可以为所欲为！”

“不要！”韩星子拒绝。她可不想和李俊泰扯上关系，而且身份、阶级什么的，她也一向很抵触。在景霖大学做旁听生，她只想安安静静、普普通通地度过。

“拿着！”李俊泰将黑卡塞给韩星子，在她又准备拒绝的时候抢先开口威胁，“不要，论坛的事我就不管了！”

“……”韩星子磨牙，悻悻地将黑卡收下。

李俊泰满意地勾唇一笑，然后带着韩星子走到熟悉的座位坐下点餐。

“点这么多，你是猪吗？”韩星子看着丰盛的食物，有点儿傻眼。

“喂猪！”李俊泰坏笑。

“你——”韩星子拍桌子，刚想发火，忽然就听到从身后传来一声娇滴滴、像棉花糖一样又柔又软的声音：“俊泰！”

韩星子好奇地转身，看到一个穿着香奈儿白色连衣裙的飘逸美女。她的五官特别精致，眼睛又大又圆，看着好像大明星，十分眼熟，却偏偏叫不出名字。

韩星子歪着头，绞尽脑汁地思考。

“俊泰，我回来啦！你开不开心？想没想我？”美女跑过来，一下子从背后抱住了李俊泰的脖子，亲昵地和他贴脸。

“回来就回来，和我有什么关系？”李俊泰皱眉，厌烦地抓住美女的手，将她一把推开，“别凑这么近，我有洁癖！”

韩星子嘴角抽搐——洁癖？搂她、抱她的时候，怎么不说有洁癖？

“怎么这么无情？难为人家那么想你，刚回来就满校园找你。”美女脸色微变，但是很快又笑容满面。她走到李俊泰对面坐下，双手托腮抱怨撒娇的模样，娇弱得好像一朵水莲花，让人情不自禁地想要怜爱。

韩星子眨眼睛，忽然感觉到一股强烈的敌视目光。她下意识抬头，看到美女在对自己笑，但是她感觉不到善意，反而后背发麻、心底发凉。

“我、我、我还是换一桌吧！”韩星子忽然有点儿结巴。

“坐着！”李俊泰斜眼睛。

韩星子被他这一瞥，顿时手脚发凉，坐也不是，走也不是，头疼得厉害。

“Hi，咱们的百变女神回来啦！”孙华皓观摩了一会儿，胸有成竹地贴过来，挨着美女坐下。

“这么久不见，你还是那么帅，只输给我家俊泰半个小手指！”美女和孙华皓击掌，将目光再次移向韩星子：“Hi，没想到我们又见面啦！”

“我们认识？”韩星子瞪大眼睛。

“机场啊，你忘啦？”美女可爱地撇嘴，“我是何静文，大三表演系导师丁桐的学生。”

“机场？何静文？”韩星子还是没印象。

“不是吧，我这么没有辨识度吗？”何静文是说笑的口吻，笑意却不达眼底。

她——号称演艺界新晋小天后，连著名导演都夸赞她不但长得漂亮，演技也是一等一的出色呢！而她的人气更是超高，参演的电视剧只是播出预告的花絮，就成功吸粉几百万，连女一号都被她PK

下去了。

她获得这么傲人的成绩，本以为这次结束拍摄回归校园，会像当年入学一样，引起海啸般的追捧和欢呼。结果理想很美丽，现实很骨感。整个学校居然没有一个人知道她今天回归校园，所有人都在议论同一个话题——韩星子和李俊泰、孙华皓的三角恋！什么“油漆门”“告白门”，甚至还有人封韩星子为新一任女神，叫什么“双门女神”！

KAO，旭格门还是YKK门？

韩星子没出现时，景霖大学就只有一个女神，是她，号称百变天后！可是现在属于她的风头被草根一样的小人物韩星子给抢走了，甚至还包圆了两个男神，玩什么三角恋！

呸，忒不要脸！

“我可记得你，而且印象深刻。当时在机场，你被摄像机吓到的样子，真像是参加舞会、到了12点就狼狈逃离的灰姑娘呢！”何静文内心的嫉妒小火苗噼里啪啦地燃烧着，看向韩星子的眼神犹如刀子般锋利。

机场，摄像头！

“啊，你是那个大明星！”韩星子突然指着何静文尖叫。

“不是什么大明星，真是明星，你就不会认不出我了，对不对？”何静文娇笑，笑容里却闪烁着得意之色。

“不是啦，我一直在纽约读书，刚回国没多久，所以才不认识国内的明星。”韩星子尴尬地解释。

“在纽约读书？怎么转到这里读书了？”何静文眼里闪着金光。

“没转学，暂时在表演系做旁听生。”韩星子继续解释。

“哦，旁听生啊！”何静文忽然笑得别有深意，目光朝李俊泰看过去，挑衅地挑眉。

李俊泰冷酷地扫了何静文一眼："丁桐导师慧眼识英才，把韩星子给挖来了。人家可是纽约大学TISCH艺术学院表演系的高才生，景霖大学的表演系跟人家相比，被甩了何止十条街。"

"TISCH艺术学院！天啊！"何静文忍不住惊呼。

TISCH艺术学院，截至目前，一共产生过19个奥斯卡金像奖得主，是世界电影教育最重要的基地之一，也是电影学院中最具有影响力和号召力的。几乎所有热爱表演的人，都做过在TISCH艺术学院表演系学习的梦！

"不是啦，是我家里有特殊情况，所以才……"韩星子的话还没说完，就被李俊泰在桌下悄悄踢了一脚。她疼得倒吸一口凉气，立刻怒瞪李俊泰。

李俊泰趁机夹起一块红烧肉，塞进韩星子的嘴巴里："最近天天晚上接受丁桐导师单独辅导，一定累坏了吧？所以我才说要多吃点儿，有力气才有动力学习！"

"唔唔——"韩星子的抗议都淹没在红烧肉的攻势下，一转眼的工夫，她的嘴巴就被塞得满满的，一句话也说不出来。

何静文放在桌下的手紧握成拳，嫉妒的目光简直要把韩星子当场撕个粉碎。但是很快，她就收敛起骇人的目光，笑眯眯地和韩星子套近乎："星子啊，我可以这样叫你吧？咱们以后就是同学了，多多关照！我可要向你好好学习呢，TISCH艺术学院的高才生，一定是真材实料，比景霖大学表演系所有同学都厉害！"

孙华皓敏感地皱眉，何静文轻描淡写的一句话，就将韩星子推到了表演系所有同学的对立面。这可是在韩星子面前表现的好机会，他笑了笑，准备开口反击。

"比表演系所有同学更厉害的人是你才对吧？你现在可是演艺界的新晋小天后，前不久接受媒体采访的时候，你不是还说会多多照顾同学，让她们尽快赶上你，也成为新人明星吗？"李俊泰比孙华皓反应快一步，抢先奚落。

“我，我只是想表达会照顾同学，并没有表示我比同学们更优秀的意思！李俊泰你什么意思，这样陷害我好玩吗？亏我们还是青梅竹马呢！”何静文怒火中烧，李俊泰居然帮韩星子解围，还讥讽她？她可是李俊泰的青梅竹马，居然比不上他在纽约认识的一个小草根？

“你可不是我的青梅，最多算一酸梅，看到你我就牙疼。”李俊泰白了何静文一眼，忽然拉着韩星子站起来：“今天食堂的饭真难吃，我们去外面吃，请你吃大餐。”说完，他再次不顾韩星子的意愿，强行拉着她就走。

“李俊泰，你放开我！”韩星子终于把最后一口红烧肉咽进了肚子里。

“闭嘴！否则信不信我像在纽约一样扛着你走！我保证，未来一周的头版头条，还会是你！”李俊泰威胁。

韩星子倒吸一口凉气，这事李俊泰还真干得出来。

她这一沉默，就被李俊泰拉出了餐厅，朝校门口走去。不明真相的群众只看到两个人手拉手离开，顿时炸了锅。

随后何静文怒摔孙华皓的餐盒，和孙华皓大吵一架，两人负气同时离开食堂。围观群众再次沸腾了，流言蜚语顿时传遍了整个校园。

一个中午的时间，流言就被传出了无数个版本。其中最经典、也被推成头版头条的是——小天后插足三角恋，手撕情敌惨被辱；男神携手新女神，大虐校园单身狗。

“天哪！”韩星子知道这个新消息，简直不敢相信自己的耳朵。她只听说过被离婚，还是第一次听说被恋爱，而她就是这个被恋爱事件中最悲催的女主角。

“这些人就是太闲了，才会热衷八卦。”韩星子将校园论坛关掉，洗把脸冷静后，来到表演系的小剧场，努力练习昨天丁桐导师布置的作业。

她这一练，就是一下午。傍晚，夕阳快要完全陷入地平线的时候，韩星子才匆匆洗了澡，准备离校回家。

表演系和校门口有一条捷径，樱花小路。这条路特别美，在樱花盛开的季节，路上落英缤纷，走一圈下来，身上发上会沾满漂亮的樱花瓣，变成从童话世界走出来的粉红色公主。虽然现在早已经过了樱花盛开的绚烂季节，但为了节省时间，韩星子每天上下学依旧会选择这条路。

“站住！”

韩星子刚拐进樱花小路，突然从樱花树后面跳出个人，双手叉腰，嚣张地拦住了她的去路。

“你是谁？你想干吗？”韩星子心中警铃大作。

虽然对方只有一个人，而且和她一样都是女生，但是这个漂亮女生的身材能看到肌肉，像是金刚芭比。韩星子一下子就想到了被朋友拉着看的《十万个冷笑话》里面那个肌肉娃娃脸的哪吒。

“我是计算机系人称霸王龙的陈雅萌！你是韩星子吧？校园论坛的女主角，勾搭我们男神李俊泰的坏女人！”陈雅萌磨牙道，“切！还以为长得多漂亮呢，也不过如此嘛，还不如男神以前的绯闻女友何静文漂亮呢！说实话，是你主动勾搭我们男神的吧？”

“李俊泰的粉丝？”韩星子顿时一个头两个大。

“真爱粉，唯一的！”陈雅萌傲娇地挺了挺不大的胸。

“我不管你是真爱粉还是奶粉、奶茶，你喜欢李俊泰是你的事，别来找我麻烦，OK？我和那个倒霉鬼可一点儿关系都没有，以前没有，将来也不会有！”韩星子认真地澄清，恨不得马上拿来一个大喇叭昭告天下，她和李俊泰真的没恋爱！

“什么奶粉、奶茶，太低俗，我是‘泰’妃糖！”陈雅萌气恼地走近两步，想要示威，没注意到鞋带开了，自己被鞋带绊倒，朝地面摔去。

“啊——我的脚，好疼……”陈雅萌惨叫着，抱着腿在地上打滚，漂亮的大眼睛里一下子蓄满了泪水。

“崴脚了？”韩星子吓了一跳，急忙跑过去。

陈雅萌穿着七分裤，露出精致漂亮的脚踝。可是此刻，她的脚踝又红又肿，像是煮熟了的螃蟹，肿起的程度犹如刚出锅的馒头。

“怎么伤得这么重？”韩星子蹲下来搀扶陈雅萌。

“你要干吗？趁机报复？”陈雅萌警惕地推开韩星子。

“扶你起来！”韩星子没好气地瞪了陈雅萌一眼，然后抓住她的胳膊，用力将她从地上拉了起来。

“疼疼疼——”刚站起来，陈雅萌就大声喊疼。

韩星子皱起眉头，看她单腿站立、双眼含泪的模样，心中一软，什么火气都没了：“这么笨，还学人家示威，猪脑袋！校医室在哪里？我送你过去。”

“你真的不是要报复我？”

“少废话！你不疼是不是？那我不管你走啦？”韩星子瞪眼睛。

“别！”陈雅萌急忙指了个方向。

韩星子抬头看了看，距离有点儿远。再低头瞧瞧陈雅萌的脚，让陈雅萌自己走过去，肯定会伤上加伤。

“我背你！”韩星子把心一横，蹲了下来。

“啊——”陈雅萌意外地瞪圆了眼睛。

“傻了？快点儿上来啊！把你送到校医室，我还要赶地铁回家呢！”韩星子想到明天丁桐就要考核她这两天练习的作业，只剩下今晚最后的时间练习了，顿时心急如焚。

“你很忙啊？那我自己去就行。”陈雅萌有点儿不好意思，尴尬地脸蛋发红。

“怎么这么啰唆，快点儿好不好？你这腿能走，我还背你干什么，天生找虐啊？”韩星子回头瞪了陈雅萌一眼。

“哦。”陈雅萌被韩星子吼得一愣一愣的，没想到看着比自己娇小的韩星子，居然能爆发出那么大的力量。等她从震惊中回神，发现自己已经趴在韩星子的背上，快被背出一里了。

“你可真沉！”韩星子举步维艰地拐出樱花小路，身上已经汗如雨下，汗水模糊了视线，路都要看不清了。

“……对不起，要不你还是放我下来吧？”陈雅萌红着脸小声地说，声音还没蚊子大。

“马上就要到了，我能坚持住。”韩星子咬紧牙关，一步一个脚印，脚印中留下一摊汗水。

二十分钟后，她终于把陈雅萌送到了校医室。

校医给陈雅萌检查后抹了跌打药膏，提醒她这几天不要沾水，要尽可能卧床休息，少走路；睡觉的时候如果疼得厉害，把脚垫高了再睡。

“需要我送你回宿舍吗？”韩星子坐在床边，一边喘一边问。

陈雅萌看着韩星子汗流浃背的模样，羞愧得满脸通红：“不用了，你去忙你的事，我喊同学来接我就行了。”

“哦，那我等你同学来了再走吧。”韩星子不放心留陈雅萌一个人在校医室。

“……”陈雅萌的脸更红了，手下意识地抓紧裤腿，半天才低着头咬着唇道歉，“对不起，我……我不知道你人这么好，我……对不起！”

“啊——哦，和李俊泰恋爱的事？那是误会啦，我和他真的一点儿关系都没有。”韩星子急忙辟谣，恢复自己清白的名誉。

“真的？”陈雅萌顿时星星眼，无比期待地抬起头看着韩星子。

“当然是真的！我在梦想成真之前，是绝对绝对不会谈恋爱的！”韩星子用力点头。

“梦想，什么梦想啊？”

“演员梦啊——有一天，我要成为好莱坞明星，获得奥斯卡金像奖！”韩星子提到梦想，眼睛里焕发出的光太亮、太强烈，简直可以点亮整个夜晚。

“你一定会成功的！”陈雅萌大喊加油。

韩星子笑了笑，和陈雅萌聊起来，直到陈雅萌的同学到达校医室，她才告辞离开，去赶地铁回家。

耽搁了不少时间，韩星子晚上排练到后半夜才睡。

第二天一早，天刚亮她就起来了，做了早练才匆忙吃了早餐，急急忙忙赶到学校，几乎是踩着上课铃声冲进了教室。

韩星子刚坐稳，丁桐就风风火火地走进了表演系形体课教室。

“今天主要进行人的基本姿态训练。人的基本姿态是指坐、立、行、卧，这些基础知识去年就讲过，但我还是要再次强调，你们将来的职业是演员，姿态的美丑会直接呈现在镜头前。所以，我们要让自己变得更美。只有完美，才能变成镜头里的女神！”丁桐手执教鞭，目光扫过韩星子，绕了一圈，又移到何静文身上。

这两人都是很有天分的学生，也是她非常看好的学生。

丁桐做了个示范动作，让大家练习完美的站姿：“大家都知道詹姆斯吧？好莱坞著名导演，他曾经说过，有心的地方，才有舞台。如果演员只有空洞的技巧，那和提线木偶有什么区别呢？你们看，何静文就做得很好，将一个女人的美，通过站姿完美地展现在了我们面前。”

韩星子不由自主地抬头挺胸，努力练习。

纽约百老汇剧场，詹姆斯对她的拒绝和羞辱，她永远不会忘记！人争一口气，她要做给詹姆斯看、做给全世界看，让詹姆斯后悔，竟然拒绝过她这样出色的演员。

“好，现在是坐姿训练。”十分钟后，丁桐宣布变换姿势，却走到韩星子身前，“你不用，这节课就训练站姿！小腿绷直，挺胸收腹，下巴别翘起来，微微内收——对，就这样保持，一动不动，坚持一节课！”

韩星子一动不敢动，很快汗就顺着额头流了下来，身体快要坚持不住了，所有细胞都在叫嚣、喊累、想动。

“这么差劲儿，也能考上TISCH艺术学院？”何静文冷笑，翻白眼。

时间一分一秒流逝，韩星子身上早已经被汗水浸湿了，却咬着牙硬挺着，岿然不动。

“李俊泰，孙华皓，你们是以为表演课好修学分，到我这里混学分来了是吧？李俊泰，看看你东倒西歪的样子，也配叫男神，男神经还差不多！”丁桐挥了挥教鞭，将“魔鬼导师”的称号发挥得淋漓尽致。

扑哧！有人笑出声来。

“孙华皓，你笑什么？”丁桐狠辣的目光直接横扫孙华皓，“你以为你很好？坐得笔直有什么用？下巴翘那么高，是想将天花板戳个窟窿吗？就这样还撩妹呢，有空撩撩修补匠，补墙、补下巴还能打个八折！”

“过瘾！”李俊泰冷笑。

“你们俩给我站起来！”丁桐怒斥，转身指着韩星子，“从今天开始，你们三个人一组，每天给我加课练习形体！一周后还不像样子，直接挂科！”

韩星子大惊——和李俊泰、孙华皓一个组？他们俩什么时候选修表演系的课了？这不是拖累人吗？！她和俩外行一组，成绩别说优秀，能保持在正数那都是奢望。

“导师，我能不能……”韩星子的话被下课铃声淹没。

丁桐拍拍手：“下课。”

“啊——”所有人同时欢呼，然后东倒西歪地躺在光滑整洁的地板上，哀号一片。

“星子！”孙华皓巴巴地凑过来，释放十万电伏的笑容。

李俊泰冷不丁出脚将孙华皓绊倒，然后高调地踩着孙华皓的背，一步跨到韩星子面前，酷帅地打招呼：“Hi，以后我们就是同学了。”

“我说，你们干吗来表演系，成心给人添麻烦啊？李俊泰，我真是遇到你就没有不倒霉的时候！”韩星子累得直喘，但更恼火。有这么两个拖油瓶，她的成绩怎么办？

“学分不够，表演系刚好有空位。”李俊泰也很不爽。如果不是知道孙华皓和别人更换了选修课，跑来表演系和韩星子当同学，来个什么近水楼台先得月，他才不会明知道丁桐是魔鬼导师，还往枪口上撞。

“你——”这个理由，还真让人无法说什么。

韩星子只好撇撇嘴，扭头就看到孙华皓因为太靠近自己而放大的脸：“干吗，装鬼吓人啊？”

“想你了嘛，又整整一天没看到你了！”孙华皓捏下巴笑，放电撩妹的时候也没忘记踩一踩李俊泰，“我可不像某人，学分不够用表演系来凑。表演系是多么神圣的地方，怎么能随便用来凑分数？我就是想你了，想了解你、亲近你……”说着，他还趁机用肩膀去撞韩星子，玩暧昧。

韩星子转身就躲，却一下撞进了李俊泰的怀里。两个人同时一愣，李俊泰突然摸了摸鼻子，闻到了一股淡淡的香气，像是栀子花香，甜甜的，特别沁人心脾。

“好香！”李俊泰情不自禁地说。

韩星子的脸顿时红透了，一把推开李俊泰，转身就跑。她几乎一口气跑到教室外，却没想到，躲出来反而因为奔跑气息更乱、更急促，脸颊也更加发红，变得滚烫。

“李俊泰——”韩星子一边磨牙一边拼命拍打脸颊，想冷静下来，结果转身就看到不远处正和人聊天的丁桐。

“导师！啊，笨蛋！怎么忘了正事呢？”韩星子拍了一下脑门，理智重新回到大脑，“去找导师换组，把这俩笨蛋踢飞！”

丁桐这会儿正在交谈中。

她拿着教鞭的手放在身后，看似自然，身体却绷得紧紧的，脸上的笑容也不太自然，“真没想到会在校园里遇到你。来看你弟弟李俊泰，还是……”

“校长邀请我作工商和金融讲座，以后会经常往大学跑。”李明哲目光暖暖，看到一片树叶落在丁桐的黑发上，极为自然亲昵地伸手过去，“俊泰在学校里没给你添麻烦吧？”

“没有。不过不知道为什么，他今天忽然选修了我的课，有点儿意外。”丁桐自然地后退了一步躲避。

“树叶。”李明哲胳膊僵在空中，然后再伸过去，将树叶拿下来，当着丁桐的面扔到地上，“你还是那么敏感和……”

“导师！”韩星子气喘吁吁地跑了过来。

丁桐感激地松了口气，目光急忙转向韩星子：“怎么了？跑这么急？”

“导师，我能不能申请换组？”韩星子一边喘一边着急地说，“李俊泰和孙华皓只是为了凑学分才选修的表演系，一点儿基础都没有，我……”

“所以你觉得他们会拖累你？韩星子，你忘记我刚刚在课上说的话了吗？有心，一切都有可能！演员本身就是将不可能变成可能的伟大职业！”丁桐挑眉，斥责。

“我……”韩星子这会儿的感觉，就像是站在百老汇舞台上被詹姆斯导演当面拒绝一样，又尴尬又羞愧，“我会努力做到的！”

“我拭目以待。”丁桐拍拍韩星子的肩膀。

韩星子用力点头，转身看到李明哲探究的目光，脸再次红透，有些狼狈和尴尬地转身跑开。

“你的学生？”李明哲迷人的黑瞳中闪过一抹疑惑。韩星子的身影似乎有点儿眼熟，但是一点儿也想不起在哪里见过。

“我班上的旁听生。我以前一直很看好何静文，觉得她非常出色，直到遇到韩星子。她真的是一个非常非常有天分，又很努力的学生。假以时日，她一定会是演艺界最闪亮的明星，成就远在何静文之上。”丁桐对韩星子大加赞赏。

“你让我很意外，居然看到了你的另一面，这简直比意外重逢更让我惊喜。”李明哲惊讶地看着丁桐。丁桐是出了名的有原则，从认识她到现在，他还是第一次看到她对一个学生如此上心。

“是吗？说明你还不足够了解我。好了，我还有事，改天再聊。”丁桐再次感到不自在，躲开李明哲过于露骨的目光，匆忙离开。

李明哲盯着她的身影发愣了足足几分钟，直到思绪从回忆回到现实，才发现那抹熟悉的身影早已不见。

韩星子换组无望，反而因为丁桐的话，重燃斗志。

她跑到咖啡店找到张悦换班，把接下来三天的时间都空了出来，打算在这段时间里对李俊泰和孙华皓进行魔鬼训练，让他们脱胎换骨。

韩星子斗志昂扬，这可苦了李俊泰和孙华皓。

这两个人从小就养尊处优，哪里受过什么苦？李俊泰在纽约自食其力的时候，也是被好友收留，没有风餐露宿，更没有饿过一次肚子。

“不干了！”李俊泰怒了，倒在形体间的地板上，一动也不想动。

他是人，不是机器，这么玩命地训练，他浑身每一个细胞都在叫嚣着喊累，都想罢工休息。还累出一身汗，黏答答地贴在身上，特别不舒服。此刻，他只想洗个热水澡，然后舒舒服服地躺在家里那张超级柔软舒适的遥控按摩大床上，一觉睡到自然醒。

“起来！”韩星子也一身汗，喘着粗气走过来，一脚踢中李俊泰的屁股，“你看看孙华皓，人家也是男神，不但比你有耐力，站姿也比你帅气！”

“星子，你太有眼光了！”孙华皓兴奋得嗷嗷直叫。

什么？累？那是什么东西，他不知道！他只知道做得好就有表扬，就会被关注，就可以将李俊泰踩在脚下，随意蹂躏！

孙华皓的小宇宙立刻全面爆发，身体站得比刚刚更笔直、更挺拔。

“你今天吃药了吗？多严重的近视，才能看出他比我帅？”李俊泰火烧屁股似的从地上跳起来。

“闭嘴！歪歪扭扭地躺地上，跟毛毛虫似的，哪里帅？”韩星子更火大。

“你——你！我会让你知道你有多无知和愚蠢！”李俊泰磨牙，和韩星子铆上了劲。他也不喊累了，站得比孙华皓还笔挺。

“不错，不过还不够，坚持！”韩星子拍拍李俊泰的腰，调整他的站姿。

孙华皓顿时星星眼："我觉得我的站姿也有问题啊，你帮我看看？"

"你没救了，直接手术更容易！"李俊泰冷哼。

"闭嘴，你这只丑陋的毛毛虫！"孙华皓不服气地叫嚣。

"猪！"李俊泰也不示弱。

两个人大眼瞪小眼，谁都不服谁，这样较着真，还真坚持到了最后。

三天后，在丁桐的课堂上，三个人大放光彩。韩星子更是表现出众，一举获得高分，成为班级个人形体第一名。李俊泰和孙华皓虽然没有挤进前十，但对于新人来说，成绩也是非常优秀。

"韩星子这次表现非常出色，让我们见识到了什么叫作有心就能成功。"丁桐忍不住夸赞韩星子，为她感到骄傲和自豪。

韩星子不好意思地挠挠头，内心无比激动。这是她在表演系做旁听生到现在，第一次获得丁桐的表扬啊！这种心情，跟登上领奖台、获得奥斯卡金像奖一样激动、澎湃！

哗啦——掌声如潮。

"第一次见到超过何静文的人，不愧是TISCH艺术学院的留学生，真厉害！"

"是呀，百变小天后竟然输了，太不可思议了！"

"羡慕嫉妒啊……"

各种议论声响起，声音不大，却一字不差地落入了何静文的耳朵。她狠狠咬住嘴唇，全身血液往脑袋里涌，愤怒得快要无法呼吸了。

她竟然会输给那个女人？怎么可能！

她可是公认的百变小天后、拥有百万粉丝的大明星！韩星子是什么？名不见经传的小人物、景霖大学表演系的旁听生而已。

所以，她绝对不会输的，绝对！

“恭喜你！”何静文骄傲地仰起头，向对手道贺，也是宣战。

“谢谢。”韩星子脸红如霞。

“这次是你侥幸赢了，下次我可不会输给你！”何静文笑眯眯地下战书。

“我也是。”韩星子愣了一下，随后率真地笑了。她从来不怕对手，因为她从小就明白一个道理，没有对手的人生是可怕的。只有对手才会让你进步，对手越强大成长越快，也越接近成功。

“好了，形体课就到这里。”下课铃响了，丁桐立刻拍拍手，打断大家七嘴八舌的议论，“这个周末没有课、没有作业，给你们放两天假。不过别玩疯了，这学期末的小品，你们该开始准备了。这直接关系到你们这一学期的学分，不要存在侥幸心理，否则我会让你们直接挂科。小品题目自选，可以参考历年资料，但是不准抄袭，可以再创作。我要看到你们的心意、诚意！”

教室里顿时哀号一片，愉快的周末泡汤了！想在魔鬼导师手里拿到学分，太难、太折磨人了！

只有韩星子摩拳擦掌，对期末的小品充满了期待。

她充满干劲，却累惨了同一个小组的李俊泰和孙华皓。他们天天被韩星子抓到形体房，不是突击恶补演技的知识，就是研究小品的剧本，忙得不可开交。

周末，天朗气清。

韩星子从咖啡店打完工，天色已经接近傍晚，她先给家里打电话告诉妈妈可能晚回去，然后急急忙忙赶回表演系。

形体房内静悄悄的，一个人也没有。

“没来吗？这两个大少爷，不会今天不来了吧？”韩星子将背包随手放在地上，翻找出手机，准备联络李俊泰和孙华皓。

她先打给李俊泰，结果关机。韩星子皱眉，又打开给孙华皓。

嘟嘟——

来电铃声响起的时候，孙华皓正躺在同窗好友宿舍的床上，一边翻阅好友的杂志，一边吃着好友买来的哈根达斯冰激凌。

孙华皓拿起手机看了一眼，又放回去，翻过身继续看杂志。

“谁啊？”好友从上铺好奇地探下头来。

“韩星子。”

“哇，传说中第一个拒绝你的女生？这才几天啊，就主动联系你。厉害！教我几招呗？”

“什么啊，那么好攻克，还算是我的真爱吗？”孙华皓不爽地撇嘴。本来被拒绝这事就够丢脸了，他还跑去倒追，结果半路杀出个李俊泰，把他的计划全搅乱了。不但没能成功撩妹，反而误上贼船，每天被丁桐这个魔鬼导师折磨得要死要活。还有那个该死的学期末作业小品，麻烦到让人分分钟想切腹。

“没拿下？那你还矫情什么，接电话啊！”

“你知道什么，这叫吊胃口。你想啊，有个人每天在你眼前晃悠，各种示爱追求，突然有一天这个人不见了，你心里肯定空落落的吧？会想我在做什么、为什么没来，等想了我一年再出现，她一定会疯狂地爱上我。”孙华皓想入非非地眯起眼睛。

“小心胃口没吊到，反而把人推到别人怀里去。”

“闭上你的乌鸦嘴！”孙华皓咆哮。

形体房内，韩星子疑惑地盯着手机：“一个关机，一个不接电话？到底出什么事了？难道他们俩吃不了苦，集体逃课？”

“不要随便给我扣罪名。”形体房的玻璃门被推开，李俊泰反手拎着背包，酷帅地走了进来。他一眼看到形体房内只有韩星子一个人，顿时高冷邪魅地勾了勾唇角：“那只猪没来，翘课了？”

“应该不会吧？要不我们再等等？”韩星子决定再打个电话。

李俊泰突然一个箭步冲上来，抢走韩星子的手机，强行关机后丢到韩星子的脚边：“不来更好，男主角就是我的了。”

“做白日梦呢？如果孙华皓真的中途退出，我们又找不到新的组员，小品剧本就要更换，还哪来什么男主角？”韩星子翻白眼。

“换剧本？想都别想！”李俊泰将背包丢在地上，挨着韩星子坐下，“这个剧本可是咱们没日没夜想出来的，怎么能半途而废？孙华皓不来就算是自动放弃男主角，我自动胜出。”

“如果孙华皓真的中途退出呢？”

“他敢！绑也得把他绑来！”李俊泰磨牙，比以前更讨厌孙华皓。

“他要真的不想参演，强求有什么用，养着被绑架的人质吗？”韩星子撇嘴。

“我保证有办法让他出演！”李俊泰挑眉，将拳头掰得咔吧作响。

“就算孙华皓出演，你也未必是男主角。看演技、看天分的。”韩星子拍了拍李俊泰的肩膀，“没有天分就后天努力，笨鸟就得先飞。加油！”

“这有什么问题？”当男主角要凭演技？他还能输给孙华皓？

不过为稳妥起见，他要上双保险。

李俊泰突然用力握住韩星子的肩膀：“你要帮我训练演技。男主角，我当定了！”

“啊——”韩星子惊讶地看着李俊泰。

随着这几天的频繁接触，她发现李俊泰是个做事非常专注且执着的人。不管什么事，只要他认定了，就会坚持到底，决不放弃。她看着李俊泰，仿佛看到了自己，看到了那个就算明知道前面是暴风雨，为了梦想，也要勇往直前的自己。

“好！”韩星子和李俊泰击掌。

有了相同的目标，两个人就开始全力为完成这个目标拼搏。他们先是热身，然后根据剧本开始了第一次排练。李俊泰对表演非常陌生，在韩星子的教导下，一句台词练习了足足两个小时，才终于有点儿模样了。

第四章

LOVE
OF AURORA

“你说他生气、嫉妒，为什么？”

“喜欢你呗！”

不知不觉又过去了两个多小时，直到深夜，他们才结束了练习。

“好饿，今天不练了。”韩星子满头大汗地躺在地板上，肚皮开始唱起了空城计。

李俊泰也满身是汗，挨着韩星子躺下来，手臂搭在额头上喘息：“是啊，刚刚练习的时候不觉得饿，这会儿停下来才发现已经饿得前胸贴后背。一会儿，请你吃烧烤？”

“下次吧，今晚答应了我妈，陪她吃火锅。”韩星子从地板上爬起来，伸手去捡手机和背包。

“我送你。”李俊泰看了一眼手表，已经过了22点，他急忙站起来，抢先一步把自己的背包和韩星子的背包都拎起来挎在肩膀上，“这个时间，你一个人坐地铁不安全。”

“谢啦！”韩星子又累又饿，痛快答应。

李俊泰先走到门前，很绅士地拉门，没拉动。他不由得竖起眉头，再用力拉，门还是纹丝不动。

“Shit！”李俊泰懊恼地咒骂。

“怎么了？”

“门被反锁上了。”李俊泰用力踢门发泄。

“什么？”韩星子惊呼，不敢置信地揉搓脑袋，“怎么会发生这种事？我和导师说好了啊，晚上没课的时候借用形体房，怎么还会发生这种乌龙事？”

“我哪里知道？！”李俊泰气呼呼地将背包丢在地上。

形体房四面都是光滑的镜子，不能跳窗离开，出口就只有上了锁的玻璃门。李俊泰摩拳擦掌，忽然后退几步，奔跑冲刺，狠狠撞在门上。

砰的一声巨响，李俊泰半个肩膀都麻了，玻璃门依旧紧闭，连个裂纹都没有出现。他低声咒骂了两句，又快速后退，再次向门撞过去。

门，还是纹丝不动。

“没用的，除非你是超人。”韩星子颓丧地蹲坐在门口。

“我手机没电了，你的呢？打电话求救吧！”李俊泰也没力气了，和韩星子并排坐在地板上。

“对，打电话求救。”韩星子眼前一亮。

她急忙拿出手机，折腾了几下，发现无法开机，顿时傻了眼：“怎么无法开机呢？呀，李俊泰，该不会是刚刚被你摔坏了吧？”

“诬陷！我可没用力，再说你手机又不是玻璃做的，还能碰一下就碎？”李俊泰皱眉。

“但是不能开机了。李俊泰，我只要遇到你，不对，是每次单独和你这个倒霉鬼在一起，就准没好事！”韩星子试了几次都无法开机，气得抓起李俊泰的胳膊，张口就咬。

“嘶——”李俊泰痛得倒吸凉气，“你属狗的啊？”

“都怪你，天生带衰，我的手机被你摔坏了，你的手机又刚好没电，我们怎么办？”韩星子没发泄够，抡起拳头不断捶打李俊泰的胸口。

李俊泰痛得龇牙咧嘴，狠狠抓住韩星子的手腕，制止她发疯行凶：“能怎么办，在这里睡一晚，又死不了人。”

“怎么死不了人？我夜不归宿，我妈会担心死的！”韩星子急得眼圈发红。

“我有什么办法，门又不是我反锁上的。”李俊泰也郁闷，也着急。

“你、我……”韩星子懊恼地垂头。

李俊泰见她不再行凶，松开了禁锢她的手。韩星子立刻翻身躺在地上，这会儿她又累又饿，胃有些隐隐作痛，没力气和李俊泰继续撕扯。

“怎么了？”李俊泰发现韩星子有些不对劲儿。

“胃疼。”韩星子难受地将身体蜷缩成一团，手捂着胃，脑袋靠在胸前，借此来缓解前胸贴后背的饥饿感以及胃部的不适。

“饿得？”李俊泰急忙爬起来去拿自己的背包。

背包里乱七八糟一大堆杂物，他举起背包一股脑将里面的东西倒出来，翻翻找找，结果只找到两块比利时Leonidas的praline口味巧克力。

“给，快吃！”李俊泰将巧克力剥开，送到韩星子嘴边。

“谢谢。”韩星子将巧克力吞下，刚吃完，第二块就送到了嘴边。她愣了愣，抬头看到李俊泰担心的脸，心里忽然感到一阵温暖。

“你呢，你不吃吗？”韩星子问。

“我不饿。”

“那就是没了。不行，一人一块，这样才公平。”韩星子摇头拒绝。她有多累多饿，李俊泰就应该有多累多饿，仅有的食物，她不能独吞。

“哪那么多废话，吃了！”李俊泰强行将巧克力塞进韩星子的嘴巴。

浓郁的巧克力味顿时充斥整个口腔，甜甜的。韩星子眼圈微微发红，一边吃一边担心地问：“那你呢，你不饿？”

“我是男人，饿一顿又饿不死人。”李俊泰看韩星子将巧克力吃了，转身又从背包外面的口袋里找出来半瓶矿泉水，立刻拧开盖子，将水递到韩星子嘴边。

“谢谢。”韩星子接过来，小口喝了几口。

“真矫情。”李俊泰耳根泛起淡淡的一抹红。

韩星子没再说话，胃还是痛，她闭上眼睛，继续蜷缩成一团。

李俊泰看了看她，尽管担心，却帮不上忙，只好在她身边躺下，尽可能地守护她。

韩星子紧闭着眼睛，一会儿就昏昏沉沉地睡着了。李俊泰也累了，东想西想了一阵，也闭上眼睛睡着了。

夜已经很深，知了和蛐蛐在校园里唱着交响乐。

也不知道过了多久，韩星子冻得直发抖，身体不断朝李俊泰这个热源靠拢。她的动作惊醒了李俊泰，李俊泰昏昏沉沉地睁开眼睛，发现韩星子已经跑到了他的怀里。

“韩星子？”李俊泰喊了一声，可是韩星子毫无反应。

他伸手去推，碰到韩星子冰冷的肌肤，不禁激灵地打了个冷战，清醒过来：“呀，怎么这么冷？感冒了？”

李俊泰急忙将T恤脱下来，盖在韩星子身上。或许是T恤上面还残留着他的体温，韩星子立刻紧紧抓住T恤，用力往T恤下面藏。

“这样不行！”李俊泰满眼焦急。

他看了看还在瑟瑟发抖的韩星子，把心一横，挨着她躺下来，伸手就将她紧紧抱在了怀里。

韩星子感觉到温暖的热源，像是被遗弃的小猫一样，用力拱啊拱啊，直到脑袋贴在他的胸口，身体和他完全紧密地贴在一起，才终于舒服了，不再发抖。

“明明就是需要呵护的小女生，平时偏表现得像个女汉子。”李俊泰情不自禁地紧紧拥住韩星子，嘀咕了两句，才闭上眼睛重新入睡。

月影西斜，很快，太阳跃出地平线，黎明变成清晨。

校园里开始变得热闹起来，学生们进进出出，转眼间就快到了第一堂课的时间。

这时，形体房锁着的门被打开了。何静文和同学们有说有笑地走进来，却一眼看到躺在地板上、搂抱在一起入睡的李俊泰和韩星子：“呀！你们——”

“天哪！李俊泰居然光着啊！”

“他们两个人不会干柴烈火，在教室里……”

“闭嘴！再乱说，小心我撕烂你的嘴！”何静文瞪了一眼叽叽喳喳的女生们，冲过去对着李俊泰气急败坏地怒吼：“李俊泰，你给我起来！”

“好吵。”李俊泰皱起眉头，缓缓睁开眼睛。

眼前，一个、两个……大概十多个脑袋、二十多双眼睛，正好奇地盯着他瞧。

“你们干吗？”李俊泰吓了一跳，条件反射地坐起来。

扑通——韩星子被摔在地上，痛得哎哟叫了一声，也睁开了眼睛。她看到同学们好奇打量的目光，疑惑地眨眨眼，回头正好对上李俊泰半裸的上半身。

“啊——色狼！你怎么没穿衣服？”韩星子失声尖叫。

“废话！你不冷得发抖，我用脱衣服？”李俊泰火大，敢情他冻了大半宿，就是为了被韩星子叫色狼？

“衣服？”韩星子这才发现手里紧抓着李俊泰的T恤，顿时尴尬得满脸通红。

“李俊泰，韩星子，你们昨晚到底做了什么？”何静文怒不可遏。韩星子竟然当着她的面旁若无人地和李俊泰打情骂俏？简直不可饶恕！整个景霖大学谁不知道她喜欢李俊泰，有哪个女生敢和她抢李俊泰？可是韩星子不但敢抢，甚至都钻到李俊泰怀里去了！

“关你何事？”李俊泰不爽地瞪了何静文一眼。

“韩星子，你——不知廉耻！”何静文气急败坏地跺脚，真想扑上去撕烂韩星子。可是她多年经营的完美形象又不能当众破坏。

“何静文，少给我乱扣帽子！我和星子是男女朋友，别说没发生什么，就算真的发生什么，和你有什么关系？”李俊泰站出来维护韩星子。

韩星子被他护在身后，有点儿焦头烂额，想解释但是一时之间又不知道从何说起。

“吵什么呢，不知道上课铃响了？”丁桐走进形体房，看着乱哄哄的一幕，不由得皱起眉头，“李俊泰，你把衣服穿上。其他人排队集合，复习上周的形体课。韩星子、李俊泰，你们跟我去办公室。”

韩星子急忙将T恤还给李俊泰，李俊泰将衣服穿好，跟在韩星子身后，一起走到了导师办公室。

事情经过也不复杂，韩星子三言两语就解释清楚了。丁桐没有处罚两个人，但是表示下不为例，同时给两个人放了一天假，让韩星子和李俊泰回家好好休息。

韩星子回家就发烧了，请了两天假在家养病。李俊泰生龙活虎，第二天正常上学。只是八卦四起，他走到哪里都被围观，询问被困在教室的事。李俊泰不胜其烦，下午逃课躲到了计算机系。

计算机系高手如云，不过每个人都很怪，各有各的性格。比如金刚芭比陈雅萌，外表娘炮爱打扮、总被误会是Gay的大喇叭，以及其他形形色色的计算机高手。

李俊泰找到这里，并非是心血来潮。因为韩星子的出现，他最近一直在思考，重新审视自己的人生和梦想。似乎一味地排斥和抗拒爷爷的安排并非长久之计，他应该变通，或者主动出击。

"陈雅萌！"李俊泰直接拉过椅子，坐在陈雅萌身边，"我想重建媒体研发社团，进行AR设备研发，你能不能找几个人来帮忙？"

"大喇叭、小四子……嗯，大概七八个人吧。"陈雅萌看到自己的偶像男神，顿时星星眼，直犯花痴。

"对孙华皓唯命是从的大喇叭？"

"但是他很厉害啊，是咱们景霖大学最厉害的计算机高手！"陈雅萌急忙解释。

"OK。"李俊泰点点头，和陈雅萌商量了一些细节。

两个人分别行动，不到一天的时间，新媒体研发社团就重新组建完毕。场地和设备李俊泰负责搞定，技术由大喇叭和陈雅萌负责，这些人一时间都忙得不可开交。

韩星子病好上学的时候，也听说了最新的流言。但是她天性乐观，再加上要上课，又和李俊泰、孙华皓一起排练、兼职打工……这些事已经让她忙得团团转，什么流言蜚语，真没那个工夫去理会。

一晃一个月过去了。

韩星子在校园里的人气不断提升，她不但在课堂上再一次打败了百变女王何静文，更是屡次获得丁桐的表扬。李俊泰和孙华皓在她的训练下也进步神速，尤其是做事认真执着的李俊泰，俨然有点儿男主角的意思了。

除此之外，韩星子还要为生活忙碌。

咖啡店的薪水虽然高，但是一周上班次数太少，她又在学校附近的小吃店找到了兼职，店主雷彩英是个非常热心的阿姨，对她非常照顾。

又是一个周末前的傍晚，天边红霞满天。

韩星子在樱花小路附近焦急地寻找着什么："怎么会不见了呢？应该掉在这附近了吧？"

"找什么呢？"清朗温润的男中音突然响起。

韩星子吓了一跳，条件反射地转身，看到一个看上去彬彬有礼的男人。

"你是丁桐导师的朋友！"韩星子惊呼，上次她看到丁桐和这个人说话，似乎关系挺亲密。

"我记得你，韩星子。我是李俊泰的哥哥，李明哲。我和丁桐算是好朋友，现在算是半个同事，我在景霖大学有公开课。"李明哲浅浅地笑。

"导师好！"韩星子急忙礼貌地打招呼。

"你在找什么呢，丢了重要的东西？"李明哲笑着问，这个女孩给他的印象很好，再加上丁桐对她很赞赏，他对她也就下意识地亲切了很多。

"嗯，我的项链不见了。"韩星子解释，"是我妈妈送给我的项链，吊坠是极光女神，是我信仰的女神。"

"极光女神，很少见的信仰。我帮你一起找。"李明哲温和的笑容和孙华皓一样给人温暖的感觉，但是孙华皓是夏天的烈日，过于灼热；他是春天的暖阳，温暖得恰到好处。

这样温柔善意的提议，让韩星子难以拒绝。

“谢谢你。”韩星子笑着点了点头。

李明哲在小路的另一边蹲下来，细心寻找，很快就在一簇小草丛里找到了反射太阳光的项链。

“找到了！”李明哲惊喜地喊。

“找到了？”韩星子激动地跑过来，看到李明哲手里拿着的失而复得的项链，差点儿喜极而泣，“导师，谢谢你！”

“这就是极光女神吗？”李明哲将项链递给韩星子，“很美丽，和你一样。”

“谢谢！极光女神欧若拉是古罗马神话中的女神，掌管北极光。北极光是大自然赐给人类最美好的礼物，所以欧若拉是令人充满希望和期盼的女神。”韩星子将项链戴上，有些激动地在吊坠上摸了又摸。

“充满希望和期盼，所以这是你勇气的源泉？丁桐经常说你是个很有进取心、有天赋而且也非常勤勉努力的学生。你知道吗，我和她认识这么多年，第一次听到她不断地赞扬一个人，这说明你真的非常优秀。”李明哲提到丁桐的时候，眼底焕发出强烈的神采，又性感又迷人。

“……你和丁桐导师很熟吗？”韩星子被夸赞得有点儿不好意思，红了脸。

“我和丁桐是大学同学。”李明哲想到自己的学生时代，笑容中多了点儿苦涩，“当年的丁桐就像是现在的你，是个非常勤奋努力并且有极高天赋的学生，是表演系也是大学的校花，追求者无数，但是最后我们在一起了。那是一段刻骨铭心的爱情，可惜大学毕业后，我们分开了。”

“啊——”韩星子震惊，没想到竟然无意间听到了丁桐导师的恋爱史。

“抱歉，我今天话有点儿多了。”李明哲比韩星子更加意外，他居然对一个只见了两次面的人说出自己心底最在意、也最放不下的往事。

“对不起，是我太惊讶了。”韩星子急忙道歉，“项链的事谢谢你。对了，我要去小吃店打工，如果你有时间，我请你吃东西好不好，算是感谢。”

“小吃店打工？”李明哲再次感到意外。

“对啊，我家里条件不好，所以要做兼职。”韩星子不好意思地抓了抓马尾。

“在学校附近？”

“嗯，出校门口左转，就是小吃店了。店主很热心，店里的小吃又卫生又好吃，每天人都爆满呢。”韩星子热心地介绍。

李明哲习惯性地拿着一块老式怀表摸了摸，但是并没有看时间。

“你很忙吗？”韩星子误以为李明哲没时间，顿时尴尬得满脸通红。

“不是，这个怀表是我妈妈留给我的，我习惯了经常看看，里面有我妈妈年轻时候的照片。”李明哲将怀表打开，让韩星子看。

照片很小很小，但是依然能够看到照片里是一个穿着白色连衣裙的大美女。

“你妈妈好漂亮！”韩星子称赞。

“谢谢。”李明哲眼底含笑，“走吧，去小吃店。”

“嗯。”韩星子爽快地带路。

店铺意外地小，但是非常干净整洁。店铺里只有5张餐桌，每张餐桌上面都铺着雅致的桌布，摆放着玻璃花瓶，里面插着一束不知名的小花，很小清新的感觉。

这会儿店里几乎客满，韩星子带李明哲走到最里面的桌子，安排他坐下。

“店里的臭豆腐和油豆腐都非常好吃，你喜欢吃什么就在小吃后面写上数量。”韩星子将点餐单递给李明哲。

李明哲拿起来看了一眼，巴掌大的点餐单，粉粉嫩嫩的颜色，正反两面写满了各种小吃。

“星子来啦！你今天不是要排练吗，怎么来得这么早？你这孩子就是不听话，不是说我一个人忙得过来，让你不用耽误上课吗？”店主雷彩英走过来，无奈地看着韩星子。

“雷阿姨，排练结束我才来的。”韩星子不好意思地笑。

“哦，这就好。带男朋友来了？这次阿姨请客，以后你男友光顾，一律八折优惠。”雷彩英看到李明哲的背影，以为是韩星子的男朋友，立刻对韩星子挤眉弄眼。

“不是啦，他是我的导师。”韩星子尴尬地解释。

“雷阿姨，我是李明哲，韩星子的导师。”李明哲绅士地站起来，主动讲明误会。

“李明哲……”雷彩英看到李明哲的瞬间，犹如晴天霹雳，整个人完全呆住了。

“雷阿姨？”韩星子试探地喊了两声。

“啊——那什么，锅里炸着臭豆腐呢，我去忙。你们吃！随便吃啊，阿姨请客！”雷彩英猛地回神，像是受惊了似的，头也不回地逃进厨房。

韩星子莫名其妙地抓抓脑袋：“导师，雷阿姨可能真忘记炸东西了。不好意思啊，你先坐，我去忙。”

“好。”李明哲笑着坐下，心里却大感疑惑。刚刚雷彩英看到他的反应，绝对不是忘记厨房做菜，分明是非常震惊。难道，她认识自己？不过不应该啊，就算他是副总裁的身份，来这种小吃店吃东西，被认出来，对方最多也只会感到吃惊和意外，不会震惊到六神无主吧？

就在李明哲一头雾水的时候，厨房里，雷彩英躲在门边，从门缝里目不转睛地盯着李明哲。

她眼含泪花，看着李明哲的目光中充满了母爱：“明哲，明哲！我20多年前亲手送走的儿子，我的儿子啊……”雷彩英一阵心痛，不由自主地捂住胸口，泪无声滚落。

很早很早以前，那个时候李明哲刚刚上景霖大学，她在李明哲入学后的第三天，盘下了附近这家店。因为她发现李明哲每天都会经过这条路上学放学，为了能够守望着自己唯一的儿子，雷彩英在这里开了小吃店。

小吃店的生意很好，但是李明哲从来没有来过。后来李明哲大学毕业了，她打算关掉这家小吃店，但是又舍不得那些可爱的学生，一拖再拖，就拖到了现在。

没想到，今天，她的愿望居然实现了。

“明哲……”雷彩英泪不成声，手伸向门边，似乎想从门缝里伸出去，去触碰她的宝贝儿子。但是她不敢相认，她不敢……

“雷阿姨，2号桌和5号桌的餐单我放在厨房啦！”韩星子的声音从厨房外传进来。

“嗯，知道了。”雷彩英急忙擦了擦泪水，开始忙碌。

韩星子一边点餐招待客人，一边打扫店铺卫生，也没忘记招呼李明哲。等她给李明哲端上食物的时候，两个人都呆了——分量足足够五个人吃了。

“雷阿姨该不会误会什么了吧？”韩星子的脸颊发红发烫，尴尬得不敢看李明哲的眼睛。

“怎么会，我是你的导师，这算是贿赂？”李明哲绅士地解围，笑得如沐春风般温暖。

韩星子有点儿看呆了：“你的性格，可比李俊泰好太多了。”

“怎么，他给你惹麻烦了？”李明哲好奇地问。

“也没，就是每次遇到他，就有倒霉的事情发生，可能我们天生八字犯冲吧。”韩星子耸耸肩，提到李俊泰，能想到的回忆没一件是愉快的。

她和李明哲简单聊了几句，又开始忙碌。

快7点半的时候，李明哲起身要走，韩星子急忙送到小吃店门口：“今天真是给你添麻烦了。我也没问问你是不是有空，就把你拖来了，真不好意思。”

“没关系，小吃真的很美味。”李明哲摆摆手，告辞。

韩星子盯着他的背影，直到快看不见了，才松了口气：“真是比李俊泰不知道好多少倍，又优雅又绅士，还长得帅！”

啪——

“哎哟——”韩星子突然被弹了一个栗暴，顿时痛得抱着脑袋惊呼，“谁啊，干吗打我？啊，李俊泰！你怎么在这里？不对，你凭什么打我？”

“犯什么花痴呢？”李俊泰不爽地瞪着韩星子。

他今天有事请假没去排练，知道她在小吃店打工下班晚，担心她一个人坐地铁不安全，就想过来送她回家，没想到居然看到韩星子盯着男人犯花痴的一幕。

真郁闷、火大，想找人打架。

“我怎么犯花痴了？”韩星子翻白眼。

“盯着男人看，还说比我帅？”

“哦，你说你哥啊？他的确比你帅，脾气又好，特别温暖，特别绅士。你跟你哥多学学，明明基因都一样，怎么会差这么多？！”韩星子越说越来劲儿，从心底里觉得李明哲比李俊泰好太多。

“韩星子！”李俊泰气得一脚踢在门上，转身就走。

韩星子看着李俊泰的背影："有病吧？来小吃店不吃东西，难道专门为了跟我吵架？"

"人家是担心你一个人坐地铁不安全，想做护花使者送你回家，谁知道你会盯着其他男人犯花痴。换我也生气，嫉妒死了都！"一直围观的陈雅萌看不下去了，跳出来为偶像李俊泰辩解。

"送我回家？直接说就行啊，干吗打我？"韩星子眨眨眼，对陈雅萌的话有点儿消化不良，"对了，你说他生气、嫉妒，为什么？"

"喜欢你呗！"陈雅萌无语地捧住脸。

"啊？"韩星子震惊了。

"反正我从没见过泰少这么在乎一个人，天天围着一个人转。你啊你啊，长点儿心吧！当着泰少的面夸奖另外一个男人，就算是他哥，他也接受不了好吧？该说的我都说了，你自己好好想想，我走啦！"陈雅萌跑过来捏捏韩星子的脸蛋，蹦蹦跳跳地跑远了。

韩星子站在原地发呆。

李俊泰喜欢她？！

天哪！这可真是太让人意外、太让人难以接受了！

第二天，韩星子在形体课教室看到李俊泰，忽然想到陈雅萌的话，顿时觉得浑身不自在，排练起来也有点儿心不在焉。

"你怎么了，生病了、发烧了？"李俊泰疑惑地走过来，伸手就要去摸韩星子的脑门。

"没有！"韩星子反应过激地推开他，躲得远远的。

李俊泰意外地看着韩星子，手还停顿在半空，气氛顿时有些尴尬。

"星子，不舒服就不要练习了，我送你回家。"孙华皓见缝插针，抢着献殷勤。

“不用，我自己回家。你们别偷懒，好好练习，周一如果被导师骂，看我怎么修理你们！”韩星子抓起背包，头也不回地逃掉。

“喂，你和星子到底怎么了？”孙华皓怒瞪李俊泰。这家伙上周弄出了个什么独处一室的事件，他知道的时候，肠子都悔青了。早知道会出这种事，他就应该接韩星子的电话，乖乖跑过来排练，结果白白便宜了李俊泰。该不会这两个人在那个晚上有什么突飞猛进的进展吧？

“我怎么知道？”李俊泰也一头雾水，搞不懂韩星子到底怎么了。

“李俊泰，你给我老实交代，那天晚上你们，你们是不是……”孙华皓火大，看韩星子今天奇怪的样子，说没事谁信啊？

“抱在一起睡了？不是很多人看到嘛，都是人证。”李俊泰不爽地推开在自己眼前跳脚的孙华皓，转身拎起背包就走，“有事，明天再排练。”

“喂，你——”孙华皓被丢弃在形体房中暴跳如雷。

小风波似乎结束了，但是李俊泰很快发现，事情远没有他想的那么简单。除了排练和表演课之外，他几乎再也看不到韩星子了。而且排练的时候，韩星子对他的态度也不一样了，但凡肢体间存在碰触什么的，韩星子的反应就特别强烈。发展到最后，如果他们在校园里碰到，韩星子就会像躲避瘟疫一样，快速溜走。

李俊泰气结，堵了几次都被韩星子溜了。

这一天，下课铃声刚响，韩星子就拿起背包，以风一样的速度逃到了小吃店。

“星子啊，今天没课吗，这么早？”雷彩英关心地问。

“嗯啦，今天没课。”韩星子将书包放到杂物间，转身的时候，不小心踢翻了凳子，她弯腰将凳子拿起来放回原位，再抬头的时候，看到杂物间多了一本书，还是一本外国名著《茶花女》。

“雷阿姨在看《茶花女》？咦，还是英文原版的呢！”韩星子吃惊不小，将书拿起来随手翻阅，忽然从书里面掉下来一张照片。韩星子急忙捡起来，发现是张过去的老照片，大概有许多年了。照片上是一个二十多岁的美女，眼睛又大又圆，穿着白色的连衣裙。

“咦，这张照片怎么和李明哲的妈妈留下来的怀表里的照片那么像呢？”韩星子反复看着，越看越觉得像。

她想到上次和李明哲来小店的路上，听李明哲提到过关于他妈妈的事。他从小就和妈妈失散了，长大后一直在寻找亲生妈妈。

难道，雷彩英就是李明哲的亲生妈妈？

“不行，要马上联系李明哲！”韩星子急忙掏出手机，却发现没有李明哲的电话。情急之下，她想到了李俊泰。

韩星子立刻拨通李俊泰的电话：“李俊泰，把你哥的电话号码告诉我！”

“韩星子，你到底想干什么？倒追男人居然到我这里要电话？”李俊泰的怒吼声从手机里传出。

“有急事，快点儿！”韩星子吓了一大跳，还以为对面在吼叫的不是李俊泰，而是一头要吃人的大老虎呢。

“没有。”

“挂了？”韩星子愣了一秒，不死心地又打过去，“别闹！我真的有急事，不是你想的那样。你哥喜欢的是丁桐，又不是我，快点儿把电话号码给我。”

电话那边停顿了一秒，才传出李俊泰的声音：“我想什么了？”

“就是……哎呀，反正我只把你哥当导师！”韩星子急得语无伦次。

“……我发你微信。”

“OK！”韩星子挂了电话，匆忙打开微信，找到李明哲的电话立刻拨了过去。

“李明哲导师吗？我是韩星子。我发现了一张照片，和你妈妈留给你的怀表里的照片一模一样。嗯嗯，就是在小吃店里找到的。你能过来吗？哦，这样啊，那我在店门口等你。”韩星子在电话接通的瞬间，心急火燎地说明情况。

杂物间门外，雷彩英瞪大了眼睛，猛地捂住嘴巴。

她刚刚喊了好几次韩星子没有回应，才放下手里的工作来看看，没想到竟然听到韩星子在给李明哲打电话。

身份被发现了吗？

“不！不可以这样！不可以……”雷彩英连连后退，正惊恐不安，杂物间的门忽然被推开了。

“雷阿姨？”韩星子惊讶地看着魂不守舍的雷彩英。

“星子啊！”雷彩英说话有点儿结结巴巴，“阿姨刚刚接了个电话，要，要出去一趟。店铺你先帮我照顾着，我去去就回。”

“炒年糕又没货了吗？”

“对对对，我去取。”雷彩英急忙点头。

“我去吧，离这里也不远，跑几步就到了。这次进多少钱的货？不是周末，存三天的够了吧？”韩星子说着就回杂物间拿进货的手推车。

“不用，我去就行，你看着店。”雷彩英心急地阻止。

“雷阿姨，你还有其他的事吗？没有的话，还是我去吧。咱们要的量挺大，几十斤重，我怎么能让你去拿？”说话的工夫，韩星子已经拿好进货用的手推车，准备出发了。

“那也行。”雷彩英见韩星子坚持，只好放弃逃走，“我把钱给你，帮我把这阵子的账结算清楚。”说着，她就去拿账本，算好了钱一起交给了韩星子。

“雷阿姨，我走啦！”韩星子拿好钱，推着手推车就要出发。

“等一下，钱这么随便塞进口袋太不安全了。你把背包背着，钱放背包里才保险。手机带了没？有事打给我，别让他们给骗了，他们家就喜欢欺生，抬高价。”在韩星子即将走出店门的时候，雷彩英突然跑到杂物间将韩星子的背包取出来，追到了门口。

“好，我知道了。”韩星子不疑有他，背着背包、推着手推车，离开小吃店去进货。

韩星子走后，雷彩英望着她的身影发了一会儿呆，急忙跑回去收拾东西，抢在韩星子回来前，将小吃店关门上锁，匆匆逃离。

二十分钟后，韩星子折返回来，看到店门上了锁，当场傻眼。

“怎么回事？雷阿姨怎么将店门关了？雷阿姨！雷阿姨——”韩星子一边呼唤，一边焦急地拍打小吃店的门。

这时，一辆宝马呼啸而至。

“韩星子！”李明哲飞快地下车，看到正拼命拍门呼喊的韩星子。

韩星子转身看到李明哲，急得双眼通红：“导师！我也不知道怎么了，雷阿姨跟我说进货，等我进货回来，她就把店门关上，人不知道去了哪里。”

“进货？进什么货？这种时候，你怎么能离开呢？”李明哲脸上温暖的笑容消失了，阴鸷的脸变得陌生，让人从心里感到发寒，“电话呢？你马上打给她询问情况！”

“哦。”韩星子被变脸后的李明哲吓了一跳，急忙掏出手机，刚拨出雷彩英的电话，手机就被抢走了。韩星子傻眼，无比震惊地看着拿着自己手机的李明哲。

“Shit！关机了。你知道她家里电话或者住址吗？”李明哲懊恼地将手机还给韩星子。

“不知道。”韩星子摇头。

“那怎么办，上哪里找人去？还有，你确定没看错，真的和怀表里的照片一样？”李明哲狠狠地踢了踢上锁的门，气急败坏地转头怒视韩星子。

“我，我拍了照片。”韩星子被吓坏了，瑟瑟发抖。

李明哲看着韩星子犹如受惊小兔子的模样，才惊觉自己失去了理智。他深呼吸两口气后，恢复了温暖的一面：“抱歉，我太着急，吓到你了。”

“没，没事。”韩星子难以接受李明哲变脸的速度，急忙将手机递给李明哲，“你看，就是这张照片。”

李明哲接过去看了一眼，就断定这张照片上的人是他的亲生妈妈。

他不由得回想起前不久和韩星子第一次来小吃店时遇到雷彩英的事。那个时候他就觉得雷彩英看他的眼神怪怪的，他当时挺好奇还想调查一下，可后来公司里的事情多，忙起来就忘了。现在想想，一定是雷彩英认出了他。

“我早该想到的，她姓雷，我妈妈也姓雷……”李明哲懊恼地直拍脑袋。

“你别着急，最起码现在有了线索，比什么都不知道乱找好多了。”韩星子现在理解李明哲为什么这么失控了，换作是谁，发现了亲生妈妈的线索都会失控的。

“嗯，谢谢你。”李明哲将手机还给韩星子，伸手拍了拍她的脑袋，“我有些事急着找舅舅，下次吧，我请你吃饭。”

“那你快去。我也帮你留意，如果发现雷阿姨，一定缠住她不会再让她消失了。”韩星子心里有点儿小自责。

韩星子刚将李明哲送走，转眼又驶来了一辆法拉利。车直接在韩星子身前停下，穿一身黑色休闲装的李俊泰从车上跳下来。

“韩星子！”

“怎么了？”韩星子下意识地想跑，李俊泰手疾眼快，不但拦住了路，还伸手抓住了她的胳膊。

“你到底找我哥做什么？还有，你最近干吗躲着我？”李俊泰连珠炮似的发问。

“我不能说，这事涉及你哥的隐私，你还是直接问他好了。”韩星子挣扎，但是挣脱不开，只好和李俊泰打起太极。

“这么神秘，还说你们俩没关系？”李俊泰也不知道为什么，看到韩星子和李明哲在一起，即使只是站着说话，他也胸闷得厉害。

“你的思想能不能别这么龌龊？我和你哥之间清白着呢！”韩星子翻白眼，再次挣扎，还是挣脱不开，她情急之下，一脚踩上李俊泰的脚。

“啊——”李俊泰吃痛惊呼，松手。

韩星子趁机逃脱，拿起自己的背包就跑。一边跑她还一边回头喊：“小吃店的手推车和我今天进的货你帮我保管。等雷阿姨回来开张，我找你要。”

“喂——”李俊泰火大，又一次让韩星子在眼皮子底下逃了，而且她还给自己交代了任务！

李俊泰瞄了一眼附近的手推车和满满两袋子炒年糕的原材料，顿时头大：“你才是麻烦精，每次遇到你，都要我收拾烂摊子。”

气归气，李俊泰最后还是动手将手推车和货物放进车后备厢里。

这时，李明哲已经风驰电掣地赶到了舅舅雷项袁的家里。

“舅舅，我妈妈是不是在景霖大学开小吃店？”李明哲刚走进客厅，就迫不及待地追问。

雷项袁脸色一沉，摆手支走了一屋子的管家和用人：“乱吼什么，巴不得全天下都知道你和李俊泰同父异母的事？”

“但是——”

“没有但是！上一辈人的恩怨本来就错综复杂，这件事绝对不能再让外人知道。”雷项袁打断了李明哲的话，走过来拍拍他的肩膀，语重心长地说，“你也知道，你爷爷一直都对你有偏见，虽然这几年看起来是在扶持你，但实际上他还是只关心李俊泰那个孙子，否则就不会发生他想让李俊泰去考商学院，结果逼走了李俊泰的事。”

“我知道。可是妈妈我一定要找到。”李明哲脸色变得沉重。

“当然，当然要找到，但不是现在。你现在自己都四面楚歌，就算找到了你妈妈又能怎么样？离开李家，和你妈妈在一起那不叫团聚，那是辜负了你妈妈当初把你送回李家的用意。你要记住，只有你正式继承家业、登上董事长的位置，才能风风光光地将你妈妈接回李家，这才是你妈妈想要的真正的团圆。”雷项袁借着劝说的名义，不断给李明哲洗脑。

李明哲沉默了。

如果他坚持寻找亲生妈妈，一定会惹怒爷爷，很可能会被爷爷扫地出门，变得一无所有。到时候，他拿什么来照顾妈妈、孝敬妈妈？只有他成为继承人，妈妈才会过上优质生活，才能找回失去的幸福和快乐。

“我明白了。”李明哲握紧双拳，心中已经有了决定。

“很好，加油！我和你妈妈都等着一家人团聚的这一天呢！”雷项袁拍拍李明哲的肩膀，在他看不到的角度，露出伪善的真面目。

又是周一，新的开始。

表演课上，丁桐突然宣布，毕业大戏第一轮选拔赛开始了。

参演毕业大戏直接决定好莱坞的保送资格，所有同学一下子都变成了最强的竞争者。

韩星子也不得不打起十二分精神，暂时停止一切兼职，全心排练，为第一轮选拔赛做准备。

很快比赛开始，接着就是复赛，韩星子以自身的优异成绩，取得了非常好的成绩。何静文和其他有力竞争者的分数和韩星子几乎不相上下。

宣布决赛名单的紧张时刻到了。

大家一起走上舞台，不知道谁推了韩星子一把，她重重地从舞台上摔下去，导致脚踝二次韧带拉伤，立刻痛得脸色苍白，冷汗直流。

所有人都愣住了，把韩星子推下去的女生吓得直接跌坐在地上，哇的一声大哭起来。

“韩星子！”李俊泰第一个从观众席上冲出去，扑向韩星子。

“我没事。”韩星子不想让大家担心，咬着牙要站起来。

“你敢动一下试试！”李俊泰磨牙威胁，不等韩星子站起来，就将她打横抱起。

丁桐亲自搬来椅子，放在舞台中央：“李俊泰，这边。”

李俊泰听到呼唤，看到丁桐和椅子，立刻抱着韩星子跳上舞台，小心翼翼地将她放在椅子上坐着。

“好了，现在宣布决赛名单和决赛剧目。”丁桐看了一眼舞台上顿时变得紧张的学生们，打开决赛名单，“韩星子、何静文、高曼琳……恭喜以上同学。同时我宣布决赛题目——自选群戏剧目。所有参加决赛的人分成两组，何静文、韩星子……七人一组；高曼琳、金悦……六人一组。其他落选的同学，可以帮忙助演。”

丁桐的声音刚落下，舞台上的人就炸开了。

“导师，我不想和韩星子组队，她的脚伤很严重，根本无法上台表演，到时候会拖累我们所有人。”一向巴结何静文的女同学第一个站出来提出质疑。

“我也是，还有我！”被丁桐点名分到韩星子同一组的同学，纷纷站出来抗议。

最后，何静文站出来表态：“导师，韩星子受伤，我们大家都替她难过。但是我们不能因为同情心，而失去人生中如此宝贵和重要的机会。我相信韩星子会理解我们的，对吗，韩星子？”

“我——”韩星子猛地抬起头看着何静文，眼睛里闪烁着点点泪光。

她能怎么办，该怎么办？

这也是她人生中最宝贵的一次机会，她也不想错过呀，但是她不能自私地为了自己而连累其他人！

“导师，我退出吧。”韩星子艰难地说。

“韩星子，你应该明白，如果你退出，将失去决赛的资格。”丁桐拿着决赛名单的手有些颤抖，“但是如果你能找到人帮忙，重新组成一个团队，共同表演群演剧目，就可以保留参赛资格，参加决赛。”

“我……有人愿意和我组队吗？”韩星子充满期待地看向同学们。她多希望此时有人能够站出来，帮助她。

但是，所有人都回避着她的目光，有些人趾高气扬地等着看笑话，有些人低下头不敢看她，还有一小部分人面露犹豫。

“导师，我还是退出吧。”韩星子难掩失望地低下头，晶莹的泪光在发红的眼圈里打转。

“我！”李俊泰握紧拳头，突然跳了出来，“我虽然半路开始学习，但是我也是表演系的学生，我也有资格助演吧？”

“对，还有我！”孙华皓也跳了出来。

韩星子猛地抬起头，目光和李俊泰充满鼓励的视线在半空中碰撞，她惊喜地捂住嘴巴，热泪眼看就要夺眶而出。

“你们哪里是帮忙，帮倒忙还差不多，换作是我，还不如直接弃权呢！”在李俊泰跳出来帮韩星子的时候，何静文嫉妒得疯狂爆发。

刚刚李俊泰英雄救美，她就气个半死，但是在舞台上她必须也只能是完美的女神，所以她选择了隐忍。可是此时此刻，她再也无法压下心中的妒火。

“韩星子，你今年运气是差了点儿，但是也不表示没机会啊。表演系每年都会举行一次选拔，你可以明年再参加。再说你是TISCH艺术学院的留学生，TISCH艺术学院每年都会有学员获得直接参演好莱坞大戏的资格，所以你根本不会在乎这种不值一提的小机会，对吧？”何静文用淑女的口吻，说着最残酷的话，句句直插人心。

“我——”韩星子有口难辩。她现在的条件，根本无法再去TISCH艺术学院留学了。而且景霖大学旁听生的学费也高得离谱，她明年能否继续读书都是个未知数呢，所以这次选送资格，可以说是她唯一的机会！

她不想放弃，也不能放弃。但是……

韩星子痛苦地垂下了头，泪水顺着脸庞滚落，一只温热的手轻轻为她拭去了泪花。她惊讶地抬头，直直地撞进一双深幽迷人的黑瞳：“李俊泰——”

“别急，我一定不会让你失去这次决赛的资格。”

“谢谢你……”韩星子满心感动，下意识地伸手握住了李俊泰的胳膊。

李俊泰拍拍韩星子的脑袋，抬头，目光在舞台上横扫了一圈：“我只问一句，有没有人帮助韩星子？”他的声音不重也不大，但是偏偏带着一股震慑人心的力量，听着让人毛骨悚然，从脚心开始发凉，一直凉到心坎里。

“我愿意帮忙。”一个女生犹豫再三，还是站了出来。

有一就有二，很快就从学生中站出来五六个人。她们加上李俊泰和孙华皓，人数足够表演一场精彩的群戏剧目。

“谢谢！”韩星子哽咽了，泪花再次在眼底翻滚。

“我宣布，复赛结束，期待你们在决赛中的表现。现在宣布决赛评判标准——三组对抗，优胜者将会在取得优胜的小组内产生。”丁桐的声音刚落下，顿时掌声如潮。

复赛就此结束，下周就是表演系备受瞩目和关注的选拔总决赛。

经过一周休养，韩星子脚伤差不多全好了。小组成员每天不停地排练、排练，从最初的争执摩擦不断，磨合到配合默契。

终于，到了总决赛这天。

韩星子这一组的人，充满了斗志，大家都被韩星子的演技折服，发自肺腑地希望韩星子能够获胜。韩星子自己也充满了信心，她选择的剧目是表演过无数次的《罗密欧与朱丽叶》，台词她倒背如流，就看舞台的现场发挥了。

“韩星子，加油！”李俊泰在后台为韩星子打气加油。

“嗯，我一定会的！”韩星子和李俊泰击掌。

“三号决赛表演剧目《罗密欧与朱丽叶》，请做登台准备。”工作人员的声音在后台响起。

韩星子和李俊泰等人，立刻走上舞台的登台口，等待登台比赛。

“李俊泰，我……”韩星子偷偷向外张望了一下，盛大的舞台、耀眼的灯光，她的呼吸突然变得急促，眼前也有些模糊。她吓得后退一步，从心底涌出一股强烈的恐惧感，仿佛她即将登上的不是舞台，而是龙潭虎穴、万丈深渊。

“别紧张！看你，怎么流这么多汗？”李俊泰急忙拿毛巾给她擦汗，却惊讶地发现韩星子浑身发抖，“你身体怎么这么冷？脸上也不对，韩星子，你到底怎么了？”

“我，我不知道，我忽然好怕！”韩星子仿佛看到救星一样，紧紧抓住了李俊泰的手。

“怕什么，那是你熟悉的舞台、梦想的舞台啊！你这是太紧张了。放松，深呼吸！对，跟我一起深呼吸！”李俊泰紧紧抓住韩星子的手，为她引导缓解紧张感。

“嗯，不怕，别紧张！”韩星子跟随着李俊泰的节奏，深呼吸了两次，头脑渐渐冷静了下来。

“三号，准备登场！”工作人员走过来，开始倒计时，“10、9……”

“别想太多，就当这是在我们的教室里练习！”李俊泰在工作人员数到1的时候，将韩星子推向了耀眼的舞台，“韩星子，加油！”

台下掌声刚刚结束，韩星子走上舞台的瞬间，一下子变得鸦雀无声。

“大家好，我是今天决赛最后一组的参赛小组代表，韩星子。我们为大家表演的是西方戏剧大师莎士比亚的名著剧目《罗密欧与朱丽叶》。”

韩星子不断深呼吸，来缓解自己的紧张，但是当她看到台下的评委，看到落在自己身上的灯光，垂在身体两侧的手不断绞弄着裙摆，手心里冷汗沁出。

“可以开始了。”丁桐看出韩星子的紧张，适时出言鼓励，“放轻松，别紧张，你可以的！加油！”

“谢谢！”韩星子弯腰行礼。

这时背景音开始响起，她抬起头的一刻立刻进入状态，成为戏中的女主角，那个让罗密欧深深着迷的朱丽叶。

随着一大段独白开始，剧目也拉开了帷幕。

韩星子精湛的演技瞬间吸引了所有评委的关注。眼看着剧目就要到达最高潮，韩星子突然脸色发白，跌坐在地上。

“韩星子！”李俊泰不顾一切地冲上舞台。

大家也都吓坏了，齐刷刷跑过来，将韩星子紧紧围住。丁桐更是直接从评委席离开，匆匆跳上舞台，来到韩星子身边。

“星子，怎么了？”丁桐关心地问。

“我……”韩星子紧抱着头，瑟缩地躲在李俊泰的怀里。她的目光里充满了惶恐不安，惊惧地看着舞台上耀眼的灯光。

“不，不要！我是最棒的，我真的很热爱表演！”韩星子突然尖叫着扑向丁桐，抓着她的手不断重复同样的话，“詹姆斯导演，请再给我一次机会，这次失误真的和我没有关系，是舞台的问题……”

“韩星子，这里不是百老汇，这里是景霖大学！”李俊泰眉头紧皱，韩星子这个样子，像是想起了上一次在百老汇舞台的事件。难道那一次的事，对她的心理造成了影响和伤害？

“不是吗……”韩星子颓然地松开了手，目光失去焦距，变得迷离。

李俊泰看她这个样子，心里充满了自责。

“她现在的情况，看起来应该是患上了恐台症。这种情况我见得多了，太紧张或者心理素质差，或者在舞台上发生过重大失误，就会患上这种病。”何静文不知道什么时候也走上了舞台，以关心的名义各种补刀。

“是我造成的。她在百老汇舞台的演出被我破坏，还因此受伤，和这次决赛的情形很像、很像……”李俊泰双手紧握成拳。

“这是创伤记忆导致的，没事，问题不大。”丁桐松了口气，

“好了，大家都散了吧。李俊泰，你负责将韩星子送回家。她现在这样的状态，需要好好休息。”

“嗯，我会的。”李俊泰脸色凝重地点头，抱起韩星子，大步离开舞台。

其他人也纷纷下台，在后台等候评委的最终决定。

丁桐走回到评委席，和其他评委一起商讨结果。大赛评委中，以张副教授为代表的学院派老师，坚决反对给予韩星子出演毕业大戏的机会。

“我反对！我们不能因为表演者的心理状况而否定韩星子出色的才华、专业和专注的表演。”丁桐怒拍桌案，站起来据理力争，“刚刚的表演，你们难道没有惊艳过，没有叫好称赞吗？”

“但是她的心理问题……”

“心理问题可以治疗，但是表演的才华能通过后天获得吗？这一点张副教授应该比我更清楚。你的学生李明哲，当年不是也给你惹过一次麻烦吗？”丁桐再次犀利出击。

张副教授哑口无言，商讨陷入僵持。

几个评委商讨了一下午，最后得出一个大家一致认可的结果——何静文、高曼琳、江城获得优胜，担当毕业大戏的主角。至于韩星子，没有明确说明取消资格，也没有说会担当主角，因此就成了悬案。

周末的夜晚，满天星辰点亮了海面，海滩附近，停靠着一艘超级豪华的游艇。俊男美女一对对携手登上游艇，不时有欢声笑语从游艇上传出。

韩星子来得有点儿晚，拉着陈雅萌悄悄登上游艇，却被眼尖的同学一眼发现。

“哇，大明星，大美女啊！”一声口哨和欢呼，立刻吸引了所有人的注意力。

大家的视线齐刷刷射过来，落在韩星子的身上——今天，她在母亲强烈的要求和包装下，穿了一条最新款的香奈儿礼服，妖冶的红色完美衬托出她晶莹剔透的肌肤，礼服精致的剪裁和优雅的褶皱，更是将她装点成一朵最娇艳动人的红玫瑰。

这一刻，韩星子犹如万众瞩目的大明星，让所有人眼前一亮，艳惊四座。

“请问，我可以请你跳舞吗？”一个男同学大胆地上前邀请。

其他人不甘示弱，纷纷挤上来，互相撕扯，都想抢先一步邀请到韩星子成为舞伴。

韩星子被大家的热情吓到了，一边拒绝一边后退，最后干脆躲到了陈雅萌的身后。

“想请我跳舞吗？好呀好呀！”陈雅萌做起护花使者。

“呃——”所有男同学看着陈雅萌娇俏的脸蛋，都忍不住流口水，可是看到她充满肌肉线条的手臂和隐隐可见的腹肌，立刻打起了退堂鼓，一个推着一个拼命向后逃窜。

“韩星子，你今天真漂亮！我可以有这个荣幸，请你跳个舞吗？”孙华皓嘴里叼着红玫瑰，跳着华丽的舞姿，来到韩星子身前。他夸张地半跪下，将玫瑰花拿起来，双手捧到韩星子的身前。

“对不起，我——”韩星子尴尬得满脸通红，下意识地后退了一大步，直接撞入一个温暖的怀抱。紧接着，韩星子就发现自己被搂住了。

她惊恐地瞪大眼睛，耳边忽然响起熟悉的声音：“是我，李俊泰。别乱动，今晚大家都是携伴参加Party的，你没有舞伴的话，会一直被这些男人骚扰。”

“哦。”韩星子恍然大悟，难怪自己一出现就被围观，原来是因为自己身边没有舞伴。

“李俊泰，你又跟我抢！”孙华皓怒不可遏。

李俊泰抬起头，轻蔑地瞥了孙华皓一眼：“星子是我的舞伴！”像大提琴一样的声音高调地宣布主权，刺激了所有男人，也惊呆了所有女人，游艇上顿时鸦雀无声。

何静文站在远处，看到这一幕，气得浑身发抖。

“哟，你的小竹马被勾搭走了呢！”高曼琳娇媚地笑，“在背后嫉妒得要死有什么用，换作是我，直接上去抢人了。”

“谁让我没人家有手段呢！李俊泰当她的护花使者，孙华皓更是开足马力追求，也不知道最后她会选择谁，也许是你的小亲亲孙华皓呢！”何静文一箭双雕，在高曼琳的心上扎了一刀，也给韩星子树了个敌人。

高曼琳顿时眼底冒火，忽然失控地将红酒杯捏碎，红酒喷出来的瞬间，她惊呼着躲开。何静文躲闪不及，洁白的礼服被染脏了，看起来十分狼狈。

“你真……”何静文恼火地离开，去游艇里处理礼服。

高曼琳在何静文离开后得意地笑了：“谁叫你使坏挑拨，真当我傻吗？不过韩星子的确可恨。”她再次朝孙华皓的方向看过去，发现韩星子明明都被李俊泰带走了，孙华皓却依旧目不转睛地看着，顿时怒火攻心。

这时，劲爆的音乐声响起，将Party的气氛推向高潮。男男女女随着节拍，疯狂地扭动着身体，左右摇摆。

“喝点儿什么？”李俊泰将韩星子护送到相对安静的角落。

“果汁或者饮料都行，我不能喝酒，会过敏。”韩星子很感谢李俊泰帮她解围，否则她真不知道该如何应对刚刚那种场面。

“OK。”李俊泰招手叫来侍者，要了一杯长岛冰茶和一杯柠檬汁，然后将柠檬汁拿给韩星子。

“谢谢。”韩星子拿起果汁。

两个人聊了一会儿，李俊泰忽然站起身，很绅士地行了个礼，然后伸出自己的右手，“韩星子小姐，可以请你跳一支舞吗？”

“好吧。”韩星子轻轻将手放在李俊泰的手中。

李俊泰拉起她，轻轻一带就将她拉入怀中，但是手很规矩地只放在她的肩膀和腰部，陪她跳了一曲华尔兹。

“你的舞步，比我想象的还要好。”李俊泰一脸惊喜地夸赞。

“舞蹈也是表演系的课程，交谊舞、现代舞，都要学一点儿。”韩星子有点儿不好意思了，脸颊发红，像成熟的蜜桃，美艳动人。

李俊泰看得痴了，醉了，目光灼灼地盯着她，舍不得移开视线。他的心，也开始不受控制地剧烈跳动，扑通、扑通……

“韩星子，你今晚真的很美。”动情之下，李俊泰情不自禁地低头，一点点靠近她娇嫩红艳的唇。

韩星子瞪大了眼睛，看着李俊泰越来越接近的脸庞，看着他那双好像有魔力一样让人着迷的双眼，差点儿沦陷其中。

呼吸乱了，心也乱了。

“对不起，我去一下洗手间。”韩星子突然用力推开李俊泰，转身就跑。

她感觉一颗心跳得好快，像是要从嗓子眼里跳出来。这种感觉很陌生、很奇怪，她不知道该如何面对，唯有逃跑。

“我这是怎么了？心跳得好快！”韩星子逃到甲板上，手紧紧捂着胸口。

海风吹来，吹乱了她飘逸的黑发，吹乱了她的裙摆，鲜红的礼服随风飘扬，犹如一株随风起舞的娇艳玫瑰。

“哟，小妖精在这里玩什么呢？再现泰坦尼克号的经典桥段吗？可是，你的杰克呢，弃你而去了？”讥笑声突然响起。

“谁？”韩星子惊讶地转身，发现是表演系的同学高曼琳。

“这身礼服挺漂亮的，香奈儿的最新款，一定很贵吧？不过不对呀，你家里不是很穷，住在租金超级便宜的破落区吗，怎么会买得起这么昂贵的礼服？假的吧？不过仿得挺像真的。只可惜，再像也是假的。就好比你的身份，表演系的旁听生，跟我们一起读书，到最后却拿不到毕业证，和假货没两样！”高曼琳傲慢地讥讽，往韩星子的软肋上插刀。

“我能拿到TISCH艺术学院的毕业证，为什么还要景霖大学的？”韩星子终于明白了高曼琳走过来的真正用意，也不怕直接撕破脸皮了，“至于香奈儿的礼服，我是买不起，但是有人买得起送我啊！”

这件礼服是妈妈参加一个舞会时，偶然间提到她要参加学生会组织的游艇Party，一个新认识的朋友就送了妈妈这件礼服。妈妈希望她今天可以出风头，就收下了。她为此还和妈妈争吵过，但是最后没说服妈妈不说，反而还把礼服穿来了。结果谁知道偏偏就是这扎眼的礼服，给她招来这么多麻烦。

“李俊泰还是孙华皓啊？韩星子，你可真不要脸，除了会勾搭男人还会什么？我告诉你，离我的孙华皓远点儿，否则我就让你在景霖大学混不下去，自动退学！”高曼琳嫉妒的小宇宙就要爆发了。

“别说我和孙华皓没关系，就算有，又关你什么事？你喜欢你去追啊，跟我撒泼有什么用，男人就会喜欢你了？高曼琳，你可真幼稚！”韩星子不甘示弱地反唇相讥。

“绿茶婊，你敢骂我泼妇！”高曼琳情绪失控，突然扑上去用力推了韩星子一把。

“啊——”韩星子站在甲板边缘，猝不及防之下，被高曼琳失手推下了海。

扑通！水花四溅。

“韩星子！”高曼琳急忙跑过去从甲板朝下张望，看到韩星子正在海水里扑腾，顿时吓得脸色发白，“不是我，我不是故意的！不是我……”她惊慌失措地步步后退，呼喊着转身就跑。

“救命——”韩星子拼命挣扎，但是海浪太大了，不断冲刷着她的身体，每一次她刚从海水里挣扎着探出头来，海浪就会立刻无情地将她吞没。

“韩星子！”李俊泰到处寻找落跑的韩星子，听到这边有动静，跑过来一看，立刻发现了落海的韩星子，他的脸当时就吓白了！

“李俊泰，救我——”韩星子从海水里冒头，发现了李俊泰的身影，焦急地大喊求救。

“你别着急，我马上就来救你！”李俊泰情急之下，在甲板边找到了救生圈，套在身上后，用力往海里一跳。

扑通——

“韩星子，我来了！”李俊泰不会游泳，抱着救生圈在海水里好一阵折腾，才来到韩星子的身边。

他快速抹了一把脸上的海水，朝韩星子伸出手：“把手给我！快，给我！”

“嗯。”韩星子再次从海水里钻出来，将手递给李俊泰。

李俊泰拉住她的手，用力将韩星子拽到怀里，然后把救生圈拿下来套在韩星子的身上，准备拉着她和救生圈一起回到游艇上。恰在此时，一个大浪打来，将两个人同时吞没。很快，韩星子靠着游泳圈的浮力漂出水面，李俊泰却消失了踪影。

“李俊泰，李俊泰——”韩星子一着急，抛开救生圈，潜入了海底。

不远处，李俊泰正在拼命挣扎，身体被海浪卷着一点点下沉。韩星子吓得失魂落魄，奋力朝李俊泰游过去。

片刻后，韩星子拽着李俊泰从海水中钻出来：“李俊泰，你不会游泳，还下来救我干什么？”

“我不救你，谁救你？”李俊泰吐了一口海水，贪婪地呼吸着空气。

“你这不是救人，是找死！”韩星子抹了一把脸上的海水，伸手将救生圈套在李俊泰的身上，“抱着，别放手。”

“不会放手了，被海水吞没的滋味真难受！”刚刚濒死的感觉太可怕了，李俊泰到现在还心有余悸。

他的话音刚落，又一个大浪打过来。两个人同时被海浪吞没，救生圈连接游艇的绳索脱了扣，一起被海浪卷出好远。也不知过了多久，海浪变得轻缓，李俊泰和韩星子抱着救生圈，被一路推送到了一个陌生小岛边的海岸上。

噗——噗——

一上岸，李俊泰就不停地吐着海水。韩星子也不好受，被海浪卷着走，她也吞了不少海水，不过情况比不会游泳的李俊泰好多了。

她走过来拍打李俊泰的后背，帮助他排出吞下的海水。

“好难受，胸口好像刚发生了一场大爆炸。”李俊泰吐干净后，有些脱力地瘫倒在沙滩上，大口大口地喘息。

“呛水就是这样的，过会儿就好了。”韩星子也躺下来，剧烈地喘息，“我们这是被冲到哪里了？看着像个小岛。”

“这片海岸有很多孤岛，应该是其中一座小岛吧。”

“孤岛？获救的可能性有多大？”韩星子担心地问。

“放心吧，很快就会有人发现我们不见了。只要有人通知了我哥，我哥和爷爷就会安排直升机搜救我们。”李俊泰刚说完，就听到韩星子打了个喷嚏。他强撑着身体坐起来，“冷了？往里面走走，找点儿树枝生火取暖吧。也算是给搜救队一个信号，能够更快获救。”

“嗯。”韩星子在李俊泰的搀扶下站了起来。

两个人深一脚浅一脚地离开海岸，走向小岛。很快，他们就发现了一片树林，因为担心树林里有未知的危险，他们只在边缘搜集树枝。

李俊泰还找到了一些干燥的松针，利用最原始的钻木取火，成功点起了篝火。火势大了稳了，不再冒浓烟的时候，李俊泰将身上湿漉漉的衣服一件件脱下来，准备烤干。

韩星子知道穿湿衣服容易着凉，但是猛地看到李俊泰只穿一条内裤的样子，脸还是瞬间就红透了，散发着惊人的热度。

她急忙低下头，不敢再看李俊泰。

“你干吗呢，快点儿脱衣服烤干啊！”李俊泰扭头看到韩星子还穿着湿衣服，立刻着急地喊。

“哦。”韩星子拍拍自己的脸颊。乱想什么呢，只是烤干衣服。再说了，穿内裤就和在游泳池穿泳裤一样，没什么大惊小怪的。

她调整好心态，将礼服脱下来，用树枝架起来对着篝火烘烤。

“你——”李俊泰抬头，看到只穿着白色内衣的韩星子，篝火映衬着她漂亮的脸蛋，别具风韵，说不出的美。他看呆了，看傻了。

“阿嚏——”一阵风吹来，李俊泰打了个冷战，急忙收回心神，低下头专注地烘烤衣服，不敢再看韩星子一眼。

韩星子的礼服料子薄，很快就烘干了。她重新穿好后，帮李俊泰烘烤衣服，两个人都穿上了刚刚烘干、还很温暖的衣服。

这个时候，夜色已经很浓，除了篝火附近，其他地方都被黑暗无情地吞没。夜幕上繁星点点，一条银色的银河横穿半个天空，美得好像仙境。

“银河真美啊！不过北极光更美。”韩星子仰头看着夜幕上的银河，轻轻抚摸着极光女神的项链吊坠，“你知道吗，每年11月的夜晚，北极的夜空上就会出现极光。一道道光幔在夜空中流光溢彩，不断变幻着动人的色彩，永远不会重复，也不会静止不动。古罗马传说里，美丽的女神欧若拉掌管北极光，这位女神将北极光赐予人类，也同时赐予人类希望和期盼。”

“极光女神？”李俊泰还是第一次听到这个传说。不过他看到了韩星子眼中的流光溢彩，比此刻满天星辰更加漂亮。他痴痴地看着，听她滔滔不绝地讲述极光女神的故事，听她述说着对极光女神的崇拜。

“你呢，你信仰什么？”韩星子讲完后，回头看着李俊泰。

李俊泰还是第一次看到韩星子用温柔似水的目光看着自己，意外的同时又有点儿心旌摇动，“我啊？我没什么信仰，但是我很崇拜我哥。他的智商比我还高，不管什么都是一学就会，不费吹灰之力就可以比别人做得更好、更优秀。”

“李明哲？”韩星子点点头，“导师的确比你厉害。”

“喂！”李俊泰奓毛，“我也不差好不？要不是我当初逃到纽约去，现在搞不好我就是总裁，我哥就要给我做副手了！”

“那你为什么要逃？”

“为了自由啊！我不喜欢传媒，我喜欢电子科技，改善现在的电脑程序，开发编写出更加快速简便、方便人类的软件程序是我的理想。但是我爷爷不同意，一定要我继承家族事业。”李俊泰第一次对韩星子吐露自己的理想。

“难怪会在纽约看到你被黑衣人追。”韩星子没想到李俊泰也是个很有梦想、为了梦想而努力的人，立刻握紧双拳为他鼓励加油，“我相信精诚所至、金石为开，你只要坚持不懈地做下去，总有一天你爷爷会理解你、支持你的。”

“嗯，我一定会坚持到底。”李俊泰转头，和韩星子相视而笑。

他们聊了很久，从梦想谈到人生，再回到生活里。许久之后，接近黎明时，韩星子熬不住了，接二连三地打了好几个哈欠。她又困又饿又冷，身体不由得缩成一团。

李俊泰也很困了，他打了个哈欠，往韩星子身边凑了凑：“睡吧，也不知道搜救队什么时候到。还是先保持充沛的体力，才能在孤岛求生。”

“好。”韩星子点点头，闭上了眼睛。

太疲倦了，她几乎刚闭上眼睛就睡着了。李俊泰看她睡了，放下心来，也闭上了眼睛。慢慢地，两个人的身体越靠越近，最后李俊泰在睡梦中搂住韩星子，韩星子也本能地贴紧了这个热源。

天边泛白的时候，孙华皓乘坐直升机，用了一整夜的时间终于找到了孤岛，顺利将两个人救回，将他们送到医院检查。

第五章

LOVE
OF AURORA

她的脸很近，呼吸间全是属于她的气息，像栀子花那么甜，像百合花那么清香，还有她凝脂般的肌肤，泛着桃花般的色泽，犹如水蜜桃一样，诱人想一亲芳泽。

午后的阳光格外炙热，医院里吹着冷气，宛若另外一个国度，十分凉爽惬意。

李俊泰伸了个懒腰，睁开了眼睛。

他被救回来后，和韩星子一起在医院接受了各种检查，然后才分别到病房输液。这会儿，也不知道韩星子有没有醒来、有没有饿。

“先去买食物，然后再去看韩星子。”李俊泰飞快地下床，简单洗漱后出了门。

很快，他就买了清淡的粥和小菜，拎着赶到了韩星子的病房里。韩星子还没醒，抱着棉被，睡得犹如婴儿般毫无防备。

李俊泰立刻放轻脚步，将食物放到桌子上，转过身想坐下等待韩星子醒来，却无意间发现了她脖子上戴着的项链吊坠。

“极光女神，极光——也许极光可以治疗好韩星子的恐台症。”李俊泰眼前突然一亮，转身就跑。

他直接跑到心理科咨询医生，得到答复后，心里充满了希望。

“韩星子，恐台症是我造成的，我一定会治好你，让你重返梦想的舞台！”李俊泰激动地加快脚步，恨不得马上赶回病房告诉韩星子这个好消息。

“俊泰！”

“你干吗来了？”李俊泰回头，看到何静文的瞬间，满脸的笑意立刻冻结成冰。

“你昨晚出事，我们大家担心了好久。本来听说找到你了我就想赶过来，但是临时有个电视剧想找我出演女主角，我的经纪人答应了见面商谈，我推脱不开才来晚了。你是在怪我来晚了，生我的气吗？”何静文甜甜地笑着。也只有在李俊泰面前，她还保留着当年那份邻家小妹的纯真。

“现在看到了，你可以走了。”李俊泰冷漠地转身就走。

“俊泰！”何静文急急地追上来，“我是在关心你啊！听说你昨晚又和韩星子单独被困在孤岛上了？你们……有没有受伤？”

“你不就是想问我和韩星子有没有发生什么事吗？何静文，你觉得孤男寡女、还是男女朋友单独在一起，会发生什么呢？”李俊泰不喜欢何静文这种试探的口吻，态度更加冷淡恶劣。

“你们真的……不，不会的！”何静文突然抱头尖叫，不愿相信这个事实。

“随你怎么想！”李俊泰走到病房，推门进去。

何静文跟上去，刚要推门，就通过门上的玻璃看到了躺在病床上的韩星子。她似乎刚刚醒过来，正笑着和李俊泰打招呼。李俊泰殷勤地跑过去，端茶递水的，服侍周到。

“李俊泰，你可是最大的传媒公司的继承人啊，居然会对一个小草根献殷勤？但是你对我……在你眼里，我到底是什么？我堂堂的大小姐，难道还比不上一个小小的韩星子重要吗？”何静文大受刺激。

韩星子，韩星子！

何静文妒火中烧，满脑子只有一个想法——撕了绿茶婊！从今以后，有她就没有韩星子，她要将韩星子狠狠践踏，从景霖大学赶出去，从李俊泰身边赶走！

两天后，韩星子回到学校继续上课。

似乎落水事件带走了所有的霉运，韩星子刚到学校就被通知获得了试演女二号的机会。她知道这个结果是丁桐竭力争取来的，对恩师充满感激的同时，也更加刻苦地训练。

丁桐更是针对她特意制订了一系列的魔鬼训练计划。韩星子为了能够拥有更多的时间，将咖啡店的兼职辞掉了。小吃店继续关门中，她去了几次依旧联系不上雷彩英，就把所有心思都放在了训练上。

她的生活渐渐变成两点一线，除了回家睡觉之外，其他时间包括吃饭都是在形体房内，接受丁桐的魔鬼训练。

日子变得枯燥，课堂的内容却越来越丰富。

进入六月份，表演系按照惯例，要进行一次社会实践课。丁桐将地点选择在星星湾孤儿院，为孤残儿童做慰问演出。

一大早，韩星子就和学生们坐上大巴，赶赴星星湾孤儿院。

星星湾孤儿院和其他孤儿院有一点不同，这里的孤儿都是残疾儿童。有一些是先天残疾，还有一些是后天生病造成的，因此很难被领养。

韩星子和同学们轮流表演童话歌舞剧，在后台等待的时候，她无意间发现了一个躲在角落里的小小身影。

“你叫什么呀？怎么不看演出，一个人跑到后台呢？”韩星子好奇地走过去，发现躲在后台的是一个很可爱的梳着马尾辫的小女孩。

“我叫小童。丁桐阿姨在吗？我来找她。”小童循着声音仰起头，本应天真烂漫的大眼睛却黯淡无光，没有任何焦距。

韩星子的心突然揪紧了，小童是看不见的！

“丁桐阿姨不在哦，你找她有事吗？我陪你一起等她回来好不好？”韩星子蹲下来，怜爱地揉揉小童的脑袋。

李俊泰看到了凑过来，弯腰就将小童抱起来，放在舒服的座椅里。

“我们就在这里等。”他转身从自己的背包里翻找出一杯酸奶，拿出来打开插上吸管，塞进小童的手里，“很好喝的酸奶哦！”

“谢谢。”小童脸上露出灿烂的笑容，她喝了一小口，就不喝了，“小四和小豆都没喝过，我回去和他们一起喝。”

韩星子的眼圈一下就红了。

“喝吧，还有呢，一会儿拿给他们，保证每个人都能喝到，好不好？”李俊泰的鼻头也微微发酸。

“嗯。”小童用力点头，笑得更加开心了，“大哥哥，大姐姐，你们是丁桐阿姨的学生吗？院长说丁桐阿姨今天会上台跳舞呢，可惜我看不见。不过丁桐阿姨答应我，如果有一天我能重见光明，她要为我跳一支舞。我一定要重见光明看丁桐阿姨跳舞，这是我最大的心愿！”

“那小童要加油哦！到时候不仅丁桐阿姨为你跳舞，我也为你跳舞好不好？”韩星子笑中带泪。

“好，拉钩钩！”小童开心地不断拍手。

“对，拉钩钩，骗人会变小狗。”韩星子伸出手，和小童稚嫩的手指轻轻钩在一起，做了约定。

随后她和李俊泰一直陪着小童在后台玩，直到轮到她登台表演。表演结束，韩星子急忙返回后台，可惜小童已经离开了。但是她并没有忘记和小童的约定，暗暗记在心里。

中午，慰问演出结束，大家亲自下厨做了一顿饭，陪着孤残儿童吃了午饭，才离开星星湾孤儿院。

回来的路上，大家的心情都有些沉重。

韩星子坐在丁桐身边，和她聊小童的事，忽然发现丁桐的脸色有些不对劲："导师，你的脸色好苍白，是晕车了吗？我这里有晕车药，我拿给你。"

"不用，我没事！"丁桐虚弱地抓住韩星子的胳膊。

"真的吗？那我给你拿水喝。"韩星子扶着丁桐躺在座椅里，转身翻找矿泉水，回头就发现丁桐晕了过去，"导师，导师！"

李俊泰听到韩星子的惊呼，第一个冲过来："星子，怎么了？"

"快叫救护车，导师晕过去了！"韩星子焦急地大喊。

同学们全都吓坏了，有尖叫的，有想围过来帮忙的，顿时乱成一团。

"都给我闭嘴！安静！司机，马上加速赶往最近的医院。"李俊泰大喝一声，制止了同学们的骚乱。随后他立刻拨打120急救，告知自己正在往医院赶的情况和具体位置。

大概五分钟左右，救护车就到了。李俊泰将丁桐背起来，和韩星子一起下车，坐上救护车。何静文和其他学生也想一起去，但是救护车上空间有限，被随行的医生拒绝。大家只好先返校，再一起去医院看望丁桐。

医院里，丁桐经过抢救转危为安，被送到病房里休息。韩星子和李俊泰这才知道丁桐已经到了淋巴癌晚期，随时会被病魔夺走生命。

“不行，这件事我要告诉我哥！”李俊泰说着就要给李明哲打电话。

“不要——”丁桐醒来，及时阻止，“不要告诉李明哲，这个秘密你们要帮我保守。”

“导师——”李俊泰为难地直拍脑袋。

“我坚持。”丁桐虚弱地咳了两声。

“好，我们保密。导师，你别说话了，睡会儿吧。”韩星子担心丁桐的情绪会加剧病情恶化，急忙答应。

李俊泰见韩星子表态，只好为难地点了点头。

他们看着丁桐入睡才松了口气。刚走出病房，就遇到了接到通知赶来的李明哲。李明哲脸色发白，暴怒的情绪在眼底疯狂流窜。

“俊泰，你浑蛋！为什么不告诉我？你难道不知道丁桐对我有多重要吗？”一向温文尔雅的李明哲失去了理智，第一次对李俊泰大发雷霆。

李俊泰窝火，口气也有点儿冲：“我又不是存心隐瞒，我也就比你早知道了几分钟！”

“但是你知道了没有第一时间通知我！如果不是我刚刚恰好遇到丁桐的主治医生，你们是不是打算一直将我蒙在鼓里？”

“我——”李俊泰哑口无言。

韩星子看着着急，急忙替李俊泰解释：“导师，不是我们故意隐瞒的，是丁桐导师不让我们告诉你。”

“为什么？”李明哲红着眼睛问。

“明哲，你进来，我有话和你说。”病房里传出丁桐微弱的声音。

李明哲一愣，转身冲进病房。

病床上，丁桐脸色苍白，失去了平日的活力。她看着李明哲艰难地走过来，微微一笑："一直瞒着你，就是怕你失去理智。对我而言，生命的价值就在舞台上，即使我无法再表演，我也要看到我亲自培养出来的学生代替我完成梦想！这个苦苦等待的学生出现了，她就是韩星子。可惜我没剩下多少时间了，所以我不想为任何事分心，你明白吗？"

"为什么会这样，为什么……"李明哲难以接受这个残酷的事实。

他生命里最爱的两个女人，一个从小失去联系，至今没有找到并且相认；一个生命却在快速流逝，即将永远离开他。

"人总会死的。我只是早了一些，所以我才更要完成我的梦想。"丁桐轻轻拍了拍李明哲的手背。

李明哲哭得像个孩子，紧紧抓住丁桐的手："我答应你，不让你分心。但是最后的时间里，你要让我陪你一同度过。"

"好。"丁桐微笑着点头。

病房外，韩星子偷听不下去了，哭着跑开。李俊泰急忙去追，在医院门口将情绪失控的韩星子一把抱住。

"导师，导师……为什么导师会生病？为什么啊！我……我一定不会辜负导师的心意，我要为她完成梦想！"韩星子转身搂住李俊泰，放声大哭。

"嗯，所以加油！"李俊泰不知道该如何安慰韩星子，只能紧紧抱住她。

这一刻，李俊泰终于知道了自己的心意——他早就为韩星子动了心，被她追求梦想的执着深深吸引，情不自禁地跟随她的脚步，改变自己的同时，也一步步沉沦。所以他才会在她开心的时候没心没肺地笑，在她难过的时候想拼命守护她，在她被欺负的时候会毫不犹豫地跳出来，做她的护花使者。

原来，这就是爱情啊！

丁桐生病入院的消息不胫而走，学生们轮流去医院看望导师。

韩星子也会和李俊泰一起去，但是大部分时间，她像是上了发条一样，不知疲倦地疯狂训练。丁桐在死亡面前的勇气和对梦想的坚持以及对她的期待，这一切都在激励着韩星子。她要努力，她要完成丁桐的、也是自己的舞台梦。

李俊泰看在心里，又着急又心疼，却没办法阻止。这是韩星子的梦想，也是丁桐对她寄予的厚望，他不但不可以阻止，还要竭尽全力帮助韩星子成为毕业大戏的女二号，实现她们两个人共同的心愿。

为此，他多方努力，忙得昏天黑地，经常是到了学校才发现少穿了一只袜子或者穿反了衣服。

毕业大戏演出的前夜，最后一次带妆彩排。

后台，李俊泰突然神神秘秘地找到韩星子，强行拉着她跑到了舞台上："星子，记住今晚，记住这一刻，这是我送给你的北极光。"

李俊泰的声音刚落，剧场突然变得漆黑，接着舞台上亮了一盏灯，很快，所有灯都亮了。绿、白、黄等多种色彩交织在一起，落在韩星子的身上。

"啊——"韩星子恐惧地尖叫，可是下一秒灯光就变了。

它们时而像是一条彩带，时而又像是一团火或者五光十色的巨大银幕，每时每刻都在变化，一直没有停止。

"这是……极光！北极光！"韩星子吃惊地捂住了嘴巴。

她随着光的变化不断转动着身体，追随光源，欣赏这些犹如魔术大师变出来的灯光。直到光的变化停止，所有灯光都变成白色，轻柔地落在她身上。

韩星子惊讶地发现，自己竟然能接受这些灯光的照射，不再感到恐惧了。

“你是怎么做到的？天哪，太不可思议了！”韩星子激动地拉住李俊泰的胳膊。

“为了你的梦想，不管是多困难的事，我都可以为你做到！这是我送你的极光，从这一刻，你就是我的极光女神！”李俊泰被韩星子灿烂的笑容感染，激动之下表白，眼底闪烁着真挚的情感。

韩星子震惊了，李俊泰的目光太灼热，烧得她浑身发热。

“我……谢谢你！”韩星子不知道该如何面对，松开抓着李俊泰胳膊的手，一步步向后台倒退，“马上就要带妆彩排了，我去换衣服。”说完，她落荒而逃。

李俊泰看她失魂落魄、犹如被惊吓到的身影，猛地握紧拳头：“下一次，我绝对不会让你逃掉。”

何静文躲在幕布后看到这一切，气得跺跺脚，转身回到后台。

很快彩排开始，大家的表现都很不错，尤其是韩星子，不但不畏惧舞台，反而发挥得非常出色。

第二天，阳光明媚。景霖大学的毕业礼终于迎来了一年一度的重头戏。

学校的豪华大剧场里，坐满了同学、校领导以及一些影视集团、传媒公司和经纪公司的负责人。后台，所有参演者正在忙碌地换戏服、化彩妆，忙成了一锅粥。

随着灯光暗下来，毕业大戏正式开演。

韩星子精神抖擞，带着恩师丁桐的期许，在李俊泰、孙华皓和陈雅萌等人的注视下，和同学们一同演出了一场华丽的音乐剧——《名扬四海》。

演出开始的时候，李明哲在医院里陪同丁桐一起观看实况转播。

“明哲，我的梦实现了……”丁桐戴着呼吸器，恋恋不舍地看着大屏幕，由衷地为自己的学生们骄傲、自豪。

“嗯，恭喜你！”李明哲紧紧抓住丁桐的手，知道她已经走到了生命的尽头，现在仅靠梦想的信念支撑着，一旦毕业大戏圆满落幕，她就会永远地离开自己。

“丁桐，当年你拒绝了我一次，这次，不可以再拒绝了。”李明哲从西装口袋里掏出曾经向丁桐求过婚的婚戒，缓缓地戴在了她的手指上。

“好，不拒绝。但是，你要答应我，忘了我，重新开始你的生活。”丁桐眼底闪烁着泪花。

哗——

大屏幕上突然爆发出澎湃的掌声，李明哲猛地抬起头，看到了丁桐含笑而去的脸孔。

“丁桐……”李明哲痛苦地抓住丁桐的手，眼泪情不自禁地滚落，“在我的心里，只有你一个妻子，永远！”

景霖大学的学校剧场，掌声如潮。

随着毕业大戏完美落幕，所有参演者都走上了舞台，集体对着观众鞠躬感谢。何静文以女主角的身份，作为代表，讲话致谢。随后是校长登台讲话，他表扬了毕业的大四学生，也赞许了这一届的表演系在丁桐导师的带领下取得的优秀成绩，并当众宣布了获得前往纽约威尔斯影业做实习演员的选送名额。

“韩星子、江城！恭喜他们，尤其要恭喜我们的女二号韩星子，威尔斯集团的星探对她非常欣赏，我个人也对她的表现十分满意！让我们用热烈的掌声，欢迎我们今天真正的赢家、未来的女主角韩星子发言！”校长的声音刚落下，剧场里再次响起雷鸣般的掌声。

韩星子走到话筒前，礼貌地鞠躬行礼。看到台下无数双眼睛在注视着自己，想到躺在病床上观看转播的丁桐导师，她眼圈一红，泪水忍不住落了下来："有很多话、有很多感谢要说。但是今天，站在这里，我只想对我的导师丁桐说一句谢谢，是你教会了我什么才是真正的表演，是你再一次坚定了我的梦想！导师，我想告诉你，我成功了，我实现了我们共同的梦想，这一刻的荣耀是属于我们的！导师，谢谢你！"说着，她再次鞠躬，起身的时候，已经泪流满面。

台下，所有观众自发起立，为韩星子、也为丁桐送上最热烈的掌声。

这时，李俊泰接到了医院打来的电话，脸色沉重地走向后台，看到被无数人包围恭喜道贺的韩星子。

"星子。"李俊泰招了招手。

韩星子看到李俊泰，立刻走过来，开心又激动地抓住他的胳膊："你等等我，我马上卸妆，咱们这就去医院！我一定要把这个奖杯，亲手送给导师。"

"星子，"李俊泰困难地抓紧韩星子的手，"刚刚医院打来电话，导师……已经走了。"

"导师……不，不会的！你在骗我对不对？"噩耗传来，韩星子难以置信，激动地抓着李俊泰的衣襟不断撕扯。

"星子，我没骗你。"李俊泰眼圈也红了，他伸手去抱韩星子，却被韩星子用力推开，一个趔趄，差点儿摔倒。他吃惊地抬头，发现韩星子已经情绪崩溃，痛苦地抱头痛哭，身体颤抖得犹如被狂风暴雨蹂躏的百合花。其他学生也互相抱在一起，小声抽泣。

后台的气氛，顿时被阴霾笼罩。

"导师，导师……"韩星子哭得上气不接下气，突然两眼一黑、身体一软，朝地面倒下去。

"韩星子！"李俊泰冲过去，将韩星子抱住。

丁桐去世的消息，震惊了校园。李明哲为丁桐准备了葬礼，全校师生出席。韩星子作为学生代表，为丁桐献上了鲜花。

牧师念悼词的时候，所有人都默默地低头落泪，韩星子更是险些哭晕在李俊泰的肩膀上。

葬礼结束后，韩星子迟迟没有离开，李俊泰像个骑士一样，始终守护在她身边。远处，还有一直默默守护、没有打扰韩星子的孙华皓，以及死死盯着李俊泰的何静文。

“走吧，别打扰他们了。”韩星子看着坐在墓碑前和丁桐聊天的李明哲，缓缓转身下山。

李俊泰紧随其后，孙华皓等人悄悄跟上来。

下山的时候，李俊泰发现韩星子脚步有些飘，立刻担心地上前一步握住了韩星子的手臂：“你的状态不对，我背你下山。”

“没事，我可以的。”韩星子推开李俊泰的手臂。

李俊泰一愣，忽然抓住韩星子的肩膀，迫使她和自己对视：“你在躲我？就因为我告白了吗？为什么？”

“我——”韩星子避开李俊泰过于灼热的目光。

“不许躲着我！”李俊泰用力抱住韩星子，不顾她的挣扎再次告白，“我喜欢你！上次也许说得太含蓄，但是这次我说了，我喜欢你！你呢，你喜欢我吗？”

喜欢吗？

她不知道。一直以来，她的世界都很简单——照顾妈妈，为了梦想努力。她从没有想过会在学生时代恋爱，甚至连恋爱这种念头也从没有过。但是现在李俊泰提出来了，她不得不思考。她可以恋爱吗？有时间恋爱吗？她现在身上不仅肩负着自己的梦想，还有丁桐导师的舞台梦。在这个梦想最终实现之前，她有精力和时间去分心、去恋爱吗？

她距离毕业只有一年时间，到时候她就会去纽约实习，开始截然不同的新生活。而李俊泰呢？他的家在这里，亲人在这里，他注定会在这里扎根。

还有，他们的身份也截然不同，注定了是两个世界的人。

“对不起！”韩星子经过深思熟虑后，选择了拒绝。

李俊泰吃惊地松开韩星子，当她看到韩星子那双纯净无瑕的大眼睛时，忽然激动地大喊：“为什么？给我一个理由！”

“因为距离，因为我没时间。大四只有一年，我会很忙，忙着积攒出国的钱，忙着积累表演经验，忙着养家照顾妈妈。一年后，我就会去威尔斯集团做实习演员，到时候天南地北，我们会因为距离和无法相守而分开。既然结局已经注定是分手，现在又何必在一起呢？”韩星子理智地给了解释。

“距离？距离不会成为我们之间的障碍！即使你在地球的另一端，我也会随时出现，做你的骑士，守护你、爱着你！”李俊泰嘶喊着，不接受韩星子拒绝他的这个理由。

“抱歉。”韩星子再一次拒绝，转身离开。

因为他们之间的“距离”，不仅仅是空间上的，还有更多难以跨越的鸿沟。

“我不会放弃的，韩星子！”李俊泰对着韩星子的背影用力喊。

躲在后面偷窥的孙华皓酷帅地捏了一下下巴：“韩星子拒绝了李俊泰，难道她真正喜欢的是我？嘿嘿，我终于等到机会了！”

“韩星子！”何静文看着韩星子的眼神里充满了仇恨。

她喜欢了很多年的李俊泰被韩星子抢走了，就连最看好自己、想栽培自己的恩师丁桐都将生命最后的时光和心血全部倾注在了韩星子身上，不但让韩星子成功出演了毕业大戏，更让她抢走了自己女主角的风光，获得了保送名额。

而这一切，原本是应该属于她的！

“新仇旧恨，韩星子，我们走着瞧！”何静文握紧拳头暗暗发誓，她总有一天要跟韩星子清算总账，把失去的全都夺回来。

丁桐的葬礼结束后，韩星子等人迎来了升入大四的暑假。这个暑假，韩星子拼命打工赚钱，同时也没有忘记功课，努力提升自己的演技。

因为韩星子在毕业大戏上出尽了风头，所以收到了一些剧组的邀请，虽然都是跑龙套的角色，但是韩星子依旧开心地来回奔波于各个剧组。

转眼酷暑结束，秋风送爽，大四开学了。

韩星子比暑假的时候更加忙碌，不过机遇也终于出现了，她接到了一个古装宫斗剧的邀请，从没有台词的龙套变成了女N号，扮演女主角的宫女。

“导演。”韩星子有礼貌地打招呼。

“星子，来啦！”导演摆摆手，将韩星子喊过来，“来，给你介绍下，这是咱们这部戏的女主角，号称百变小天后的大明星何静文。”

“何静文！”韩星子惊呼，没想到会在剧组遇到自己的同学。

何静文也有点儿意外，可随后就笑开了花：“哟，这不是我的同学吗？你也接了这部戏啊？是不是扮演受宠的贵妃，和我演对手戏呀？”

“不是，我扮演你的宫女。”韩星子有点儿尴尬，不明白为什么何静文突然变得热情了，在学校里她们从不说话的。

“怎么会这样，是不是导演搞错了？你的演技可比我厉害，是导师的高徒呢，怎么能演服侍我的宫女呢？！”何静文佯作吃惊。

“……”韩星子更加尴尬，不知道该说什么。

导演脸色也有点儿不自在，接不上话。

“不过可能是导演不知道你演技好。导演，韩星子可是我的同学，也是我的好闺密，你要多多照顾，给她加戏，她的演技真的浑然天成，连一些老戏骨都比不过她呢！”何静文冷笑，把所有人都得罪光了，看你还怎么在剧组里混下去！

“这个好说，何小姐开口了，我肯定办到。”导演赔着笑脸，转身却狠狠瞪了韩星子一眼。

“谢谢你。”韩星子受宠若惊。

她安全没想到何静文轻描淡写的两句话就让她在剧组里难以立足，反而很感谢何静文的仗义帮忙，对何静文的态度也改观了好多。

“没事没事，有事就来找我，在剧组里我还是说得上话的。”何静文暗笑，真蠢！

“谢谢。”韩星子再次表示感谢。

这时剧务过来了，带韩星子去换衣服、化妆，准备拍今天的戏份。韩星子非常配合，刚开始几场戏也表现不错。可是自从何静文和导演坐在一起谈了几次话后，韩星子的戏份就变了，完全和剧本上不一样，都是很考验演技还吃力不讨好的桥段。但是韩星子都咬牙坚持下来了。

谁知道导演又给她加戏了，在剧组等待拍摄的时间从12个小时变成了18个小时，最后干脆直接在剧组睡了。这还不算，有时候明明一条就过的戏，导演非要反复拍，各种换角度、换道具，折腾一圈下来，一天只拍了一条不说，还把韩星子折腾得筋疲力尽。

渐渐地，韩星子察觉到整个剧组的人都在看她笑话，对她各种冷嘲热讽、挖苦，甚至充满了敌意。有好几次，她无意间听到别人的对话，都是在讥讽她什么演技好，根本是NG王，一个群众演员都能一条过的镜头，她都能拍上几十条。

韩星子不明白为什么大家会这样对她，认为可能是自己的错误，于是更加卖力地表演。可是也正因为这样，短短一周的时间，韩星子就累到虚脱。

每当韩星子累得无法动弹的时候，何静文就会出现，嘘寒问暖、送爱心食物，还不时讲述小时候和李俊泰青梅竹马的事刺激韩星子，让她更加远离李俊泰。

韩星子听了这些话，更加觉得拒绝李俊泰是非常正确的选择。

周日，韩星子没有戏，拖着疲惫的身体回到了家里。

她连换衣服的力气也没有了，趴在床上倒头就睡，一直睡到下午才起来。她简单吃了口饭，洗了澡换上干净的衣服，拿着自己和妈妈这周换洗下来的衣服，走到院子洗衣服。

眼看快洗完了，忽然从头顶上传来大提琴般温润的声音——

“Hi，难得休息，怎么还洗衣服？”

“呀——”韩星子吓了一跳，手里的洗衣皂掉进了洗衣盆里。

她惊讶地抬头，看到趴在院墙上笑眯眯看着她的李俊泰。阳光下的他看起来更加俊朗，嘴角噙着的温暖笑容，让那俊秀的五官绽放出更加夺目的光芒。

“李俊泰，你怎么跑过来了？”韩星子惊呼。

“我搬过来了，住你隔壁！”李俊泰对韩星子摆摆手，然后纵身一跃，轻松跳过院墙站在了韩星子的身前，“以前总觉得这边条件不好，可搬过来才发现这里另有一番意境。你看这里，有蓝天白云，有满墙的蔷薇花，就连空气也变得清新了，夹杂丝丝甜甜的花香。”

“你为什么搬过来？”韩星子如临大敌地看着李俊泰。

“还不是因为我爷爷逼……反正我离家出走了，暂时住在你隔壁。怎么，不欢迎啊？”李俊泰心虚地挠挠头，四处看看，找到个小板凳，拿过来坐在了韩星子身前。

“哦，你爷爷还反对你呢？”韩星子误会了李俊泰离家出走的真相，再想到自己为梦想而努力，不由得鼓励和安慰李俊泰，“加油，做出一番成绩给你爷爷看，总有一天他会理解你并且支持你的。”

“这么关心我，还不是喜欢我？”李俊泰突然向前倾身，几乎快要和韩星子的脸贴在一起。距离很近，近到他能感受到韩星子呼吸的热浪不断喷在脸上。

“不是。”韩星子吓了一跳，顿时脸红如霞，急忙拿着凳子后退了一大步，坐在洗衣盆的另一边，远离李俊泰。

“为什么不喜欢我？不要再和我说什么距离，现在远距离恋爱的人比比皆是，这根本构不成任何问题！”李俊泰骄傲的心再次被击得粉碎，他无法忍受地大声追问。

“你一定要知道？好吧，我说！”韩星子不胜其烦，只好再次解释，“我和你并不是一种人，假设你是童话里的王子，我就只是童话里毫不起眼的路人甲。没有任何一个王子会选择路人甲，他们都会去找公主，比如你的青梅竹马何静文，你们才是众望所归的金童玉女！”

“不是有灰姑娘吗？”李俊泰不死心地反驳。

“灰姑娘也不是路人甲啊，她出身高贵，只是遇上了狠心的后妈才变得那么惨。而且她本身就是童话故事里的主角，戴着主角光环，和公主没什么两样。”韩星子洗好衣服，站起来晾晒。

“这还不简单，我要你做我的女主角，和我在一起，打造一个只属于我们的童话故事！”李俊泰再次表白。

“可是我不属于童话故事，我活在现实中。”韩星子晾好衣服，转身走进房子，并将房门在里面上了锁。

“我不会放弃的！”外面传来李俊泰的呼喊。

韩星子拿着水杯的手一抖，呛到了，引发剧烈的咳嗽。

"不放弃吗？那又怎么样？我们根本是两个世界的人，就好像两条平行线，根本无法交织在一起。"韩星子将水杯放下，走进厨房准备晚餐。

休息结束，第二天一早，韩星子匆忙往剧组赶。谁知道她刚跑到家门口，就看到李俊泰背着背包，笑眯眯靠在墙头对她招手："早！"

"早！"韩星子甩甩头，故意忽略李俊泰的笑脸，跑出家门。

"一起走吧。"李俊泰黏上来。

"干吗？又不顺路。"韩星子为了赶地铁，跑得气喘吁吁。

"你又不知道我去哪里，怎么就肯定我们不顺路呢？"李俊泰飞快拿出湿纸巾和矿泉水，递给韩星子。

韩星子看了他一眼，接过湿纸巾，擦了擦脑门上冒出来的汗，挤上了地铁。

李俊泰就跟在她身边，因为这会儿是上班高峰期，地铁里非常拥挤，好几次李俊泰都被挤得直接贴在韩星子的身上。韩星子顿时满脸通红，心脏乱跳。她不由得抬头，狠狠瞪了李俊泰一眼。

"我不是故意的，人太多了，不能怪我。"李俊泰一边解释，一边做出无辜的表情。

韩星子磨牙，想躲又躲不开，四面八方都是人，只好咬咬牙，忍了。

李俊泰看着韩星子面红似霞，娇羞的脸上夹杂着一点儿懊恼的模样，忍不住借着别人的力道，再贴在韩星子身上的时候，快速在韩星子脸蛋上亲了一口。

"你——"韩星子怒瞪李俊泰。

"意外。"李俊泰举起双手，眼神乱飘，心虚地表达着无辜。

韩星子恼火，将脸转向一边，不想再看李俊泰。

李俊泰做了个鬼脸，一路上趁机各种贴近韩星子，惹得韩星子的心里小鹿乱撞，却拿他无可奈何。半小时的车程，因此变得格外折磨人，犹如走了一个世纪那么久。

“喂，你干吗还跟着我？我要去剧组，又不是玩，还能拖家带口啊！”韩星子快到剧组发现李俊泰还跟着，忍无可忍地扭头咆哮。

“原来我是你的家属啊！”李俊泰双眼一亮。

“口误！”韩星子气急败坏地跺脚，这可真是美女遇到帅流氓，有理也讲不清了，“你，不要再跟着我啦！”

“我可没跟着你，我今天第一天上班，清宫大戏剧组场工。”李俊泰怕真把韩星子给惹毛了，急忙解释。

“场工？你？”韩星子吃惊地瞪圆了眼睛。

李俊泰已经走到她前面去了，堂堂正正走进了剧组的拍摄场地。韩星子发了一会儿愣，急忙追上去，也到达了剧组。

她还以为李俊泰在开玩笑，谁知道她化好妆换好剧服出来，就看到满场飞、被人支使得团团转的李俊泰。

“星子，还有一会儿才到你的戏呢，你先在这里坐。”李俊泰发现韩星子，不再管其他人的要求，直接跑到韩星子身边。他将早就准备好的折叠椅打开，让韩星子坐下后，细心又周到地把剧本也准备好了，刚好翻到即将拍摄这场戏的一页。

“要不要我和你对台词？”李俊泰递上热咖啡。

“你真的要做场工啊？你的梦想怎么办？”韩星子吃惊地看着李俊泰。

“当然不会放弃，不过这会儿我最大的梦想，就是你！”李俊泰暧昧地伸手戳了戳韩星子的脸蛋，“从现在开始，我会形影不离地守护你，做你值得信任、也值得爱的守护骑士。”

“喂，你到底要做什么啊？！”韩星子懊恼地揉了揉太阳穴。

“配合你啊！你说要做普通人，我离开家就不再是王子，和你一样是普通人了。你做演员，我就当场工、做你助理，经纪人也行。反正从现在开始我们是同一类人，完全零距离。”李俊泰挑眉，超级自信地对着韩星子笑。

“你——”韩星子挫败地垂下头。

“李俊泰，你怎么在这里？”女主角何静文姗姗来迟，本来打算看韩星子的笑话，没想到竟然看到了守护在韩星子身边的李俊泰，她顿时怒火中烧。

“关你什么事？”李俊泰看到何静文，脸上的笑容顿时冻结。

何静文差点儿发狂，但是这里有很多人看着，只好忍住，露出最优雅的笑容：“我只是好奇，堂堂李氏传媒集团的大少爷，怎么会空降我们这个小剧组呢？”

“这里可没什么大少爷，场工倒是有一个。”李俊泰反驳。

“场工？”何静文陡然拔高了声音，立刻将四面八方的注意力都吸引了过来。但是她浑然不觉，一双眼死死盯着对面的韩星子。

又是韩星子，又是她，将李俊泰抢走了！

李俊泰是谁啊，含着金汤匙出生的传媒集团大少爷，身份尊贵无比。他从小到大都是个非常骄傲的人，就算犯错也不会轻易向人低头认错，可是这样一个人，现在居然为了韩星子自降身份，做起剧组里最低贱、人人都可以欺负的小场工！

“不过我不服侍你，我只服侍我们星子，是她的专属场工。”李俊泰说着，故意当着何静文的面拿起毛巾，殷勤地给韩星子擦了擦额头上的汗。

韩星子顿时石化。

她一个小小的配角居然有专属场工？李俊泰这哪里是来帮她啊，分别是给她拉仇恨的。

“哦，原来如此。”何静文假笑了两声，眼神瞥到放在韩星子膝盖上的剧本，眼前忽然一亮，“我去化妆，一会儿过来和你对戏。”

“好的。”韩星子出于礼貌，想站起来和何静文说话，却被李俊泰给按了回去。

“坐着别动，老老实实休息。拍摄本来就辛苦，你看别人都会找机会能睡几分钟睡几分钟，就你傻乎乎地不断看剧本背台词，把自己累个半死，也没人给你发奖杯。”李俊泰从背包里拿出一个眼罩，不由分说就给韩星子戴上，“睡会儿！何静文是个完美主义者，从小就磨蹭，她去化妆，没有一个小时出不来。”

可是这次李俊泰失算了，何静文心有怒火，居然不到半小时就换好戏服也化好了妆。

今天这场戏是剧本的一个高潮剧情，台词很多，还有一场韩星子掌掴何静文的戏。因此需要对戏，然后商量掌掴的动作，进行演练。何静文和韩星子对了几次戏，配合都很到位，掌掴的节奏也掌握得很好，于是导演很满意地宣布开机。

李俊泰紧张地一会儿看看镜头里的韩星子，一会儿跑过去看韩星子现场发挥，突然，就听啪一声清脆的巴掌声。

连导演在内，整个剧组同时愣住，乱糟糟的环境顿时变得鸦雀无声。

“星子，你……”何静文不可思议地看着韩星子，被手捂着的半边脸上清晰可见五个指印，“刚刚对戏的时候不是这样的，你怎么忽然换动作……”

“我没有啊，是你……”

“哎呀，我的天哪！”何静文的经纪人匆匆跑来，不但打断了韩星子的辩解，还一把将她推到一边，冲到何静文身前。她看着何静文脸上的指印，像只护着小鸡的老母鸡一样奓毛了：“这是要造反啊！一个小配角，居然打了女主角的脸！导演，你立刻把她给我开除，否则这部戏我们不拍了！”

“是是是，我这就把她给开除了！你可别生气，何小姐也别生气。剧务，干吗呢，还不马上安排何小姐去休息？”导演低声下气地赔礼道歉。

他转过身来，腰板不但挺直了，还盛气凌人地指着韩星子大骂：“你一天到晚给我找麻烦，如果不是何小姐一直为你说好话，我早就把你轰出剧组了。你马上把戏服给我脱下来，麻溜滚蛋！”

“我……”韩星子面对指责，有口难言。

她紧握拳头，耷拉着脑袋，怎么也想不明白，何静文为什么不按照事先商量好的动作去表演。如果只是想赶她走，有很多办法，为什么要白白挨揍呢？

李俊泰这时微微皱起眉头，看破了何静文的小手段。但是何静文在剧组的地位不是韩星子能够抗衡的，所以韩星子明明没错也要给何静文赔礼道歉，否则就会被赶出剧组。

可韩星子会低头吗？应该对何静文低头吗？

不！绝不可以！

韩星子也有她自己的骄傲，而且她的自尊心一向很强，他怎么能让她受委屈？她，就让他来守护吧！

“导演，这次是我们不对，我们保证下不为例。”李俊泰一边为韩星子道歉，一边苦苦哀求。

“李俊泰……”韩星子忽然哽咽了。她没想到跳出来帮助自己的人竟然会是屡次被她拒绝的李俊泰，更想不到，李俊泰为了她，居然放下骄傲的自尊心，卑躬屈膝地向人低头认错。

“导演！”何静文气得差点儿五官扭曲。

好好好！

李俊泰，算你狠！不过这事没完！哼，在剧组里，谁是大牌谁就有特权，连导演都要看她的脸色，更何况一个小小的场工？

“何小姐，什么事？”导演巴结地凑上来。

“星子应该不是故意的，我都不计较了呢，导演就不要开除她了。这样，今晚我做东，请大家去吃火锅，听者有份啊！星子，你也去啊！”何静文说着走到韩星子身边，仿佛什么也没发生过似的，拉起韩星子的手。

韩星子有点儿受宠若惊：“……谢谢。”

“好姐妹，还这么客气？”何静文笑着松开韩星子的手，转身经过李俊泰身边的时候，装作不小心地将经纪人刚刚给她披着的外套弄掉了。

“哎呀！”何静文娇呼，可怜兮兮地看向李俊泰求助。

李俊泰恼火，但是为了韩星子，只好忍气吞声地去捡外套。

何静文趁机用只有两个人才能听到的声音说：“李俊泰，既然你能为韩星子卑躬屈膝地道歉，就应该没有什么事不能做了吧？从今天开始，在剧组里你要对我言听计从、随叫随到，否则我会像今天这样让韩星子成为众矢之的、吃尽苦头。”

“何静文，你别太过分！”李俊泰将外套捡起来，递给何静文，“何小姐，你的外套。”

“谢谢，不过可以麻烦你帮我披上吗？今天降温，有点儿冷呢！”何静文礼貌地笑。

“好。”李俊泰磨牙，但还是为何静文将外套披上。

“这个场工不错，还是导演有眼光。”何静文刚表演完大度，又开始装柔弱，“导演，我现在脸颊还火辣辣地疼呢！能歇息一个小时让我冰敷一下吗？不然手掌印不消退，也没办法继续拍啊！”

“行行行。难怪何小姐会成为大明星，看这气度，就不是一般人能比得上的。”导演巴结完何静文，转身狠狠白了韩星子一眼：“还不谢谢何小姐，不是她给你说情，我今天立马让你滚蛋！”

“就是，还是何小姐有容人之量。”

“长得漂亮还有礼貌，也难怪人家会火，不火岂不是没天理？”

其他不明真相的人也七嘴八舌地夸赞何静文，气氛一下子就变了，整个剧组的人其乐融融，宛如一个大家庭，只有韩星子被冷落、孤立在外。

“别多想了，今天的事摆明了错不在你。”李俊泰在韩星子感到最失落的时候，默默守护着她。

韩星子感受到丝丝温暖，不知不觉中对李俊泰产生了前所未有的依赖。

小风波平息后，后面拍摄一直非常顺利。

第二天，韩星子刚到剧场，就被通知临时改戏，今天她本该有的三场戏被取消了两场，最后一场排在下午。

突然变闲了，韩星子难以适应，可李俊泰反而忙碌起来。他一会儿被何静文支使去买摩卡咖啡，一会儿又给何静文送毛毯，还要给她去取准备更换的戏服，俨然成了何静文的专属场工加助理。

韩星子百无聊赖，只好拿起手机去朋友圈看看有没有剧组招聘演员的信息。

“韩星子，韩星子——”

“啊？”韩星子以为导演在叫，急忙关掉手机站起来，却一眼看到站在导演身边穿着笔挺西装、又高又帅的孙华皓。

她大吃一惊：“孙华皓？你怎么跑剧组来了？”

“我刚听说你在这个剧组，就过来看看你。”孙华皓笑眯眯地凑过来，手里还拎着两大袋子零食，“怎么样，听说你这次出演反派，适应吗？我是这部戏的广告赞助商，没办法让你当女主角，但是换一个好点儿的角色还是可以的。是不是啊，导演？”

“是是是！”导演屁颠屁颠跑过来。

“……不不不，我现在的角色挺好的。”韩星子尴尬地连忙摇头，靠孙华皓拿到角色，这样不仅对别人不公平，也是对其他演员的不尊重。

“那不换，加戏行吧？”孙华皓又问。

“加戏？”导演有苦难言，何静文让给韩星子加戏，怎么孙华皓也说加戏？一个反派的炮灰角色，戏再加下去就直接变成女二号了。

“不可以吗？”孙华皓笑眯眯地伸手揽住导演的肩膀，“只是加两场戏，对你来说还不是小意思？听说今晚没戏，请你吃饭唱K，怎么样？”

“好说好说！”导演抹了把汗，咬牙答应。

“孙华皓！”韩星子跺脚，但是孙华皓已经在说笑间将导演送走了。

“我刚刚和导演说好了，总不能出尔反尔，这不是拿导演开涮吗？”孙华皓将韩星子按在椅子上坐下，将带来的两袋子零食一股脑儿放在韩星子身前，“也不知道你喜欢吃什么，就都买了一些。你有喜欢的记下来，我下次还给你买。”

“你怎么能……”韩星子无奈地抚额，“算了，下不为例。不要来剧组给我送零食了，我没时间吃，而且我也不喜欢吃零食。”

“行，那你喜欢什么？”孙华皓巴巴地看着韩星子，眼睛里闪着太阳般的光泽。

“我什么都不……唔……”韩星子还没说完，嘴里就被塞了一个草莓，酸甜的味道立刻充斥整个口腔。

她整个人突然变得不好了，脸色发白，胃里一阵翻江倒海，想将草莓吐掉却一时之间找不到纸巾，这一着急，忍不住干呕起来。

“怎么了？”孙华皓被韩星子的反应吓了一跳。

“星子——”李俊泰忽然冲过来递给韩星子一张纸巾，让她把草莓吐了出来。

他转身将包着草莓的纸巾丢进垃圾桶，然后快速拧开水杯盖子，将水递到韩星子嘴边："快漱漱口，你怎么什么东西都敢乱吃？草莓，不是你最讨厌的吗？"

"唔——"韩星子漱口的同时比画了一下。

李俊泰皱起眉头，顺着韩星子指着的方向看过去，就看到孙华皓一脸震惊地看着他们，手里还拿着一颗又红又大、非常新鲜的草莓。

他顿时一股火蹿上脑海："孙华皓，你来干什么？"

"送……食物……"孙华皓突然觉得像拿着烫手山芋似的，猛地将草莓丢掉，"星子，我不知道你不喜欢吃草莓，下次，下次我给你带哈密瓜。"

韩星子刚感觉好点儿，突然又开始反胃。

"星子也不喜欢吃哈密瓜。"李俊泰窝火，孙华皓这个情敌真是阴魂不散，他只是今天离开韩星子久了一点儿，居然就被孙华皓钻了空子。Shit！都怪何静文，把他当猴子耍了一个上午，否则哪里会给孙华皓可乘之机？

"你怎么知道？"孙华皓半眯起眼睛，阳光般的俊脸上浮现出丝丝疑惑。

上一次李俊泰向韩星子告白的时候他在现场，看到李俊泰被韩星子拒绝，他以为自己的机会终于来了，却苦于找不到机会主动出击，直到他听说韩星子在剧组里被何静文欺负。这是一个千载难逢的机遇，谁知道半路杀出个李俊泰！

"我当然知道。"李俊泰冷哼，这叫近水楼台先得月，"我每天24小时照顾我们星子，怎么会不知道？"

"你和星子，你们在一起了？"孙华皓惊呼。

"不是啦！"韩星子着急解释反而不小心被口水呛到，引发剧烈的咳嗽。

“星子，要不要喝点儿水？”李俊泰急忙虚搂住她的肩膀，温柔体贴地帮她拍背。

韩星子抓住他的胳膊，一边咳一边摇头：“不，喀喀……不喝。我没事，就是刚刚不小心呛了一下。”

“你呀，太不小心了，小笨蛋！”李俊泰说着轻轻用指尖点了点韩星子的脑门。

韩星子羞涩地笑，不好意思地红了半张脸。

“星子……”天，他们看起来好亲密的样子！而且，韩星子不但对李俊泰的靠近毫不抵触，甚至还很依赖他。瞧啊，她在李俊泰面前还流露出小女生的娇态，害羞状！

孙华皓看着看着，眼底升起嫉妒的怒火，口气更是酸溜溜的，跟喝了半斤陈醋一样：“星子，你们在一起就在一起了呗，瞒着我干吗？”

“没有啦！”韩星子急着否定，“李俊泰只是搬到我家隔壁，我们又在同一个剧组，经常一起坐地铁上下班，有时候又会在剧组过夜赶戏，所以感觉上和24小时在一起没差。”

“星子……”谎言被撕破，李俊泰又尴尬又有点儿伤心。

“李俊泰搬到了你家隔壁？”孙华皓惊呼，这小子居然在玩近水楼台、日久生情的把戏？这可不妙啊！

孙华皓明亮的眼睛闪了闪，忽然一个念头闪入脑海：“星子啊，现在天一天比一天冷了，挤地铁太遭罪，以后我送你。”

“啊？！”韩星子和李俊泰齐齐惊呼。

李俊泰大声反对：“不行！就你那辆破车，四面漏风，想载我们星子，想都不要想！”

“破车？那是最新版的保时捷敞篷车！还漏风，你怎么不说刮台风？”孙华皓翻白眼，傲娇得像个小太阳，“再说，星子不喜欢，我可以换一辆，比如剧组里大家都有的保姆车。星子，李俊泰太抠门儿了。你瞧瞧，大家等戏的时候都在保姆车上休息，而你只能坐这么小的小凳子，看着都累。”

“我——”李俊泰涨红了脸。

他早就想买一辆车送给韩星子了，但是他和家里闹翻甚至离家出走，现在身上的钱能养活自己就不错了，想买车送人，简直是白日做梦。不过自从上次他和韩星子聊过梦想之后，他就想了很多，和大喇叭他们一起探讨后，正在创新和升级最新的软件系统。一旦这个系统制作成功，他就立刻拿去卖掉，赚到的钱别说一辆保姆车，买两辆都没问题。

“星子，我送你一辆保姆车，每天免费给你当司机接送你上下班，怎么样？”孙华皓看李俊泰吃瘪，笑得那叫一个阳光，心里更是直呼爽快、过瘾！

李俊泰的手顿时握紧成拳，还没开口拒绝，韩星子就急忙又摆手又摇头地大呼：“不，不用了，我现在这样挺好。而且我又不是女一女二，我只是个小演员，没有几场戏就杀青退出剧组了。”

“星子，别急着拒绝，给我一个照顾你的机会嘛！”孙华皓刚得意地翘起尾巴，就被迎面泼了一盆凉水。

“真的不用，我可以照顾好自己。”韩星子有点儿尴尬地揉搓了两下耳垂。

“就是，再说还有我呢！”李俊泰见缝插针，现在换成他心情舒畅了，看着孙华皓被韩星子拒绝就是比自己出招过瘾，“行了，我们星子今天好忙，新戏要背台词，还要找人对戏，没时间陪你这个富二代闲聊，你哪里来哪里去，慢走不送啊！”

“李俊泰——”孙华皓磨了磨牙。

“再见！”李俊泰挑衅地半眯起眼睛，眸子里的凌厉视线有种让人不寒而栗的感觉。只有面对韩星子的时候，他才会流露出温暖的一面，对其他人，他一直都是高冷男神，浑身上下充满霸气狂傲的气场。

孙华皓脸上常年挂着的阳光般明媚的笑容一点点碎裂："星子啊，咱们明天见。"

"孙华皓——"韩星子惊愕地看着孙华皓离去的背影："李俊泰，孙华皓这是怎么了，好像特别较真呢！"

"管他呢！要不要我帮你对台词？"李俊泰森冷的目光落在韩星子身上的时候，像是经历了春天阳光的洗涤和净化一样，变得温暖而柔情。

"好啊。"讲到台词，韩星子眼前一亮。什么孙华皓、什么保姆车，通通都没有演戏和舞台重要。她转眼就把今天的事给忘了，全身心地投入拍戏当中。

阴了一晚，早上开始下起小雨。秋末快到冬季的雨伴着阵阵寒风，有点儿冷，吹得人骨头刺痛。街上行人匆匆，没几个身影。

韩星子起床后被冷风冻了一下，吃过早饭出门的时候，脖子上围了一条红色的围巾。

"妈，我走啦！"韩星子关门的时候听到身后的脚步声，习惯性地打招呼，"早！哦，今天有点儿冷，你多穿点儿，别……"

她正说着，转身就撞入了一个怀抱，身前的人顺势搂住了她："星子，早！"

"孙华皓？！"韩星子惊呼，一把推开孙华皓。

"怎么了？"韩星子吃惊的态度让孙华皓很受伤，他委屈地皱起眉头，"刚刚你还担心我穿得少，怎么转眼就变得无情？"

"我……我以为是李俊泰呢。"韩星子面露尴尬，"对，怎么没看到他呢？"

"我怎么知道，我又不是他的跟屁虫。"孙华皓小声嘀咕，韩星子解释的话更让他受伤。

“你说什么？”

“没什么，他可能走了吧！”孙华皓重新打起精神，拉起韩星子的胳膊将她往车边带，“你瞧，这辆保姆车漂亮不？是何静文用的同款，不过这辆是最新升级版，内部装修更豪华、更舒适。”

“啊，你真买了？不行，我不能要，坐地铁挺好的。”韩星子吓了一跳，急忙推开孙华皓，转身想逃。

孙华皓手疾眼快，一把将韩星子抓住，连拉带拽地将她推上车：“买都买了，难道丢到垃圾堆？今天这么冷，万一冻感冒了呢，耽误了剧组的戏那多不好？走吧，我送你！对了，给你买了热咖啡，就放在座位旁边了。”说完，他根本不给韩星子拒绝的机会，将车门关上，然后快速上车，踩油门，开车离开。

韩星子坐在舒适的后座，看着热气腾腾的咖啡，心里有点儿小感动，但更多的是手足无措。欠了孙华皓这么大一个人情，她不知道该如何还。

还有这保姆车，何静文的同款还是升级版，一定很贵很贵吧？

韩星子悄悄在心里算了笔账，靠她现在的片酬，存够去美国留学的钱，还要养家，都是很不容易的事。如果再加上这辆车……天哪，她最少每天要多跑十多个这样的小剧组，然后不眠不休、不吃不喝地奋斗43800个小时！

不行！怎么算，她都无力偿还这笔钱。保姆车，一定要想办法拒绝掉。

韩星子绞尽脑汁，还没想到好主意，孙华皓就将她送到了剧组。接下来，她又被通知加了几场戏，一整天都要背台词对台词，忙得不可开交，就把孙华皓的事给忘到了脑后。

一直忙碌到深夜，韩星子才结束一天的拍摄，准备回家。

“星子！”孙华皓跳下车，兴奋地向韩星子招手。

韩星子吓了一大跳，猛然想起早上的事，急忙小步跑到孙华皓身前：“你怎么在，难道一直在这里没走？”

“没，刚回来没多一会儿。”孙华皓低头就看到韩星子漂亮的脸蛋，第一次距离她这么近，他的心有点儿慌，乱跳个不停，“走吧，我送你回家。”

“不，不用了。”韩星子不好意思地红了脸，“其实早上我就想跟你说，但是导演临时加戏，我没腾出时间联系你。”

“看来，我应该请导演吃饭了，感谢他让你没时间拒绝我。”孙华皓看着害羞的韩星子，心里大呼可爱。她距离自己那么近，不到半米的距离，他一低头就能看到她漂亮的长发，又黑又直，超漂亮，好想摸一摸。

“星子……”孙华皓禁不住诱惑，伸手想要摸摸韩星子的脑袋。

“星子，回家啦！”李俊泰突然出现，冷着脸抓住孙华皓的咸猪手，将他从韩星子身边推开。李俊泰自然地靠在韩星子身边，一边跺脚一边喊冷：“好冷啊，星子。我在外面等了你快一个小时，你再不出来，我就要冻成冰坨了。”

“啊，你在外面等我干什么？这么笨，不知道进去等吗？”韩星子惊呼，回头看到李俊泰冻得通红的脸。

“导演清场啊，所以只能在外面干等，冻死我了！”

“哦，我不知道清场了。”韩星子盯着李俊泰冻得通红的脸，心突然狠狠揪了一下，有点儿疼。她急忙将脖子上的红色围巾解下来，踮起脚尖给李俊泰戴上，围了两三圈在胸口系了个结。

“好暖！”李俊泰顺势抓住韩星子的手。

“好冰！”韩星子惊呼，低头看着李俊泰的手。

天哪，他的手冰凉刺骨，好像冰块。

韩星子因为他掌心的温度，停止了挣扎，反握住他的手，帮他揉搓取暖："这两天记得戴手套，否则冻伤了，又疼又麻，会很难受。"

"可是我没有，把你的手借给我做手套吧？"李俊泰低头靠近一步，目光灼灼地看着韩星子。两个人的距离忽然缩短，近到几乎和拥抱差不多。

韩星子吓了一跳，惊呼着抬头，却直直地看进他深邃迷人的眼睛里。他的眼神好复杂，好像在最深处有团火焰在跳动。一闪一闪，闪到了她的心里去。

她完全被迷惑、被俘虏了，忘记了挣扎。

心，开始乱跳，扑通、扑通……

"星子——"李俊泰嗓子喑哑下来，染着爱的欲念。

她的脸很近，呼吸间全是属于她的气息，像栀子花那么甜，像百合花那么清香，还有她凝脂般的肌肤，泛着桃花般的色泽，犹如水蜜桃一样，诱人想一亲芳泽。

他缓缓低头，身体不由自主地随心而动。

"喀喀——"孙华皓看不下去了，嫉妒地想跳起来抽李俊泰。

丫的，当着他的面和韩星子玩暧昧，是个男人都不能忍！

孙华皓抓住李俊泰的胳膊，将他硬生生从韩星子身边拽开："大男人喊什么冷？这天气又冻不死人，你矫情什么！"

"要你管！你有车，我又没有，怎么跟你比？"李俊泰推开孙华皓，斜眼看他的劲儿，像是刚刚从地狱爬上来的恶魔。只看一眼，就让人吓得魂飞魄散。

"我看着不爽，就想管！"孙华皓脊背忍不住飕飕冒凉风。他和李俊泰斗了这么多年，还是第一次看到李俊泰如此恐怖的模样。

"好啦。"韩星子眼看他们俩又要像在学校里一样斗起来，急忙拉架，"孙华皓，你能帮我把李俊泰送回家吗？这个时间已经没地铁了，又不好打车，走回去我担心他会冻感冒。"

“对呗，你送一个也是送，多一个也不多。”还没等孙华皓答应，李俊泰已经厚脸皮地拉着韩星子坐上车了。

孙华皓愣了一下，在车外跺脚磨牙：“李俊泰，你这是把我当免费司机呢，天下可没有这样便宜的好事！你等着，等我找机会，玩不死你！”

骂归骂，车上还有一个韩星子呢，他不能任性地将车留下离开，只好硬着头皮上车，发动车子，开车离开，将两个人送到家门口。

“喂，车钥匙。”李俊泰跳下车，酷酷地伸手索要钥匙。

“什么？”孙华皓怀疑自己的耳朵听错了。

“车钥匙啊！这辆车不是你送给星子的？”李俊泰不耐烦地重复了一遍。

“是送给她的，你要什么车钥匙？”

“当然是每天开车送她去剧组啊，难道还开着保姆车兜风吗？”李俊泰沉着脸，玩味地看着孙华皓，“怎么，你是不是舍不得啊？”

“你才舍不得！呸呸，你是压根儿买不起！车是我送给星子的，当然由我送她去剧组，要你多管闲事！”孙华皓翻了个大大的白眼。

“星子，他不想给，我们还不想坐呢，走，回家，我想咱妈做的消夜了。”李俊泰转身搂住韩星子的肩膀，一手捂着胃，做出饿了的模样，“啊，好饿，一定是冻了太久，热量都消耗光了。”

“我妈这个时候肯定睡了，我给你煮面吃？”韩星子再次被李俊泰迷惑，没有推开他，反而还搂住他的腰，扶着他走。

“等一下。”孙华皓急忙下车阻拦，不就是一把车钥匙吗，多大的事？

他将车钥匙丢给李俊泰，眼角挑了挑，那意思是车钥匙给你了，你把手松开，不要染指女神。

“星子，钥匙给你的。”李俊泰将车钥匙转手塞进韩星子的手里，笑眯眯地看着孙华皓：“谢谢啊，慢走不送！”

“不能要，我……”韩星子的唇突然被李俊泰用食指轻轻封住，后半截话自动噤声。但是他没有松手，很快，从唇上传来酥酥麻麻的感觉。韩星子微愣，然后羞得满脸通红，如同着了火一样。

“乖，不要白不要，孙华皓又不差这点儿钱，人家是富二代，家里富得流油呢！我饿了，要吃面，你刚答应给我煮的！”李俊泰不由分说，拉着韩星子回了家。

砰——大门被重重关上，发出沉重的声音。

“孙华皓，你就是个大笨蛋！”孙华皓大骂，快被自己蠢哭了。随后，无边的怒火，还有疯狂的嫉妒，这两团火焰在他胸腔里燃烧，激烈碰撞，最后融成一团。

“星子，星子，我早晚会让你明白，谁才是你的真爱！”

伴随着一声低吼，阴沉沉的天空竟然雷声阵阵。然后，大雨下了一整夜。

第二天，韩星子走出门口，看到保姆车的时候有点儿哭笑不得。她想拒绝，却被李俊泰越俎代庖地接受。现在好了，她一下子背上了巨额债务。

李俊泰却不以为然，开着保姆车接送韩星子。被李俊泰算计的孙华皓不甘示弱，不能开保姆车接送，就每天开保时捷来和李俊泰抢人，但总是输给李俊泰。

这两个人的车几乎总是前后脚到达剧组，这还不算完，在剧组里他们使尽浑身解数，对韩星子大献殷勤。

孙华皓给韩星子买水果零食，还砸钱把剧组里所有人的份儿都带出来，李俊泰就玩暖男路线，对韩星子各种嘘寒问暖，照顾得无微不至；孙华皓送花、送礼物，李俊泰就转手卖掉，然后去买韩星子一直想要舍不得买的英文原版书送她。

这样的情况每天上演，两个人都乐此不疲，看客们也看得过瘾，只有何静文超级不爽。她继续给韩星子找麻烦，但是剧组里的人吃人嘴短，加上长时间接触下来，他们都被韩星子对艺术的执着感动，也喜欢她的爽直开朗，就没有人愿意再帮助何静文欺负新人。

何静文不甘心，只好频频示好导演，但是导演也不忍心继续欺压韩星子，开始阳奉阴违，明着按何静文的吩咐给韩星子加戏，暗地里大段大段地修改剧本。

到了杀青的时候，韩星子这个本来不入流的小角色一跃成为电视剧的反派女一号，戏份几乎与何静文一样多。但是她的戏份非常饱满，表演天赋又在何静文之上，片花在杀青发布会上发布后，网络点击量一下就飙到了几千万。一夜之间，几乎所有人都记住了韩星子的名字，她的光彩彻底盖过了女主角何静文。

名气高了，片约跟着多起来，片酬也翻倍增加。

韩星子之后又接了两个戏，虽然都不是女一号，但是角色都比较丰满，加上韩星子走心的表演和精湛的演技，为她在影视圈赢得了良好的口碑。

日子在繁忙中流逝，转眼就到了大四即将毕业的日子。

韩星子更忙了，忙得人仰马翻，在各个剧组来回奔波，直到她接到学校的电话，约定周一去学校商谈保送名额的事情。

周一，依旧酷热。

刚到中午，太阳高高地挂在天空，阳光灼人，马路被烈日烤得发烫，脚踏下去一步一串白烟。天气更是闷得要命，一丝风也没有，稠乎乎的空气好像凝住了。

韩星子临时接到学校通知，急急地出门向地铁站赶去。

路口，突然蹿出一辆黑色面包车，拦住了韩星子的去路。紧接着，从车上跳下两个膀大腰圆的壮汉，一人拉住韩星子的一只胳膊，就要把她往车上架。

“你们想干什么？”韩星子拼命挣扎。

“干什么？去了就知道了。”一个戴着黑色太阳镜的男人，冷笑一声，将韩星子用力推上面包车。

接着另一个人也跳上车，立刻关门，面包车光速离开。

车上，韩星子刚挣扎了两下，就被制伏，手脚被又粗又糙的麻绳紧紧绑住。

黑色太阳镜男凑过来，抬手捏住韩星子的下巴，迫使她抬起头来：“哟，长得不错嘛！大明星就是不一样，看着就让人流口水。”

“你要做什么？”韩星子惊慌，扭头想逃离魔掌。

“放心，我们暂时对你没兴趣。不过如果收不回来钱，那就不一样了。大明星的裸照，一定能卖个好价钱。如果再拍点儿AV什么的，简直是财源广进啊！”黑色太阳镜男邪恶地笑笑，突然拿起手机，对着韩星子拍了张照片。

“收钱？什么钱？”韩星子惊恐不安，想把手机抢回来，但是被绑着，浑身动弹不得。她只能干着急，隐隐红了眼睛。

“你妈妈从我们这里借了点儿钱，不多，也就十万块。三分利，一天3000元利息，现在利滚利，你老妈连本带利一共欠了我们18万。你说，我们是不是该找你妈妈要钱呢？”黑色太阳镜男邪恶的口吻，痞痞的让人讨厌。

“你们是高利贷？！”韩星子瞪大了眼睛，“这不可能！我妈妈怎么会向你们借钱？你们一定是弄错了！”

“当然不会弄错，我们可是正经公司，注册过的金融公司，专门帮助像你妈妈这样缺钱花的人。她来找我们，我们就借钱给她花嘛！不过现在她玩失踪，不接电话、不还钱，你说我们该怎么办呢？”黑色太阳镜男笑得更加猥琐。

“你们想用我逼债？”

“答对了，但是没奖励！”黑色太阳镜男奸笑两声，拿起手机联系陈倩云。

还是拒不接听！

黑色太阳镜男脸上的笑意消失，直接将韩星子的照片发了过去。不到一分钟，手机响了，黑色太阳镜男接起电话，里面传出陈倩云焦急的声音：“你们放了我女儿，你们放了她！呜呜……”

“哭没用，钱有用。今晚零点之前，把利息准备好，不多，八万块。否则你女儿这么漂亮，身材也那么棒，随便卖到哪个夜总会，也能赚一大笔。”黑色太阳镜男邪恶地笑。

“你们……王八蛋！”电话里，哭声继续。

“妈，你别听他们的，他们这是绑架，是犯法的，你马上报警求救！”韩星子焦急地大喊。

“闭嘴！”黑色太阳镜男抬手就是一巴掌。

韩星子痛得眼冒金星，摔倒在车后座上，还没张口，嘴巴里就被塞进了一团白毛巾，只能发出唔唔的声音。她急得乱动，挣扎着，可是绳子捆得太结实，她把自己的手腕都弄破皮了，痛得直冒冷汗，也无法挣脱。

“我的耐心很差，你别让我等太久。”黑色太阳镜男不耐烦地瞪了韩星子一眼，然后挂上电话，“黑二，你搜搜，把手机关了。万一那个疯女人傻到报警，给警察留下顺藤摸瓜的线索，我们可就都玩完了。”

“哦。”黑二靠过去，一把扯开韩星子的背包，找到手机。

黑色太阳镜男将手机关机，随手丢到一边。黑二眨眨眼，把手机捡起来，又丢回到韩星子的背包里。黑色太阳镜男看了一眼，没当回事，低头把玩手机。

车内变得安静，韩星子却因为绝望差点儿疯了。

求生的最后一个可能，彻底失去。她不但手脚被绑，嘴巴也被堵上了，不能及时呼救，自救的机会接近于零。

她现在唯一能做的就是祈祷，祈祷妈妈会去报警，祈祷警方能够迅速找到她。

就在韩星子焦急的时刻，陈倩云也急得团团转。

“星子，星子……”陈倩云拿着手机，坐在床上号啕大哭，“八万！那么多，我去哪里筹集？星子啊，妈妈对不起你啊！妈妈看你每天辛苦赚钱，积攒去美国的学费，妈妈心疼你啊！刚好妈妈听人说最近期货很赚，就想博一次。本来别人买都挺好的，一直有赚，可谁知道我买了不但没赚，反而血本无归……星子啊，是妈妈害了你啊！”她哭得上气不接下气，但是想到韩星子还在放高利贷的人手中，急忙抹了把眼泪，想打电话报警。

可是报了警，对方会不会撕票？

就在陈倩云犹豫不决的时候，院子里传来李俊泰的声音：“星子，星子——”

“李俊泰！”陈倩云一愣，然后连滚带爬地冲出门口。

“俊泰啊，你救救星子……”她一把抓住李俊泰的胳膊，如同看到救星一样，紧抓着不放手。

“星子怎么了？”李俊泰急红了眼睛，就想往屋里冲。

“星子，星子被绑架了！”陈倩云蹲坐在地上，放声大哭，“都是我不好啊！都怪我贪心，借了高利贷，结果害了星子啊……”

高利贷？！

李俊泰心里咯噔一下，那些可都是混黑社会的人，心狠手辣，什么事都干得出来。

“阿姨，到底是怎么回事？放高利贷的一般只要钱，不会索命，你跟我详细说说。”李俊泰双眼一寒，冷冽的双眼里像是罩上了一层冰碴儿。

“我欠了钱，还……还不上，他们就绑了星子要钱……”

“多少？”李俊泰松口气，还好只是要钱。

“八万！”陈倩云颤抖地说。

八万？

李俊泰在心里算了算，前几天他带领软件社团向基于AR技术的新媒体软件领域拓展，联合开发出了一款实验性质的APP软件并推入市场，获得了一笔可观的收益，新媒体社团转眼间升级成了正规的工作室。

去掉投资，他再找大喇叭他们借点儿，应该够了。

“阿姨，把高利贷约定的地点告诉我，我拿钱去救星子！”李俊泰急切地问，现在分秒必争，他一定要尽快把韩星子救出来。

“就是在那个……”陈倩云支支吾吾说出地址。

“嗯，阿姨，我走了！”李俊泰匆匆道别。

他心急如焚，一阵风似的冲出门，去银行取了钱，又找大喇叭等人借钱，凑足了八万块，立刻打车赶到约定的地点。

这是靠近郊区的一个废弃小仓库，四周荒草丛生。仓库附近堆满了各种回收垃圾和报废车辆，满地的玻璃碎片等杂物，一片狼藉。

李俊泰小心翼翼地在废墟上走过，来到仓库破烂的门前。门口并没有人守着，但是安装了监控，里面的人应该已经看到了他。

砰砰砰——“我是来送钱赎人的。”随着敲门声，李俊泰一颗心提到了嗓子眼。

韩星子就在里面！但是他不知道绑匪有多少，一定要想办法将绑匪都引出来，才能成功将韩星子救走。

“等着。”忽然，从仓库里传出男人冷漠的声音，紧接着是急促的脚步声，门被拉开一条小缝。缝隙里出现了一只眼睛，将李俊泰上上下下打量一下，然后才将门打开。

“钱带来了？挺快的嘛！”男人咂咂嘴。

“人呢？我要先看人。”李俊泰死死抱住放在背包里的八万块，不但没走进去，反而后退了一小步，和男人拉开了距离。

男人扭了扭脖子，龇牙：“小子，有种。”

他哼唧了两句，转身朝里面喊了一句：“头儿，钱到了。要见人。”

“靠谱？”

“没问题。”

“成，我这就带人出来。”里面应了一声。

过了一会儿，就听到一阵脚步声，听着像是好几个人过来。不一会儿，李俊泰就看到从房间里走出3个人。

韩星子走在最前面，脚上的绳子已经解开了，手依旧被捆绑着，嘴巴里塞着白毛巾。她刚走到门口，就被人从后面推搡了一下，脚下顿时一个趔趄，差点儿摔倒。

“星子——”李俊泰惊呼，愤怒的目光忽然直射向那个男人。

男人吓了一跳，下意识地后退了一步。李俊泰趁机逼近，冲上去想救人，却被膀大腰圆的黑二拦住，冲不过去。

“星子！”李俊泰急得大喊。

韩星子惊慌地抬头，看到了双眼赤红的李俊泰。他怎么来了？难道，他知道妈妈借高利贷的事了？

怎么会这样？她不是让妈妈打电话报警，妈妈怎么反而求助李俊泰，这不是把李俊泰往火坑里推？

她脑袋里一下子浮现很多电视剧里的场景，交赎金的人惹怒绑匪被切手指、乱刀砍死什么的，吓得脸色都白了。

“唔唔——”韩星子拼命挣扎，想让李俊泰快跑！但是嘴巴里塞着东西，她一开口只能发出唔唔的声音，连一个完整的音节都发不出来。

“人你也看到了，钱呢？”黑色太阳镜男邪恶地上上下下瞟了李俊泰两眼，眼底忽然闪过一抹精光——这小子，有点儿眼熟呢！

“八万。”李俊泰心疼韩星子，急忙将背包打开，露出里面一沓一沓的钱，“你们先放人。”

“等一下。”黑色太阳镜男突然摘下眼镜，露出一对绿豆似的小眼睛，“哟，我说怎么这么眼熟呢，这不是咱们李氏传媒集团的二少爷吗？别说八万块，就是十六万，对你来说也是大白菜价吧？”

“什么意思？”李俊泰脸色倏地阴鸷下来。

“小子，别装傻！要么拿十六万救人，要么滚蛋！”黑色太阳镜男笑眯眯地坐地起价。

“唔唔——”不要答应啊！韩星子急得拼命摇头，却被黑色太阳镜男的手下一把扯住头发，疼得眼泪快要掉下来。

“星子……你浑蛋！给我放开她！”李俊泰急红了眼睛，猛地抡起手中的背包，凶狠地砸向黑色太阳镜男。

黑色太阳镜男一个趔趄，身体晃了晃才没摔倒，但是被沉重的背包砸了一下，有点儿头晕眼花、脚底发虚。李俊泰趁机横冲过去，将背包丢出去，搞定扑过来的黑二，然后旋风似的冲到韩星子身边，一记右勾拳，将抓住韩星子头发的家伙击倒在地，接着又一个扫堂腿，解决了最后一个男人。

“我靠，敢打老子？揍死他，往死里揍！”黑色太阳镜男终于回神，顿时一脸凶神恶煞，气势汹汹地扑上来。

三对一，打得凶狠，拳拳到肉。

李俊泰奋起反击，一个侧踢，踢晕了一个男人，转身又和其他两人打起来。他看着比绑匪瘦小，但是力气很大，还学过跆拳道，一时间竟占据上风。

“别动，否则废了她！”混乱中，一个绑匪将韩星子抓住，拿出刀抵在她的脸上，“这么漂亮的脸蛋，你舍不得被毁了吧？”

“放开她！”李俊泰怒吼，赤红的眼睛里闪着嗜血的狠戾。

“嘿嘿，行啊！你双手抱头蹲在地上，麻利点儿！”

“唔唔——”不要！韩星子急得直摇头，眼珠在眼眶里打转。

“你先放开她！”

“你先蹲下，否则我……”绑匪的刀，眼看就要划破韩星子的脸。

李俊泰惊呼一声，急忙按照绑匪的话去做，抱头蹲在地上，不再反抗。

“蠢货！”黑色太阳镜男恶狠狠吐了口唾沫。

另外两个人邪恶地扑上来，报复性地对李俊泰一顿拳打脚踢。李俊泰为了保护韩星子，不能反抗，只能尽最大可能护住头部和关键部位，咬牙硬挺着。很快，他就痛苦地躺在地上，肋骨好像断了几根，痛得他冷汗直冒。

“唔唔——”韩星子一瞬间被泪水模糊了双眼。

不要，不要啊！

不可以这样！天哪，谁能帮帮她，救救李俊泰！

呜呜呜——

似乎是听到了韩星子的呼唤，警车突然出现了，十多个警察蜂拥而上，转眼间就将绑匪团团围住：“放下武器，你们已经被包围了！”

绑匪们吓得不轻，舍弃了李俊泰，想带着韩星子做人质逃掉。可是退路被一道高大的身影挡住了。

“星子，别怕，我来救你！”孙华皓摩拳擦掌，一个飞踢，就把劫持韩星子的绑匪踢飞了出去，另外两个绑匪吓得转身就跑。

孙华皓没有逞英雄去追击，而是跑到韩星子身边，急切地为她松绑：“别怕，没事了！没事了……”

“俊泰！”恢复自由的韩星子却猛地将他推开，连滚带爬地冲到李俊泰身边。

李俊泰看起来好狼狈，脸色苍白，眼睛和下巴上都有瘀青，身上看不到的地方伤得更重。

“俊泰——”韩星子想碰他又怕误伤他，急得大哭。

“别哭，我没事，就是有点儿疼，歇会儿就好。”李俊泰强忍着剧痛，缓缓抬起手臂，想为她拭泪。可是实在太疼了，他浑身的骨头好像都断掉了，只能蜷缩着身体，手臂更是使不出力气。他只能眼看着手臂在距离韩星子脸颊不到一厘米的地方无力地滑落，却疼得无法再动一下。

“俊泰——”韩星子急切地抓住他的手，放在自己的脸上，“你骗我！还说不疼，我眼见着他们一直在踹你，那么用力，怎么可能不疼？”

“真的不疼。乖，别哭！你哭了我才会疼，心疼。”李俊泰说句话都感觉胸腔要炸开了，声音也开始越来越低，气息变得虚弱。

“你……大傻瓜！笨蛋！不准再说话了！”韩星子看他疼得倒吸凉气，却还咬牙说不疼，心都揪到一起了。

“咯咯，我没事……”李俊泰咳了两声，血丝顺着嘴角流下来。

“天哪，你流血了！救护车怎么还没来！”韩星子急得大吼，伸手去擦李俊泰嘴角的血迹，却被他抓住了手。

韩星子不敢用力抽回来，又想给他擦嘴角的血，一着急，眼圈又红了：“别闹，别闹！”

“我没闹。我只是想抓着你的手，抓一辈子好不好？”

“我——”

“星子，我喜欢你，很喜欢。搬到你家和你做邻居，每天和你一起跑剧组、一起回家，是我这辈子最开心的日子。你呢，你开不开心？”李俊泰紧紧抓着韩星子的手，即便浑身疼到想死，可看着韩星子的眼神依旧温柔，跳动着强烈的爱的火花。

“嗯。”韩星子哽咽着点头。

“那，你……喜不喜欢我？”惊喜爬上李俊泰的脸，他一时岔了气，引发剧烈的咳嗽，再次咳出了血。

韩星子顿时心慌意乱，一边帮他擦血一边哭着喊：“求你了，不要再说话了好不好？”

“那你回答我，你喜不喜欢我？”李俊泰紧紧抓住韩星子的手，目光灼灼。

“我——”韩星子哽咽，忽然泪如雨下。

这段时间以来，她习惯了每天一起床就看到李俊泰的笑脸，习惯每晚和他道了晚安才能做个好梦。她甚至习惯了剧组里他的存在，习惯被他照顾，习惯只要自己有需要他就会出现，习惯……好多好多的习惯，让她开始害怕，害怕失去李俊泰的一天。

其实大三李俊泰告白的时候，她虽然拒绝，但心里是喜欢他的。只是因为他们之间有着太多的不可能、不适合，所以她才忍痛拒绝，割舍这段情。这段时间，他围绕在她身边，她明明更加心动，却还是不敢流露出一丝一毫的爱意。她就怕沉沦，怕终有一天两个人不得不面对残酷的事实，心痛分手。

直到刚刚，她看着李俊泰被围殴、看着他为自己受伤，她的心狠狠地悸动，心痛到快要碎掉，她才明白，其实她早已经沉沦了。

“……还是拿不准主意吗？”李俊泰眼底的火焰熄灭了一些，他相信韩星子是喜欢他的，他们之间很有感觉，每次他逗她的时候她只是害羞并没有躲避，更没有逃离。如果不喜欢他，她就应该像是对待孙华皓那样，避之唯恐不及。

“我——”韩星子抬起头，泪眼婆娑地看着他。

“星子，我换个问法，你愿意做我女朋友吗？”李俊泰苦笑着后退一步，先确定身份，也是向前走了一大步。

“我——”

“不愿意？”

“不是，我……”韩星子急切地否定，红透了的脸蛋看起来像是一朵娇羞的水莲花。

“那就是愿意。”李俊泰笑了，手动了动和她十指相扣，“星子，从今天开始，你就是我的女朋友了。答应了，就不可以反悔，喀喀……不能反悔。”

“好，不反悔！”韩星子终于下定了决心，不管以后会面对什么，这一刻她想和他在一起。

李俊泰心满意足地闭上眼睛，他一直硬挺着，此时再也撑不下去，陷入了昏迷。

韩星子急得大哭，正彷徨无助的时候，救护车终于到了。因为韩星子和李俊泰十指相扣，救护人员分不开，只好连韩星子一起带走。

绑匪也被收押，警车跟随救护车一起离开。

空荡荡的废墟上，孙华皓一个人孤零零地看着车辆远去，最后消失。

为什么会是这样的结果？

她拒绝了李俊泰，那就是不喜欢啊。可为什么到最后，她还是选择了李俊泰？难道他还不够努力，还不够优秀？

“星子，明明救了你的人是我，为什么你却依旧在意李俊泰？星子，星子，我也很喜欢你啊！”孙华皓低呼着，眼睛发红。

医院里，李俊泰被推进手术室整整一个下午。傍晚，他才脱离危险，被送到病房。

韩星子趴在床边，看着躺在病床上的李俊泰，眼圈发红。他身上有多处包扎的痕迹，看着触目惊心。

“俊泰——”韩星子颤抖着手，轻轻抚摸李俊泰苍白的脸。

刚刚医生的话，每一个字都像是在用刀剜着她的心——病人身上多处受伤，肋骨断了几根，差点儿就斜插入肺，脾脏有些破裂，还有轻微内出血和脑震荡。这么严重，他居然还说不疼，甚至还跟她说了那么多话?

“傻瓜，肋骨断了，呼吸都会疼啊……”韩星子紧紧抓着李俊泰的手，心疼又自责地大哭，“我真是笨死了，如果早点儿答应你，你就不会遭受那么多的罪……”

哭了一会儿，自责了一会儿，韩星子发现李俊泰身体发烫，好像是发烧了。她急忙揉揉眼睛，抹去泪水，跑去找医生。

医生检查后，给李俊泰挂了点滴，叮嘱她照顾好病人，以免病人脱水。

韩星子按照医生的嘱咐，用棉签蘸着温水给李俊泰滋润嘴唇，然后用热毛巾不停地为他擦虚汗，避免他二次着凉，加重病情。

一直折腾到深夜，韩星子累出一身汗，李俊泰的情况才稳定了下来，退了烧，身体各项指标也恢复了正常。

“呼——”韩星子长长地舒了口气，再一次去洗手间浸湿毛巾。

等她回来的时候，病房里多了3个人。

李明哲和何静文她认识，另外一个白发苍苍、看起来有七十来岁、身子骨还挺硬朗的老人家，她却没见过。她忍不住猜测，这个人应是李俊泰的爷爷吧？因为他们的眼睛看起来好像，都很深邃，散发着一样的冷光。

“导师。”韩星子跑过来，礼貌地打招呼。

李明哲和她打过招呼，担心地询问李俊泰的情况：“星子，医生怎么说？俊泰的伤势如何？”

“肋骨断了几根，身上多次瘀伤，还有轻微的内出血和脑震荡。医生建议住院静养一段时间。哦，刚刚他有点发烧，不过现在已经退烧了。”韩星子说着，将重新浸湿拧干的毛巾叠好，放在李俊泰的额头上。

“什么？”何静文最沉不住气，失声尖叫，“这怎么可能！天哪，俊泰从小到大都没有受过伤，这，这是遭了什么罪啊？”

“对不起，都是我的错。”韩星子哽咽着，眼圈再次泛红。

“你？”何静文惊讶地看着韩星子。又是韩星子，不知道从什么时候开始，只要有李俊泰的地方，就肯定有韩星子。韩星子就像是她的噩梦一样，挥之不去。

“这位小姐是？”李政权冷哼，病房内的气氛顿时降到冰点。

“李爷爷，她就是我刚刚提起的同学韩星子。”何静文见缝插针，半夸半讽地说着，“人红是非多，星子现在也小有名气了，这不就被绑匪盯上了？不过我怎么听说这些人是放高利贷的？星子啊，你怎么惹上了放高利贷的？这些人可都是杀人不眨眼的。”

“我……”事关母亲，韩星子难以启齿，羞愧地低下头。

“俊泰也是，他就住在你隔壁，也不提醒你一下。高利贷那东西可碰不得，利滚利下去，欠债会越来越多，迟早被逼跳楼，全家鸡犬不宁啊！”何静文伪善的笑容里泛着阴森冷意。

李政权目光直射韩星子，眼底跳动着强烈的怒意。李俊泰会离家出走、放弃与何静文的婚约，就是因为这个女孩吧？

可是，他越看，越觉得韩星子小家子气。这种没身份背景，还穷到要借高利贷的人，给何静文提鞋都不配，居然还妄想勾搭李俊泰、爬上枝头变凤凰？而李俊泰居然上了当，没有识破这种人的小手段、小伎俩？

“俊泰太让我失望了！”李政权无情地冷哼，“明哲，马上联系院长，把俊泰转到VIP病房，免得他被闲杂人等吵到，影响休息，延误病情。”

“是呀，这边好吵呢，咱们还是去VIP病房吧！”何静文得意地笑，被李政权讨厌，看韩星子如何翻身，“而且病房里还有其他患者，什么阿猫阿狗都能进来接近俊泰，谁知道有没有其他传染病！”

韩星子面露尴尬，红着眼圈，握紧了拳头。

“星子，我送你回去吧！”一直默不作声的李明哲忽然礼貌地开口。

“啊？”韩星子很是震惊。她本来是想留下来照顾李俊泰，直到他醒来，直到他伤好出院。可是现在李俊泰的亲人来了，她一下子变成了多余的人，走也不是，留也不是。

“嗯，不麻烦导师了，我自己能回去。”韩星子含着热泪，礼貌地向李政权和李明哲道别，然后不舍地一步三回头，离开病房。

第六章

LOVE OF AURORA

“距离从来都不存在。为了你，我可以放弃我现在拥有的一切，与你一起重新开始。”

连续阴天，气压持续偏

低，闷得人喘不上气来。今早刮起了风，有点山雨欲来的气势，但是更闷了。

厨房里，韩星子刚刚熬了一大锅排骨汤，味道清香，诱人的色泽让人食指大动。

“唉！装好了，可是怎么给李俊泰带进去呢？”韩星子握着装好汤的保温杯，再一次发出叹息。

这三天，她去了医院无数次，但是每次都被守在李俊泰门口的黑衣保镖拦下。

见不到人，不知道李俊泰恢复得如何，韩星子每天都担心得睡不着，却无计可施。

“妈，我待会儿要去一趟医院——咦，你在干什么呢？”韩星子好奇地走过来，发现陈倩云神神秘秘的，好像拿着什么东西藏在了身后。

“没，没有啊！”陈倩云支支吾吾，吓得脸色发白。

“妈，难道你又借高利贷了？”

“没有没有！妈知道错了，这辈子都不会再借高利贷。”陈倩云将头摇成了拨浪鼓，真诚地发誓，“妈就是闲着，收拾收拾东西。”

“哦。”韩星子没有怀疑，转身去换衣服。

陈倩云见韩星子回了卧室，长嘘了一口气。她将藏在身后的东西拿出来，准备往柜子里已经打包好的行李里面塞。

“妈，你拿着行李做什么，要出去郊游还是度假两三天？”韩星子去而复返。

“没有啊，就是闲着没事做，收拾收拾东西。”陈倩云吓了一大跳，手一抖，藏着的东西就轻飘飘地落在了地上。

韩星子走过来将东西捡起来，意外地瞪大了眼睛：“明天飞纽约的机票？天哪，妈，你要去美国？不对，你哪里来的这么一大笔钱？两张机票，好几万块！你还说你没借高利贷？妈，你怎么能这样……”

“没，没有！妈吃了一次亏，差点儿把你搭进去，怎么会再借高利贷？这钱是正经来的，不用还，随便花。”陈倩云急忙解释，却漏洞百出。

“不用还？妈，你到底瞒着我做了什么？”韩星子拔高了嗓门儿，吓得陈倩云一屁股坐在床上。

“钱，是李俊泰的爷爷给我们的。”

“李爷爷，他为什么给我们钱？”韩星子觉得自己快被逼疯了，抱着脑袋，眼睛通红，“妈——”

“我……你别问了，这钱真的是他给我的，不是我偷的抢的。

一百万啊！星子啊，有了这笔钱，你就可以出国留学了。成为好莱坞演员不是你的梦想吗？现在可以实现了，我们可以去美国了！”陈倩云急切地抓住韩星子的手，用梦想绑定她、劝说她。

“什么，一百万？”韩星子惊呼，忽然有种不好的感觉。

这么一大笔钱，普通人要赚多久才能赚到？李俊泰的爷爷随随便便就给了她妈妈这么多钱？怎么可能？又不是天上掉馅饼了。再说，就算是掉馅饼，不是有毒的就是馊了的。

“这么一大笔钱，究竟要什么样的条件才能换来？妈，你说啊，你说啊！”韩星子越想越急，眼看着就要急哭了。

“永……永远不再回国，不再见李俊泰。”陈倩云被逼着道出实情。

晴天霹雳般的消息，震得韩星子瞪圆了眼睛。

永远不见李俊泰？

永远不见……可是他们才刚刚在一起，还没有甜蜜约会，还有好多好多事她想和他一起去做，去留下最美好的初恋回忆。但是一切都结束了，还没来得及开始的爱情，就已经面临着凋谢。

韩星子心痛地蹲坐在地上，紧紧抓着心口，努力想压住里面翻滚的疼痛，可是越挣扎心就越疼，犹如刀绞，好似雷劈。

“妈——”韩星子一下子掉下眼泪，哭得汹涌，仿佛已经失去了李俊泰，“你怎么可以这样？你明知道我和李俊泰，我们……这是我的事情啊，你为什么要替我做主？”

“星子，妈只是想还债，摆脱高利贷，想带着你去美国，去圆你的舞台梦。”陈倩云不觉得自己做错了，可是看着韩星子无助地流泪，又觉得自己好像做错了。她心疼又迷茫地蹲下来，伸手去给韩星子擦眼泪。

“梦想？你知道什么叫作梦想？梦想是要靠自己努力，不是花钱买来的，否则，和沿街乞讨的乞丐有什么区别？”韩星子甩开陈倩云的手，泪眼婆娑地看着她，“钱呢，我拿回去还给李爷爷！”

“我，我——”

“你该不会又把钱拿去买期货，全赔光了吧？”韩星子又气又急。

“没，就是拿了一部分还债、买东西，还剩下81万。”

“天——”韩星子倒吸了口凉气。

这才几天的时间，两天、三天？她妈妈就花掉了19万！

韩星子觉得自己真的快被逼疯了，胡乱抓了两把头发：“把钱给我，我凑凑，能凑够多少，先还给人家多少。剩下的我想办法。对了，机票，把机票退了！”她不等陈倩云回答，急匆匆跑回卧室拿手机。

联系机场退掉机票，再加上她打工辛苦攒下的出国基金，七凑八凑，凑够了95万。

还差五万块，对她们家来说，依旧像是一笔天文数字。她不知道什么时候才能积攒到这些钱，但是拿着这笔钱太烫手了，还灼烧着她的感情。她一分一秒都不想耽搁，急切地想将钱还给李政权。

中午时分，韩星子匆匆出了家门。

天气很热，晒得人有点儿头晕眼花。她找不到李俊泰的家庭住址，思来想去，只有拿到医院，亲手交给李爷爷或者李明哲。

于是她背着个巨大的背包，手里拿着保温壶，来到了医院。

李明哲入住的VIP病房门口依旧站着四个肌肉发达、身高体壮的黑衣保镖。他们面无表情，看起来凶神恶煞般，十分吓人。

“那个，请问——”韩星子小心翼翼地凑过去。

“没有董事长和副总裁的通知，你不能进去。”保镖负责地将韩星子拦下。

“我不是找李俊泰的，我，我想问问，李爷爷和导师在不在？”韩星子硬着头皮，红着脸询问。

保镖意外地看了她一眼：“不在。”

“哦。”韩星子点点头，又问，“那他们今天来过医院了吗？”

“没有。”

“嗯，谢谢。”韩星子如释重负地松了一口气。他们还没看望李俊泰，那她应该有机会堵到他们中的一个。

带着这种心情，韩星子抱着背包和保温杯，苦守在病房外。

她站得双腿发麻，快要撑不住倒下的时候，李政权终于现身，从电梯里走了出来。

“李爷爷！”韩星子一眼看到李政权，急切地扑上来。

“你来这里做什么？”李政权眉头紧皱，脸上浮现出厌烦的表情。

“李爷爷，我……我把钱拿回来了。不过只有95万，还差5万！但是，我，我可以分期付款，还给你。”韩星子急忙将装满钱的背包拿下来，递到李政权身前。

“怎么，嫌100万太少了是吗？说吧，你到底想要多少才会永远离开俊泰？”李政权厌恶地翻白眼，这种把戏他见过太多了，几乎所有穷到发疯的女人，都会欲擒故纵这招。

真下贱！

“我，我不要钱！”韩星子拼命摇头，“100万已经很多了，多到我足够拿着钱去美国留学、继续圆我的舞台梦。但是100万又很少，它买不到人类最真挚的感情，我和俊泰的感情，无价！”

“小姑娘，不要在我面前耍手段。要么，你拿着100万永远滚蛋；要么，你把钱一分不差地还给我，这事就算两清。”李政权失去了耐性，勃然大怒地低吼。

韩星子被他骇人的气势吓了一跳，但是毫无畏惧，不但没退缩，反而上前一大步："钱我不要，你和我妈妈约定的事也不算数，因为我没同意。至于还钱，我先把95万给你，其他慢慢还。如果你不相信，我可以打欠条、写借据给你。"

李政权冷哼，狠狠地羞辱韩星子："你这种女人我见得太多了，仗着俊泰喜欢就死命往上凑。说什么真爱，说到底，不就是为了钱吗？"

"我没有……"韩星子委屈得两眼发红。

"拿了钱就别想装高贵，说什么感情无价！从今往后，别出现在俊泰面前！"李政权的语气轻蔑到了极点，"还不走，等着我把你当垃圾一样丢出医院？"

"……"一股危险冷厉的气息扑面而来，李政权身上的凌厉气场实在是太过强盛，让人生起一股惧怕感，韩星子震惊得一句话也说不出来。

黑衣保镖走到她面前，高大的身影将她完全遮盖。韩星子吓了一跳，还没开口，就被无情地推进电梯，强行送出了医院。

轰——

一个炸雷后，大雨倾盆。雨水将措手不及被轰出医院的韩星子浇个透心凉，从头湿到了脚底。她打了个哆嗦，却忽然发觉，和心相比，身体上的冷只停留在肌肤表面，心里的冷却是深入骨髓，甚至烙印在了灵魂深处！

她蹒跚地、无助地、彷徨地、孤零零地一个人走在马路上，任由雨水无情冲刷。心好痛，犹如刀割。

李政权刚刚的话，无异于给她判了死刑。不管她有没有把钱还回去，李政权都咬定她答应了条件，收了钱就必须永远离开李俊泰。

为什么会这样，为什么？

她好想念李俊泰，可是从今往后，她就再也见不到他了！

“好难受，心好疼……”韩星子忽然停下脚步，紧紧抓着剧痛的胸口。

她眼前模糊着，看不出是雨水还是泪水。

雨下了一夜，韩星子淋了一路雨，回到家的时候，整个人跟刚从水里捞上来一样。

当晚，韩星子就发了高烧，一直昏迷着、哭喊着，不停地叫着李俊泰的名字。

陈倩云抹着眼泪守护在床前，直到第二天上午，韩星子才醒转过来，但依旧高烧不退。她整个人烧得精神恍惚，爬起来吃了药又继续睡下。

过了中午，陈倩云刚做好饭想喊韩星子吃，却发现韩星子正在起床穿衣服。

“星子，你怎么下床了？快躺下，还发着高烧呢！”陈倩云担心地低呼。

“嗯，学校让我过去一趟，是保送名额的事。”韩星子昏昏沉沉地穿好外套，拿起背包，“我去去就回。”

“哦，我送你吧。”陈倩云实在不放心让发高烧的韩星子一个人出门。

“没事，我坐地铁，如果难受得厉害就打车。”韩星子说着，走出了家门。

韩星子嘴上说着难受就打车，但是想到欠李政权的五万块，心就针扎般剧痛。她咬着牙，虚弱地走到地铁站，搭乘地铁来到了学校。

校主任办公室前，韩星子敲门，得到应答才推门进去。

“韩星子？”校主任从繁忙的工作中抬起头看了韩星子一眼，又低头在一堆文件上奋笔疾书，“我长话短说，你申请赴美留学的签证被拒签，所以学校决定收回你的保送资格。”

“拒签，怎么会？”韩星子不敢置信地惊呼，“我曾经在纽约大学留学三年半，这次又是学校保送我去美国学习，怎么会被拒签？”

“嗯，听说你家里出了点儿状况？”校主任含蓄地提醒，“借过高利贷或者有过案底的人，签证很难下来。”

“所以……”韩星子只觉得双腿发软，大脑嗡嗡的，一片空白。

高利贷、高利贷，又是高利贷！最近这三个字犹如梦魇一样，夺走了她的一切，舞台梦，还有和李俊泰的感情，都被无情地撕了个粉碎。

“保送名额学校已经转给另一个学生，他已经顺利办好了一切手续。哦，还有另外一件事，因为你是旁听生，所以在你毕业后学校不会为你提供任何就业机会，学校也没有这个义务。听懂了就走吧，我很忙。”校主任程式化地说完，不再理会韩星子。

“谢谢……校主任！”韩星子困难地转身，突然两眼一黑，身子软软地倒了下去。

“韩星子！”

校主任办公室顿时乱成一团，拨打120急救电话，又通知家长，将韩星子送到了医院。

陈倩云赶到医院的时候，韩星子已经被送到病房挂点滴。

“星子啊，星子……”陈倩云坐在床边一直哭，“是妈妈害了你啊，妈妈不想这样的，妈妈只是看你太累想帮你，没想到反而害了你。星子啊，你快点儿好起来吧，妈妈不能再失去你了呀！”

昏迷中，韩星子仿佛做了个噩梦，无助地喊叫：“俊泰，俊泰——”

陈倩云正哭着，被韩星子吓了一跳，急忙抓住韩星子的手：

“星子，别怕，妈妈在呢！”

韩星子紧紧抓着陈倩云的手，情绪慢慢平静下来，不再哭喊。

陈倩云看她不哭闹了，眼圈一红，心疼地再次落泪。

病房里空荡荡的，只有陈倩云一个人的哭声还有碎碎念的声音，持续了好久，直到她哭累了才停止。

这个时候已经到了傍晚，韩星子从昏迷中醒来，看着泛白的天花板，有点儿发呆。直到她闻到刺鼻的消毒水味道，这才有了点儿反应，厌恶地皱了一下眉头。

“星子，你醒啦！”陈倩云喜极而泣。

韩星子闻声，慢慢扭头，看到陈倩云哭肿的双眼：“我睡着了？”

“哪呀，你晕倒了。早上你说去学校，我就说陪着你去，怕你发烧熬不住，你非不让，结果直接晕倒在学校里了。”陈倩云碎碎念。

韩星子忽然什么都听不到了，她想起了学校的事，想到保送资格被取消、舞台梦彻底碎了，顿时心生绝望。守护她的李俊泰、拼命积攒的出国基金、舞台梦……她生命中最在乎的，都没了，没了……

巨大的打击之下，韩星子像是失去了灵魂的躯壳，眼中失去了明亮的光彩，犹如木偶一样，呆滞地看着天花板。

“星子，星子，你别吓妈妈啊！”陈倩云急切地呼喊。

韩星子仿佛什么都听不到，她主动隔绝了一切，屏蔽了一切，完全沉入地狱般的深渊中。

深夜，窗外刮起大风，乌云再次覆盖着天空，豆大的雨珠滚落，不断敲打着窗户。

病房的门被轻轻推开了。

“俊泰，你来了？快帮我劝劝星子，她这样不吃不喝不说话，吓死我了！”陈倩云看到李俊泰，犹如绝望中看到救命的稻草，立刻扑上来求救。

“阿姨，我有些话想单独和星子谈，可以吗？”李俊泰的声音比平时低沉，夹杂着难以察觉的哽咽。

“好好好，你帮阿姨劝劝星子啊！”陈倩云抹着眼泪退出了病房。

病房门关上，李俊泰走到病床前，看到两眼空洞、犹如没有灵魂的躯壳一样的韩星子，他的心被深深刺痛了。

“星子。”李俊泰轻声呼唤。

“俊泰！”韩星子灰蒙蒙的眼底忽然恢复了焦距，她猛地转头，看到李俊泰，眼泪不由自主地夺眶而出，“俊泰，真的是你吗？”

“嗯，是我。”

“俊泰！”韩星子哭喊着爬起来，扑到李俊泰身上。

李俊泰一愣，本能地反手抱住她。这是他们确定情侣关系后第一次拥抱，本应该很浪漫、很心动，可是这一刻，他心里只有疼痛。

爷爷在他醒来后说的话、拿出的证据，犹如一把锋利的匕首，将他的心凌迟，绞了个粉碎。

“星子，我有件事问……”

“俊泰，我好难过、好难过！名额没了，我再也不能出国，好莱坞的梦碎了，我什么都没了！还有你，你别离开我，求你……”韩星子哭喊着打断了李俊泰的声音，绝望的世界里，李俊泰就像是她最后的救命稻草，她紧紧地抱着他，害怕连他也一起失去。

“我……为什么要离开？星子，你到底知道了什么？”李俊泰浑身一震，突然推开韩星子，态度冷漠地看着她。

韩星子浑身一颤，他的眼神很冷，和李政权的简直一模一样。

她被吓到了，脸色发白：“我，我……”

“你知道，你果然知道对不对？我以为爷爷是骗我的，是想让我误会你、离开你。可是，他并没有骗我。”李俊泰到病房后就一直紧攥着的手慢慢松开，把捏成团的纸一点点铺平，猛地丢到韩星子眼前。

韩星子颤抖着拿起来，看到上面写的字，顿时泪崩。

“你和爷爷做了协议，用一百万就把我们的感情彻底贩卖了。这辈子都不再见我——韩星子，你怎么可以对我这么狠心、这么践踏我对你的爱？”李俊泰猩红着眼，深邃的眼底被伤害填满。

“我——”韩星子浑身颤抖着，想解释却无法解释，捏着协议的指尖因为太用力而泛白，大颗大颗的泪水在眼眶里打转。她很委屈，却只能咬紧牙关，将妈妈的错一力承担：“对不起……”

“我不要听你说‘对不起’！你告诉我，你到底有没有喜欢过我？我的爱就那么廉价、就那么让你讨厌？”李俊泰眼圈红红的，心像是被刺了一刀，哗哗流血。

“……”韩星子紧紧握着被角。

既然已经注定了分别，所有的伤痛，就留给她一个人吧！

她咬紧牙关，不让泪水掉下来：“对不起……”

“对不起，对不起，如果道歉有用，要警察干什么！”李俊泰伤透了心，韩星子的态度已经表明了一切，她不喜欢他，从来没有！

“韩星子，我们分手吧！”李俊泰转身离开。

砰——房门被重重关上，发出剧烈的声音。

韩星子抬头，看着李俊泰刚刚站着的位置，泪再也忍不住，汹涌落下。

“俊泰，我真的喜欢你，但是我不能说、不能说……”韩星子突然像发疯一样将协议撕了个粉碎，看着飞落的纸片，觉得那就是自己的心，被她自己亲手撕了个粉碎。

恍惚间，她已经感觉不到心痛。因为，心已经碎了、没了，只剩下没有感情的躯壳。

咔嚓——惊天炸雷后，雨水无情地冲刷着大地，天地间只剩下白茫茫的一片。

陈倩云回到病房的时候，韩星子已经躺下了。她以为韩星子累了，没想到第二天醒来，韩星子就像是变了个人似的，不哭不笑，没有任何表情，一句话不说，就像失了魂。

陈倩云大惊，医生集体诊断后也束手无策。

身体上的病痛可以用药物治疗，心理上的创伤，无药可治。

陈倩云听了一直哭，却束手无策。

这样的情况持续了两天，陈倩云愁得头发都快白了，韩星子依旧像个木头人，情况没有改善，反而继续恶化。

咚咚咚——敲门声突然响起。

陈倩云疑惑地开门，看到站在门口、一手拎着果篮一手捧着百合花束的孙华皓。

"你是星子的同学吧？"陈倩云对孙华皓有点儿印象，热情地将孙华皓请到病房里，"星子她……"她还没开口，泪就先落了下来。

孙华皓一惊："伯母，星子怎么了？"

"她，她好像失了魂，不吃不喝，我怎么喊她也没有反应。"

"……星子！"孙华皓将果篮放下，把百合花束递给陈倩云，急忙扑到床边。

病床上，韩星子脸色苍白，明亮的眼睛失去了往日的光泽，灰突突的，一片死气。

"星子，我是孙华皓，你这是怎么了？"孙华皓惊呼，自责不已。韩星子最需要他守护的时候，他在外地出差谈工作的事，回来才得知韩星子的保送名额被学校收回、高烧昏迷住院的事。

他知道舞台梦是韩星子最大的梦想，也知道保送名额对韩星子来说有多重要，所以他急切地来看望韩星子，就是想鼓励她，告诉她只要一直努力，变成超级巨星，一样有机会进军好莱坞。可是现在他迟疑了，韩星子受到的打击比他想象中大了一万倍。

"星子，醒醒，看看我！"孙华皓抓住韩星子的肩膀，用力摇晃。

韩星子慢慢抬起头，终于有了点儿反应。她呆呆地看着孙华皓，眼底逐渐恢复了光亮："孙华皓？"

"嗯，是我啊！星子，你这是怎么了？"

"我没事，就是想一个人静静。"韩星子神色有些恍惚，说话有气无力，柔弱得好像随时会被风吹散的花朵。

"怎么会没事，你都成什么样子了！"孙华皓满脸心疼。他才离开几天啊，韩星子瘦了一圈不说，人的精气神也都没了，看着就像是一具空壳。

他越想越心惊肉跳，突然抓着韩星子下床："你不是想一个人静静吗？我知道一个地方，你一定会喜欢。"

"去哪儿？"韩星子被动地被孙华皓拖着往外走。

"海岛度假酒店。我们去散心，把所有不愉快、不开心的事通通丢进大海。"孙华皓不由分说，抓住韩星子就往外走。

陈倩云急忙追上去，看着韩星子被孙华皓拉到车上。

她眼前一亮，豪车啊："星子啊，你跟孙华皓去吧，好好玩，妈妈在家里等你！"

孙华皓礼貌地和陈倩云告别，转身开车直奔家里的直升机机场。

海岛度假村是孙华皓家族企业中，是非常盈利的项目，每年来这边度假的人，络绎不绝。现在刚刚初夏，正是海边度假最火爆的时候，酒店几乎爆满。

不过总统套房会常年预留出一间，给董事长支配使用。孙华皓给爸爸打了通电话，成功拿到了房卡，带着韩星子入住总统套房。

就在他们办理入住的时候，李俊泰、李政权和李明哲，以及何静文和何静文的父亲一起搭乘直升机来到了海岛酒店。

1526，豪华套房。

“李老，这些年我们都忙，很少一起出来玩了。”何康博站在落地窗前眺望大海。

“以后我们俊泰和你们家静文结了婚，还愁没机会度假？”李政权说话间，拿眼神瞟了李俊泰一眼，脸上顿时爬满怒气。

不争气的东西!

上次他告诉李俊泰韩星子的事，成功地让他们分了手。可是李俊泰就像是丢了魂，什么都不关心、什么都不感兴趣，不但沉默了，甚至更加叛逆，对他的态度也恶劣到了极点，完全不把他当爷爷尊重。

“可不是，所以啊，还是要让他们早点儿结婚。或者，先订婚怎么样？”何康博走过来，笑眯眯地说。

何静文正坐在沙发上给李政权和爸爸削苹果，忽然听到爸爸的提议，脸一红手一抖，削了一半的苹果落地，骨碌碌一直滚到李俊泰的脚边。

李俊泰烦躁地一脚踢开：“我出去走走。”

“等等我！”何静文急忙追上去。

李俊泰懒得理她，越走越快。何静文步步紧追，后来一阵小跑，才终于在海滩追上李俊泰。

湛蓝的天空、清澈的海水，海鸥偶尔飞落在海岸的礁石上，一切美得静谧、祥和。海滩上游客无数，有的躺在躺椅上舒服地吹着海风，有的在海里逐浪、戏水玩耍，还有在打沙滩排球的，吸引了无数围观者，鼓掌声、呐喊声在沙滩上飘荡。

这时，沙滩上缓缓走来一男一女。男的身材修长，即便只是穿着沙滩裤，依旧难掩他外形的俊美；女的肤色白皙，一头飘逸的长发藏在太阳帽下，身上的吊带白裙随风飘动，美得好像天使。

“星子，太阳有点儿烤，我们回去吧！”男人遮住眼，抬头眺望了一下天空。

“我想再看看海。”韩星子看着大海，海水如潮，浪花拍打着沙滩，她走过去脱掉鞋子，光脚踩在海浪冲刷过的地方。浪花再次涌来，盖过她的脚面，清凉却不冷，很舒服的感觉：“孙华皓，为什么沙滩不管遇到多强烈的浪花，都没有被海浪冲刷消失呢？”

“因为浪花会带走一些沙，也会留下新的沙。”孙华皓回答。

“哦，旧的不去，新的不来……”韩星子点点头，若有所思地低头看着海浪拍打脚面。

她沉默地站着，孙华皓也不动，陪在她身边。直到觉得有些头晕，她才穿上沙滩鞋，转身往酒店走。

“快看，海鸥！”孙华皓忽然指向礁石的方向。

“真的，好漂亮！”韩星子脸上终于恢复了一些生机，撩起裙摆，跑向礁石。

孙华皓急忙去追，很快两个人消失在沙滩，绕到了礁石的后面。

这时，李俊泰和何静文刚刚走到海滩。李俊泰看到这么多人，烦躁地转身往回走。恰好孙华皓和韩星子经过，他们擦肩而过，谁都没有看到对方，从最近的距离渐行渐远，最后彼此错过。

“俊泰，我听说今晚有篝火晚会，我们一起参加怎么样？”何静文小跑两步，追上李俊泰的步伐，伸手去抓他的胳膊，却再一次落空。

“不去。”李俊泰脚步飞快。他这会儿心很乱、很疼，空荡荡的，有种心脏被掏空的错觉。他只想一个人静一静，偏偏何静文总是跟着他，好吵！

“那我们一起吃晚饭怎么样？我听说小岛上有很多美食，日式的、泰式的……”何静文不甘心地再次提议。

“没兴趣！何静文，我想一个人走走，你能别一直烦我吗？”李俊泰扭头，冷漠地咆哮，冰冷的脸宛若恶魔，不带一丝温度。

“你——”何静文委屈得直跺脚。

李俊泰却再没看她一眼，一个人走向远处的礁石。

“李俊泰，你这个大笨蛋！放着我这么好条件的不要，非要为了韩星子伤心难过。她有什么好？论漂亮她比不过我，论家世她更是输得一塌糊涂，我真的不明白，你为什么喜欢她！”何静文嫉妒地狠狠踢着地面，海沙飞扬，沾染一脚尘埃。

李俊泰没有听到何静文的咆哮，他走到礁石附近，惊起一大片在礁石上休息的海鸥。

他看着飞远的洁白的海鸥，觉得自己的心也被带走了，飞向远方，去寻找那个让他心心念念的人。

“星子……”李俊泰难过地捂住胸口。

韩星子，韩星子！他这辈子最喜欢的人，也是伤他最深的人。他有多爱她，她背叛带来的伤害就有多深。可是，他偏偏怎么也忘不了她。她就像是每晚必然会出现的梦魇，总会在梦中一遍遍呼唤着他的名字，又在他睁开眼后，无情地离开。

“韩星子——”积压的情绪全面爆发，李俊泰对着大海，一遍遍呼唤韩星子的名字。

他跌坐在礁石上，双眼微微发红，思念犹如罂粟，明知道是致命的毒药，却总在他为她的背叛感到心痛的时候，越发强烈地想她、想她。

无数海鸥在天空徘徊，像是被惊扰了一样叫个不停，最后张开翅膀，冲向蔚蓝的大海。

礁石的另一边，韩星子突然停下脚步，回头眺望了一下。

“怎么了？”孙华皓疑惑地问。

“我好像听到有人喊我的名字。”韩星子侧头倾听，吹入耳中的，只有清凉的海风和海浪拍打礁石声。

“听错了吧，这里应该没有人认识你。”孙华皓朝礁石附近望了望，只有几对情侣在打闹嬉戏，其中并没有认识的人。

“也有可能。”韩星子收回视线，继续往酒店走。

“今晚有篝火晚会，很好玩，我带你参加。”孙华皓靠过来，将手里的矿泉水拧开，递给韩星子。

韩星子摇头拒绝：“不了，我有点儿累，想好好休息。”

“也行。那我明天带你去潜水，抓小丑鱼好不好？”孙华皓再接再厉，鼓足了勇气示好。

“好。”这一次，韩星子没有拒绝。

孙华皓兴奋地握紧拳头：“我来安排。你今晚好好休息吧，明天一早我喊你出发。”

“嗯。”韩星子点点头，目光又有些失焦。

孙华皓很担心她的状态，怕她想不开，但是又不知道该怎么安慰。留学名额错失和李俊泰的事碰撞到一起，双重打击，换作是他也会崩溃。韩星子现在需要时间来一点点疗伤，急不得。

孙华皓叹口气，默默跟在韩星子身后。现在他唯一能做的，就是保护她、带她散心，帮助她早日走出心中的阴霾。

然而计划没有变化快，第二天午饭过后，韩星子无意间打开电视，看到了关于李俊泰的报道。

“昨夜百变小天后从海岛酒店归来，今天就开始挑钻戒、选婚纱，疑似好事将近。据相关人士爆料，那位幸运的男士，正是与何氏经纪公司密不可分的李氏传媒集团董事长的金孙、与何静文青梅竹马的李俊泰！”

“星子——”孙华皓看到报道，第一时间冲到韩星子身边。

韩星子整个人像石化了一样，紧紧盯着电视屏幕。刚刚新闻里说，李俊泰与何静文要订婚了？

“他选择了何静文？”韩星子的眼圈一下就红了。

这是真的吗？

泪，悄然滚落，韩星子惊了一下，伸手擦了擦，指尖顿时触碰到一股温热。她愣愣地盯着指尖，很快泪水模糊了眼睛，什么都看不到了。

“别哭，别哭……”孙华皓被韩星子突如其来的泪水惊到了，急忙冲过来，温柔地将韩星子拥入怀中。

韩星子没有抗拒、没有挣扎，她整个人完全傻了、呆了。

她这个模样吓坏了孙华皓：“星子，你振作一点儿！你们已经分手了，李俊泰有选择别人的权利，你也一样。你要向前看，不要总是停留在过去的伤感和悔恨中。你看看这个世界，它依旧充满了精彩，你看看我、看看关心你的人，别让我们失望好不好？”

“我——”韩星子终于有了反应，但是泪水止不住，一直汹涌滚落。

“哭吧，哭够了，就再也不哭了。但是你要答应我，哭过了，就把该死的李俊泰忘掉，重新开始你的人生。什么舞台梦、什么出国，没了我们就再努力，早晚有一天，你会成功，成为好莱坞巨星。”孙华皓又心疼又生气。

该死的李俊泰，你不珍惜韩星子就算了，居然还将她伤得这么深、这么痛!

如果李俊泰在眼前，他真想一脚踩死这个人渣。

“嗯，从头来过。”韩星子大哭着，宣泄心里的悲伤。

她知道，人生不能任性，哭了闹了，该忘记的就要忘记，因为她的人生并没有在这里停止，还要继续。

“这样想就对了。”孙华皓大喜。

韩星子哭累了，坐到窗边眺望大海。大海的深沉、宁静、祥和，一点点感染着她的情绪，渐渐地，她不再流泪。

孙华皓默默地陪着她，两个人就这样在窗边静坐了整整一夜。

天边的第一抹晨曦从地平线上跳跃出来，驱走黑暗，照亮整片天空，染红无尽的大海，韩星子娇躯一震，眼底浮现起强烈的光。

“欧若拉——”黎明的第一道曙光，是欧若拉女神送给人世间最珍贵的礼物。她想到了欧若拉，想到了自己的舞台梦，想到了这么多年来不放弃的努力。出国无望，不代表她失去了圆梦的舞台。只要她坚持不懈地努力，总有一天会发光发亮，就像是黎明的第一道曙光，成为最耀眼的演员。

“孙华皓，我想好了，感情真的不适合我，梦想才是我一生的伴侣。”韩星子站起来，因为长时间坐着，腿麻得不能动弹，于是她站在原地眺望日出，脸上洋溢着重新焕发的自信，“我们回去吧，我已经迫不及待想要重新开始，为了我的梦想去努力、去拼搏！”

“好！”孙华皓为韩星子感到高兴，却为自己感到悲哀。他陪伴守护着韩星子，本以为她从失败的感情中走出，会接受下一段感情，会投入他的怀抱，结果，韩星子选择了梦想，舍弃了感情。

他看着韩星子眼中的光亮，看着她因为梦想而变得神采奕奕的脸庞，忽然觉得，哪怕她没有选择自己，只是这样默默看着她、守护着她，也很幸福。

生活是忙碌的，像陀螺一样转个不停。

韩星子从海岛酒店归来后，就为了梦想不停地奔波。但是所有剧组和经纪公司都似乎串通好了一样，不接收她进组，不签约她做旗下艺人。

韩星子为了赚钱还债，为了生计，只好白天跑剧组投简历，晚上兼职打工。

这一天，韩星子下班刚走到店铺门口，就被店铺外的景象吓了一跳。

门口的位置放了一个由无数玫瑰花组成的拱门，上面悬挂着好多氢气球，每一个气球上面都写着金色的“I Love You”，像是示爱的宣言。

“真刺激、真浪漫啊！”震惊中，韩星子听到同事羡慕的声音。她无奈地摇头，过度的浪漫，有时候会让女方感觉很尴尬。比如她，更喜欢李俊泰那种润物细无声，感情循序渐进，到了合适的时机，深情告白……

韩星子愣住，随后苦涩一笑，怎么又想起李俊泰了呢？她应该试着将他遗忘，他们已经分开了，有着各自的生活。

“星子，我们去看看好不好？看看男女主角到底是谁！”同事八卦地扯了扯韩星子的衣角。

“我赶着下一个兼职，你去看吧。”韩星子笑着拒绝，走出店铺准备离开。

这时，人群忽然一阵骚动，接着如退潮般向两边移动。一个穿着华丽西装、扎着领带、打扮得酷似成功人士的男人走出来，深情凝视着韩星子。他的五官俊朗帅气，一双眼睛澄澈幽邃，波光流转，好像会放电，又像是会勾人魂魄，很难让人不沦陷其中。他的嘴角挂着笑意，笑起来露出洁白的牙齿，又阳光，又暖心。

“孙华皓！”韩星子惊呼。

“想你了，所以来看你。星子，这是我今天花费了一天时间亲手采摘的玫瑰花，喜欢吗？”孙华皓将花束送到韩星子身前，原本就灿烂的笑容此刻像是阳光一样，夺目耀眼。

“送我的？”韩星子震惊。

“当然，最美的花送给最美的人！”孙华皓目光灼灼，心底的爱意再也无法掩藏。

“可是我不喜欢玫瑰花啊。”韩星子摇摇头，把玫瑰花束又塞回孙华皓怀里，“而且这么大一束，我怎么拿着去上班？挤地铁也好麻烦。”

“……”孙华皓瞪圆了眼睛，天哪，怎么会这样？

按照他的设想，韩星子收到鲜花，不是应该像其他女人一样，激动得转圈跳着，感动得主动扑进他的怀抱里吗？可是韩星子不激动、不感动，还一脸嫌弃！

“女人不是都喜欢浪漫、喜欢玫瑰花？”孙华皓难以置信地问。

“是啊，但是浪漫过了头就是负担。而且不是所有女人都喜欢玫瑰花，至少我就不喜欢。玫瑰太娇艳、太耀眼、太张扬，我比较喜欢那种淡雅的，比如香水百合、郁金香，或者蝴蝶兰、梅花……”韩星子笑着拍拍孙华皓的肩膀，“幸好你不是来告白，否则我看到这个场面，直接就被吓跑了。”

不是告白，被吓跑了……

孙华皓抬头看着气球上面写的“LOVE”，再看看自己手里被退回的玫瑰花，顿时气馁地垂下了脑袋。

韩星子到底是有多迟钝，才会看不出他就是在告白啊！

“星子，其实我……”

韩星子突然惊呼一声，打断了孙华皓鼓起勇气的二次告白：

“时间来不及了，我走啦，拜！”她匆匆飞奔而去，眼看就要消失在地铁通道里。

“星子，我不会放弃的！就算被你拒绝一万次，我也会发起第一万零一次追求！”孙华皓大声喊出自己的誓言。可是，韩星子已经消失在了人群中。

这时，李俊泰从地铁的另一边出口走了出来。他瘦了些，看起来依旧俊朗，只是有些无精打采，特别颓废。

嗡——手机忽然振动了一下。

李俊泰拿起手机，有一条未读的微信。

他打开微信界面，来自李明哲的微信窗口弹出来：“俊泰，韩星子并没有背叛你，和爷爷签订协议的人是韩星子的妈妈陈倩云。这是爷爷的阴谋，他一方面设计让你和韩星子分手，一方面与何伯伯做了约定，私自将你与何静文的订婚敲定，正在积极准备中。”

李俊泰拿着手机的手一颤，浑身都在颤抖。

韩星子没有背叛他！

这一切都是爷爷的阴谋！

“天，我到底做了什么！”李俊泰的眼睛变得通红，自责、内疚、后悔等情绪在眼底混合，“我真的是天底下最笨的笨蛋，我才是背叛了爱情的那个人！星子，星子——你怎么这么傻，为什么不告诉我真相？”他声嘶力竭地哭喊着，双手用力撕扯着胸口，几乎要把衬衫抓烂。

这段时间，他的心有多痛，这会儿的悔恨就有多深。他不禁想到了韩星子，如果说这段时间他痛不欲生，那韩星子比他承受的痛苦就更多，还有委屈。

嗡——又一条微信：“我调查了一下，何静文联合其他经纪公司打压韩星子，以至于她无戏可接。迫于生计，她开始打工。我把她的打工地点和时间发给你。”

李俊泰看着李明哲发来的信息，突然转身就跑。

静安街，静安街！韩星子这会儿距离他只有两站的距离。他疯狂地飞奔着，夜色下，他的身影有些狼狈，速度却非常快，如同猎豹一样的速度。

静安街，毗邻繁华街道，比较清幽的小街道。街道上过往车辆比较少，行人也不多，韩星子打工的店铺是这条街道上唯一的24小时便利店，顾客进进出出，非常热闹。

李俊泰一路跑到便利店门口，汗水将他身上的衬衫浸透，看起来十分狼狈。挂在他头发和额头上的汗珠映着路灯昏黄的光，刹那之间灿亮晶莹、刺目生辉。

“星子——”李俊泰看到橱窗里正在整理货柜、摆放货品的韩星子，在橱窗前停下了脚步。

她看起来有些消瘦，圆圆的鹅蛋脸变成了瓜子脸，削尖的下巴惹人心疼。她的气色也不太好，脸颊上少了红润，只有苍白，看着毫无血色。

李俊泰忍不住伸出手摸了摸橱窗，仿佛透过橱窗触碰到了韩星子消瘦的脸颊。

“星子——”工作中的她还是那么认真，让人忍不住心动。

李俊泰看得醉了，在误会解除后，思念犹如涨潮的海水，瞬间填满他整颗心。

陶醉、迷恋之后，他再次开始懊悔、自责。

这时，韩星子转身，一眼看到了橱窗外傻傻站着的李俊泰。

“李俊泰！”她瞪圆了眼睛，呆呆地看着橱窗外面的李俊泰。

李俊泰也看着她，他们两个人隔着几米的距离，隔着橱窗透明的玻璃，遥遥相望。

她好想他，好想！但是他们已经分手了，他选择了何静文，最近媒体铺天盖地都在报道他与何静文的八卦，从他们小时候的事情一直八卦到订婚。所有人都在猜测他们好事将近，都在送上祝福。而她，只能躲在没有人知道的小角落里，孤独地舔舐伤口。

“你来干什么呢……”韩星子无声地呢喃着，看着橱窗外的李俊泰，心如刀割。

距离感，再次充斥在韩星子的胸口。

瞧啊，他们即便如此接近，中间依旧有一层无形的隔阂。

韩星子苦笑了一下，像什么也没看到一样，转身离开。

“星子——”李俊泰惊慌地拍打着橱窗，韩星子转身离去的那个笑容，犹如锋利的匕首，狠狠戳在了他的心上。

她不要他了！所以，她可以将他当空气一样，完全无视。

不，不可以！

“星子，我错了，不要不理我！”李俊泰发疯似的冲进便利店，但是便利店里已经没有了韩星子的身影。他只好向店员求助，被告知韩星子去后巷倒垃圾了。

“后巷？”李俊泰道谢，转身冲出店铺，拐进后巷。

小巷非常小，只容得下一个人通过。小巷里也非常暗，只有一个路灯，灯光时不时跳动几下，好像随时都会熄灭。

“星子，星子！”李俊泰远远看到垃圾站附近好像有一道娇小的身影正迎面走来，他急切地呼喊着，就看到那道身影僵了一下，突然掉头就跑。

“星子，别跑，是我啊！”李俊泰奋起直追，却在垃圾站附近将她追丢了。

“星子？我知道你在，你出来啊！”李俊泰找不到人，只好站在原地嘶喊。

拐角处，距离他不到两米远的墙后，韩星子贴墙而立。她屏住呼吸，努力让自己看起来像是一堵墙，不让李俊泰发现。但是，李俊泰的话就像是搅乱一池湖水的石子，她的情绪顿时起伏，无尽波澜。

“刚刚我哥告诉我了，我才知道了真相。我不该听信爷爷的话误会你，我也知道你很伤心难过，因为我的背叛。可是这段时间，我也一样难过，因为误会而心碎。”李俊泰的声音听起来无比沙哑，还夹杂着一丝颤抖。

心碎?

是啊，心好疼，真的好疼!

韩星子的眼角一瞬间变得湿润，她到现在才知道，感情的事情真的不是靠理智能够控制的，越是想忘掉一个人，就越会疯狂地想念。尤其是李俊泰就在附近，在触手可及的地方，这种思念就更加强烈，压迫得她快要无法呼吸。

她想冲出去，扑进他的怀抱，告诉他，她很想他。可是残存的理智阻止了她。

也许媒体是捕风捉影，但绝不会是空穴来风。哪怕现在李俊泰没有和何静文订婚，但是他们一个是公主一个是王子，是天生的一对，结局注定是属于王子和公主的。她不想做那个最后化成泡沫的美人鱼，就只能看清现实，避开早已经注定的悲惨结局。

所以，她咬牙忍住了，和心底的思念抗争着。

“星子，星子，你出来好不好？我知道你在，你出来啊！”李俊泰发疯似的喊，可是回应他的，依旧是不断闪烁跳动的灯光。

她不回应，他就不走，两个人隔着一堵墙，一直无言地站着。

月亮升到了夜幕最高的地方，李俊泰失落地垂下头，他知道韩星子是铁了心不见他。

“星子，你可以不见我，但是我不会放弃的，因为我对你的爱从未改变！”像是宣言，又像是再次告白，李俊泰说完，转身离开。

韩星子紧紧捂着胸口，直到再也听不到小巷里的脚步声，才崩溃地跌坐在地上。

“不要来找我，不要来搅乱我的心！我明明决定忘了你的，可为什么就在我要把你遗忘的时候，你又来说爱我……”韩星子痛苦地抱头，泪水沿着脸庞无声地滑落。

景霖大学一年一度的毕业典礼，正式拉开了帷幕。

学校里人来人去，不管人怎么变，不变的是那一张张青涩的脸孔。校园里也是年复一年的四季景色，春天樱花飘飘，夏天绿草茵茵，秋冬满池的莲藕成熟……

韩星子被陈雅萌硬拖到学校，两个人走在熟悉的樱花小路上，踩着脚下松软的泥土，抬头看着郁郁葱葱的树木，韩星子忽然有种回到大三时候的错觉。

一年前，她还是为了学业拼搏的大学生。可是现在，她错过了自己的梦想、初恋分手、生活拮据，“失败”这两个字是她此刻最真实的写照。

怀着这样的心情，韩星子观看了毕业大戏，和同学们拍了合影，转眼就到了晚上的篝火晚会。

同学们又唱又跳，火光映衬着一张张年轻的笑脸。

隔着火光，她看到李俊泰被同学们包围，大谈成功的经历。还有人调侃他和何静文的婚姻，说他这匹白马到底还是把公主带走了，大家追女神的梦彻底破碎。

“我去透透气，然后就回家了，明天一早还要去做兼职。”韩星子趴在陈雅萌耳边低语，然后站起身离开。

李俊泰一直注视着韩星子，看到韩星子站起来的瞬间，他激动地跟着站起来："你们聊，我还有事。"说完，他拔腿就跑，去追已经先行离开的韩星子。

樱花小路上，李俊泰看到了韩星子娇小的身影："星子，等等我！"

"李俊泰？"韩星子的脚步一顿，突然疯狂地跑起来。

"星子，别跑，别躲着我，我有话跟你说！"李俊泰奋起直追，逐渐拉近了和韩星子的距离。

韩星子扭头看到距离自己越来越近的李俊泰，内心突然产生了前所未有的恐惧，一时慌不择路，冲进了樱花小路一边的樱花树林。

树林里，她东躲西躲，没跑两步就被李俊泰堵在一棵树前，无路可逃。

"星子……"李俊泰一边喘一边伸出胳膊，将韩星子牢牢固定在自己的臂弯，不让她再离开自己半步。

"你——"韩星子也剧烈地喘息着。

她盯着李俊泰的脸孔，这张让她即便分手后也朝思暮想的脸触手可及，他们的距离却远在天涯。

韩星子叹了口气："都已经分手了，这是干吗呢？"

"没有，我们从没有分手！"李俊泰急切地否定着，伸手捧起韩星子的脸，迫使她和自己的目光对视，"我们只是吵架了。是我不好，我不该不相信你，我不该怀疑你对我的感情，是我错了！星子，原谅我这一次好不好？我保证，以后不管发生什么，我都无条件地相信你，站在你这一边，和你共同进退。"

"我——"韩星子哽咽了，眼圈发红，鼻头酸酸，"现在说这些还有什么意义？就算我原谅你，你也要成为何静文的新郎了，和我……"

"没有，我没有和何静文订婚，是她单方面在炒作。何家想和我们家联姻，这是商业上的利益合作，和我半点儿关系都没有！我保证，我只喜欢你，我将来要娶的人也只会是你！”李俊泰信誓旦旦，眼中涌动着让人无法拒绝的深深爱意。

“是吗？”一时间，韩星子不知道该如何作答。

她看着目光灼灼的李俊泰，心思复杂，内心苦楚。

李俊泰是李氏传媒集团的二少爷，听说还是未来家族企业的继承人，去掉这些身世背景，他本身也足够优秀，自创的工作室已经走上正轨，将来的发展不可限量。他外形还非常出众，有才华、有梦想、有激情……各方面条件上，他都是最出众的，万众瞩目，天生的王子。可她并不是公主，而是一个与梦想失之交臂、陷入生活困境的可怜虫。

一无所有的她，如何配得上光芒万丈的他？距离，他们之间的距离，比大学时期更加遥远了。

“星子，不要逃避。”李俊泰继续捧着韩星子的脸，不给她任何逃离的机会。

“我不是逃避，只是认清了现实。我们之间差距太大，根本就不可能。”韩星子痛苦地拒绝。

“距离从来都不存在。为了你，我可以放弃我现在拥有的一切，与你一起重新开始。”

“有些事不是你说放弃就可以放弃的，比如你爷爷，难道你还能断绝你们之间的亲情？李俊泰，认清楚吧，你和我根本就是两个世界的人！你是王子，而我不是公主，只是公主身边卑微的平民、一个毫不起眼的小人物。”韩星子轻轻推开李俊泰，转身想走。

“别走，别离开我！”李俊泰忽然将韩星子紧紧抱住，性感的下巴抵在她温暖的颈窝深处，“你说的我都知道，但是我爷爷不只我一个孙子，还有我哥。家族事业我哥继承就好了，我有自己的梦想。是你鼓励我不要放弃梦想、为了梦想打拼到底的，你忘了吗？

这条路注定充满艰辛，但是我相信只要你陪我一起走下去，一定会走出一条属于我们的康庄大道。”

“李俊泰，我——”

“星子，我爱你！”李俊泰急切地示爱，再次捧起韩星子的脸，“如果不爱，请拒绝我！”说完，他低头，唇印上她的。

四片唇瓣相接，刹那间电流横蹿。两个人同时一颤，李俊泰闭上眼睛，加深了这个吻。他吻得又急又凶，像是要证明什么似的，充满了霸道的气息，让她无法拒绝。

心在颤抖，呼吸乱了，情乱了。

韩星子微微惊讶了一下，便缓缓闭上眼睛，接受了这个吻。

李俊泰突然停下，缓缓松开她的唇，低头看着她迷离的、蓄满泪水的眼睛：“你没拒绝！天哪，你没拒绝！我太幸福了！”他狂喜，激动得像个大孩子，忽然抱起她，兴奋地原地转了两圈。韩星子低头看着他灿烂的笑脸、喜悦的目光，轻轻笑了。

这样容易满足的他，让她无法不爱。

“星子，我爱你！”李俊泰放下韩星子，喜悦地再次诉说爱意。

“嗯。”韩星子脸颊微微发烫，被他的情绪感染，也变得激动起来。

“星子，我爱你！我爱你，我爱你——”李俊泰一遍遍诉说着爱意，抱着韩星子转了无数圈，最后将她放下，低头就吻。

她的唇很柔软，蜜糖一样的味道，甜甜的，甜到心坎儿里。

李俊泰单手托着她的后脑，加深了吻，细数甜蜜的味道。这样的吻又绵又软，再没有半点儿霸道的气息。

韩星子紧紧抓住他胸口的衣襟，慢慢放松，感受着他唇瓣的柔软，还有唇齿间的清爽气息，身体慢慢软下来，瘫倒在他温暖的怀抱。

他立刻抱住她的腰，做她的依靠。她紧紧依附在他怀中，回应他深情的吻，与他唇齿纠缠，美好甜蜜得犹如做了一夜春梦。

毕业典礼后，韩星子和李俊泰恢复了情侣关系。她开始重新审视自己，觉得现在的生活永远无法追上李俊泰的脚步。他为了自己可以放弃光环，但依旧是出众的王子，只有当她蜕变成公主，他们才可以幸福地相恋。

韩星子当机立断，辞掉所有兼职工作，振作精神，不断在各个影视公司、经纪公司和剧组间奔波，寻找机会。

周末，晨曦落进屋内，窗外麻雀叽叽喳喳地叫着。

丁零零——床边的闹铃忽然跳了一下，开始拼命地响。

韩星子翻了个身，在闹铃上拍了一下，结束了吵闹的声音，然后伸了个懒腰，起床叠被子、换衣服，准备去院子洗漱。

这时，手机响了。她拿起来看了一眼，陌生的号码："你好，我是韩星子。"

"你好，我是桐梦经纪公司总经理廖俊。我们看了你的相关资料，对你的演戏天赋非常看好，想签约你成为我们公司的演员。如果你有意向，请在今天上午来公司签约。"

"桐梦经纪公司？"韩星子听得一头雾水，这个经纪公司她没有听说过，她好像也没有投递过简历。

"还记得程天佑导演吗？是他向我推荐的你。"

"程导？嗯，好的，那我今天几点去公司？"韩星子一脸惊喜，原来是程导介绍的公司，那应该还不错。

"九点半可以吗？"

"好的好的……"韩星子满脸欣喜地打着电话，门外，偷听的陈倩云松了口气，悄悄走开。

"程导人太好了，我只是拜托了他一下，没想到他真的给星子找到适合的经纪公司了。这下，星子可以继续圆梦了！星子啊，这次妈妈绝对不会再拖你后腿了，你要加油，一定要成为大明星，早日成为好莱坞巨星哦！”陈倩云阿弥陀佛地在院子里拜了拜，眼含热泪。

“妈，我有事出门，中午可能不回来了。”韩星子挂了电话，匆匆跑出来洗漱。

“看你这张心花怒放的脸，是不是有好事？”陈倩云偷偷抹了把眼角的泪。

“嗯，有经纪公司约我谈合约的事。不过也不一定能谈成，我先去看看。”韩星子刷着牙，含混不清地说。

“哎呀，这是好事，你可别迟到！饭在路上吃，妈买了包子和豆浆，这就拿给你。还有，你别穿T恤和牛仔裤了，太普通，把你那条白裙子拿出来。记住了，第一印象很重要。”陈倩云碎碎念着，比韩星子还激动。

“嗯，知道啦。”韩星子抱了一下妈妈，转身跑回卧室。

她换上陈倩云推荐的白色A字连衣裙，看上去人一下精神了、活泼了，充满清纯甜美的气息。韩星子又梳了丸子头，拿着背包，素颜离开了家门。

适逢周末，这个时间段，地铁站的人比平时少了一半还多。韩星子搭乘地铁，很快就来到了桐梦经纪公司。

这是一家新开的经纪公司，虽然没有名气，但是背后老板有背景、有实力，挖到了很多有潜力的新星。廖俊是著名的经纪人，有不少小有名气的明星投奔他。因此，桐梦经纪公司虽然刚刚成立，旗下艺人却超过了30个，还接洽到不少影视合作的项目。

韩星子到达公司后，被前台接待员引导到副总办公室。

门口，她紧张地深呼吸，然后轻轻叩响了办公室的门。

“进。”温和又有点儿霸道的声音传出。

韩星子急忙推门走进来，礼貌地带上门后才走向办公桌。偌大的办公室内堆积了各种文件资料，办公桌放在正中间的位置，一个男人正伏案疾书。

“副总，你好，我是韩星子，廖经理安排我来面试，谈签约事宜。”韩星子大方地道明来意，但是声音还是因为太紧张而有略微的发抖和干涩。

“星子？”男人抬起头，面含笑意地看着韩星子，眼角弯弯，看似温和，笑意却不达眼底，“没想到，我们会以这样的方式再见面。”

“导师，是你！”韩星子看着李明哲熟悉的脸孔，失声惊呼。

“坐吧。”李明哲继续微笑，“你是丁桐的得意弟子，她对你充满了期待，所以我很看好你。”

“丁桐导师……”韩星子想到丁桐，难过得眼圈微微泛红。但是很快她又想起另外一件事，还没坐下又站起来：“导师，是不是俊泰求你帮忙，你才……”

“俊泰？他现在很少回家，我这个做哥哥的想见弟弟一面，还要事先预约呢。坐吧，别担心，我请你来是因为廖俊极力推荐，而且你是丁桐的得意弟子，她对你充满了期待，我非常想帮她实现梦想。”李明哲想到丁桐生前的话，她说韩星子一定会是一颗闪亮的新星，在大银幕上大放异彩。他还有一个私心，韩星子是李俊泰的唯一弱点，掌控了韩星子，就等于掌握了李俊泰。

李明哲想到这里，又露出绅士般的微笑：“加入这里，我会让你实现梦想，在大银幕上大放异彩，成为国际巨星。我想你前不久拒绝俊泰，是因为爷爷吧？毕竟你和俊泰两个人，一个犹如王子，一个只是再寻常不过的普通人，身份不对等，恋情很难维持。不过等你成名，这一切就都不一样了。只有比肩何静文，甚至超越她，才能打动爷爷，让爷爷承认你和俊泰的恋情。”

国际巨星、比肩何静文？多美好的前景，而这一切正是她此刻最迫切想要实现的梦。

“我——”韩星子犹豫了，被诱惑了，满脑子都在规划着未来——如何实现自己的好莱坞梦想，如何能够和李俊泰幸福地相恋。

“这是合同，如果没问题就签了吧。我保证把公司最好的资源都给你，短期内就让你成为当红巨星。”李明哲一眼就看穿了韩星子内心的挣扎和犹豫，果断地增加砝码。

“……好。”韩星子伸出颤抖的手，拿起合同。

只要签了字，距离梦想就近了一步，成功指日可待。韩星子猛地握紧拳头，快速翻阅合同，然后在合同上签了字。

“导师，能请求你一件事吗？”韩星子紧握着合同，没有递给李明哲。

“可以。”

“我想要成名、想要能配上李俊泰这件事，能不能别告诉他？等我成功之后，我会亲自告诉他。”韩星子恳切地看着李明哲。

“好。”李明哲点头承诺，伸手去拿合同。

韩星子抓着合同的手慢慢松开，看着合同落入李明哲手中，一直压在心口的大石突然消失了，对未来，她第一次充满了自信和期待。

然而，所有美好的期待，都在签约后彻底结束。

韩星子成为公司重点培养的明星，公司所有资源都优先提供给她。而她也不负众望，成功地被包装成为第二个何静文，被称为清纯天后。

然而这种商业化的包装模式榨干了她所有的私人空间，她没空和李俊泰约会，没时间吃妈妈亲手做的晚餐，甚至连睡眠都变成奢望。

李氏传媒集团董事长办公室突然传出巨大的声响。

李明哲捂着头，视线下落，看着因砸到他额头而掉到地上摔得粉碎的烟灰缸。他半眯着眼，危险的气息在眼底流窜，勾起一层骇人的恨意。

“废物！没用的东西！明知道我反对俊泰和韩星子来往，你还签下她，甚至把她包装成明星！你让我怎么向何静文的爸爸解释？没眼光的东西！失去与何氏经纪公司的合作，你就等着股票大跌、损失惨重吧！”李政权脸色阴晴不定。

“短期内会跌，但是我们有韩星子，她是我们翻身的重要砝码。爷爷，韩星子刚出道两个月，势头就已经与何静文不相上下。以她的潜能，不出两年就会力压何静文，成为国际巨星。届时，她带给我们的商业价值不可估量。我们会有能力与何家抗衡，甚至反超。”李明哲一边规划未来，一边揣摩着李政权的脸色，“而且我们可以利用合同控制住韩星子，恰好可以保证她不敢与李俊泰越雷池半步。”

“但愿如你所说。”李政权冷着脸，为了公司的未来，终究还是退让了一小步。

李明哲松了口气：“我会做好的，爷爷。”

李政权不耐烦地挥挥手，示意他离开。

李明哲伤心地离开，此刻，他对亲情已经完全绝望。看来舅舅说得没错，自己在李政权心里就是李家养的一条狗，有用的时候给块骨头，没用了就一脚踢开。他想和妈妈相认这件事，只能靠自己来实现了。

李明哲脸上的笑容褪去，露出阴冷可怕的一面。他快步离开，直接走向会议室，今天召开的董事会上，他要发表重要讲话。

“开始吧。”李明哲在副总裁的位置上坐下，代表爷爷宣布会议开始。

董事会的人开始七嘴八舌地谈论未来方针，不过在李明哲看来，这些都是过了时的想法，不仅跟不上时代发展的步伐，反而会拖累公司。他忍不住清了清嗓子，刚要开口，就听砰的一声，会议室的门被踹开了。

李俊泰怒气冲冲站在会议室门口，目光阴冷，泛着寒意：“哥，星子到底怎么回事？你就是这样包装她的？让她最快爆红，然后迅速在舞台上永久消失？”

“公司的事情，你无权参与。”李明哲失去了往日的温柔形象，看起来和李俊泰一样的冷，又像李政权一样无情。

“但她是我的女朋友，你这样压榨她的价值，只会害了她。你马上修改造星计划，针对星子的特长进行包装。她是属于舞台的，是灵魂的表演者，而不是被你随意摆布的布偶、没有灵魂的赚钱工具！”李俊泰大步走来，随着他的步步逼近，会议室里的空气骤然变冷。

“韩星子和公司签约，就要按照公司的决定去做，她没有选择权。而你，既不是董事会成员，也不是公司员工，你无权干涉公司内部的任何事情。”李明哲用平静的声音诠释了自己最无情的一面。

“哥，你居然变得和爷爷一样！”李俊泰半眯起眼睛，震惊地看着李明哲。

李明哲莞尔一笑：“这是爷爷期待的。你知道，只要是爷爷期待的事，我都会无条件完成。”

“……”李俊泰握紧拳头，愤怒离开。

李明哲没说错，他的确无权参与公司的大小事情，更无法干涉公司对韩星子的包装。但是，他也是爷爷的孙子，也有继承公司的资格。可是他现在和爷爷闹僵了，而且爷爷设计阻止他和韩星子在一起，又怎么可能会帮助他？

好烦！

李俊泰带着怒气和深深的无奈感，离开了公司。

夜幕降临，白天安静的街区仿佛睡醒的美妇人精心装扮，形形色色的霓虹灯闪烁着，将没有什么路灯的街道点缀成一个纸醉金迷的世界。

一个热闹的酒吧内，李俊泰独自一个人喝着闷酒。不时有打扮得性感的美女前来搭讪，都被他冷言赶跑，没有人再敢靠近。

这时，入口处走进来一个大腹便便的男人。他被一大堆美女簇拥着，显然身份非富即贵。男人的身边跟着一个身材修长、英俊非凡、笑起来超级阳光的成功男人。

“金总，这次全靠你了。我们星子现在是人气最旺的明星，只要你帮忙提携一下，出演这次的电影，她一定会超越何静文，成为国内名副其实的四小花旦之一。”男人笑眯眯的，眼里全是算计。

“华皓啊，你推荐的人肯定错不了。这样，你来安排，看看哪天有空，将韩小姐请出来，咱们吃顿饭，这事就这么定了。”金总笑起来脸上的肉一颤一颤的，绿豆大小的眼睛里闪着邪恶的光。

孙华皓笑眯眯的眼底浮现一丝阴狠：“好啊，那我打个电话问问，看看我们星子哪天有空。”说完，他笑嘻嘻地离开金总，随意在吧台坐下，点了一杯威士忌。

“呸，就你这猪八戒的模样，也敢打我的星子的主意，去吃屎吧你！”孙华皓将威士忌一饮而尽，又要了一杯，然后拿起手机拨打电话，“电影计划和宣传暂时停一下，先拿100万去买死粉，将星子的粉丝数字推上去，就算不是微博女王，也要做微博小天后，一定要将何静文压下去！”他挂了电话，拿起威士忌刚要喝，忽然一只手抓住他的手腕。

孙华皓一愣，抬头看到一张熟悉但是愤怒无比的脸孔："李俊泰，怎么是你？"

"你刚刚说花钱给星子买粉丝？"李俊泰声音阴恻恻的，一句话就让附近的气氛降到了冰点以下。他现在的样子太骇人、太冷漠了，从骨子里透出来的森冷，像是刮着骨头般充斥在孙华皓周围。

"对啊，帮星子造势啊！怎么，你嫉妒羡慕？没必要啊，你家大业大，只要让你哥把最好的资源都给星子，星子肯定会红得发紫。"孙华皓不由自主地颤了一下，从脚底下蹿上来一阵透心凉的寒意。

"你懂什么！这样做，只会毁了星子！"李俊泰突然挥拳，狠狠砸在孙华皓身前的吧台上。

砰——

闹出这样大的动静，却被酒吧内的乐声完全掩盖，没有人注意到他们之间紧张的气氛，更没有人听到他们之间的争执。

"你才胡说八道呢！星子的梦想是成为好莱坞巨星，想要走到这一步，她就要先成为国内首屈一指的大明星，这样才有可能参与好莱坞电影的拍摄。"孙华皓据理力争。

如果比起对韩星子的爱和对她梦想的支持，他绝对没有输给李俊泰。他是输给了韩星子，输给了韩星子的心。但是只要他坚定不移地守护在韩星子身边，有朝一日，韩星子一定会发现他比李俊泰更优秀、更适合她。

"你们这样做，只会提前榨干星子的梦想，让她变成和何静文没什么区别的商业明星。商业巨星，就如同最美的玫瑰，花期极为短暂，在快速释放最美的一刻后，只会凋谢。"李俊泰嘶吼着，双目通红，犹如刚刚从地狱爬上来的恶魔。

孙华皓被他狰狞的样子吓到了，但是对他的说法嗤之以鼻："星子是不一样的，她永远不会遗忘梦想。因为我信任她，而你不信任她。”孙华皓说完，推开李俊泰，高调地离开酒吧。

他以为他终于胜了李俊泰一次，可是接下来韩星子一连串的行程安排，和越来越糟糕的状态，却无一不在证明李俊泰的判断是多么正确。

孙华皓开始怀疑，自己做的事情，到底是对韩星子好，还是成为让韩星子舞台梦提早谢幕的幕后黑手。

清晨的阳光照射房间，房间的地板上如同飘着最贵的水晶光纱，又像极了天鹅洁白绵软的羽毛。

韩星子一觉睡到自然醒，看到天亮吓了一跳："闹钟怎么没响？糟了，今天的广告拍摄要迟到了！咦，经纪人怎么没打电话催促？"她一骨碌从床上爬起来，刚换好外出的衣服冲出房间，就看到正在厨房里忙碌的熟悉身影。

"俊泰？"韩星子失声惊呼。

"醒了？还想让你多睡会儿呢！饿了吧，我做了炸酱面哦，这可是我最拿手的了，你一会儿多吃点儿。"李俊泰穿着小熊的围裙，笑起来暖暖的。

"可是，你怎么会在我家？"韩星子很吃惊。自从和李明哲签约后，她就搬到了公司为她租赁的房子里，由经纪人负责行程，助理照顾她的生活起居。然后她就一直在忙，甚至都没时间告诉李俊泰搬家的事情。

"因为，从今天开始，我就是你的经纪人了。"李俊泰将做好的炸酱面盛到碗里，然后拿了双筷子，小心翼翼地端到餐桌上。

"啊？！"韩星子更吃惊了。她不敢置信地走过来，一把抓住李俊泰的胳膊，"你说你是我的经纪人了？这怎么可能呢，我一点儿消息都没有听说。"

"故意不告诉你，就是为了让你昨晚好好睡一觉。"李俊泰绅士地拉开椅子，让韩星子坐下，然后把筷子放在她手中，“吃吃看，味道绝对一级棒。”

“可是——”在李俊泰灼灼目光的注视下，韩星子吃了一小口，还是忍不住抬头看着他，满脸疑惑地问，“你爷爷怎么会答应呢？他一向反对你和我来往，怎么可能让你来做我的经纪人？”

“简单啊，我和爷爷交换了一个条件。”

“什么条件？”韩星子顿时紧张到忘记了呼吸，她好担心李俊泰的爷爷又提出让他们永远分开这种条件。

“我答应爷爷加入公司的董事会，行使董事的义务和权力，帮助公司扩大规模。他就答应我做你的经纪人了。”李俊泰笑容灿烂，只是这样和韩星子坐着吃饭、聊聊天，他的心里就充满了幸福感，“这个条件划算吧？我爷爷一定是老糊涂了。”

“可是你的梦想怎么办？”韩星子眼中透着担忧。

“由大喇叭他们负责呗，平时也是他们在做事，我负责出主意，有事他们打个电话就行。我啊，现在只想做你的经纪人，可以一天24小时都待在你身边。”李俊泰说着伸出手，轻轻抓住了韩星子的手。

韩星子微微脸红，但是和他一样开心：“我没想到居然会和你一起工作。真好，真希望每天都能像今天这样，一起吃早餐、一起聊天。啊，我差点儿忘了，今早有个广告要拍摄，马上就要迟到……”

“别担心，我将你现在和未来半年的行程全部取消了。从今天开始，你会有很多时间做你想做的事情。”

“啊——我这是被雪藏了吗？”

“傻瓜！”李俊泰轻轻弹了一下韩星子的脑门，“这段时间你天天忙得团团转，可真正接触演技的东西少之又少。再熟练的手艺长时间不用也会生疏，你先把表演捡起来，多看看好莱坞的课程，给自己充充电。至于工作这边，我已经让公司为你量身打造了一部歌舞电影，剧目正在创作中，如果你愿意，可以一起参与进来。”

“歌舞电影？真的吗？”韩星子的眼底闪着惊喜。

“当然，我还会骗你吗，傻瓜！吃饭吧，吃完饭，我带你去认识我们的新团队。”李俊泰温柔地看着韩星子，她值得自己为她倾尽所有。而且他终于再一次从韩星子身上看到了过去的身影，简单活泼、清纯干净，永远不知疲惫、为了梦想拼搏到底。

这样的韩星子，才会让他心动，让他为她疯狂。

“嗯，谢谢你，李俊泰。”韩星子甜甜地笑着，笑容背后是满心的幸福和喜悦。

李俊泰也露出久违的笑容。生活似乎重新回到正确的轨道，两个人针对那个歌舞电影的项目，亲自参与了创作。

李俊泰不但每天陪伴，甚至还陪韩星子试戏、对词、讨论剧情、理解角色……每次他们意见出现分歧，也会和普通情侣一样吵架。有时候，李俊泰还会蛮不讲理，故意摆出一副古代花花公子型的恶霸模样，拿韩星子还欠自己家里几万块的事来要挟她就范、妥协，和韩星子嬉笑怒骂。但是不管吵得多么凶，都没有影响他们的感情，反而让他们更加了解彼此，心也更加接近。

时间在欢快的日子里飞快流逝，剧本再三修改，终于成形。李俊泰在经过选导演和选角一段忙碌后，终于将歌舞片正式提上日程，高调开机。

开机仪式上，韩星子人气蹿升，粉丝数量直追何静文，甚至隐隐有盖过她的势头，这让何静文对韩星子更加恨之入骨。

黄昏，太阳一点点沉入地平线，天边被大片大片的火烧云染得火红。很快，夕阳落下，霓虹灯在街道上闪烁，与夜幕上的星辰遥相呼应。

五星级豪华大酒店举行了一个大型舞会，受邀嘉宾都是影视圈的明星大腕，还有一些当红偶像和三四线的小咖。

突然，一辆豪车缓缓驶进来，停在红毯前。何静文从车上走下来，穿着一身香奈儿最新款的白色晚礼服，黑色的长发在耳边绾成了一朵花的形状，看上去又甜美又高贵。

就在她刚刚走上红地毯的时候，身后又来了一辆车。司机下车，绅士地将车门拉开，车内的人还没下来，穿着红色高跟鞋的脚先落了地，露出修长的美腿，立刻引起附近记者的集体惊呼，纷纷舍弃何静文跑到她身后，闪光灯对着从车上下来的女人一阵狂拍。更有记者像粉丝一样，忘我地欢呼："韩星子，韩星子——"

韩星子对媒体记者们招招手，然后走下车，站在红毯上。

同样穿着白色连衣裙的她清新脱俗，犹如一朵纯洁的百合花。但是她今天没有将头发高高束起，而是随意地垂在漂亮的锁骨上，营造出慵懒性感的一面，看起来又显得很高贵、典雅。

何静文转身，看到自己身后的韩星子，愤怒地握紧双手。

韩星子现在处处和她较劲、抢她风头。她要参演电影的新闻刚被媒体报道，韩星子出演女主角的歌舞片就高调开机，成功霸占了娱乐版的头版头条；她演而优则唱，刚推出自己的专辑主打曲打榜成功，成为话题女王，韩星子就参加了最火的话剧，还高调地将演出费捐给贫困山区，支援山区儿童解决上学难题，再一次成为热搜榜第一名，将她踩在脚下；现在大家一起出席舞会，韩星子也要和她抢风头，她穿白色晚礼服，韩星子竟然也穿白色。

"嗨，早知道你也会来，我去接一下你好了。我们现在住的地方不远，绕三个十字路口就到你家了。"何静文快忍不住心中的愤怒了，却依旧能笑着打招呼，展现亲和力与天后甜美的虚伪一面。

"真的？我不知道。"韩星子大方地笑笑，纯美的笑容再次无情地将何静文虚伪的笑容完美碾压。

何静文磨牙，脸上却保持着高贵的淑女范儿：“一起走吧，给媒体记者朋友们多一点儿爆料的空间。”

“哦，好啊！”韩星子点点头。

两个人肩并肩走在红毯上，谈不上亲密，看着也不生疏，偶尔还交头接耳一番，引得媒体记者们一阵猜测，频频拍下这充满戏剧性的一幕。

舞会上已经来了很多大咖，韩星子不习惯戴着假面具与人交谈，和何静文打过招呼后，独自一个人走到角落，拿起一块巧克力吃起来。

她习惯了低调，现在的身份却不低调，总有人借机过来搭话。男男女女、老老少少，折腾得韩星子有点儿烦、有点儿累，想要逃离。

“累啦？”何静文这时高调出现，手里拿着一杯红色的鸡尾酒，“我也很累，很多人看着是在对你笑，其实心里都在想着把你拽下来，然后踩着你爬上你现在的高度。”

“还好吧。”韩星子不知道该怎么接这个话题，尴尬地笑了笑。

“给，我每次出席这种场合最喜欢喝的一种饮料，会让人很放松，缓解疲劳。你试试，味道不错，甜甜的，有种吃甜点的幸福感。”何静文将手里的饮料递给韩星子。

“哦，谢谢。”韩星子信以为真，好奇地喝了一小口，“是很甜，又有种特别的清香，味道怪怪的，但是很舒服。”

“是吧？如果你累了，去二楼，那边有休息区。”何静文指了一个方向，然后离开重新走入人群交际。

韩星子看了看二楼的方向，本来没想去，可是刚走两步忽然觉得有点儿头晕。她摇了摇头，更晕了：“可能是真累了吧。”她揉了揉太阳穴，清醒了一下，然后避开人群，走上二楼的休息区。

和楼下比起来，二楼清静了很多，只有三三两两的人在角落里聊天。没有喧哗声，不用再对着人虚伪地微笑，韩星子觉得轻松了很多，选择了一个靠近窗户的位置。

她刚坐下来，眼前忽然就多了一杯白开水："选择这里的人都不喜欢喧嚣。喝杯水，放松一下。"

"你是？"韩星子吃惊，抬头看到一个从未见过的男人。男人长得一般，但是眼睛很好看，笑起来嘴角一边微微上翘，有种说不出的邪魅感。

"我是谁不重要，重要的是，在这样的舞会上，我们都是同一种人。我们不愿意戴上虚伪的假面具，不愿意做那些让人作呕的应酬，更讨厌大家口不对心的赞美。"男人笑了笑，将杯子放在韩星子身前的茶几上。

"也许吧。"韩星子觉得男子的目光有点儿肆无忌惮地在自己身上转，感到不舒服，急忙站起来想走。

她刚起身，突然一阵天旋地转，晕了过去。

"看吧，我就说过，我们是同一种人，都是被人操控、被人算计的人。"男人上前一步，抱住昏迷不醒的韩星子，转身走向电梯。

很快，他们乘坐电梯来到了1512房间。

男人刷卡开门，将韩星子半拖半抱带进房间，放到床上："人我带来了，接下来你想怎么做？"

"这么漂亮的美女，你居然不心动？"何静文走进卧室，看着平躺在床上昏迷不醒的韩星子，眼里闪着邪恶的光。

"别把李俊泰当傻瓜，韩星子真出了事，你我都等着陪葬吧！"男人胡乱扯开身上的衣服，裸露出健壮的上半身，"按照说好的，你拍照，我拿钱走人。"

"OK。"何静文虽然心有不甘，但是男人的话不无道理。真把李俊泰惹毛了，他会记恨自己一辈子，这不是她想要的结果。她只想让李俊泰误会韩星子，和韩星子分手，然后她就可以乘虚而入，成为李俊泰名正言顺的妻子。

何静文拿出事先准备好的相机，让男人搂着韩星子拍了几张照片，然后满意地让男人先离开。随后她戴上太阳镜和棒球帽，穿着风衣，掩面离开了酒店。

酒店门口停着一辆毫不起眼的面包车，何静文敲了三下车门，车门从里面拉开，伸出一只手，将何静文拽上了车。车门再次关上，呼啸而去。

“东西到手了，明天立刻报道，我要让韩星子名誉扫地。”何静文摘掉帽子和太阳镜，将相机递给自己的经纪人。

“好。”经纪人将相机收好，载着何静文绕到酒店后面。

何静文脱掉风衣，趁着四处无人，偷偷潜回酒店，完美地为自己制造了不在场证明。

全不知情的韩星子在酒店里昏睡了整整一晚，第二天日上三竿，韩星子才迷糊地醒来，从床上坐起，看着陌生的环境发呆。

“这是哪里？我怎么会在这里？”韩星子拍了拍痛得欲裂的脑袋，却怎么也想不起昨晚到底发生了什么。她缓缓下床，将掉在地上的皮包捡起来，绕着房间走了一圈，才惊愕地发现这里是酒店的房间。

“天哪，我怎么会在酒店里？昨晚到底发生了什么？”韩星子惊愕地不断拍打自己的脑袋，却怎么也想不起来。

砰砰砰——敲门声突然响起，吓了韩星子一跳。

“谁？”

“顾客您好，您的退房时间到了，请问需要退房吗？”服务员的声音从门外传来。

“哦，退房，退房。”韩星子松了口气，在房间里找到自己的鞋，穿上后刚要出门，忽然想到自己是公众人物，急忙跑到浴室里拿了一条浴巾，将自己的脸遮挡得严严实实，才匆忙下楼办理退房，随后以光速打车回到家。

回到自己家中，韩星子才有松了口气的感觉。她喝了两杯水，快速洗了个澡，换上家居服，坐在沙发上打开电视，铺天盖地的新闻闯入了视野。

“清纯天后昨晚和三流小明星一起开房，不雅照片网络疯传……据相关人士爆料，韩星子在校期间，就成功勾搭上了景霖大学的李俊泰和孙华皓两个男神，与他们双双暧昧，一度成为景霖大学的风云人物。后来韩星子更是成功利用李俊泰上位，从不入流的小明星成功蜕变成和百变天后何静文齐名的当红巨星……”

“不雅照，哪里来的不雅照？”韩星子惊呆了，一夜之间自己怎么就成了勾三搭四、企图上位的女星？

她惊呆了，急忙找出手机想联络李俊泰，却忽然发现自己的微博遭到媒体、黑粉的层层围攻，谩骂声一片，粉丝更是纷纷转黑，人气从百万锐降到不足十万。

“怎么会变成这样？”韩星子惊呆了，前所未有的遭遇，彻底让她陷入了困境。

她疯狂拨打李俊泰的手机，但是始终无法打通。她一时之间又想不到可以找谁帮忙，只能一个人在家里发愁。

砰砰砰——

敲门声骤响，伴随着喧哗的噪音：“韩星子，请告诉我们不雅照事件的真相。你是否利用了孙华皓和李俊泰，踩着他们上位？”房门被媒体记者敲得震天响，好像随时都会破门而入。

韩星子急忙躲到沙发后面，吓得瑟瑟发抖。她从未遇到过这种事，整个人都蒙了，根本忘记了打110报警这件事，只是无助地抱住自己，一遍遍拨打着李俊泰的电话，祈祷他快点回家，赶走这些疯狂的记者。

僵持了两个多小时，终于门口安静了。

韩星子松了口气，刚要从沙发后面钻出来，突然发现自己的双腿已经麻木得毫无知觉。她活动了下双腿，揉了揉肌肉放松，从沙发后面钻了出来。

“人在家，人在家！”忽然，从窗户附近传来了兴奋的说话声，接着，就听到玻璃破碎的声音。韩星子一惊，扭头看到家里的窗户被人砸碎，一个拿着相机的记者从窗户闯了进来。

“啊——”韩星子吓得失声尖叫。

第七章

LOVE OF AURORA

此刻，她多希望李俊泰能在她的身边听她解释，她多希望能够扑到他温暖的怀抱，委屈地哭个痛快。

“星子！”开门声响起，李俊泰在听到韩星子尖叫的瞬间立刻冲了进来。看到破窗而入的记者们，他愤怒地冲过去，一拳打倒一个记者。

记者们吓得掉头就跑，破窗而出，一瞬间逃得无影无踪，但是他们用来拍照的相机被李俊泰无情地夺走，丢到地上用力踩碎。

“俊泰！”韩星子扑上去，失控地紧紧抱住他。

“别怕别怕！”天，她的身体好冷，还在瑟瑟发抖。

李俊泰急忙温柔地抚摸韩星子的后背，安抚她失控的情绪：“没事了，有我在呢，别怕！”

“可是，我真的好害怕，你的电话一直打不通，他们就在门外不停地拍门、一直喊……”韩星子吓得脸色发白，依旧不停地颤抖着。

“没事了，没事了。我马上带你离开，去一个安全的地方，我保证不会再有狗仔队，也没有这些恼人的事了。”李俊泰抱着韩星子走到卧室，简单收拾了一下行李，拿着外套给韩星子穿上，又给她戴上帽子和太阳镜，这才牵着她的手走出家门。

家门口依旧围堵了一层层的狗仔队。他们看到韩星子出现，立刻高举相机，疯狂拍照。李俊泰立刻沉下脸，毫不客气地横冲直撞，一边为韩星子保驾护航，一边不断攻击狗仔队的相机，只要抢到就扔到地上，毫不留情地一脚踩碎。

这样缓慢地行走了大概两百米，才来到了李俊泰的保时捷车前。李俊泰打开车门，护送韩星子坐上车，自己绕到车对面坐上驾驶座，开车离开了喧嚣的市中心。

市郊有一处犹如世外桃源般的湖泊，湖泊周围修建起高高的围墙，又在湖泊中央修建了一栋湖心别墅，成为富商的私人豪宅。

李俊泰开车来到湖心别墅，将韩星子安顿在这里，每天陪着她在湖边散步，看日出日落，在湖边垂钓或者潜水嬉戏。

平静的生活让韩星子一点点找回了本心，从厌恶的明星身份中彻底解脱了出来。这一次的不雅照事件，也让她开始自我反省，渴望找回曾经那个热爱梦想、单纯的自己。

愉快的周末结束，又到了周一，忙碌的日子。

一大早，李俊泰将韩星子叫起来，开车带她离开湖心别墅。

“要回去了吗？”韩星子战战兢兢地问。她知道不雅照事件她早晚要面对，逃避不是解决问题的办法，但是她还没有找回以前的自己，她害怕再回到那个喧嚣的地方以后，自己又会再次迷失。

“不是，我带你去一个地方，一个我们共同拥有美好回忆的地方。”李俊泰神秘地笑笑，开车赶路。

一个多小时后，车子在偏僻的市郊小镇停下。

韩星子激动地跳下车，看着眼前熟悉的古老院子，看着院子门口挂着的“星星湾幼儿园”醒目大字，眼睛一瞬间湿润了。

“还记得这里吗？记得热情善良的院长，记得那个看不见却心底美好、对未来充满希望和期待的盲女小童吗？”李俊泰轻轻搂着韩星子的肩膀，声音温柔得好像大提琴的声音。

“嗯，我记得。”韩星子一度哽咽，差点儿落泪。

“欢迎你们回来。”院长推开院子的门，走过来紧紧握着韩星子的手，“昨天李先生联系我的时候，我特别期盼你们能过来。孤儿院的孩子们都很想念你们、想念丁桐导师。可惜，丁桐导师已经不在了。”

“嗯，我也很想念你们，导师在天堂也一定很想念大家。”韩星子终于忍不住流下了滚烫的泪水。

李俊泰温柔地为她擦去眼角的泪花，也微微红了眼睛：“进去吧，孩子们在期待你的表演呢。”

“好。”韩星子哽咽着，抓着李俊泰的手，一步步走进孤儿院。

还是那个破旧的、临时搭建的小舞台，韩星子站在上面却找到了久违的感觉。这才是舞台，真正属于她的地方。她想起丁桐导师，情不自禁地随着音乐翩然起舞，跳了丁桐导师生前最喜欢的舞蹈——生命之歌。

随着一个一个熟悉的动作，韩星子想起了上学的美好时光，想起了自己最终的梦想。她的舞台梦，她终于找回来了！

比起有无数粉丝簇拥的明星，她真正想要的，只是在舞台上表演，因为她是演员，不是明星。

韩星子渐渐地投入到忘我的表演中。李俊泰站在舞台下方看着韩星子的舞蹈，仿佛回到了一年前初次在舞台上看到韩星子表演的时候。她就像是一轮在舞台上升起的太阳，发光发热，让人不由自主地被她吸引，疯狂地爱上她的表演。

一曲终了，韩星子站在舞台中央，气喘吁吁地向观众行礼致敬。台下立刻爆发出雷鸣般的掌声，孤儿院的孩子们又蹦又跳，一张张红扑扑的脸蛋上写满了喜悦之色。

“丁桐导师！”稚嫩的声音忽然从观众席传出。

韩星子一愣，顺着声音，看到一个穿着红裙子的小女孩站起来，目光灼灼地看着她。小女孩拥有一双这个世界上最清澈纯净的眼睛，漂亮得好像会说话。

“小童！”韩星子惊呼，泪水顺着脸庞滚落。

她终于知道小童为什么会拥有一双漂亮的眼睛了，因为小童的眼角膜是丁桐导师捐赠的。丁桐导师一直想让小童恢复光明，而且真的兑现了诺言，用生命最后的光芒为小童点亮了一生的道路。

“导师，我终于看到你的舞蹈了，真好看！我长大了也要像你一样，站在舞台上跳舞给大家看。”小童激动地抓着韩星子的手，把她错认成了丁桐。

韩星子睁大眼睛，正要解释，院长忽然站起来，双眼发红地握住她的手：“是啊，所以你要向丁桐导师学习，只有勤奋努力和坚持不懈地奋斗，才能梦想成真。”

“嗯，我一定会努力努力再努力的！”小童灿烂的笑脸上浮现出稚嫩的认真，那么美，犹如天使。

韩星子被小童的决心深深震撼了，想到了小时候的自己。她也曾经这样纯真地做着舞台梦，在长大后也一直为了舞台梦不断努力奋斗，终于顺利考上了纽约大学，成为表演系的学生。

“俊泰，我找回自己当初真正的梦想了。”离开孤儿院，坐在车上，韩星子激动地紧紧抓住李俊泰的胳膊。

“嗯，我知道，因为我又看到了当初那个在舞台上表演的女孩，那么美，犹如仙女下凡。”李俊泰抓住韩星子的手，深情款款地看着她。

韩星子羞得满脸通红，想甩开他的手，却被他用力一拉，扑倒在他的怀中。

耳边响起他强有力的心跳，脸颊触碰着他温暖的肌肤，呼吸间更有若隐若现、只属于他的清爽气息，韩星子脸颊变得滚烫，一张脸比番茄更红、更娇艳。

她甚至不敢呼吸，心跳得飞快，却渐渐和他的心跳同步，扑通、扑通……

夜幕来得比以往迟了几分钟。相比湖心别墅的安静，城市里非常喧嚣，到处是机动车的噪音，还有路人的喧哗声。

就在韩星子重拾舞台梦、和李俊泰在别墅里庆祝的时候，孙华皓正在动用各种手段，针对绯闻事件展开危机公关。

同一时间里，大喇叭和陈雅萌等工作室的员工在利用互联网对绯闻的来源进行锁定。经过两天两夜的搜索，他们终于锁定了一个ID地址，来自何氏经纪公司。

“何静文？”陈雅萌惊呼，随后愤愤地摩拳擦掌，“难怪我一直都不看好她和泰少在一起，原来她这么坏，根本就是白莲花、绿茶婊吗？！”

“既然锁定了目标，要不要马上通知泰少？”大喇叭问。

“当然，否则泰少不知道何静文的真面目，万一被她欺骗或者利用了呢？”陈雅萌说话间掏出手机，打给李俊泰。

李俊泰接到电话的时候，正拥着韩星子一起看星空，聊着星座的话题。

“我接个电话，工作室打来的。”李俊泰亲了一下韩星子的额头，转身离开，同时滑动手机屏幕，接听电话：“陈雅萌，是不是找到幕后主使了？”

“嗯，我们通过追踪ID，最终锁定了何氏经纪公司。”

“何静文！我早应该猜到是她，只有她才会嫉妒星子、陷害星子！”李俊泰勃然大怒，不管是谁企图伤害星子，都无法原谅，“何静文的事我来解决，你们想办法危机公关，尽量减少这次事件对星子的伤害。”

“OK。”

李俊泰将电话挂断后，脸色非常凝重。

“怎么了？是不是工作室有事情要处理？那我们连夜赶回去吧，我现在已经没事了。”韩星子走过来，发现李俊泰脸色不好，担心地问。

“不着急，我们明早回去。”李俊泰看着韩星子重新找回梦想后的纯真脸孔，到嘴边的话又咽了回去。

何静文的事还是暂时不要告诉韩星子了，她现在需要放松，需要好好休息，然后从头开始。李俊泰轻轻将韩星子拥在怀里，声音低低的，却异常温柔：“明天回去后，你好好睡一觉。我去趟工作室，忙完事情就回来。”

“好。”韩星子靠在李俊泰的肩膀，前所未有地放松。

两个人聊到很晚，然后各自回房睡下。第二天一早，李俊泰开车将韩星子送到家里，陈倩云接到电话，已经在家里等着韩星子了。

李俊泰这才放心地离开，开车直奔何家。

何家大宅和李俊泰的家一样，在城东的豪华别墅区，前后都有花园，还有巨大的游泳池、车库以及数不清的管家和用人。

李俊泰开车经过花园的时候，看到何静文穿着田园风的裙子，正在花园里散步。

他立刻将车停在路边，横穿花园，找到边听歌边散步的何静文。他没有直接打招呼，而是拦住何静文的路，冷漠的眼睛犹如雄狮狩猎前一样，牢牢锁定何静文。

“呀，俊泰，你怎么来了？”何静文大吃一惊，继而狂喜。

难道李俊泰看穿韩星子的真面目，将韩星子遗弃了？她不由得做起美梦，幻想李俊泰的到来，是因为终于发现她的好，从而爱上了她。

“何静文，你为什么要陷害星子？”李俊泰看着何静文在自己面前露出天真小女生崇拜的目光，脸色更加阴沉。

“我——”何静文脸色大变。

“为什么要无中生有、毁掉星子的名誉？你也是女人，女人最在乎什么，你比谁都清楚！”李俊泰大声斥责，丝毫不顾念他们从小一起长大的情分。

“你为了韩星子凶我？从小到大，连我爸爸都没有凶过我一句！”何静文两眼发红，泛着委屈的泪花，“韩星子韩星子，韩星子到底有什么好？自从你认识了她，就再也不理我了。我对你来说究竟是什么，玩腻了就可以随意丢弃的垃圾吗？”

“何静文，我们从来都不是情侣，我只把你当作妹妹。”李俊泰冷眼看着歇斯底里的何静文，目光更加无情，“如果你继续伤害星子，我们从小一起长大的最后一点儿情分，就彻底没了。”

“伤害韩星子，我怎么伤害她？我拿刀架在她脖子上了，还是把她推入万丈深渊了？”何静文不但没有丝毫悔意，反而处处抵赖，甚至还诋毁韩星子的名誉，“是她自己做人放荡，到处勾三搭四，然后在你和孙华皓面前装纯情。就只有你们两个笨蛋会相信她的话，甘心沦为人家上位的垫脚石！”

“闭嘴！”李俊泰凶巴巴地低吼。

他无法容忍何静文谩骂和诋毁韩星子，阴沉着脸，隐隐的怒火夹着冰霜般的嗓音就蹦了出来：“何静文，我从来都没有喜欢过你。就算没有韩星子，我也不会和你在一起！爷爷答应的婚约，就让爷爷去兑现好了，我永远不会接受与你的婚约。”

“李俊泰！”何静文红着眼睛大喊大叫，不相信李俊泰会对自己这么绝情。

“还有，从今以后，我再也不想见到你。”李俊泰临走前，又狠狠补了一刀。

何静文被李俊泰的无情彻底激怒，她不管不顾地找爸爸告状，随后何氏经纪公司针对李氏传媒集团开展了一系列攻击，直接导致李氏传媒集团的股票下跌2个百分点。李明哲感到事情棘手，为了暂时不和何氏经纪公司撕破脸，不得不出面为何静文善后。

他常年在商场摸爬滚打，危机公关的能力比一些经纪人更强。他找人旁敲侧击，很快知道了何静文在绯闻事件中扮演什么角色，也顺利找到了绯闻中的男一号。李明哲联系到何静文，将一切罪名都落实到绯闻事件的男主角身上，轻松平息了事端，恢复了韩星子的名誉，也帮助何静文逃脱了法律的制裁。

在韩星子恢复名誉后，李俊泰和爷爷谈条件，最后终于说服了爷爷停止对韩星子的雪藏计划，继续让韩星子出演歌舞片里的女一号。

韩星子重新忙碌起来，却比以前低调了很多，行为更加内敛，反而赢得了口碑和粉丝的好感。短短数日，她掉的粉不但全部回来了，数量还翻了一倍，直接反超何静文。韩星子主演的歌舞片上映后，反响超级棒，她凭借在歌舞片中的出色表现，拿奖拿到手软，成为红地毯上的实力巨星，风头无人能及。

东京电影节上，韩星子再次成为万众瞩目的焦点，荣获最佳女主角、最受观众欢迎的演员等荣誉称号。

颁奖典礼时，何静文意外地出现在舞台上，成为颁奖嘉宾。她在给韩星子颁奖的时候假惺惺地恭喜韩星子，然后大笑着不断讲述无伤大雅但是句句都在讽刺韩星子的话。

“韩小姐，据我所知，国内有报道说你为了上位，同时勾搭两个集团公司的未来合法继承人，甚至连备胎的哥哥都不放过。请问真的有这件事吗？一定是谣言对不对？”何静文一副笑眯眯的模样，像是毫无心机、口无遮拦的清纯妹子，就算说错了话也不会被人责怪。

“谣言止于智者，既然何小姐知道这些事都是谣言，为什么要在这种公众场合说出来呢？难道何小姐别有用心？”韩星子看着何静文天使般的脸，想到她恶魔般的心，立刻毫不留情地揭穿了她的真面目。

“对不起，我本来想开个玩笑缓解一下紧张的气氛，但是好像被我弄砸了，反而让你更加紧张，对不起。”何静文有些尴尬地嘿嘿笑。

韩星子微微一笑，不再回答。颁奖的时候，她趁机小声反击：“何静文，我知道绯闻事件的真正主谋是谁。因为当晚和我在一起的只有你，我也只喝过你拿给我的东西。”

“你——”何静文的脸色变了变。

“我没有向媒体说出来，是因为还念及你和我都是丁桐导师的学生，但是这并不意味着我会继续忍受你的阴谋。这是最后一次，以后我不会软弱，不会再被你欺骗，我会反击，就像今天这样。”韩星子微笑着从何静文手里接过奖杯。

何静文的脸色大变，颁奖结束离开的时候不小心踩裙跌倒，成为首位在东京电影节上出状况的女星，在第二天各大媒体的新闻报道上被大肆嘲笑了一番。

获奖的韩星子，成为东京电影节上唯一的赢家。

夜晚，海风习习。

平静的海面上，偶尔有风卷起波浪，荡出一层银色的波浪。天空中的圆月倒映在海面上，浪花翻滚，一轮圆月瞬间荡开，出现无数个小月亮。

海面上，一艘豪华游轮上正在开庆祝Party。男男女女随着劲歌热舞，船头船尾都站着三三两两的人，觥筹交错，笑声不断。

韩星子站在船首，黑发迎风飘舞，身上精致漂亮的黑色晚礼服也微微摆动，看起来像是从童话世界里走出的公主，美丽、高贵。

“怎么没和大家一起玩？”陈雅萌走过来，递给韩星子一杯粉红佳人。

“说起来真奇怪，以前别人递给我酒水、饮料什么的，我接过来就喝。自从出了上次的事情，我对这些东西就很敏感，一定要看着人从瓶子里将酒水、饮料倒出来，才敢放心喝。”韩星子笑着将杯子接过来。

“酒瓶里倒出来的也未必安全，还是要看是谁给你的东西。”陈雅萌对韩星子眨眨眼，俏皮又可爱，“朋友，可以无限信任；敌人，有多远躲多远呗！”

“也对。”韩星子咧嘴笑。

上次的事情，除了何静文有问题之外，她自己也是太大意了。这种Party或者大型舞会上，很容易醉酒出事。她无法要求其他人都心地善良，但是可以自己多加防范，保护好自己的安全。

“呀，泰少来了，我走啦！”陈雅萌瞄见李俊泰走过来，立刻拔腿就跑。

韩星子看着她落荒而逃的模样，忍俊不禁。

“怎么了，笑得这么开心？”李俊泰刚走过来，看到的就是韩星子满脸笑意、灿烂飞扬的脸庞。他微微眯起眼睛，只要韩星子感到快乐，他就也跟着开心。

“没，就是觉得高兴。”韩星子将空酒杯放在身边的桌子上，走到船桅旁站着，“俊泰，我终于朝着我的梦想迈进了一大步。谢谢你，将我从迷失的路上拉了回来。”

海风吹乱了她的裙子，长发飘飘。李俊泰走过来，伸手将她乱了的黑发拂到耳后，温柔地从后面将她抱住：“傻瓜，我们之间还用说谢谢吗？”

“好，不说。”韩星子眉眼弯弯，内心无比甜蜜。

“星子，可以陪我跳支舞吗？”李俊泰将手机拿出来，选择了他们最喜欢的一首曲子。空灵的音乐声立刻响起来，优美的旋律、动人心弦的音符伴随着海风飘荡，让人不觉间为之陶醉。

“好。”韩星子点头。

李俊泰松开抱着她的手臂，绕到韩星子前面，绅士地做了邀请的手势。韩星子抿唇笑着，将手放在他的掌心。

李俊泰抓住她的手，轻轻一拉，拥她入怀：“星子，我爱你。”

“嗯。”韩星子娇羞地将头靠在他的胸口。

她喜欢这样近距离地听他的心跳，慢慢地数着心跳声，最后自己的心跳和他的同步，一起扑通扑通地跳动。好像只有在这一刻，他们的心才是真正地紧紧相贴、彼此交融。

李俊泰轻轻抱着她，在甲板上翩然起舞。他缓缓低头凝视着她，眼睛里充满了深深的爱意。

在他温柔多情的目光注视下，韩星子慢慢抬头，撞进他迷人的眼睛里。

她轻轻笑了，幸福和甜蜜爬上唇角，弯弯的眼睛里闪动着喜悦的光芒，那么明亮耀眼，让人舍不得移开视线。

他们就这样彼此深情地对视着，直到曲子进入高潮。

李俊泰抓着韩星子的手，韩星子在他身前不停地旋转，翩然起舞的身姿犹如一只蝴蝶，美妙轻盈。

“星子，接下来你看到的，是我送给你的祝福。”

李俊泰的话音刚落，甲板上的灯光就熄灭了。紧接着，一道光点亮了黑暗，光芒变化多端，像是一场美丽的焰火盛会。韩星子惊喜地捂住嘴巴，看着李俊泰掌心里一个鸡蛋大小的灯。

美丽犹如极光的光芒就是从那么小的灯里发出来的，光线时而变化成蓝色，时而又发出红色的光芒，一会儿像是飘舞的彩带，一会儿又像是从外空飞来的UFO，不断变化着。

“呀，极光！”韩星子伸出指尖，轻轻地碰了一下小灯，光线再次变换，竟然一分为二，前后两道极光将韩星子包围其中。

她兴奋地伸手到半空，想要触碰极光，却穿过极光，在胳膊上留下灯光映照的痕迹。

“这是我送你的礼物，小型全息极光投射灯。我将它命名为‘Aurora Mini’，是专属于你的、这个世界上独一无二的礼物。”李俊泰将礼物放在韩星子掌心，和她十指相扣，一起紧握着Aurora Mini，“希望极光永远陪伴在你身边，如同我的爱一样，永恒不变。”

“俊泰……谢谢！”韩星子红着眼睛，哽咽着道谢。

“你知道的，我要的不是谢谢。”李俊泰紧握着韩星子的手，声音忽然有些低沉、有些喑哑，充满了魔性的诱惑。

韩星子睁大眼睛看着他，那张青春的脸庞年轻、俊朗，一双眼睛非常迷人，闪动着让她为之着迷的光芒。

她忽然红了脸，心乱跳个不停，扑通、扑通，呼吸乱了，心动了，情也乱了。

“俊泰——”韩星子忽然踮起脚尖，鼓起勇气抱住李俊泰的脖子，送上她第一次主动的吻。

她有些生疏，不太熟练地吻着，温热的触感、生涩的摩挲……

酥麻感似虫咬一般滑过脊背，他下腹瞬间紧绷，大脑一片空白。

这是她第一次主动吻他，也是他这辈子的第二个吻。上一次是他主动，告白的吻虽然甜蜜，但很青涩。可这一次，她的主动，让这个吻褪去了青涩，只剩下了甜蜜和幸福。

李俊泰情不自禁地回吻，单手托着她的后脑勺，不断加深这个吻，直到两个人气喘吁吁、脸红心跳，他才抱住她，激动地和她紧紧相拥。

甲板的角落有些昏暗，孙华皓站在那里，手里端着两杯饮料，呆呆地看着紧紧相拥、好像全世界只剩下他们两个人的李俊泰和韩星子。

“怎么办，心好痛，好像碎了一地。”孙华皓呢喃着，痛苦、失落的情绪爬上俊朗的脸孔。

这就是失恋的感觉吗？真的会心碎。

他多希望，此刻和韩星子相拥的那个人是自己！可是韩星子最终还是选择了李俊泰，自己的死对头。

“星子，祝你幸福。如果你过得不快乐，随时来找我，我的心永远为你敞开。”孙华皓苦涩地祝福，然后潇洒转身。

夜幕降临，韩星子离开公司，准备坐保姆车离开的时候，忽然瞥见马路对面走过一道熟悉的身影。她愣了愣，突然拔腿就追。

雷彩英没有发现韩星子跟着自己，她穿过繁华的街道、昏暗的小巷，七拐八拐回到了家里。就在她拿钥匙打开门的瞬间，韩星子冲了上来。

“雷阿姨！”韩星子焦急地抓住雷彩英的胳膊。

“星子？”雷彩英大吃一惊，还以为是打劫的呢，没想到竟然是韩星子。她激动地抓住韩星子的手：“一年多没见，你变得更漂亮了！听说你现在也变成大明星了，真好，真好！我就说好人有好报，苦尽甘来就会享福了。”

“谢谢。”韩星子不好意思地红了脸，很快她又惊呼，“对了，雷阿姨，你去哪里了？那天你不辞而别，我一直在寻找你，可是怎么等，你也没有回到小吃店。”

“阿姨家里有些事，所以，所以……”雷彩英闪烁其词，欲言又止，好像瞒着什么。

韩星子想到在小吃店打工的时候看到的那张照片，忍不住追问：“雷阿姨，你店铺里的照片是你年轻时候拍的吗？上面的那个漂亮的小男孩，是不是那天我带到店里去的导师李明哲？”她问得直接，雷彩英恍若雷劈，半晌发不出一个音节。

“雷阿姨，李明哲是不是你的亲生儿子？”韩星子不甘心地再次追问。

“我——”雷彩英还没回答，泪已经先行滚落。

“雷阿姨，对不起，我不是故意逼你的。我只是见导师一直苦苦寻觅母亲、思念亲生妈妈，恰好看到你的照片和导师一直带在身上的照片相似，才大胆推断的。”韩星子看着雷彩英落泪，立刻自责地道歉。

“是，我是他的亲生妈妈。”雷彩英听说儿子一直思念自己、寻找自己，藏在心里的母爱天性再也按捺不住。她痛哭失声，思念儿子的心，比儿子寻找母亲更多、更苦。

“真的？！”韩星子惊呼，没想到雷彩英会承认。

“进来坐吧。”雷彩英疲惫地邀请韩星子走进家中，给她倒了一杯水，讲述了往事。

雷彩英认识李俊泰父亲李柯东的时候，才刚刚大学毕业，正是最青春也最单纯的时候。她对李柯东一见钟情，很快他们相恋了。但是李俊泰的爷爷极力反对他们的恋情，最后两人被迫分手。但是那个时候雷彩英已经怀了李柯东的孩子，她忘不掉这段情，更舍不得将孩子打掉，最后瞒着家人，偷偷地把孩子生了下来。

后来，她听说李柯东结婚了，伤心地去找弟弟雷项袁哭诉。雷项袁本来很反对她未婚生子，但是当他知道姐姐的孩子是李柯东的儿子时，忽然不反对了，各种帮她出谋划策。

雷彩英不想算计李柯东，她是真的爱他。即便他们分手了，她也无法忘记他、忘记那段刻骨铭心的真爱。

雷项袁告诉雷彩英，李柯东并没有忘记她，而且婚姻过得不幸福。她信以为真，被雷项袁说服，带着孩子去了李家，想给李柯东带去惊喜。她哪里想到，当时李柯东的婚姻很美满幸福，而且李柯东的妻子已经怀孕九个月，即将临盆。她带着孩子到来，导致临产的李俊泰母亲急怒攻心，早产大出血而死。

最终，李柯东说服李政权将李明哲留在了李家，而她伤心地离开，并且答应了李柯东，终生不和儿子相认。

“雷阿姨……”看雷彩英哭得伤心，韩星子急忙扯了几张纸巾递给雷彩英擦泪。

她听了雷彩英的故事，感触很多。现在的自己，岂不就是当年的雷彩英？她和李俊泰的恋情也没有得到李政权的认可，唯一不同的是李俊泰的态度，他比李柯东更坚持自己的情感，敢于反抗，并且坚信他们的爱情终有一天可以修成正果。

韩星子想到李俊泰，心里不禁泛起一丝甜蜜。可是看到雷彩英的眼泪，她又由衷地为雷彩英感到难过。

“雷阿姨，这件事已经过去了那么多年，而且错不在你啊。导师寻找了你那么多年，你怎么忍心不和他相认？”韩星子蹲下来，抓住雷彩英的手，苦口婆心地劝说，“我帮你安排，和导师见面好不好？”

“不，我会拖累他的。”雷彩英摇头拒绝。

“怎么会？我特别理解你的心理，真的。雷阿姨，现在导师不是小时候需要人照顾的年纪了，他现在是成年人，经济独立、事业有成，你应该回到他身边，和他共享天伦之乐。”韩星子极力劝说。

“我——”

“雷阿姨，我们就这样说定了。明晚，对，就明天晚上，咱们在路口的那家咖啡厅和导师见面相认。”韩星子看破了雷彩英的顾忌和迫切相认的心态，主动代替她做了决定。

“……好。”雷彩英哽咽着点头。

韩星子松了口气，陪雷彩英聊了会儿天，确定她的情绪稳定下来后才告辞离开。她前脚离开，后脚就迫不及待地联系李明哲，将这个好消息通知了他，并且约好明晚在咖啡厅相见。

就在她离开之后不久，雷彩英家门口出现了一个戴着帽子的古怪男人。

男人敲响了房门，不一会儿门开了，雷彩英看到门口的人，吓得脸色发白：“你，你怎么找到这里的？”

“雷总不放心你一个人住，一直派我们暗中保护你的安全。”男人神秘地笑笑，“对了，刚刚雷总打来电话，让我告诉你，现在是李明哲夺取继承权的关键时刻，你千万不要让‘私生子’的污名毁掉李明哲的前程。”

“我……我知道了。”雷彩英紧揪着胸口，心痛得犹如刀扎。

又不能相认了是吗？她等了盼了二十多年，好不容易看到黎明的曙光，还没碰触到，又要跌入地狱的深渊。

“不过，很快就可以相认了对不对？只要，明哲顺利成为继承人？”雷彩英期待地抬起头看着男人。

“对，但是需要你继续忍。等时机到了，雷总会让我通知你。”男人不耐烦地回答。这个借口他已经重复了十多年，说到快要麻木了。

“好，我知道了。”雷彩英疲惫地将门关上。

男人转身，压低了帽子，看看四处没有古怪的迹象，随即悄悄离开。

转眼到了第二天，下起了小雨。傍晚的时候，小雨终于停了，但是地面已经湿透，有些地方还深深浅浅地存着水洼。

韩星子撑着伞走进咖啡店，看到靠窗坐着的雷彩英。

“雷阿姨。”韩星子走过去，热情地打招呼。

“星子啊，坐。”雷彩英看起来有些紧张，又像是魂不守舍，脸色有些发白，没有平时看着红润。

“雷阿姨，别紧张，我会陪着你的。”韩星子误以为雷彩英因为即将和儿子相认有些紧张，于是笑着坐在雷彩英身边，温柔地抓起她的手。

雷彩英低头，看着抓着自己的温暖小手，心里忽然感到一阵心安。

刚刚从家里出来，她一直犹豫不决，不管是相认还是继续隐瞒，都像是一把双刃剑，折磨得她痛不欲生。

可是这一刻，她有了决定。

李明哲和韩星子一样，都正年轻，她不能因为想儿子，就毁掉儿子宝贵的前程。

“导师！”韩星子忽然朝门口招招手，然后附在雷彩英耳边小声说：“雷阿姨，导师来了呢！他看起来好紧张、好严肃啊！”

“是吗？”雷彩英不敢抬头看，怕自己忍不住冲上去抱着儿子痛哭。

“星子。”李明哲走到桌前坐下，仔细端详着坐在自己面前的女人。

这个人，就是自己的亲生妈妈吗？从轮廓上看，依稀有当年照片中的影子，而且她的眼睛和自己的很像很像。但是毕竟这么多年过去，他没把握自己推测的就是正确的。

“导师，我介绍一下，这位就是小吃店的雷阿姨。”韩星子负责地给两人做介绍，“雷阿姨，这位就是导师，你见过的，记不记得？”

“嗯，记得。”雷彩英紧张地端起水杯一口气喝光。

“导师？”韩星子对李明哲眨眨眼。

李明哲回神，急忙将自己随身携带的怀表拿出来。他轻轻打开，怀表里面贴着一张照片。照片上是一个穿着白衣的漂亮女人，女人还抱着一个漂亮的小男孩。

“这个就是我的妈妈。”李明哲将怀表推到雷彩英眼前。

雷彩英的眼角一下子湿润了，她颤抖着手将怀表拿起来看了又看、摸了又摸。这个怀表是当年李明哲的父亲送给她的定情信物，后来发生了那么多事，她将李明哲送回李家离开的时候，亲手将怀表挂在了李明哲的脖子上。她以为李明哲长大后会嫌弃老古董一样的怀表，没想到他却视若珍宝，不但没有丢弃，反而时刻带在身上，甚至还想通过怀表里的照片寻找生母。

“你是我的亲生妈妈吗？”李明哲鼓起勇气，无比期待地追问。

“不是。”雷彩英痛下决心，将怀表放下，面无表情地看着李明哲，“抱歉，我的亲生儿子在国外，我一直都有他的消息，也在默默关注着他。”

“雷阿姨！”韩星子惊坐而起。

怎么会这样？昨晚她和雷彩英已经说好了，今天他们母子不用再一个苦苦寻觅、一个默默守护，会在这里相认的啊！怎么一个晚上过去，雷彩英的态度就来了个一百八十度的大转变？

“抱歉，我真的帮不了你，星子。”雷彩英站起来，故作镇定地转身离开。

刚走出门口，她就忍不住双腿发软，泪水也无声地落下。儿子啊，她的儿子就在自己眼前，她却不能相认。

雷彩英痛苦地捶打着胸口，大哭着跑开。

咖啡厅里，气氛变得诡异、凝重。

“星子，这到底是怎么回事？”李明哲将怀表握在手心，相认失败，远比没有找到更让人痛苦一万倍。

“我不知道啊，昨晚雷阿姨已经承认了啊。怎么会这样？昨晚到底发生了什么，会让雷阿姨态度转变这么大？”韩星子急得直跺脚，怎么也想不明白。

“刚刚她矢口否认了。”

“我——”韩星子有口难辩。

李明哲冷漠地看着韩星子，突然将怀表收进口袋，转身就走。

韩星子想去追，又不知道该说什么，最后跌坐在椅子上，百思不得其解地托着腮敲打桌面：“到底是怎么回事呢？雷阿姨昨晚明明承认了是导师的亲生妈妈，那段往事又不像是胡乱编出来的。我还在她家里看到过和导师怀表中一模一样的正常尺寸照片，说明雷阿姨肯定就是导师的亲生妈妈。为什么，雷阿姨今天没有和导师相认呢？”

最后离开咖啡店时，她也没有想明白到底发生了什么。

韩星子本以为这件事暂时结束了，可是第二天新闻铺天盖地，李明哲私生子的身份完全曝光了。“明哲认母”的重磅新闻更是在网络上快速发酵，五花八门的舆论猜测山呼海啸般席卷而来，丑闻

第一时间席卷了整个李氏传媒集团。

李氏传媒集团一片哗然。董事会临时召开股东大会，李政权恼羞成怒，当场宣布永久取消李明哲的继承权，暂时收回李明哲执行副总裁的职位，同时让李俊泰暂时担任集团总裁，负责公司大小事务，为丑闻造成的恶劣影响善后。

散会后，李俊泰在公司顶层的天台找到了李明哲。

李明哲看起来非常痛苦，寻母未果，私生子身份又惨遭曝光，辛苦努力得到的副总裁位置一夕间如付诸东流，他仿佛一夜间失去了所有。

“哥，别难过了，事情一定有解决的办法。”李俊泰走过来拍拍李明哲的肩膀，却被李明哲用力推开。

“哥？”李俊泰震惊地看着彻底翻脸、犹如恶魔附体的李明哲。

李明哲冷笑，不复往日的温和，露出阴鸷腹黑的一面：“少假惺惺了！认母的事是你和韩星子联合起来故意做局害我，好让我陷入万劫不复的境地，让你顺理成章地拿回公司的继承权。对不对？”

“哥，你怎么会这么想？”被亲人误会的滋味太难受了，李俊泰大声辩解，“星子绝对不会这样做，一定有误会！我问过她，她真的在店里看到过和你怀表里一模一样的照片，是大照片。而且雷阿姨亲口承认了过去的事情，她也不知道为什么相见的时候雷阿姨会反口。”

“从始至终都是韩星子看到，我并没有看到。我只相信自己亲眼看到和亲耳听到的。”李明哲冷漠地看着李俊泰，眼底没有丝毫的兄弟情深，只有无边的怨恨。

“哥，你相信我，星子绝对不会骗你的！”

“我为什么要相信把我拥有的一切都抢走了的你？”李明哲冷

冽的双眼像是被罩上了一层冰碴儿，不带一丝温度。

“给我时间，我一定能找到让你相信的证据。”李俊泰赌气地说。

“好，我拭目以待！”李明哲冷冷看了李俊泰一眼，转身离开。

李明哲走后，李俊泰一脚狠狠踹到墙上：“真窝火！我哥的身份到底是哪个狗仔队曝光的？还有雷阿姨的事情，好麻烦，怎么都拧巴到一起了？”

他烦躁地自言自语了几句，离开天台，回到公司办公区。

现在当务之急是将曝光消息的狗仔找出来，不过在这之前，李俊泰更担心韩星子。他急忙拿出手机打给韩星子：“星子……”

砰——办公室的门忽然被人一脚踹开。

“爷爷？”李俊泰吓了一跳，将电话拿到身下，避开李政权的视线。

“马上雪藏韩星子！从今天开始，我不希望再有任何关于韩星子的媒体报道！她代言的产品也全部取消，替换成其他明星。”李政权满脸怒火，这个女人不但纠缠他的宝贝孙子，竟然还让李明哲是私生子这个家丑曝光，让李氏传媒集团和他成了所有人的笑柄。

“爷爷，这件事和星子没关系。”李俊泰虽然还没有和韩星子通过电话，但是他相信韩星子，她绝对不会故意爆料给媒体记者，更不会设局陷害李明哲。这里面，一定存在什么误会。

“我不管和她有没有关系，我只知道这个女人是丧门星，从她出现开始，你和整个李氏传媒集团就是非不断。”李政权怒火攻心，根本不给李俊泰说话的机会，直接霸道地宣布最终结果，“从现在开始，你不准离开家门半步，不准联系韩星子。李氏传媒集团的事你给我善后，一定要平息这个丑闻，让集团的股票回升到之前的点位。”

“爷爷——”李俊泰试图反抗。

“就这样说定了，从即刻起，我会派人24小时看着你。如果你不想韩星子永远从这个城市消失，就按照我说的办！”

李政权超级霸道地吼完，立刻从门口跑进来四个穿着黑色西装的威猛男人。

“你们四个人，从现在开始，不管吃喝拉撒睡，都要时刻跟着他，不准他联系外界，尤其是不能和韩星子见面，知道吗？”

“知道了。”四个人异口同声地回答。

“爷爷，你这是禁锢我的人身自由，这是违法的行为！”李俊泰急了，可是双拳难敌四手，四个男人按照李政权的吩咐抢走了李俊泰手中的手机，强制关机，开始如影随形地跟着他。

找不到逃跑的机会，集团业务因为曝光的丑闻陷入了混乱，又和韩星子失联，李俊泰顿时焦头烂额。

这个时候，韩星子正在参加一个演员的生日Party。

原本气氛还很热闹，直到何静文将音乐关掉，打开电视播放李氏传媒集团丑闻的新闻。她嘚瑟地靠在电视机旁用遥控器指着韩星子质问：“韩星子，你到底想干什么？利用李俊泰上位成功，就想搞臭李家，然后顺理成章地将李俊泰踢掉，换下一个金主？”

“何静文，你不要造谣生事！”韩星子知道消息后本来就很自责，尤其刚刚接到李俊泰的电话，还没来得及和他说话就从电话里听到了李政权的咆哮声，接着就和李俊泰彻底失联。

但是自责不等于要被人指着鼻子骂，更不等于可以让人随便污陷自己、冤枉自己。

韩星子不再做小绵羊，学会了用反击来保护自己：“李明哲的事情我也感到难过，但是我从不觉得他的身份是丑闻，我更不会向任何人爆料这种新闻。别人家的私事，我和你一样，都没权议论和干涉，更无权随意曝光。”

“说得道貌岸然，好像处处为人着想。那我问你，约李明哲在咖啡厅见面的人是不是你？帮助他寻找母亲的人是不是你？你的行为不仅伤害了寻母心切的李明哲，更给李氏传媒集团带来了难以解决的巨大麻烦。”

“就是，你不多管闲事，怎么会曝光这种丑闻？”

“李俊泰真没眼光，居然会找这么一个吃里爬外的猪队友！”

“……”附和何静文的人越来越多，转眼间Party上就出现了两个阵营。大多数女生刚开始都围在韩星子身边，但是何静文挑明韩星子的形象人前人后判若两人，成功破坏了韩星子的高人气。很快，所有人都站在了何静文的阵营，没有一个人再支持韩星子。

“我——”韩星子咬着唇，深感委屈和无助。

“你走，这里不欢迎你！”Party的主人在何静文的授意下，无情地将韩星子驱逐。

韩星子一个人彷徨无助地在走在城市街头，看着霓虹灯闪烁，忽然有种想哭的冲动。

“我真的不知道是怎么回事，为什么狗仔队会知道雷阿姨和李明哲相认的事，我明明谁都没有告诉啊？”韩星子红着眼睛低吼。

此刻，她多希望李俊泰能在她的身边听她解释，她多希望能够扑到他温暖的怀抱，委屈地哭个痛快。可是，她已经无法联系上李俊泰，不管拨打多少次，他的手机始终关机。

丑闻事件风靡网络整整两天半，然后彻底石沉大海。反而李俊泰即将与何静文订婚的消息铺天盖地，迅速占领了娱乐报道的头版头条。韩星子知道这个消息的时候，是李俊泰与何静文订婚礼的前夜。

不，这不可能！

“俊泰，你就这样放弃了吗？”韩星子的眼圈顿时红了，她想到了李俊泰信誓旦旦的爱的宣言，想到了他们谈恋爱以来的点点滴滴，泪水在眼眶里打转，“不！你不会放弃的，你不会离开我的！”她突然发疯地冲向卧室，将李俊泰送给她的“Aurora Mini”拿着，随意披上一件外套就冲出了家门。

大雨倾盆，路上行人稀少，车辆来去匆匆，没有一辆计程车为韩星子停下。她拦不到车，只好回家撑着伞，顶着大雨去公交车站等公交。

雨水不断冲刷着伞面，发出簌簌的声响。韩星子深一脚浅一脚地在地面坑坑洼洼的水坑里行走，刚拐进一条常走的小巷，忽然听到身后响起急促的脚步声。

“谁？”韩星子回头，没有发现人。

她奇怪地转身，刚走两步，后脑就被重物砸到。

“啊——”韩星子惨叫一声，捂着头缓缓倒下。鲜血顺着指缝流下，韩星子倒在水坑里，两眼一黑，昏死过去。

“星子，星子——”奔跑和呼喊声，吓跑了尾随者。

孙华皓发现韩星子的时候，韩星子正倒在地上，昏迷不醒。她的身下染满了鲜血，看起来很刺目。

“星子——”孙华皓惊呼。

天哪，到底发生了什么？

他不敢置信地将韩星子抱起来，转身就跑。大雨还在下着，愤怒地冲刷着大地。

第二天一早，天刚刚擦亮，大雨变成了小雨，淅淅沥沥，没有停下来的意思。

李俊泰与何静文订婚仪式现场布置得盛大壮观，礼堂上空飞满了红色的爱心气球，礼堂内随处可见朱丽叶玫瑰花拱门和一排排粉玫瑰的花柱，犹如花的海洋，处处彰显着浪漫情怀。

八点不到，礼堂门口，先后驶来几辆豪车。李俊泰被八个男人像押着犯人似的押进了酒店。随后是今天的女主角何静文，她羞羞答答地挽着爸爸的胳膊，走进了礼堂。

紧接着宾客陆续到来，各大媒体也纷纷出席，摄像机、闪光灯都对准了舞台正中间的位置，准备实况转播这个盛大的订婚仪式。

李明哲出现的时候，婚礼已经快要开始了。他直接走到新郎化妆间门口，看到守在门口的四个男人后，危险地挑眉。他转身离开，找到侍者，塞给他一张纸条和一沓钱。

侍者收了钱，喜笑颜开，以送水的名义，很容易地就将纸条转给李俊泰。

李俊泰看到纸条后，突然停止了吵闹，安静得让人怀疑。

同一时刻，何静文正在化妆室和何康博聊天。

“爸爸，我盼了这么久，终于等到这一天了。李俊泰就要成为我的未婚夫了！以后，不管是谁，都休想把他从我身边抢走，他只能是我的！”何静文因期待而满脸通红，眼底闪着兴奋的火花。

何康博慈爱地拍拍她的头：“小丫头，你从小就争强好胜，占有欲强，在商场上来说这是好事，但是婚姻里需要更多包容和理解。男人呢，就好比你手中捧着的沙子，很散很乱，你握得太松，沙子会很快从指缝间漏光，但是攥得太紧呢，沙子流失的速度是慢了，但是最后一样也会一粒不剩。只有不松不紧，才会将这捧沙子保留在身边一辈子。”

“哎呀，把沙子放进玻璃瓶里就好了，别说这辈子，下辈子也别想逃出去。”何静文不想听何康博老生常谈，她好不容易才将李俊泰捆绑在身边，怎么能不拴紧？

“你呀，小心事与愿违。”何康博无奈地摇头。

何静文却不想再听下去了，刚好时间已经接近订婚仪式开始，主持人的声音通过广播传遍礼堂的每个角落。

“呀，时间到了！”何静文激动得满脸通红，马上，她就要成为李俊泰的未婚妻了！

这时，礼堂内已经坐满了宾客，大家都屏住呼吸，等待订婚典礼的准新郎入场。

礼堂的门开了，李俊泰被身后八个保镖押进了礼堂。

宾客们的视线齐刷刷地望过来，看到俊朗非凡的李俊泰，都倒吸了一口气，难怪会被眼高于顶的何静文选中，果然是人中之龙。

李俊泰静静地看着宾客们，忽然邪魅地笑了：“感谢大家出席我的订婚典礼，但是……”李俊泰用力扯开领带，狠狠地丢到地上，“我不喜欢何静文，更不想和她订婚！我爱的人只有一个，就是东京影后韩星子！这个订婚仪式，全是我爷爷一手操办，我是被这八个所谓的保镖当作犯人硬押来的！所以，我不承认，而且我永远都不会娶何静文！”

他话音落下，全场哗然。

眼看着礼堂陷入混乱，李政权勃然大怒，李俊泰却趁乱摆脱了八个保镖的控制，逃出礼堂。八个保镖追出去，分头围堵。一辆保时捷突然横空杀出，停在李俊泰身前。车门推开，李明哲的秘书在驾驶座上催促：“快上车，我带你去医院！”

“谢谢！”李俊泰急忙跳上车。

八个保镖追上来，拼命拍打着车窗，保时捷忽然颤抖了一下，紧接着以闪电般的速度冲了出去，很快消失在路上。

保镖面面相觑，无功而返。

礼堂内比刚刚保镖去追李俊泰的时候更乱。宾客好奇地八卦着，议论声如涨潮的水声，一片哗然。媒体记者们正在围攻李明哲和李政权，深度挖掘内幕真相。

“请问，订婚仪式真的是您一手包办的？现在已经是21世纪，自由恋爱，怎么还会有包办婚姻？是不是您思想保守，曾经一度在经营方针上出错，才导致李氏传媒集团先后出现了两次大危机？”

“这件事何家是否知情？究竟是你们两家包办婚姻，还是连何静文小姐也被蒙在鼓里？”

“我告诉大家答案！”礼堂的门突然被推开，何静文穿着洁白的礼服出现在大家眼前。她举手投足间尽显优雅，犹如高高在上的公主般尊贵无比；她的笑容妩媚，化淡妆后五官更加漂亮精致，犹如芭比娃娃，是上帝最杰出的作品。

何静文的出现，成功将礼堂内所有人的视线都集中在她一个人的身上。但是她毫不畏惧，一步步踩着红地毯走向礼堂内，仿佛她就是天生的明星，就该万众瞩目。可是她笑容的背后，却藏着被李俊泰伤得千疮百孔的心。她对李俊泰有多爱，此刻遭受退婚羞辱的她对李俊泰就有多恨。

“老实说，我并不清楚这里到底发生了什么事，只是听工作人员跟我提起，今天的订婚仪式可能要取消了。”何静文走到礼堂中间，抢走司仪的话筒，“现在听到媒体记者的问话，我才恍然大悟，原来我的订婚仪式，竟然是一场乌龙闹剧。李爷爷，我想你可能误会我爸爸和我的意思了，我喜欢的人并不是李俊泰，而是明哲哥。今天订婚仪式的男主角也是明哲哥呀，对不对明哲哥？”

李明哲愣了一下，随后释然。

何静文是利用他来做危机公关，报复李俊泰当场逃婚带给她的羞辱。可是他能拒绝吗？这是他此刻的救命稻草，只有拼命抓住，才能扭转乾坤，让他从失败者重新回到成功的天平上。

“静文，我还以为你移情别恋，甚至一度误会俊泰把你抢走了。但是就在刚刚，我听到俊泰对韩星子的表白，才知道一直以来都是我误会了他，也误会了你。”李明哲聪明地接受了何静文抛来的救命稻草，甚至当众表白，“静文，你愿意和我再续前缘，在这庄严神圣的礼堂许下婚姻的誓言吗？”

“我当然愿意！”何静文甜美地一笑，仿佛此刻是天下最幸福的女人。

媒体记者们再次哗然，宾客们更加认真地八卦，讨论这场订婚乌龙。

李政权本不想承认，但是眼前的状况，顺水推舟才是最好的解决办法。就连何静文的爸爸何康博，也只能按照女儿的意愿，将婚礼的男主角从李俊泰改成了李明哲。不过该争取的利益，他一点儿都没忘：“李老，现在联姻对象变了，李明哲在公司的职位是不是应该恢复了？”

“当然，当然。”李政权苦涩地笑。

“其实我挺看好李明哲这个孩子的，稳重、成熟。你看，那会儿李氏传媒集团出现那么大的问题，周转资金短缺，你整日整夜为了公司奔波，累到住院，不得不提早起用李明哲，结果证明你的决定是正确的。他力挽狂澜，不但帮助公司成功解决了危机，还让公司扩大规模，一跃成为国内首屈一指的传媒大王。”何康博夸赞着李明哲，为女儿争取更大的利益空间。

“是是是！明哲这个孩子，前途不可限量。先提升他做集团行政总裁兼副董事长，等我老了、干不动了，再退位让贤。”李政权虽恼火却无处发泄，李俊泰留下的烂摊子，只能他来收拾善后。

“当然，公司还要靠你看着呢，避免他们太拼搏，急功近利走错路。”何康博得到了自己想要的，当然顺水推舟。

李政权苦涩地一笑，当着这么多媒体记者和宾客的面，不得不打起精神，坚持着让订婚仪式顺利进行。

晴朗的天空忽然刮起风，从天边涌来大片大片的乌云，接着豆大的雨滴滚落，无情地敲打着地面。

李俊泰被李明哲的秘书室一路护送到医院，车刚停下，他就迫不及待地跳下车，冲进大雨里，一路跑进了医院。

“11层，1102病房……”李俊泰冲上电梯后，一直重复着同一句话。这是李明哲告诉他的，韩星子的病房号。

他因为焦急和奔跑，脑门上滚落大滴大滴的汗水，混着雨水，整个人看起来非常狼狈，但是他毫不在意，眼睛死死盯着电梯显示的楼层，无比期待马上见到韩星子，告诉她自己没有背叛，他和何静文的订婚仪式取消了。

叮——电梯终于到了11层。

李俊泰第一个冲出电梯，直奔电梯口附近的1102病房。可是病房里空荡荡的，病床上一个人病人都没有，只有一个小护士在整理靠窗的一个病床。

“护士，请问住在这间病房的韩星子小姐呢？”李俊泰喘息着问。

“韩小姐已经出院了啊！”

“出院？到底怎么回事？你们不是说她重伤住院、一直昏迷不醒吗？”李俊泰惊慌地冲过去，抓住小护士的胳膊追问，情绪又急又乱，有些失控。

“是昏迷来着，但是今早醒了。她妈妈来办理的出院手续，带她回家了。”小护士皱眉，手臂被抓得很疼。

“回家，回家——”李俊泰呢喃了两句，忽然松开小护士的胳膊，拔腿就跑。他冲进即将关门的电梯，用最快速度离开医院，却因为下大雨打不到车。

“电话——对，电话！”李俊泰无助的时候想到李明哲秘书留给他的手机，急忙拿出来，按下韩星子的号码。

电话很快接通，但却是无情的提示音，拨打的电话已关机。

“星子，星子，你到底发生什么事了？不要吓我，星子——”巨大的惶恐笼罩着李俊泰，他不安地不断拨打电话，但始终提示关机。

终于，他在医院门口成功拦下一辆计程车，顶着大雨赶到了韩星子的家。

“星子，星子！”李俊泰站在韩星子的家门口，拼命敲门。雨水将他淋成了落汤鸡，模糊了他的双眼。他甩甩头，抹把脸，继续疯狂地敲门，呼唤心爱的人。

十分钟后，门终于打开。

“星子——阿姨？星子在家吗？”李俊泰惊呼，却在看到门后的陈倩云后失望地收敛笑容，那种不安的恐惧瞬间升到最高点。

“她不在家。”

“那她去了哪里？她不是受伤了吗，怎么会离开家呢？伯母，求求你，让我见见她！我这几天想她快想疯了，我还有好多话想和她说……”李俊泰急切地追问，此时此刻，他迫切地想见到韩星子。

“说什么，说你已经和别人订婚了？”

“没有，订婚已经取消了。而且订婚不是我的本意，是我爷爷将我软禁了，我逃不出来，才没有第一时间向星子解释。”李俊泰心急如焚地解释。他不想被星子误会，更不想让星子因为误会而伤心难过。

“唉！如果你真的爱星子、真的为她好，就不要再见星子了。自从认识了你，我们星子遭遇了太多的痛苦，我不想再让她为了你难过。你走吧，别再来了，我不会告诉你星子去了哪里，永远不会！”陈倩云叹息，她虽然同情李俊泰的遭遇，但更心疼自己的女儿。

“阿姨，对不起，但是我真的很爱很爱星子，我……”

“你走吧，走吧！”陈倩云突然发疯地大喊，然后无情地将门关上，彻底拒绝了李俊泰。

李俊泰看着紧闭的大门，心如刀绞，脸上分不清是雨水还是汗水或者是泪水。他的眼圈发红，身体无助地颤抖着，口中一声声呼唤星子的名字，可是门内始终无人回应。

他就那样在门口站着，任由大雨冲刷着身体。也不知过了多久，他站得双腿发麻，浑身犹如坠入北极冰川般寒冷的时候，楼上的灯忽然关了，四周顿时陷入一片漆黑。

“星子——”李俊泰绝望地嘶吼。

第二天，天刚蒙蒙亮，陈倩云早起将门打开，意外地看到蹲坐在家门口、看上去犹如乞丐般狼狈的李俊泰。

“阿姨，我——”李俊泰被惊醒，挣扎着想站起来。

砰——关门声无情地将他的话吞噬。

李俊泰苦恼地抓了抓乱糟糟的头发，重新坐下苦等。这一等，又是一天一夜。他濒临饥饿脱水的边缘，眼看撑不住的时候，房门突然开了。

陈倩云丢给李俊泰一瓶矿泉水：“星子不在家里，你这样苦守有什么用？放过她，也放过你自己。听话，走吧！”

李俊泰拿着矿泉水，哽咽着红了眼睛：“阿姨，我不会放弃的，因为我许诺过，会一辈子爱星子，不离不弃！水，谢谢。”他礼貌地向陈倩云道谢，然后拿着矿泉水，步履蹒跚地狼狈离开。

陈倩云看着他的身影，无奈地摇头叹息。她以为李俊泰知道韩星子不在家，走了就不会再回来，没想到李俊泰白天发疯地到处寻找韩星子，晚上就在她家门口打地铺，苦苦守候。

转眼，韩星子失踪五天了。

李政权终于顶不住何家给他施加的压力，正式召开新闻发布会，宣布对李俊泰失望透顶，取消他继承人的资格，并将他驱逐出李家。同时恢复李明哲的职位，将他升职为行政总裁兼副董事长，正式成为董事会的成员，拥有表决权和否决权。

李明哲和何静文的婚礼日期也定了下来，就在本月底，李政权再次要求媒体朋友参加结婚典礼。

李俊泰知道这个消息的时候，正坐在工作室的椅子上，吃着这段日子以来不知道第几顿的拉面。

他现在的形象看起来无比糟糕，头发乱蓬蓬的，像极了鸟巢；胡子也没有打理，又密又长。他还穿着五天前的衣服，白衬衫都变成了灰色。

“泰少……”陈雅萌看着新闻快报，再看毫无反应、依旧快速吃面填饱肚子的李俊泰，忍不住问，“你被赶出了李家，以后怎么办？”

“我还有你们，我还有……星子。”李俊泰放下一次性筷子，抬头看了陈雅萌一眼，“别担心，我一定会找到星子的，一定会的！”

“可是你这样颓废下去，工作室迟早会倒闭。我怕你还没找到星子，就已经累倒了。”陈雅萌不忍心看着李俊泰这样伤心憔悴下去，欲言又止，“泰少，你就真的那么爱星子吗？如果——我是说如果，她忘了你呢？或者现在移情别恋，喜欢上别人了呢？”

“不可能！不管发生什么，我们的爱都不会改变，星子绝对不会忘了我！”李俊泰提到韩星子的时候，眼底发亮，像小宇宙爆发一样。

陈雅萌看着恢复了往日神采的李俊泰，想到韩星子昏迷前后不停呼唤着李俊泰的名字，终于忍不住说了实话：“泰少，其实我知道星子在哪里。”

“什么？”李俊泰激动地站起来，撞翻了拉面，汤洒了一身，他却毫无感知，急切地抓住陈雅萌的胳膊，“快告诉我，星子在哪里？”

“大学夏令营去过的那个小岛……”

“陈雅萌，谢谢你！”李俊泰拥抱了一下陈雅萌，兴奋地转身就跑。

夏令营的小岛，距离海岛酒店大概50海里。小岛上游客比较少，距离沙滩十多米的海岸上修建了一排排海上度假屋。度假屋下面是蔚蓝的海水，推开窗就有海风吹来，涨潮的时候趴在床边，伸手就能触碰到海水，和海水中游动的小鱼儿嬉戏。

李俊泰找到韩星子的时候，韩星子正光着脚在沙滩上拾贝壳。

“俊泰，俊泰，我捡到了一个超级美丽的贝壳，好洁白的颜色！”韩星子高举着贝壳，向身前的人招手。

李俊泰惊讶地扭头，看到正挥舞着手臂回应韩星子的孙华皓。

这到底是怎么回事？韩星子怎么会把孙华皓错认为自己？

“星子！”李俊泰惊呆了，疯狂地冲过去，一把将韩星子抱在怀里，“星子，星子，我终于找到你了！”

“啊——”韩星子受惊地尖叫，满脸惊恐，像小孩子一样拼命挣扎。

孙华皓冲过来，一把推开李俊泰，反手将韩星子抱住：“别怕别怕，没事了。”

“俊泰，他是谁啊？我好害怕，我们回家好不好？”韩星子紧紧抱住孙华皓，口中不断念着李俊泰的名字，仿佛只有这个名字能带给她安全感，让她不再害怕。

“星子，我是李俊泰啊，我才是李俊泰啊！”李俊泰恼火地反扑上来和孙华皓争夺韩星子。

韩星子吃惊地看看李俊泰，又看看孙华皓，突然推开李俊泰，躲到孙华皓身后：“你骗人！他才是俊泰，这几天，他一直陪着我，带我玩，好开心！你是坏人，你是冒充俊泰的坏人！”

面对韩星子的指责，李俊泰满脸震惊："星子，你怎么了，你怎么会忘记我？我是李俊泰，你最爱的人啊！他是孙华皓，不是李俊泰，不是我啊！"

"不，你才不是李俊泰！"韩星子紧紧抓着孙华皓的胳膊不放手，像是受到惊吓似的，恐惧到颤抖。

"对，我是李俊泰，他是假的。"孙华皓狠狠瞪了李俊泰一眼，"星子，我们回家睡觉好不好？睡醒了，就没有坏人了。"

"真的？"韩星子天真的模样，像是七八岁的小女孩。

"真的，我是俊泰，俊泰绝对不会骗你，对不对？"

"对，俊泰永远都不会骗我！"韩星子开心地笑着，拉住孙华皓的手，回头对李俊泰做鬼脸，蹦蹦跳跳地离开了。

李俊泰无法接受韩星子将自己遗忘、错把孙华皓当作自己的这个事实，痛苦地跟在他们身后，一直来到他们住宿的度假屋。

他一直等到孙华皓将韩星子哄睡着，才忍无可忍地揪住孙华皓的衣领，将他拉到度假屋外面，一拳将孙华皓打倒在地。

"孙华皓，你到底对星子做了什么？"李俊泰双眼通红，愤怒地嘶吼着。

"做了什么？当然是照顾她。"孙华皓狼狈地爬起来，揉了揉被揍疼的嘴角，"你有资格质问我吗？星子出事的时候，你在哪里？星子昏迷着一直喊着你的名字的时候，你在哪里？星子醒来，忘记一切、孤独无助的时候，你在哪里？"

"我……我被爷爷软禁了。但是最后，我逃出来了啊！"李俊泰懊恼地狠狠踢打着地面。

"我不管你做过什么，我只看结果。在星子最需要你的时候，你没有在她身边，你没有保护好她，还让她伤心难过。李俊泰，你已经没有资格继续爱星子了！现在开始，我会替你去爱她、保护她，照顾她一辈子。"

李俊泰看着向自己挑战的孙华皓，痛苦地抱着头，眼底隐隐有泪光闪烁："星子到底怎么出的事？为什么她会不记得我，还把你错认是我？"

"星子被何静文的粉丝袭击昏迷，脑部受损，醒来后被诊断为暂时性失忆。她把一切都忘了，甚至都不知道自己是谁，只记得'俊泰'这个名字。当时我为了平复星子的情绪，只能冒充你。没想到星子不但没有抗拒，反而开心地接受了我。我带她远离城市的喧嚣，来到这里，她活得自在快乐，像个天使一样无忧无虑。我想，这才是适合她的生活，简单却幸福。"孙华皓也很痛苦，冒充别人得到的爱，不如从未拥有。但是每次看到韩星子因为他在身边而安心的样子，看到她快乐的、幸福的笑容，他就觉得一切都不重要，不管自己叫什么或者被当作谁的替代品，只要跟她在一起就好。

"我知道，这段时间星子一个人承受了很多的压力……谢谢你照顾星子，但是我还是无法接受你冒充我，这是欺骗。短时间内可以帮助星子稳定情绪，但她只是暂时性失忆，一旦有一天她想起来什么，你让她怎么面对你和我？真相被揭穿，对她的伤害更大。"李俊泰欣慰的同时，又感到深深的痛苦。

他看着孙华皓，通红的眼睛里写满了坚定："我会留下来陪伴星子，告诉她、并且要让她相信，我才是李俊泰。"

"你——"孙华皓很恼火，但是李俊泰的话又让他无法辩驳。

李俊泰拿着行李离开，去度假屋办理了入住手续，就住在韩星子的隔壁。孙华皓住在左边，他就在右边，两个人一起守护着失去了记忆的韩星子。

傍晚，夕阳欲落，火烧云染红了天际，将整片海洋也变成了橘红色，温暖又美丽。

韩星子醒来，迷迷糊糊地睁开眼睛，看到床边正在争执晚饭吃什么的李俊泰和孙华皓。当她的视线落在李俊泰身上的时候，惊吓得惨叫一声，立刻躲进被子里，只露出半只眼睛。

"星子——"

"星子——"

李俊泰和孙华皓同时扑过来，担心地看着韩星子。韩星子扑向孙华皓的怀抱，喊着的却是李俊泰的名字："俊泰，坏人跑到家里来了，我好怕！"韩星子紧紧抓着孙华皓的衣襟，害怕发抖的模样看起来楚楚可怜。

"星子，我才是俊泰啊，你好好想想。"李俊泰急着证明自己的身份，从口袋里掏出身份证指给韩星子看，"你看，这上面的人是我。这上面写着我的名字，我是李俊泰！"

"你是俊泰？"韩星子低头看看身份证，又看看李俊泰，困惑了。她挠挠脸蛋，又转头看着孙华皓："俊泰，他也是俊泰，到底谁才是我的俊泰呢？"

韩星子有些慌了，像被袭击醒来后一样，乱抓乱挠，拼命喊着李俊泰的名字，眼睛渐渐失去了焦距，失去了明亮的光泽。

"俊泰，到底谁才是俊泰？啊——头好疼！"韩星子抱着头，疼得在床上打滚。

"星子别紧张、别害怕，我才是你的俊泰啊！"孙华皓怒瞪李俊泰一眼，一边努力安抚着韩星子的情绪，一边从口袋里掏出假身份证，"你看，这上面也有我的名字和照片哦！"

"……俊泰，你是俊泰！"韩星子看到假身份证，恐慌慢慢消失，从失控的边缘渐渐平复，变得冷静起来。

"这个也是俊泰，你们都是俊泰！"韩星子看着真假李俊泰的身份证，再看看李俊泰，又看了看孙华皓，"我有两个俊泰了，对不对？"

“嗯——”

“嗯……”

李俊泰和孙华皓无奈又痛苦地同时点头。韩星子开心了，左手抱着孙华皓的胳膊，右手抱住李俊泰的胳膊，笑得甜美、纯真：“真开心，以后有两个俊泰陪着我玩了！”

她灿烂的笑脸驱走了李俊泰和孙华皓心中的苦涩，他们跟着她傻笑，仿佛只是在她的身边，就已经非常、非常幸福了。

第八章

LOVE OF AURORA

“北纬66度以北的北极圈，是天寒地冻的北国世界，传说中的曙光女神欧若拉，就住在那里。她代表着黎明的第一道曙光，同时还掌管着美丽的北极光。”

时间犹如白驹过隙，转眼已是月底。

李明哲和何静文浪漫的婚礼被各大媒体争相转播报道，何静文的知名度再次攀升，渐渐地，很少有人记得曾经力压何静文的东京影后、被媒体评为清纯天后的韩星子。

蜜月归来后，李明哲联手何氏经纪公司不断扩张自己的势力，通过各种雷霆手段，将不属于自己阵营的股东一个个解决掉。短短一周的时间，他在李氏传媒集团中的实权就已经稳超李政权。

转眼，又是董事会召开的日子。

一早，李明哲比平时早起来半小时，精心装扮了一番，悠闲地吃了早饭，和何静文道了早安，才动身来到李氏传媒集团。

今天，是他以副董事长的名义发起的股东大会，所有股东全部出席。会议室内，李政权一头雾水地坐在董事长的位置上，和大家一起等待已经迟到了五分钟的大会发起者、副董事长李明哲。

嗒嗒——

脚步声忽然响起，接着门被推开，容光焕发的李明哲走进会议室。他站在门口，像国王一样，将在座的每个人都看了一遍，然后才坐到自己的副董事长座位上。

“明哲，到底怎么回事？公司现在需要召开这种股东大会吗？我怎么记得最近没有什么大的项目和扩展业务的计划……”李政权疑惑地开口询问。

“当然没有。不过有一件大事比这些都重要，需要在座各位股东投票决定。”李明哲看着李政权，笑得冷漠。

曾几何时，他小心翼翼地生活着，需要看着李政权的脸色，犹如一条哈巴狗般，活在李俊泰的阴影下。可是现在不需要了，李俊泰已经一无所有，而他即将成为集团的董事长，站在人生的最高峰。

李明哲想着，忍不住笑出声来，只是这笑声听起来有些刺耳、有些傲慢：“爷爷，您年纪大了，身体又不好，还是在家里养老吧！现在已经是21世纪，公司需要新的经营理念，需要新的领头狼带领公司进步，不断发展，走向国际化轨道。”

“你说什么？”李政权怒拍桌子。

“我想我表达得已经很清楚了，爷爷。”李明哲站起来，居高临下地看着在座的每一个股东，“现在请大家投票选择，支持我就任集团董事长，还是选择我爷爷继续带领集团，走向毁灭。”

“李明哲，咯咯——”李政权急怒攻心，剧烈地咳嗽着，差点儿喘不上气来。

李明哲却视而不见，冷血无情地让股东立刻表决：“现在请支持我的人投票表决。”

他话音刚落，在座的人就全部举手，一致通过。可是轮到李政权的时候，竟然除了他自己，再没有人投票。

李政权这才意识到，今天所谓的股东大会，只不过是走个形式，在座的所有股东都已经被李明哲收买了。他的时代彻底结束，家族事业落到了他最不看好的李明哲手中。

悔恨的滋味爬上心头，李政权恼怒自己没有早一点儿看清李明哲的险恶用心。早知道今日，当初他就不会给李明哲染指家族企业的机会，让李明哲把本该属于李俊泰的东西全部抢走。

“感谢大家选我，我一定会带领大家将公司规模扩大，为在座的每一位带来巨大的利益。”李明哲开怀大笑，他终于成功把属于自己的东西抢到了手中。

股东大会结束后，李明哲用最快的速度办理好了董事长交接手续，然后安排秘书强行将李政权送回家里。他自己正式搬到董事长办公室，将早就准备好的董事长牌子放在了办公桌上。

“我早就应该听舅舅的话，得到集团的最高权力。只有这样，我才能做我想做的事情，才能将亲生母亲认回，为她恢复迟来的名分。”李明哲站在办公室的窗边，低头看着拇指大小的街道和犹如蚂蚁一样的车辆，第一次感受到站在高处、往下看人的感觉。就是这种感觉，好像他伸手就能掌控自己和别人的人生，充满了激情和霸气。

夜晚降临的时候，李明哲开车回到家里。

“回来了？恭喜你，顺利成为集团董事长。”报仇的快感让何静文有些飘飘然，但是她依旧坐在沙发上涂抹指甲，没有起身迎接的打算，仿佛回家的不是她的新婚丈夫，而是一个无关紧要的人，或者仅仅只是一个共同报复的合作伙伴，“做得不错！李爷爷和李俊泰现在彻底成为人生的输家，再也无法翻身！太痛快了，今晚我们要好好庆祝。”

“庆祝？”李明哲脸上的微笑忽然消失了，想到何静文从始至终都爱着李俊泰，便从心底感到愤怒。

他看着何静文漂亮的脸蛋，像是完全变了一个人，冷漠、阴森、可怕：“你嫁给我，就是为了报复李俊泰和李政权？我对你而言根本就不是丈夫，而是一颗报仇的棋子，对吧？”

“你到底想说什么？”何静文黑了脸，她很讨厌李明哲现在和她说话的态度。

“如果今晚回到家里的是李俊泰，你会这样冷漠地迎接？”没有对比就没有伤害，李明哲越想越恼火，一脚踢翻茶几，茶几上放着的指甲油滚了一地，五颜六色像大杂烩一样在洁白的象牙地板上晕染开，犹如一朵盛开在地狱的罂粟花。

“你到底想干什么？好端端和李俊泰比什么？你是你，他是他，现在你是我的丈夫，他是人生的失败者，你们有什么可比性？”何静文恼怒了。

“如果李俊泰没有失败，换作我失败了呢？”

“你傻吗？如果李俊泰和我顺利订婚，我会需要你救场、嫁给你，演这场虚伪的豪门童话故事？”何静文白了李明哲一眼，真不知道他怎么这么蠢，明知故问。

“呵呵，没错！所以这场虚假的婚姻已经可有可无了吧？”李明哲忽然冷笑出声，狰狞的模样像极了刚从地狱爬上来的食人魔。

“你，你想做什么？”何静文忽然感到惊慌起来，眼前这个男人不再是那个温和的、没有性格、犹如影子一样的李明哲。他变了，变得有野心、变得可怕起来。

“做什么？放心，我不打女人。”李明哲看着何静文脸上露出的恐惧，得意地笑了，“知道怕我了？晚了！现在我已经成为李氏传媒集团的董事长，和你爸爸平起平坐，再也不用看你们的脸色生活了。”

“所以，你要背叛我？”何静文惊呼。

她和李明哲刚刚新婚，如果现在离婚，她一直刻意营造的浪漫婚姻童话就会变成泡沫。届时，她一直想要避免的嘲笑就会像影子一样，跟随她一生。不行，不可以这样！她现在是国内最火的巨星，她不能因为失败的婚姻而毁掉现在拥有的一切。

“李明哲，我和爸爸能够将你捧上现在的高度，也可以不费吹灰之力将你拉下马。”何静文强作镇定，打算用何氏经纪公司来压制因为权力而膨胀的李明哲。

“你们可以试试看，我无所谓。”李明哲冷笑着，腹黑的模样和以前温暖的形象判若两人，“我暂时不会和你离婚，否则以你现在如日中天的名声，我会被粉丝的唾沫淹死。但是，如果有一天你不火了呢？”

“你到底要做什么？”何静文感到了恐惧，她最害怕的就是被粉丝遗忘，从巨星沦落成不入流、被遗忘的过气明星。

“我做什么，要看你的表现。从明天开始，早饭由你负责。我习惯六点起床慢跑，六点半吃早餐，七点看时事新闻。”李明哲像恶魔一样，霸道地定下家里的规矩，“哦，我不喜欢早餐吃粥，也不喜欢吃煎蛋，其他的，你看着办。”

“我做不到！”何静文咬牙。她从小在家里过的是小公主一样的生活，十指不沾阳春水，一向是被人照顾的，什么时候照顾过别人?

“如果是李俊泰呢，你也做不到?”李明哲冷哼，眼底闪着邪魅嗜血的光。

何静文被他这个样子吓了一跳，坐在沙发上硬挺着，不肯服软：“你想吃早餐，可以找张妈或者顾婶，家里用人一大堆，干吗非要让我早起？”

“你可以不做，但是我会立刻动用所有关系，取消你现在所有的资源。对一个明星来说，雪藏会造成什么后果，你比我更清楚。”

“你——我答应你！”何静文被捏住要害，屈辱地妥协了。

“很好。现在，你去给我放洗澡水，我每天下班回家，都喜欢泡20分钟澡。然后给我准备晚饭，我想吃牛排，七分熟；最好再点上蜡烛，我喜欢在愉悦的氛围下用餐。”李明哲邪魅地冷笑，声音低沉森冷得犹如腊月的寒风刮过骨头。

何静文用力抓了抓手臂，面对恶魔一样的李明哲，想到自己的未来，只好再次妥协。

可她万万没想到，李明哲越来越变本加厉地折磨她。婚姻生活从相敬如宾变成了地狱，她渐渐染上了酒瘾，争吵和抱怨成了她婚姻生活的全部。

无休止的争吵榨干了她的青春和美貌，也耗光了李明哲最后一点儿温柔和理智。

这一天，李明哲回到家里刚准备洗澡换衣服，何静文就醉醺醺地回到了家里。她看到李明哲，忽然邪魅地笑了笑：“哟，这不是大名鼎鼎的董事长吗？董事长，你今儿怎么回来这么早？没有生意要谈，还是李氏传媒集团即将倒闭？我可听说了，最近李氏传媒集团的周转资金出了点儿问题——嘿嘿，我听到后立刻打给我爸爸，让他不准支援你，联合其他朋友一起孤立你，让你孤立无援，陷入困境……”何静文说着，还打了个酒嗝，酒臭味喷在李明哲的脸上。

李明哲厌恶地一把推开何静文：“你那点儿小伎俩，我早就看清了。只是资金一时周转不开，这种事很正常。等公司的项目开发成功，就可以向银行申请贷款。”

“银行——对，要联系银行，不让他们贷款给你。”何静文坐在地上，手里的酒瓶碰到地板，碎了，酒洒了一地，染湿了她精致的裙子。她感到疼痛，低头看到掌心上一道道细小的伤口，鲜血正顺着伤口往外流。

“你打我，你居然打我！”何静文突然变得歇斯底里起来，哭喊着，犹如泼妇骂街，“李明哲，我要毁了你！不惜一切代价，让你重新变得一无所有！”

“疯子！”李明哲没看到何静文受伤的手，只看到她狰狞丑陋的脸，他立刻厌恶地皱起眉头，拿起沙发上的西装外套转身就走。

何静文跑过去追，拉扯着李明哲的胳膊，李明哲嫌弃地推开她。

扑通——

何静文被推开摔倒，手臂撞到茶几，划了一条长达十厘米的伤口，鲜血喷溅出来，溅了何静文一脸。她惊恐地抹了一把脸，看到掌心的鲜血，立刻失声尖叫起来。

凌晨一点，李俊泰突然接到了一个陌生的电话。他迷迷糊糊地接听，电话里传出何静文的哭声，听起来很无助、很害怕的样子：“俊泰，救救我！明哲疯了，他要杀我！”

“何静文？”李俊泰一个激灵，彻底醒了，“你在哪里？”

“我在××医院。呜呜……我好害怕！”电话里传来何静文断断续续的哭声。

李俊泰急忙挂了电话，穿上衣服冲出房间，准备离开的时候又不放心地跑到孙华皓的房间门口，用力敲门。

“谁啊？”孙华皓还没睡醒，声音听起来比平时慵懒。

“我有急事回城里一趟，如果明早赶不回来，星子问起来，你就说我去给她买最喜欢的太妃糖了。”

“哦。如果不是怕星子出问题，真希望你永远别回来。”孙华皓连门都没开，翻身继续睡。

李俊泰在门外呆了一秒，急忙跑到租用船舶的地方租了一艘小艇，连夜赶回城里。

他找到医院的时候，刚好遇到知道何静文受伤住院的消息赶来的李明哲。兄弟俩在订婚仪式后首次见面，李明哲愣了还不到一秒，立刻阴恻恻地冷笑："我们还没离婚呢，何静文就迫不及待找下家了。这是准备给我戴绿帽子了吗？"

"哥，你怎么这么说话？"李俊泰惊讶地看着李明哲，他的变化太大，和小时候那个照顾自己的兄长简直判若两人，"刚刚何静文打给我，说她受伤了很害怕，我才过来看看她的。"

"还说没关系！没关系她受伤了会打给你而不是联系我？我才是她合法的丈夫！"李明哲很恼火、愤怒，态度十分恶劣。

"但是伤害她的人是你，何静文说你要杀了她。你们到底发生了什么？既然选择了结婚，为什么不好好珍惜对方？"李俊泰大声质问。

"结婚、珍惜？造成这一切的人难道不是你吗？何静文喜欢的人不是我，我也不爱她，我们的婚姻只是为了挽救你造成的错误。"

"我……我很抱歉。"李俊泰虽然对他们的婚姻感到愧疚，但这并不等于他赞成李明哲无情地伤害何静文，"可是既然你们已经选择了在一起，也已经结婚，还发誓要在一起一辈子，难道不能互相包容、互相谅解，然后喜欢上对方吗？"

"喜欢？我的心已经死了，丁桐去世后，我不会再爱任何人。"

"那你为什么要娶何静文？这对她太不公平！"李俊泰指责李明哲的无情。

“公平？你和我谈论公平？”李明哲冷笑着，觉得李俊泰就是个幼稚鬼，可偏偏这个幼稚鬼从小到大不但获得爷爷的青睐，更是处处压着他，让他自卑、让他无法抬起头，“从你我出生的那一刻起，对我而言就没有公平。爷爷偏心，只关心你，现在就连我的妻子也不是因为爱我才嫁给我，而是为了利用我报复你、报复李家，这样你还跟我谈公平？你真是和爷爷一样可笑、愚不可及！不过现在爷爷已经不再是董事长，也不能对我发号施令、呼来喝去，他只能在家里无病呻吟，靠骂我来度过惨淡的余生！”

“李明哲，你到底对爷爷做了什么？他是我们的亲爷爷啊，你怎么可以这样对他？”李俊泰恼火了，对准李明哲的脸，一拳挥过去。

李明哲险险躲开，冷漠无情地看着李俊泰：“亲爷爷？他并没有把我当作亲孙子，说到底我只是私生子、是家族的丑闻，他恨不得把我像切除脑瘤那样永远地丢弃。这样的人不配做我的爷爷，我也不屑和他有任何血缘关系！”

“李明哲！”李俊泰愤怒地冲过去，却被李明哲一把握住拳头，“少在我面前发疯！走到今天这一步，都是你们逼我的！”李明哲无情地将李俊泰推开，“这里不欢迎你，请你离开。”

“你——”李俊泰握紧拳头，恨不得将发疯的李明哲抽回正常，但是李明哲已经冷笑着走进了病房。

“啊——”李明哲一走进病房，立刻从病房里传来何静文的尖叫声。可是很快叫声就消失了，病房里安静得可怕。

李俊泰站在门口犹豫了一会儿，最终没有走进病房。不管事情发展到什么地步，李明哲有一点没说错——何静文已经嫁给了李明哲，他无权过问他们的感情生活。

不过李明哲对爷爷太无情了，他提到爷爷时咬牙切齿的模样，好像谈论的不是至亲，而是杀父仇人。

“怎么会变成这样？星子失忆了，哥哥变得六亲不认，爷爷董事长的身份被抢，何静文婚姻失败……”李俊泰无法理解地不断摇头，太多太多的变故不断冲击着他，让他的神经变得很脆弱，几近崩溃。

他神情恍惚地回到工作室，收拾东西的时候无意间看到一张韩星子的照片。照片是他们一起看日出的时候拍摄的，晨曦的阳光下，韩星子很放松，慵懒地眯着眼睛笑。

李俊泰爱不释手地抚摸着照片，修长的手指在韩星子的脸上来回滑动：“星子，星子……”

他忽然思念起那个曾经深爱着自己的韩星子，那个会看着他微微笑眯了眼睛、那个会枕着他的胳膊入睡的韩星子。

“星子，对不起，是我不好，没有守护好你。但是我保证，从今以后再没有人能够将你我分开！”李俊泰捏紧照片，爆发出前所未有的决心。

现在他和孙华皓互换身份是错误的，就如同何静文利用李明哲来挽回订婚仪式上被退婚的笑话，最终却自食恶果，得到的是悲剧的婚姻。所以他要修正这个错误，他要找回韩星子的记忆，让错位的爱情重新复原。

正午时分，太阳火辣辣的，晒得人睁不开眼睛。

沙滩上撑起一把巨大的太阳伞，伞下并排放着两张躺椅，韩星子躺在一张躺椅上，舒服地眯着眼睛，看着海鸥在海面上飞来飞去。

孙华皓端着果盘走过来，递给韩星子：“星子，要不要吃草莓？”

“不要，酸酸甜甜的，不喜欢。”韩星子摇头，即便失忆了，习惯和口味却没有丝毫改变。

“葡萄呢？”

“不要。”

“西瓜？”

“不吃。我想吃……”韩星子歪着头，脑海里好像闪过一幅画面，那是一只特别好看的手，递给她一个切成天鹅形状的苹果，看起来好好吃的样子，“我要吃天鹅！”

“啊——”孙华皓瞪圆了眼睛，吃天鹅？天鹅是候鸟，这个季节南方根本看不到天鹅的影子。就算他能花高价买来一只天鹅，可韩星子真的能吃得下去那么可爱、高贵、漂亮的小天使？

他有点儿发愁，有点儿傻眼，忍不住又问了一句：“真的要吃天鹅？就是那种白天鹅，羽毛很漂亮……”

“才不是白色的呢，是红色的，红色的天鹅！”韩星子比比画画地形容天鹅的形状。

孙华皓蒙了，重复比画了一个拳头大小的形状：“你确定，天鹅还没有拳头大？”

“当然，而且很甜很脆很好吃哦！”韩星子用力点头，“我想吃，那是我吃过的最好吃的水果了。”

“水果？天鹅是水果？”孙华皓看着韩星子灼灼的目光，尴尬地站起来，“我去给你弄，你等着。”

他说完转身就跑，一边跑一边给秘书打电话：“大喇叭，你快给我查查，有没有一种叫作天鹅的水果，红色的，没有拳头大！”

“……你睡醒了吗？”

“废话，快点儿去找……”孙华皓还没说完，手机就被回到小岛的李俊泰抢走了，“不用你管了，你们总裁在开玩笑。”说完，李俊泰将手机挂断，抛回给孙华皓。

“李俊泰，你……”

“天鹅水果？我知道。”李俊泰看了孙华皓一眼，目光里充满了自信，整个人看起来神采飞扬，“这是属于我和星子的记忆，你当然不懂。”说完，他转身走向韩星子。

孙华皓不服输地跟上来，想看看他们两个人共同拥有的回忆到底有什么好，居然会让失去记忆的星子念念不忘，要吃天鹅水果。

“星子！”李俊泰很自然地靠着韩星子坐下，随手从果盘里拿起一个红苹果，“是不是想吃天鹅了？”

“嗯嗯，可是那个俊泰好像不知道哦！你知道吗？我好想吃。”韩星子看到李俊泰的时候，双眼不觉间变得亮亮的，充满了期待。

“我当然知道，因为我才是你的俊泰啊！”李俊泰微笑着，拿着红苹果在韩星子眼前转了一圈，然后神秘兮兮地拿起水果刀，“我给你变魔术好不好？我们将天鹅变出来！”

“将天鹅变出来……”韩星子呢喃着，重复着这句话，总觉得好像在哪里听过。可是仔细一想，她又什么都想不起来。

“你看！”李俊泰将红苹果放在果盘里切开，几刀下去，转眼间一只逼真的天鹅就出现了。他将水果刀放下，小心翼翼地将天鹅造型的苹果放在掌心里，双手捧着递给韩星子。

一瞬间，他拿着天鹅苹果的画面，和韩星子脑海里刚刚闪过的画面重叠了。

韩星子愣愣地盯着李俊泰的手掌，突然轻轻喊了一声：“俊泰——”

她的声音柔柔的，像是喊着亲密爱人，充满了甜蜜和幸福的味道。

李俊泰激动地瞪大了眼睛，将天鹅苹果放回果盘，一把握住韩星子的肩膀，惊喜地呼唤：“星子，星子，你想起来了吗？”

韩星子抬头呆呆地看着李俊泰，在一旁观看的孙华皓也紧张地屏住呼吸，紧紧盯着韩星子，他期盼她能够恢复记忆，又害怕她恢复记忆后离开自己。

“想起什么？天鹅，我要吃天鹅！”韩星子眨眨眼，刚刚奇怪的状态消失，又变成天真的少女。

“……好，吃天鹅。”李俊泰失望极了，但是他很快又恢复了战斗力，一个小小的苹果都能够让韩星子想起自己，如果将他们的恋爱史在韩星子眼前重演一遍，是不是能够触动韩星子的记忆，让她恢复记忆呢？

这样的想法令李俊泰激动不已，却遭到了孙华皓的强烈反对：“不行，这样做太危险了。如果星子只想起过去痛苦的回忆怎么办？残缺不全的记忆，会让星子彻底崩溃的。”

“但是不尝试一下，将来对星子造成的伤害更大。”李俊泰坚持己见，“你答应我吧，就让我尝试一次。如果不能唤醒星子的记忆，我就彻底放弃怎么样？”

“我……”孙华皓惊讶地看着苦苦哀求自己的李俊泰。这还是李俊泰吗？大学时代开始，他们就互相不服气，不管做什么都争斗不休。一个绝对不会向对方低头认输的人，居然会放低姿态哀求他？

孙华皓不禁犹豫了，也许李俊泰说得对，现在他们互换身份本身就是个错误，对李俊泰真的不公平，对韩星子也不公平。

“好吧，但是只此一次。”最终，孙华皓心软答应了。

“谢谢！”李俊泰欣喜若狂，迫不及待地将陈雅萌、大喇叭等和韩星子同窗的员工一起找来，准备利用研发中的欧若拉软件虚拟出一幕幕往日的场景。

在他们紧锣密鼓的计划中，孙华皓忽然变得沉默起来，开始无比珍惜和韩星子在一起的分分秒秒。他很害怕，害怕李俊泰的计划成功，他就要永远失去现在这种快乐的生活，也会彻底失去韩星子。

圆盘般的月亮散发着柔和的光辉，海风吹来，清爽的潮气带着淡淡的海腥味，吹拂着人的头发、面颊、身体的每一处，犹如被爱人抚摸般轻柔。

韩星子被李俊泰拉到海滩上，疑惑地看看天空、看看海水，最后看着李俊泰："你要冲浪吗？但是晚上冲浪会不会有危险？"

"不，我是来带你看极光的。"李俊泰轻柔地握着韩星子的手，指向天空，"你听说过欧若拉的传说吗？"

"欧若拉？"韩星子呢喃着重复。

"北纬66度以北的北极圈，是天寒地冻的北国世界，传说中的曙光女神欧若拉，就住在那里。她代表着黎明的第一道曙光，同时还掌管着美丽的北极光。"随着李俊泰的讲述，夜幕上缓缓出现一道美丽的身影。

那是在舞台上跳舞的韩星子，她优美的舞姿、洁白的长裙在天际舞蹈，犹如欧若拉女神降临一般。随着她的舞动，一道极光横空出现，流光溢彩，在她的身后不断变幻着形状。

"天哪，好美……"韩星子如痴如醉地看着天空中用全息影像制作出来的幻影。

"极光是大自然赐给人类最美好的礼物，欧若拉从此成为令人充满希望与期盼的女神。"李俊泰激动之下紧紧抓住韩星子的手，"你看，那个跳舞的女孩子就是欧若拉，是你曾经最崇拜的女神。"

"我……崇拜的女神？"韩星子困惑了，她找不到任何关于欧若拉的记忆。

"我们去看看欧若拉好不好？"李俊泰指着天空中跳舞的韩星

子全息影像，舞台上的她永远那么闪耀，让人舍不得移开视线。

“哦。”韩星子傻傻地点头。

李俊泰拉着她的手，一步一步朝前走。随着他走动，全息影像一下变了，好像真的来到了天空中。在营造出的失重空间，星辰在他们身边旋转，仿佛在星空中漫步。

“欧若拉——”韩星子站在自己的全息影像前，看着那熟悉的脸孔，看着那个翩然起舞的身影，如梦似幻。

她好奇地伸出手，试图触碰那个谜一样的身影。她和全息影像的手指好像碰在了一起，她惊吓得后退了一步，全息影像却跳开了，开始旋转，洁白的长裙随风摆动，好像一朵盛开的百合花般漂亮。

“欧若拉，欧若拉——”好像有什么东西在脑海中呼之欲出。

韩星子甩甩头，努力去思考、去回忆，脑袋却突然像针扎一样剧烈地刺痛起来，“啊——头好疼，好疼……我不要想了，我不要欧若拉……”

“星子！”李俊泰急忙抱住韩星子，心疼地紧紧搂着她，“好好好，我们不想了，什么都不想了！”

“嗯——”停止思考后，头疼的症状减轻了一些，韩星子像是彷徨无助的孩子，紧紧依偎在李俊泰的胸口。她不知道为什么，忽然觉得这个怀抱好温暖、好安心，她好想睡。

“困了，想睡觉。”韩星子打了个哈欠，自然地圈住李俊泰的脖子。

李俊泰将她抱起来往回走，他每走一步，身后全息影像营造的失重空间就塌掉一些，等他将韩星子送回房中，全息影像也全部消失了。

天空依旧湛蓝，银河横跨夜幕，闪着耀眼的光，仿佛刚刚那唯美梦幻的一幕只是异常星空下的梦。

梦醒了，已经是第二天清晨。

李俊泰走到韩星子房间，轻轻拉开窗帘，晨曦的阳光像羽毛一样，轻柔地落在韩星子身上。

韩星子翻了个身，慵懒地伸了个懒腰，猫儿一样抱着被子蹭了蹭，缓缓睁开眼帘。她看到李俊泰的瞬间愣了一下，嘴角翘起漂亮的弧度，笑得甜美动人："早安，我的另一个俊泰！"

"早安，我的公主！"李俊泰温柔地弯腰，在她额头吻了一下。

她的身上有种很清爽的味道，是他最喜欢的薄荷香气，淡雅迷人。

她呼吸喷出来的湿热气息不经意间擦过他的脸颊，又落在耳根，烫烫的，痒痒的，像是羽毛划过皮肤的触感。

李俊泰一阵悸动，看着韩星子的眼神变得深邃，充满爱意："睡醒了吗？今天我带你去看看纽约的繁华好不好？在那里，有只属于我们的浪漫邂逅。"

"好玩吗？"韩星子眨眨眼，像极了讨糖吃的小孩子。

"当然，很好玩，像看电影一样，但是故事绝对比电影好看。"李俊泰拉着韩星子的手，在她坐起来后，拿起木梳，温柔地为她梳了个马尾。

韩星子甩甩马尾，笑得甜甜："好，那我要看。"

"嗯，我带你去。"李俊泰握着韩星子的手，带她出门。

门推开的一瞬，外面的场景立刻变了，大海变成了繁华的都市，沙滩变成了拥堵的公路，全息影像的画面看起来非常逼真，惟妙惟肖。

这时，镜头一变，画面变成了纽约的时代广场。

一个人不断推开人群，在被黑衣人追着跑。他的前面，纽约大学的学生正在扮演奥斯卡金像奖的小金人，表演着行为艺术。

忽然，其中一个小金人动了，用身上的链子将奔跑者捆绑住，却被捆绑者拦腰抱起，一路跑到了百老汇附近的街道。

“星子，这是你我邂逅的故事。”李俊泰痴迷地看着影像，仿佛回到了那一天，自己赶着去领奖，却意外地被韩星子当成了偷包贼。

就是从那一刻开始，命运将他们牢牢绑定，密不可分。

李俊泰轻轻握住韩星子的手，和她十指相扣：“再后来，你回国做了表演系的旁听生，我也回国复读，选修了表演系的课，我们因此成了同学。”

“同学……”韩星子呢喃着，重复着李俊泰说过的话。她似乎被眼前放电影似的画面触动了，目光呆滞，没有一点儿神采。

“对！你瞧，这是毕业大戏，你虽然不是女主角，却是毕业大戏中最让人难忘的演员，所有人都被你吸引了，为你的表演着迷。”李俊泰指着全息影像中韩星子站在舞台上的画面，“这是你在领奖，感谢丁桐导师给了你机会，感谢校长选择了你。这一晚，你是最大的赢家。也是这一晚，我向你告白。”

随着李俊泰的话，全息影像的画面再次变换，变成了李俊泰示爱的场景。

“告白……”韩星子忽然松开李俊泰的手，走向全息影像中的那个李俊泰。她的眼圈微微发红，不知道为什么，一滴泪水悄然滚落。而她毫无知觉，死死地盯着画面，看着画面中的自己和李俊泰。

“俊泰，俊泰……”韩星子忽然蹲到地上，抱着头痛苦地大喊。

李俊泰吓了一跳，跑过去一把将韩星子抱在怀里：“星子，我在呢！别怕，别怕……”

“星子，不要想了，不要再想了！那些该死的回忆，忘记就忘记了，没有回忆，我们可以制造新的回忆！”孙华皓从房子里冲出来，一把推开李俊泰，将被记忆逼得快要发疯的韩星子紧紧搂住。

“俊泰……啊，我的头好疼，心好难受！”韩星子大哭，紧闭着眼睛，双手在半空中挥舞，像是想要抓住什么。

孙华皓急忙握住她的手，眼睛因为急切和担心而变得通红：“我在呢，我在呢！别怕，咱们什么都不想了，好不好？”

“不想了……”韩星子无意识地重复孙华皓的话。

孙华皓怜惜地抱着她，亲吻她的额头：“对，不想了！我们回去睡觉好不好？我给你讲爱丽丝梦游仙境的故事，你最喜欢爱丽丝了，对不对？”

“嗯，听爱丽丝……”韩星子慢慢恢复了平静，被孙华皓带着，遗忘了刚刚的痛苦，遗忘了差一点儿想起来的往事。

李俊泰痛苦地看着韩星子随着孙华皓的脚步离开，一步步远离自己，通红的眼睛里，有泪光在闪烁。

“泰少——”陈雅萌走过来，不知道该如何安慰心碎的李俊泰。

大喇叭和其他人也走过来，这几天他们不眠不休地制作各种美丽浪漫的全息影像，跟着李俊泰的记忆走了一遍，从李俊泰和韩星子的邂逅到争执、误会，最后走在一起，被他们的爱情深深感动。他们坚信，只要有爱，就会有奇迹出现，唤醒韩星子的记忆，让有情人终成眷属。可是，这几天的努力，在今晚彻底付诸东流。

韩星子现在的情况就像是迷失在十字路口的羔羊，向左走，是一条充满荆棘和痛苦的路，可是只要走过去，就会看到康庄大道，从而恢复记忆；另外一条是平坦的、舒服的路，可是路越走越窄，痛苦和失望等负面情绪会不断出现，最后会压得她喘不过气来。

所有人都知道，应该帮助韩星子恢复记忆，走上左边的道路，但是大家又无法眼睁睁地看着韩星子痛苦地大哭、嘶喊，无法狠下心让她独自一个人承受恢复记忆时刻那撕裂般的痛苦。

“老板，别太着急，今天让韩星子好好休息吧。明天我们换个方法，重新尝试一下？”大喇叭轻轻拍了拍李俊泰的肩膀。

“也许我真的错了，失忆对星子来说，未必是坏事。只是我太一厢情愿，太想让她恢复记忆，回到我的身边。”李俊泰轻轻摇头，眼底因痛苦而布满鲜红的血丝，“我现在才明白，爱一个人，只是想让她快乐，哪怕陪在她身边的那个人并不是我。”

“老板……”大喇叭还想再说什么，陈雅萌忽然瞪了他一眼，然后拉着他的胳膊，将他拽到一边。

“泰少，那我们先回去了。如果你还需要，随时打电话给我们，我们会立刻过来帮忙。”陈雅萌从口袋里掏出几块太妃糖，塞到李俊泰的手里，“这是星子最喜欢的口味。她曾经说过，每次吃太妃糖，就好像你陪在她身边一样，心里都是甜的。现在星子失忆了，可是依然最喜欢太妃糖、仍然记得你的名字，这说明在她内心深处，不但没有忘记你，反而将你印在骨髓里，这辈子都忘不了。”

“……嗯，谢谢你，雅萌。”

陈雅萌和大喇叭等人一步三回头，最终离开了小岛。

小岛仿佛又恢复了往日的宁静，第二天开始，李俊泰好像什么都没发生过一样，绝口不提以前的事情。他和孙华皓一起默默守护、陪伴着韩星子，陪她一起在沙滩上寻找美丽的贝壳，串起来做成贝壳风铃，挂在门口，风一吹，叮叮当当地响；涨潮的时候，他们一起光着脚踩在沙滩上踏浪；雨天的时候，三个人在窗边排排坐，看雨水敲打窗户，在玻璃上留下一串串犹如泪痕的痕迹……

“俊泰，你看这个贝壳是不是特别大？”韩星子戴着白色的太阳帽，冲着沙滩边招手。

孙华皓和李俊泰同时回头，孙华皓向前走了两步，想迎接他最爱的女神，韩星子却跑到李俊泰身边，像献宝似的将最新发现的贝壳拿给他：“你看，漂亮不？”

“嗯，很漂亮。”李俊泰眉眼弯弯，爱意深藏在眼底。

“你帮我做成珠宝盒好不好？我想放你送给我的五芒星形状的小石头。”韩星子期待地看着李俊泰。

李俊泰宠溺地看着她，微笑着点头：“好，做好了拿给你。”

“谢谢！”韩星子开心地又跑开了，经过孙华皓身边的时候仿佛没看到他一样，直接路过，重新去寻找新的贝壳。

孙华皓伸出去的手臂尴尬地停在半空中，许久许久之后，他才失落地收回手臂，转身离开。阳光照在他身上，将他的背影投在沙滩上，又细又长，看起来特别孤单。

“俊泰，我今天抓到了一只螃蟹，我厉不厉害？”韩星子冲进李俊泰的房间，绕着正在为她准备午餐的李俊泰转了一圈，然后将手里不到半寸大的小螃蟹放在桌子上，等着李俊泰的夸奖。

“厉害！不过一只螃蟹好孤单，星子要不要再抓一只来养？”李俊泰轻轻揉了揉韩星子的脑袋，夸张地表扬着。

韩星子幸福地拍手跳着，像是得到糖吃的孩子：“一只好孤单，两只就不孤单了吗？我有你，还有另一个俊泰陪着，那我再抓两只好啦！”她说完转身就跑，去海滩寻觅另外两只小螃蟹。

李俊泰做好午餐，看着被丢在碗里不停地想爬出来的小螃蟹，忍不住在房间里翻找，终于找到一个合适的玻璃罐，在里面装上细沙和海水，又丢进去一些水草和小鱼小虾。

“哇，好漂亮！”韩星子回来看到在玻璃罐里趴着的小螃蟹，笑开了花。

李俊泰将她抓回来的另外两只小螃蟹用海水冲洗了一下，丢进了玻璃瓶。韩星子又拿来漂亮的玻璃珠放进去，让玻璃瓶看起来像个小型水族馆一样漂亮。

李俊泰将玻璃罐放在韩星子房间的床头，韩星子每天醒来和睡前都会和小螃蟹说话，然后总会想起李俊泰的笑容，就忍不住会微微脸红、心跳加速。

这样的日子，每天重复着，却并不单调。

随着时间的推移，韩星子渐渐地开始一个人发呆，像个迷糊的天使。她开始思考，觉得李俊泰的脸孔看着好陌生，但是给她的感觉很温暖、很熟悉。

她的目光开始不受控制地追随着李俊泰，从偶尔到经常，最后竟然形影不离地跟在李俊泰身后，将孙华皓彻底冷落，甚至遗忘。

连续下了三天小雨，终于放晴，天空中升起久违的太阳。

何静文在医院静养期间被强迫戒了酒，但是没有酒精麻醉，遗忘痛苦，导致她的抑郁症开始严重起来。

医生给她吃了药，鼓励家人多陪伴她，但是李明哲忙着扩张公司，很少来医院探望何静文。就算偶尔来一次，也是待不了几分钟就匆匆被电话叫走。何康博一开始还常来，可是最近何氏集团频频出事，他忙得焦头烂额，也没有时间陪着何静文。

何静文一个人待在医院，越来越感到恐惧和孤独，经常整晚整晚地失眠，她甚至神情恍惚地错把安眠药当作治疗抑郁症的药吃下，被送入手术室抢救。

李明哲接到医院通知，紧急赶到医院。

这时，何静文已经脱离了危险，安静地躺在病床上挂着点滴，但是整个人的状态像是即将凋谢的玫瑰花，毫无生命的气息。

“医生说明天你就可以出院了。”李明哲叹息一声，坐在床边帮她将被子掖好，“刚好我这边的事情也告一段落，有几天空闲时间，我们去欧洲旅行，散散心，算是补偿这阵子没有陪在你身边吧。”

何静文的手轻轻颤抖了一下，眼睛慢慢恢复了焦距，目光落在李明哲的脸上：“旅行？”

“出去散散心，对你的病情有帮助。”李明哲温柔地捧起何静文的脸，拇指在她苍白的脸上摩挲了两下，“乖，今晚好好睡一觉，明天一早我来接你回家。”

“哦——”何静文呆呆地看着李明哲，今晚的他又像是变了一个人，不恐怖、不冷漠，有一点儿暖，让人心安。

李明哲不再说话，在床边坐了一会儿，确定何静文睡着后才起身离开。

他说到做到，第二天一大早就来到医院办理好出院手续，将何静文接回了家。随后他们在家里休养了两天，一起坐飞机到了浪漫之都巴黎。

飞机抵达巴黎戴高乐机场的时间是北京时间14:31，夏季巴黎的时差和北京时间相比刚好慢了六小时，这会儿是巴黎时间早上8点多。

何静文虽然不是第一次出国，但是最近身体不好，又长期失眠，这么一折腾又倒时差，有些头重脚轻，但是失眠的问题解决了，她从坐上飞机开始，一路睡到了巴黎。

到了酒店，办理好入住手续，晴朗的天空突然变得阴沉，好像要下雨了。何静文站在窗边，看着阴沉的天空，心情也变得抑郁：“这种天气，没有办法出去玩了。”

“应该不会下雨。”李明哲冲完澡走出来，刚好听到何静文的自言自语，走过来从后面抱住她，将性感的下巴贴在她的颈窝，

“我们将行程改变一下，在附近景区转转。”

“哦，好。”何静文有些受宠若惊。李明哲对她前后的变化太大了，让她越来越糊涂，到底哪一面才是真正的李明哲。或者，冷漠的、残酷的、温暖的，都是李明哲？

“去洗漱一下，换身衣服。”李明哲温柔地在何静文耳后亲了一下，松开手，转身去拿干净的衣服。

半小时后，两人换好休闲服，离开酒店，来到了巴黎著名的塞纳河。

在塞纳河游玩，需要租赁Bateaux Mouches（苍蝇船）。购买船票和租赁Bateaux Mouches的地方人满为患，排起了长龙。两个人等了一会儿，租了一整艘Bateaux Mouches，可以慢慢玩，不用像其他游客那样，只能在租赁的时间内走马观花地看个大概。

开船后，游艇的速度很缓慢，可以更好地欣赏两岸风光。游玩塞纳河的第一站是协和广场，接下来是富有特色的卢浮宫。坐在船上，虽然无法看清卢浮宫的全貌，但是形态鲜明、个性的建筑风格还是非常的赏心悦目。

何静文并不是第一次来巴黎游玩，也曾经乘坐Bateaux Mouches在塞纳河上欣赏沿岸风光，却是第一次和异性一起观光，尤其李明哲还是她的新婚丈夫。她感到有些紧张，难以放松下来。

“不拍照吗？”船到达第六站巴黎圣母院的时候，李明哲让游艇停了下来。

“都是见过的风景，没有再拍照的意义了。”何静文摇摇头，提不起游玩的兴趣，“而且我不会自拍，以前出来玩，我都带着摄影师，他们会帮我街拍或者拍摄广告片、宣传片，出来的照片效果很好。只是最近……”何静文想到现在她的名气一落千丈，成了过气明星，脸上强挤出的笑容再也挂不住，彻底消失了。

“手机给我，你调整一下角度，嗯，45度角是最完美的拍照角度。”李明哲让何静文将手机递给自己，后退两步，想帮她拍照。

“还是算了，我没化妆，现在的样子一定很憔悴。”何静文急忙伸手挡脸。

“不会，素颜才最美、最真实。”李明哲重新走回来，帮她将绾起的长发放下，抓起两缕随意放在身前。

何静文的气质一下就变了，青涩中带着性感，慵懒中带着妩媚，干净的脸庞好像瓷娃娃，美得让人心动。

李明哲的手在何静文的长发上停顿了一下，眼神有些暗下去，失神了两秒。他微微一笑，重新后退到适合拍照的位置，举起手机：“微微侧头，去看塞纳河——对，侧颜的线条很美。”

咔嚓——李明哲看着手机中拍下来的照片，虽然阴天没有阳光，但是手机自带补光效果，照片看起来非常柔和。侧身坐着的何静文微微眯起眼睛看着远处，她身后是波光粼粼的湖面、哥特式建筑风格的巴黎圣母院，组合成一幅令人陶醉的画卷。

李明哲有些看痴了，眼神渐渐迷离。直到何静文喊他，他才被惊回心神，收了心。“拍好了，很美。”他说着，将手机递给何静文。

何静文滑动屏幕，看到镜头中的自己，微微一愣。她从没有想过，素颜照也可以拍出这种大电影的小清新感觉。很美，静谧得仿佛能让时光倒流，忘记城市喧嚣，心境祥和。

“谢谢，把我拍得这么美。”何静文看着手机屏幕，红了眼睛。

“我们是夫妻，不用这么客气。”李明哲挨着何静文坐下，伸手拥住她的肩膀。何静文身体一僵，随后顺势靠在他的肩头，像个小鸟依人的娇小女人。

李明哲撩动她的长发，呼吸里全是她身上泛出的清冽香气，似幽兰又像百合，刺激着他的心，让他有些心猿意马。

他动作一僵，突然站起来，像是逃跑一样，甚至不敢看何静文的眼睛："下一站是圣路易岛，然后会路过古老的水闸。水闸附近停泊着用豪华游艇改建成的船形水上餐厅，舱内的游客可以一边用餐一边观赏塞纳河和两岸的风景。我订好了位置，在餐厅用餐后再回酒店休息。"

"哦，好。"

何静文没有发现李明哲的异样，她低头看着手机，鬼使神差地将刚刚李明哲给她拍的照片转发到朋友圈里，只配了一行文字——巴黎，很美。

愉快的午餐后，Bateaux Mouches从水上餐厅开始返航，回到了码头。上岸后，李明哲与何静文直接回到酒店休息。

接下来的几天，李明哲仿佛彻底变了一个人，就像恋人般，将何静文照顾得无微不至，带着她游玩巴黎的每一处景点，吃遍各种美食。何静文孤单的心一点点被温暖，感觉自己好像是被李明哲爱着的，渐渐恢复了失去的笑容。

很快，旅程结束了。

飞机抵达机场，下飞机后，李明哲脸上的笑容忽然消失，冷着脸带着何静文一路开车到了墓园。

"来这里做什么？"何静文一头雾水。

李明哲一句话不说，默默在墓园附近买了一束香水百合，走进了墓园。何静文好奇地跟在他身后，在一座墓碑前停下。

"丁桐导师？"何静文看到墓碑上的照片，失声惊呼。

"她是我的爱人。"李明哲看着丁桐的遗照，目光无比温柔，"我曾经答应了娶她，可是她永远地离开我了。她去世的时候，我亲手为她戴上戒指，许诺这辈子她是我唯一的妻子。但是我食言了，你说，她会不会怪我？"

“你——”何静文瞪大眼睛，不敢置信地看着李明哲。这个消息太让人震惊了，让她难以接受。

“巴黎的蜜月之旅，是我曾经和丁桐约定过的蜜月旅行。但是在她生前我没有实现，在她死后，我想完成。”李明哲转过头，冷静地看着何静文，“谢谢你陪我走完全部的旅程，让我实现了当初和丁桐的约定。”

“所以，我只是丁桐导师的替身？你不但不爱我，反而利用了我！而我竟然傻到以为你爱上了我，开始珍惜我们的婚姻。”何静文难以置信地看着李明哲，觉得自己就是彻头彻尾的傻瓜。她以为可以利用李明哲来报复李俊泰和李政权，可事实上呢？是她自己被当作棋子，反过来帮助李明哲实现了野心，还赔上了自己的明星生涯和婚姻。

“李明哲，我们离婚吧。”何静文歇斯底里地嘶吼着，她再也无法和这个犹如变态的男人生活下去。

这段不该开始的婚姻，简直就是痛苦的地狱！她犹如在油锅中被煎炸烹煮，每一分、每一秒都备受煎熬。

“离婚？那只会让你彻底沦为笑柄，不过你已经是过气明星，被人们彻底遗忘，就算离婚，也掀不起多大的浪花。”李明哲的语气简直轻蔑到了极点，嘲笑的口吻犹如一把匕首，准确无误地扎在对方的心脏上。

“反正你又不损失什么。”何静文捂着胸口，被羞辱得浑身发抖。

损失？当然会有损失。

李明哲冷漠地看着何静文，现在还不到离婚的时候：“我们刚刚结婚，如果这个时候离婚，虽然对你没损失，但是会直接影响我的名誉。”

“真的，那样最好了！我巴不得将你的真面目大白于天下，让所有人都看清你虚伪的嘴脸！”何静文怒极，红着眼睛喊道。

“别忘了，你当初炮制绯闻陷害韩星子，最后是我危机公关为你善后的。当然，证据也在我手上，如果我曝光给媒体，你这辈子都休想继续在演艺圈混下去了。”李明哲的声音阴恻恻的，充满了危险。

“你——你简直就是个魔鬼！”何静文犹如被掐住了喉咙，绝望地嘶吼。

李明哲阴森地一笑，将香水百合放在墓碑前，转身离开。

海边小岛的上空飘着一只美丽的蝴蝶风筝，韩星子握着线，跟在李俊泰身后笑着奔跑。海风吹来，将风筝送到高空，高到快要看不清了。

韩星子累得气喘吁吁，直到线放到末端，她才停下脚步，举起手遥看在天际迎风飞舞的风筝：“俊泰，风筝飞得好高哦，看着小小的，比蚂蚁还小呢！”

“风停了风筝就会落下，我们明天就可以继续放飞。”李俊泰靠过来，拿毛巾温柔地为韩星子擦汗。

韩星子微微一愣，仰着头看李俊泰。

刚刚她的脑海里好像又浮现出了一幅画面，有点儿模糊，但是好像和此时此刻的画面完美地吻合了。好像在不久之前他们曾经这样在海边放过风筝，他也是这样笑着为自己擦汗。

“俊泰，我们以前见过吗？”韩星子困惑地问。

“当然，只是你忘了。”李俊泰现在已经不会执着地想让韩星子记起那些忘记的记忆，他只想像现在这样陪在她身边，守护着她，让她永远幸福快乐。

“哦。”韩星子眨眨眼，继续困惑地看着李俊泰。

“呀，线断了！”李俊泰忽然惊呼。

韩星子回神，看到风筝线脱离了线轴，被海风吹走，向海面飞去。她呆呆地望着这一幕出神，直到眼前多了一只手，她下意识地抓住。

李俊泰愣了，温柔地抚摸她的脑袋："明天我让大喇叭再多送几个风筝来，你想要什么就有什么，蝴蝶的、海鸥的、雄鹰的……各种造型，数不胜数。"

韩星子没有回答，她低头看着被自己抓住的手，神情有些恍惚。

"头、头疼。"韩星子忽然甩甩头，松开李俊泰的手，抱着头哀号。

"你是不是又胡思乱想了？"李俊泰吓得脸色发白。最近韩星子经常头疼，似乎能够想起越来越多的记忆碎片。这让他惊喜，同时也让他非常担心。

"我，我不知道……头疼，我好难受！"韩星子痛苦地呻吟着，她看着李俊泰，忽然扑进他的怀中。

不知道从什么时候开始，她变得特别依赖李俊泰。她还发现，每次头疼欲裂的时候，只要被李俊泰抱着，很快头就不疼了，比吃药还管用。她也找孙华皓试过，但是被孙华皓抱着的时候，她依旧头疼得难受，得不到有效的缓解。

"俊泰，我、我好像喜欢上你了。"韩星子小声地说，神奇地，脑袋再一次慢慢不再觉得疼了。

李俊泰抱着她的手臂一僵，身体激动得发抖："星子，你说什么？"

"我，我也不知道是不是，就是觉得你的怀抱好温暖，还能够治疗我的头疼。我好想这样被你一直抱着，就再也不会头疼了。"韩星子红着脸，声音小小的，几乎听不见。

李俊泰突然抱着她转了数圈，激动之下，亲吻了一下韩星子的额头："星子，不管你会不会想起以前的事情，不管你是否会再一次爱上我，我对你的心意，永远不会改变。"

"哦。"韩星子不知道如何回答，只是脸蛋红彤彤的，像是天边的火烧云，又像是美味的红樱桃。

远处，一直默默看着他们的孙华皓看着李俊泰和韩星子拥抱在一起，心如刀割。

"难道他们真的是天生注定的缘分？即便星子已经忘记一切，还是会情不自禁地被李俊泰吸引，再一次靠近他、选择他？"孙华皓紧紧捂着胸口，他的心很疼，支离破碎。

晚上，李俊泰给韩星子掖好被子，道了晚安，准备离开的时候，无意间看到被韩星子放在床头、坏掉的小型极光投射灯"Aurora Mini"。

他听孙华皓说过，韩星子当时是带着"Aurora Mini"离开家的，看样子应该是知道了他订婚的消息，想去找他。在路上，韩星子被何静文的粉丝袭击受伤，昏迷在地的时候，"Aurora Mini"跌在地上，摔坏了。

"星子，这个东西坏了，我拿走好不好？"李俊泰拿起"Aurora Mini"，征求韩星子的意见。他打算偷偷修好，然后再还给韩星子，想看她惊喜地露出的灿烂笑脸。

"不要。"韩星子惊呼，将"Aurora Mini"抢过来，像呵护宝贝一样紧紧握在手心里，"这是我的宝贝，谁都不准碰！"

"我知道，它对你来说意义非凡。但是它坏了，我帮你买个新的好不好？"

"你骗我！"韩星子大声指责李俊泰。

"我怎么会骗你呢？"李俊泰无辜地摊手耸肩，"在这个世界上，我是永远都不会欺骗你的人。"

"说谎，这个东西明明是独一无二的，俊泰送给我的！"韩星子冷哼，不高兴地噘起嘴巴。

“……是的，它的确是这个世界上独一无二的。”李俊泰无奈地笑。他希望韩星子记起来的，韩星子偏偏想不起来，这件事，韩星子却记得这么清楚，让他无法拿走修理。

“它坏了，只有我会修理。修理好了，我再还给你好不好？”既然无法带给她惊喜，那就让她开心吧，李俊泰无奈地道出实情。

“真的，你真的能修好吗？我不知道它哪里坏了，看着像是灯，但是怎么都不亮。”韩星子半信半疑地将“Aurora Mini”递给李俊泰。

“我会修好的。”李俊泰轻轻在开关处碰了碰，“Aurora Mini”闪烁了两下，光亮就灭了，再也无法发出漂亮唯美的极光。

“它亮了？好美的灯光！”韩星子这下相信了，激动地坐起来抱住李俊泰的胳膊，“那你一定要帮我修好！说话算数，答应了就不能食言。”

“好，我保证帮你将它修好。”李俊泰看着韩星子伸过来的手，和她拉钩。

韩星子开心地笑了，弯弯的眼睛好像挂在夜幕的月牙，美得让人心动。

就在韩星子一点点重新喜欢上李俊泰的时候，李氏传媒集团出现了巨大的危机。

雷项袁趁着李明哲去巴黎度假的几天时间，先是通过各种不正当的金融、舆论等手段致使李氏传媒集团股票发生动荡，接着拉拢大批李氏旗下股东纷纷撤资，抛售股权套现。然后又“借鸡生蛋”，用先前通过李氏经纪公司总经理廖俊之手贪污的巨款操纵某“富商”董明出面接盘，大肆代持李氏股权，最终变成了与李明哲势均力敌的隐形大股东。

李明哲回来察觉到一切时，为时已晚。

他不甘心将自己付出心血、千辛万苦得到的董事长之位拱手让出，急于打翻身仗，将全部希望寄托在一个跨国合作的大电影上面。然而他被雷项袁再次算计，导致电影项目被迫无限期停机，走到了万劫不复的深渊。

小岛上风平浪静，在这里生活，会忘记城市的喧嚣，变得与世无争。

浅海边，韩星子和李俊泰乘坐着橡皮艇，在玩漂流。

“啊——”一个浪花打来，橡皮艇猛地漂流出十多米远，韩星子吓得尖叫一声，钻进李俊泰的怀抱，死死抱着他，说什么也不肯松手。

“别怕，没事的。”李俊泰失笑，他爱极了韩星子可爱的反应，像只受惊的小兔子，让人心生怜爱。

“哦，真的吗？”韩星子从李俊泰怀里探出半张脸，发现橡皮艇虽然滑出去十多米远，但是依旧在水上漂流，并没有被浪花卷入海底。

她顿时松了口气，紧张感消失，重新坐回到橡皮艇的一边。

“星子，你看，我把‘Aurora Mini’修好了。”李俊泰见她不再害怕，这才献宝似的将修好的小型极光灯“Aurora Mini”交给星子。

他打开开关，恍若梦幻的极光立刻在星子手掌中绽放。

“呀，好美的极光啊！”韩星子惊呼，惊奇地看着“Aurora Mini”在自己的掌心发光。极光的颜色美妙绝伦，不断变幻。

李俊泰也静静地看着极光，然后透过浪漫的极光深情凝视着韩星子。韩星子感受到他灼灼的目光，羞涩地红着脸与他对视。

扑通——

扑通——

两个人的心跳开始加速，快要从胸口里跳出来似的，不停地乱蹦。

突然，一个风浪打过，橡皮艇向右侧快速滑动了数十米。韩星子惊呼着，急忙抓住李俊泰的手。李俊泰刚想将韩星子拉到身边保护，又一个大浪打过来，韩星子重心不稳，伴随着惊叫声，她手中拿着的“Aurora Mini”掉落水中，荡起一小串浪花后，被海浪卷入海底。

“不要——”李俊泰未加思索，一个猛子扎进水里。

似曾相识的画面刺激得韩星子连声尖叫，无数画面犹如雨后春笋般，疯狂地从她的脑海深处钻了出来。

“俊泰，俊泰——”在无数个画面中，韩星子突然看到了李俊泰在游艇中落水的画面，猛然想起李俊泰不会游泳的事来。她吓得惊慌失措，眼看着李俊泰再次被无情的海水吞噬，情急之下，也跟着他跳进海水中。

入水的刹那，激光映着水光，一切如同梦境。

海水的咸腥扑面而来，韩星子努力睁开眼睛，不断划着水，抵抗一波波海浪的冲刷，寻找着李俊泰的位置。

一会儿，李俊泰携带着“Aurora Mini”游到韩星子身边，从背后抓住韩星子的手。

韩星子吓了一跳，回头看到李俊泰的脸，顿觉心安。她紧紧抓着李俊泰的手，顺着水流划到李俊泰身边。李俊泰一手拿着“Aurora Mini”，另一手将她紧紧拥住。

海浪再次拍打而来，两个人忘情相拥，随着浪花翻滚起舞。

韩星子忽然大脑一阵剧痛，太多太多的记忆如海水般涌来，她终于想起了自己遗忘的所有记忆，但是也因为剧烈的疼痛昏厥了过去。

“星子——”李俊泰发现韩星子昏迷，急忙带着她逆着海浪向海面游动。

哗啦——水花四溅，李俊泰从海中露出头来，怀中紧紧抱着韩星子。他刚一露头，立刻迫不及待地将韩星子送上橡皮艇，自己也挣扎着爬上来，向岸边划动橡皮艇。

“星子，星子，你醒醒！”到了岸边，李俊泰将韩星子抱下橡皮艇，平放在岸边。他焦急地拍打着韩星子的胸口，帮助她恢复呼吸。

很快，一股海水从韩星子的口中流了出来。持续了几秒钟后，韩星子发出几声咳嗽，将吞掉的海水全部吐了出来。但是她双眼紧闭，痛苦地皱着眉头，陷入昏迷中无法醒来。

“星子——”李俊泰心痛地惊呼。

昏迷中，韩星子仿佛听到了李俊泰的呼唤声。她不安地皱着眉头，脑海里再次浮现出和李俊泰相关的记忆，似梦非梦，似醒非醒。

“星子，你别怕，别怕！我们回家，回家……”李俊泰将韩星子抱起来，转身朝度假屋的方向狂奔。

就在李俊泰抱着韩星子狂奔的时候，海的另一边，一辆红色的保时捷出现在悬崖顶端。车一直开到接近悬崖边缘，再没有路了，才停下来。

车内，李明哲痛苦地握着方向盘，他脸色苍白，眼底毫无生机，犹如被夺走灵魂的行尸走肉般恐怖。

“舅舅，为什么骗我——”突然，他爆发出痛苦的嘶吼。

调查得知的真相太残忍。

暗中吞掉李家和何家的幕后黑手，竟然是他的亲舅舅雷项袁。

现在，雷项袁已经如日中天，吞并李何两家几乎已成定局。他无力扭转乾坤，更不敢置信，自己竟然从小就被舅舅当作一颗棋子、一颗潜藏在李氏传媒集团的定时炸弹。

错愕、愤怒和绝望，占满了他的内心！

李明哲忽然发疯般地踩下油门，红色保时捷一口气倒退出五十多米。

“什么都不剩了，爷爷的心血彻底毁在了我的手里，何家也败落了，我到底做了什么啊？是我害了大家，是我错信了舅舅的话，是我造成了这一切！”伴随着疯狂的吼声，李明哲突然一脚将油门踩到底。

红色保时捷立刻超速向前行驶，冲下了悬崖。

小岛度假屋，李俊泰将昏迷的韩星子背了回来。

“天哪，这是怎么了？”孙华皓看到韩星子竟然是被背回来的，吃惊地跑过来，当场就要和李俊泰翻脸，“星子怎么昏迷了？你们落水了？李俊泰，你到底是怎么保护星子的，为什么不管是失忆前还是失忆后，你都无法保护好她？”

“我——”面对孙华皓的质问，李俊泰无言以对。

孙华皓气愤地推开李俊泰，将昏迷中的韩星子抱进屋里，先给她冲了个热水澡，然后拜托陈雅萌给她换上干净的衣服，将她放回床上。

“星子，星子——”孙华皓守在床边，急切地看着韩星子。她脸色发白，双唇紧闭，似乎正在承受着巨大的痛苦，不时从唇中逸出痛苦的呻吟声。

看着她痛苦的模样，不仅孙华皓焦急，守在床边的李俊泰和陈雅萌也非常担心。几人急得团团转，却没有任何办法帮助韩星子摆脱痛苦的折磨。

突然，度假屋的房门被拉开，大喇叭冲了进来。他手里拿着手机，惊慌失措地看着李俊泰："老板，不好，你家里出事了！"

"什么？"李俊泰惊呼，还没从韩星子昏迷的打击中回神，另一个打击又冲昏了他的头脑。他一个箭步冲到大喇叭身边，赤红着眼睛，焦急地追问："我家里到底出什么事了？难道，爷爷他……"

"李明哲的舅舅雷项袁将李氏传媒集团和何氏经纪公司同时收购，成为两家公司最大的股东。李氏传媒集团和何氏经纪公司很可能同时被雷项袁直接收购，变成雷项袁的私人财产。李明哲知道了自己被利用的真相，就在刚才，将车开下悬崖自杀了！"大喇叭一口气将刚刚得知的消息说了出来。

"什么？！"李俊泰瞪大了眼睛，泪花在眼底翻滚。他失控地紧紧抓住大喇叭的肩膀，突如其来的消息让他有点儿难以承受，再加上现在韩星子昏迷不醒，他濒临崩溃，快要承受不住了。

"孙华皓，星子交给你了，我必须马上回家，我……"

"我知道，我会照顾好星子的。"孙华皓打断李俊泰的话，焦急地催促，"快走吧，别一会儿没有船出海，到时候你想走也走不了。"

"嗯，谢谢你。"李俊泰道谢，拔腿狂奔。

陈雅萌和大喇叭追了出去，和李俊泰一起坐船离开小岛，回到城里。

李俊泰下了船，直接打车到了医院。

医院的手术室门口，李政权静静坐着守候，何静文焦急地走来走去。

短短数日不见，李政权看上去苍老了很多，原本只是两鬓斑白，现在他头发全变成了银白色，像是一夜之间老了十多岁。

何静文的气色也非常憔悴，犹如雨打的芭蕉叶，让人心生怜爱。

“爷爷——”李俊泰跑到李政权身边，蹲下来看着他，面露愧疚，眼含悔恨的泪水，“对不起，都怪我太任性，对家族没有尽到自己的责任……”

“俊泰啊，不说了，不说了——”李政权看着赶回来的小孙子，顿时老泪纵横。他紧紧抓住李俊泰的手，声音哽咽，甚至有些颤抖：“回来就好，回来就好！现在我们需要齐心合力，共渡难关。”

“嗯。”李俊泰用力点头，发红的眼睛里，泪花在不停地翻滚。

“俊泰，你哥哥……”何静文神色复杂地看着归来的李俊泰，突然忍不住蹲下大哭，“我就怕他出事，怕他想不开，所以开车跟着他。但是我没想到他对自己会那么狠，完全不留一丝活路地开车冲下了悬崖……那可是悬崖啊，跳下去必死无疑，他还开车冲了下去。他这是不想活了，不想活了啊！”

“没事的，我哥一定会渡过这个难关，一定会的！”李俊泰走过去，将手轻轻放在何静文的肩膀上。

何静文抬头，模糊的泪眼看着李俊泰。曾经，她不停追逐着李俊泰的脚步，想要追上他、想要嫁给他，可是命运弄人，她以为美梦成真，却被李俊泰无情地逃婚，她一怒之下选择嫁给李明哲来报复李俊泰、报复李政权。可是到头来，她发现自己的报复并没有伤害到李俊泰和李政权，受伤的只有她自己，还有一个被雷项袁利用的李明哲。

他们夫妻俩，真的是彻头彻尾的大傻瓜！

“俊泰，你为什么回来，为什么？”何静文忽然发疯地推开李俊泰，复杂的心思和李明哲自杀的打击，使她变得敏感，歇斯底里，“你是回来看笑话的对不对？你哥哥变成彻头彻尾的失败者，我的婚姻也濒临破裂，这是你最想看到的，对不对？”

“何静文，你冷静点儿！”李俊泰面对何静文臆测的指责，困扰地皱眉。

“冷静？你让我怎么冷静？你哥哥生死未卜，你们李氏传媒集团和我家都濒临破产，你让我如何冷静！”何静文突然站起来，厉声指责李俊泰，“这一切都怪你！如果当初你没有逃婚，和我联姻，就不会给雷项袁可乘之机，也就不会让你家和我家陷入如此境地，你哥哥更不会自杀，现在死是死是活都不知道……”

“我——”李俊泰无言以对，痛苦地抱着头，几把将头发抓乱。

他看着经历一连串变故和打击的何静文，看着她因为失去理智而发疯，不由得攥紧了拳头。他没有辩解，而是怜悯地看着何静文：“我哥不会有事的。从小到大，他都比我坚强、比我早熟，我相信不管遇到多大的困难，他都会挺过来的。”

李俊泰像是陈述事实般的口吻，成功安抚了何静文，她不再吵闹，而是呆呆地、痴痴地看着李俊泰：“真的？”

“嗯。你要对他有信心。”李俊泰看着何静文发愣的模样，忍不住走过去轻轻摸了摸她的头，“会过去的，一切都会好起来的。相信我，我不会眼睁睁看着我们两家的公司就这样被雷项袁吞并，我会把属于我们的一切夺回来！”

“俊泰——”何静文潸然泪下，紧紧抓住他的胳膊，“为什么你才回来？为什么你要抛弃我？明明我们才是青梅竹马，明明小时候你是喜欢我的，总追在我的身后说长大了要娶我。可是长大后你变了心，爱上了韩星子。她到底有什么好，会让你为了她舍弃了我？”

“我小时候没有说过要娶你啊，那是我哥，他最喜欢和你玩了。你小时候喜欢吃糖，我哥就把自己的糖存起来不吃，等你来家里玩的时候拿给你。你看到那么多糖果，特别开心，总像小尾巴似的黏在我哥身后。我还记得有一次你不小心落水，被我哥救上来后生了一场大病，从那以后你忽然像变了一个人似的，再也不黏着我哥，反而开始黏着我。”李俊泰惊讶地看着何静文，他记忆中小时候的事情，和何静文记忆中的好像截然相反。

“什么？”何静文惊呼，“救我的人难道不是你吗？”

“怎么可能？我从小大到都不会游泳。直到一年多前，我意外落水和星子一起被海水冲到荒岛，我才意识到，不会游泳可能会拖累伙伴，也无法在心爱的人落水后去救她，所以才开始学习游泳。”李俊泰惊呼，瞪大了眼睛，“你不会是因为错把救你的人当作是我，才觉得你喜欢的人应该是我吧？老天！这样对我哥太不公平了，明明你小时候最喜欢黏着的人是我哥啊！”

“……救了我的人不是你，是明哲……”何静文犹如被电击中一样，一直重复着同一句话。

她的状态很让人担心，李俊泰不知道该如何安慰她，一时间有些发愁。

就在这时，手术室的灯灭了，医生走了出来：“请问哪位是病人的家属？”

“我——”

“我——”

李俊泰和何静文同时开口，李政权也急忙站起来表态，只是他的情绪要内敛许多，不像李俊泰和何静文那样直接、一目了然地关心，将焦急都写在了脸上。

“病人的手术很成功，但是他还没有脱离危险期，需要住院观察。”医生用很淡定的口吻陈述着让人激动的结果。

李俊泰用力握紧拳头，紧绷的心终于放下：“我就说，我哥一定会挺过来的！”

何静文双手掩面，喜极而泣。

这时，医生忽然又说了一句："不过病人求生意志不强，你们要多陪他说话，鼓励他活下去，这样他才能脱离危险。否则，医术再发达，也无法挽救一个一心求死的病人。"

"谢谢，我们知道了。"李俊泰搂着腿软得几乎要瘫倒的何静文，和医生道谢后，急忙扶着她走向高危病房。

护士推着李明哲从手术室出来，送进高危病房。他脸色苍白，口戴呼吸器，身上插满了各种管子和仪器的线，犹如死人一样，安静地躺在病床上。床头的仪器上面显示着他微弱的心脏脉搏，心跳的速度比正常人低了很多。

"明哲——"何静文趴在玻璃上，隔着玻璃看着李明哲，再加上刚刚从李俊泰口中得知的真相，一时之间心情很复杂。

错位的爱情，让她感到前所未有的痛苦。她竟然无法判定，自己对李俊泰的爱究竟是小时候的感恩，还是长大后的执着。还有李明哲，她究竟是像小时候一样爱着他，还是从未爱过？

她的心很混乱，急于宣泄的情感找不到出口，在身体里乱窜，折磨着她，让她感到撕心裂肺的痛苦。

她开始质疑，自己到底懂不懂爱情？她追求爱情的原动力是不是根本就是个错误？

她开始反思，通过质疑，治疗自己错位的爱。

看到何静文默默地流泪，李俊泰觉得这个时候不应该打扰她，让她独自思考一下比较好。他轻轻退回李政权身边，搀扶着一夜之间年迈老去的爷爷："爷爷，我相信哥哥一定可以挺过去，渡过这次的难关。"

"是啊，希望他可以挺过去。"李政权微微点头，脸上浮现出一丝疲态，"好孩子，回来吧，帮助爷爷挽救公司、挽救李氏传媒集团和何氏经纪公司失败的命运。李氏传媒集团就算破产，也绝对不能落在雷项袁那个野心家、虚伪小人的手里。”

“嗯，我会留下来帮忙，担负起我应尽的责任。”李俊泰凝重地点头。

海边小岛上，原本晴朗的天气突然刮起了飓风，大片乌云铺天盖地席卷而来，很快就电闪雷鸣、暴风骤雨。

相比之下，度假屋内安静而祥和。韩星子睡在床上，身上盖着柔软的棉被，像睡美人一样，迟迟不醒。

孙华皓默默地守在她身边，已经一整夜没有合眼了，眼底布满了红血丝。

他揉了揉太阳穴和半麻的身体，支撑着站起来活动了一下筋骨，然后倒了一杯温水，用棉签蘸着水，擦拭韩星子有些发干的嘴唇。

似乎是感觉到了水的滋润，韩星子恍惚间嚅动唇瓣，细弱的声音从口中逸出：“水，水……”

“水？”孙华皓瞪大眼睛，发愣了足足两秒钟，才欢天喜地地惊呼，“星子，你终于醒啦！别急，有水有水，我马上拿给你喝！”

韩星子恍惚间听到有人说话，挣扎了两下，缓缓睁开眼睛。

她乌黑发亮的眼珠在看到光的时候觉得刺眼，又重新闭上了眼睛。直到适应了光，她才重新睁开眼睛，看清了眼前的一切。

这是一个看起来很整洁舒适的房间，蓝色壁纸的天花板，墙壁的色彩很鲜艳，画着向日葵的手绘图案；房间里桌椅齐全，靠近床边的位置还有一个很大的冰箱。

她的视线转到这里，停顿了下，然后看向端着水站在床头、满脸惊喜的孙华皓。

“星子，你终于醒了！可吓死我了！以后不准一个人去玩水，不对，不准和李俊泰一起去玩水，太危险了！那个笨蛋总是保护不好你，让你受伤。”孙华皓坐在床边，亲密地伸手想抱住韩星子扶她坐起来喝水。

韩星子躲开了，脸色浮现出尴尬的一抹潮红。

在这段日子里她曾经很依赖孙华皓，也被他照顾得很好，那个时候她失去了记忆，错把孙华皓当作李俊泰，依赖着、信任着。但是现在她恢复了记忆，无法再继续和孙华皓做出任何亲密的举动。因为，不管是失忆前还是失忆后，她的心都无法忘记李俊泰，那个她爱的男人。

“星子，你怎么了？”孙华皓一愣，发现了韩星子的异样。

韩星子抱着被靠在床边，轻轻摇头：“我没事。别担心，我很好，只是……我都想起来了，孙华皓。”

“啊？”孙华皓满脸震惊。

他曾经以为自己一辈子都要冒充李俊泰，还为此苦恼过。但是现在，他再次从韩星子口中听到自己的名字，却只感到心碎，没有一丝喜悦。

“这段时间，谢谢你照顾我。”韩星子微笑着，她不想让孙华皓太尴尬，自己也感觉有些怪怪的，心里不舒服。她指了指孙华皓手里拿着的水：“这个，我可以喝吗？昨天喝了一肚子的海水，有点儿渴了。”

“啊，你喝你喝！”孙华皓急忙将水递给韩星子。

韩星子接过来，一饮而尽，嘴巴终于不再发干：“太好了，有种活过来的感觉。”

“要不要吃点儿东西？我给你煮粥，还是你想吃别的，我去给你买。”习惯成自然，孙华皓这段时间一直充当着照顾韩星子的角色，一时之间难以改变过来。

扑哧——韩星子看着他，忍不住笑出声来：“别太紧张，我不是失忆的小孩子，我饿了会告诉你，想吃什么可以自己买，也可以让你帮我买。”

“哦，对不起，我……有点儿习惯了。”孙华皓难为情地抓了抓脑袋。韩星子恢复了记忆，对他来说有点儿太突然了，他还无法适应和接受。

“怎么没看到俊泰？”韩星子的目光不由自主地在房间里转了一圈，意外地没有看到这阵子和孙华皓一样照顾自己的李俊泰。

她感到很困惑，落水昏迷前的一瞬间，她明明感觉到自己是被李俊泰救出了水面，说明他并没有遇到危险。这会儿，她因为看不到他而感到一丝慌张和担忧。

“他不在这里，家里出了点儿事，赶回城里了。”孙华皓见韩星子一醒来就急着找李俊泰，感到很失落，也没心情具体解释原因。他的心有点儿刺疼，很难过，就像是马上要属于自己的东西却在最后关头被抢走了一样。这种滋味太难受了，还不如从没有看到希望，就不会失望。

“哦。”韩星子听说李俊泰并没危险，不由得松了口气。她伸了个懒腰，然后跳下床将被子叠好。

“外面雨好大，这样的天气，是不是不能出海？”韩星子站在门口，发愁地看着屋外的大雨，紧锁着眉头。

“你要出海？”

“对啊，在这边待了那么久，我想回家了。这么长时间没有看到我，我怕妈妈担心。”韩星子皱着眉头，对着窗外的大雨叹息，“可惜，现在再着急也无法出海。”

“我每天都会给伯母打电话报平安的。”孙华皓呆呆地看着韩星子的背影，强忍住冲动，没揭穿她实际上是想见李俊泰的真相。

“嗯，我知道。我只是想给她个惊喜，告诉她我已经恢复记忆了。”韩星子轻轻点头，并没有因为孙华皓的话放松下来，反而更加期待回到城里，亲自告诉妈妈这个好消息。她还想立刻见到李俊泰，她想他了，疯狂地想念。

这种强烈的思念，让她无法耐心地等待大雨停下，她烦躁地在房间里不停走动，直到她的视线落在床边柜子上的“Aurora Mini”上。

“极光——”韩星子走过去，将“Aurora Mini”拿起来。她轻轻打开开关，极光再一次出现在眼前。和记忆中一样美丽，光芒闪烁，犹如将极光掌握在手中一样，如梦似幻。

孙华皓痛苦地看着韩星子痴痴地看着极光发呆、思念李俊泰的模样，顿时心如刀绞。即便现在因为大雨被困，但是韩星子的心早已经飞远，去追逐李俊泰了吧？

“海边的天气变化快，这么大的雨，一会儿就会停了。等雨停了，我送你回城。”孙华皓艰难地开口，发现自己的嗓音有点儿沙哑，像是吃多了橘子，酸酸的，充满了苦涩。

“真的？谢谢你！”韩星子惊呼，雀跃的心情写满了整张脸孔。

孙华皓看着她灿烂的笑容，神情一阵恍惚。如果能够让她快乐下去，似乎自己退出，选择成全，也没什么不好。只是心真的会痛，撕裂般碎了一地。

大雨下了整整两个小时，将天空洗涤得湛蓝，犹如涂满新的颜料，这才满意地停下。太阳从乌云中很努力地探出头，阳光照射着大地，驱走了乌云带来的黑暗。

孙华皓办理好退房手续，带着韩星子离开了小岛。

韩星子坐在游艇上，海风吹来，她一头瀑布般的长发随风起舞。

扑通扑通——她的心情有些激动、有些忐忑、有些期待。

韩星子兴奋地看着海面，望眼欲穿地看着海对面，恨不得插上翅膀，立刻飞到李俊泰的身边，大声告诉他自己恢复了记忆，告诉他自己很爱很爱他。

一个多小时后，韩星子终于如愿回到了城里，站在了久违的城市中心。

“谢谢你，孙华皓。”韩星子和孙华皓道别，准备去找李俊泰，“再见，有空常联系。”

“嗯，有空联系。”孙华皓很不舍，却只能话别，眼睁睁地看着韩星子离开自己，去投进李俊泰的怀抱。

“就算我这样一直默默地守护你，你也不会回头看我一眼吧？”孙华皓看着韩星子坐车离去的背影，伤感地紧捂着胸口。

他曾经一厢情愿地认为，只要没有李俊泰，或者他比李俊泰做得更好，终有一天，韩星子会看到他的付出，会发现他的好。但是直到现在，他才知道自己错得有多离谱。

爱的字典里，从来没有人因为守护而回头寻觅。所有人都在盲目地前进，在美丽的风景前驻足，或者等待心爱的人到来，或者主动寻觅爱侣。韩星子是那种特别幸运的，不用寻觅、不用等待，就遇到了真爱。所以他做得再好，韩星子也不会看到他的爱，她的心、她的爱，都毫无保留地给了李俊泰，再也无法爱上另一个人。

孙华皓带着这样痛苦的心情，一个人伤心地离开了。

雨后，李俊泰推开窗户，清新的空气一下子涌了进来，扫走一室的阴霾。阳光斜着照射进来，将他的剪影投到地上，拉得长长的。

他遥望大海的方向，忍不住思念韩星子：“也不知道她有没有醒来，会不会因为溺水的记忆而对海水感到恐惧。孙华皓这个笨蛋，也不知道给我打个电话，告诉我星子的状况。”

他好担心，却害怕打给孙华皓。尤其是现在公司面临困境，还有李明哲留下的烂摊子要收拾，他突然觉得好累，更加害怕将这种疲劳的情绪带给韩星子，吓到她。

“俊泰，走吧。”李政权出现在门口。

李俊泰将窗户关上，回头对着爷爷微笑：“嗯，走吧。不管等待我们的是什么，我们一家人团结一心，一起面对。”

“说得好！俊泰，你真的长大了，爷爷为你骄傲。”李政权慈爱地看着李俊泰。

经过这一次家族事业遭到重创、李明哲自杀的打击后，他开始自省、反思。这么多年来，也许他的教育方式真的出了问题，或者正如李明哲曾经抱怨的一样，他太专制、太在乎自己的想法和感受，反而忽略了李明哲和李俊泰。他们虽然是他的孙子，但也是独立的成年人，他们会有自己的想法和意愿，不会像提线木偶似的，去执行他安排的人生路。

李俊泰没说什么，扶着李政权下楼坐上车，体贴地帮他系上安全带，然后才坐进驾驶座，开车离开家。

门口，一抹娇俏的影子忽然映入李俊泰的眼帘。

吱嘎——法拉利刚开出门口，李俊泰就一脚踩下刹车，将车停下。

李政权扭头看到车外站着的韩星子，拧着眉头，却没有说什么。李俊泰一边解开安全带，一边向爷爷道歉：“爷爷，对不起，给我五分钟时间。”说完，他推门下车。

“俊泰！”韩星子正疑惑地朝车里看，努力寻找着李俊泰的身影，忽然看到车门打开，李俊泰从车上走下来。

她不由得惊呼，跑过去扑到李俊泰的怀里，将他紧紧抱住：“俊泰，俊泰，我都想起来了！我好想你，好想你……”

她真挚的告白让李俊泰的心疯狂悸动，他差一点儿就忍受不住内心的澎湃，伸手紧紧地将她拥住。但是最后关头，脑海里仅存的一丝理智让他痛苦万分地推开韩星子，故意做出冷漠的神色，看着她的目光犹如陌生人一样冰冷无情：“祝贺你，终于恢复了记忆。不过这些已经和我无关，你可以找孙华皓一起分享，他一定会很高兴。”

“你，你怎么了？”韩星子吃惊地看着李俊泰，感觉他好像一夜之间变了个人，变得她有点儿不认识，好陌生、好冷漠。

“韩星子，我们分手吧！”李俊泰痛苦地攥紧了拳头。这句话他昨晚想了整整一夜，本来以为韩星子失忆，他可以不用马上面对。但是天意弄人，就在他刚刚做出决定的时候，韩星子恢复了记忆。

他痛苦万分地看着韩星子，努力将冷漠无情演得逼真，心里却似万箭穿心一样，比韩星子更加难过。

亲手将心爱的人推开，这种滋味太痛苦了。但是他现在很可能变得一无所有，公司破产，欠下了巨额贷款，这些重担会压垮他，甚至连累韩星子，毁掉韩星子圆梦好莱坞的最后机会。他不要韩星子陪着自己受苦，他不想让韩星子为了自己放弃梦想，那样做太自私，才是真正的无情。

“为什么？”韩星子震惊地看着李俊泰，一夜之间，他怎么可以变得这么无情?

“没有为什么，我只是……从来就没有爱过你。”李俊泰艰难地开口，努力让自己表现得更加无情，“你知道的，在景霖大学，我和孙华皓是天生的敌人。当我发现他爱上你、在追求你的时候，我把这当作一场竞争。结果显而易见，我赢了。”

“你——”韩星子错愕地看着李俊泰，不敢相信自己那么深爱着他、两个人曾经那么美好的回忆，竟然只是一场较量的道具。

“孙华皓是真的爱你，现在我厌倦了，不想再和他争斗下去了。所以，我们分手，你和他在一起吧。”李俊泰不敢看韩星子的眼睛，匆忙丢下一句狠话，钻进车里，狠狠踩下油门，将韩星子抛下，快速逃离。

第九章

LOVE OF AURORA

“一直以来，都是你在表白，告诉我你有多爱我，我从未主动示爱，从未告诉过你我的真心。现在我告诉你，欧若拉是我崇拜的极光女神，我有多爱她、多爱极光，就有多爱你！”

“你是故意的？”车开了一会儿，李政权忽然开口询问。

“我……”李俊泰瞬间泪崩，布满血丝的眼中闪烁着强烈的痛苦。

主动提出分手，他心里的痛，要比韩星子深一万倍。将心爱的女人推到别人身边，他的心更是直接碎了一地。

“你怕我们家现在的情况会拖累她、拖垮她？你怕将来有一天她累了、厌倦了，耗尽了你们的爱，然后离开你？”李政权一语道破了李俊泰的心思。

李俊泰点头又摇头：“我不怕她离开我，也不怕她不爱我，我害怕毁掉她的梦想。她是我见过的最有灵气的演员，站在舞台上的她光芒万丈，美丽不可方物。我不能毁掉她，让她被生活拖累，从而离开舞台、失去舞台。她是天生属于舞台的，而我……只是一个很普通的男人，是出现在她生命里的一个过客。现在她可能会难过，但是相信很快她就会坚强起来，重返舞台，然后等待她命中注定的那个男人……”

“如果她一辈子忘不了呢？”

“我……”李俊泰哑口无言，突然踩下刹车，将车停在路边，“爷爷，我……就算这样，我也不会后悔自己的决定。没有爱的人生，最少她会圆梦，成为好莱坞巨星。”像是发下誓言一样，李俊泰说完后重新踩下了油门。车开了，他将爱锁在心中的角落，再也不会去碰触。

李政权担心地看着李俊泰，在心里暗暗叹了口气。

半小时后，李俊泰开车载着李政权来到了李氏传媒集团。

集团门口早已经被大量媒体记者包围，他们看到李俊泰的车，一窝蜂地拥上来，将车里三层外三层地包围起来，把路堵得严严实实、水泄不通。

“麻烦让一让。”李俊泰先推门下车，从人群中挤到车的另一边，打开车门，护送着李政权下车。

“请问，李氏传媒集团即将被收购的消息是真的吗？”

“前董事长李明哲自杀的真相到底是什么？情变还是公司被收购，或者家族破产？”

“李氏传媒集团股票大跌，引起股民强烈抗议，纷纷低价抛售股票。请问集团会如何挽救股票，放弃，还是等待被高价收购？”

媒体记者们看到李政权的瞬间，犹如打了鸡血似的往上冲，话题更是一个比一个犀利，让人难以招架。

“抱歉，我现在无法回答你们。但是一会儿，我会在发布会上给你们答案。”李政权被李俊泰搀扶着穿过人群，走进公司。

现在公司面临破产的尴尬局面，公司内部人心惶惶、人人自危，没有几个是真正有心思来上班的，大多数是来观望的。如果公司被收购，他们还可能继续保住饭碗，如果破产，他们将讨要自己应得的薪水。

李政权携李俊泰回到公司，引起员工一阵骚动。

两人直接坐电梯到达顶层会议室，召开临时股东大会。仅剩下的几个股东全部出席，李政权看着这几个和自己拼搏了一辈子的老伙伴，差点儿当场落泪。

“现在公司到了危急关头，我身体坚持不住了，为了公司能支撑住，渡过这次难关，为了取信股民，为我们争取时间，我提议任命李俊泰为新任董事长，全权负责公司一切事宜。”李政权强撑着，表态发言。

“我同意。”

“我也同意。”

股东们交头接耳，商量了一会儿后，纷纷举手赞成，一致通过。

李政权如释重负，在股东大会结束后立刻召开了记者发布会。他强撑着精神，咬牙坚持着没让自己倒下：“刚刚有记者问我，李氏传媒集团是不是濒临破产，或者要面对被雷项袁收购，我想说一句，李氏传媒集团历经几十年风雨，不是没有发生过危机，但是最终我们都平安度过危机，并且将集团不断扩大，成为国内首屈一指的传媒公司。这次的危机，在我看来只是一道考验的习题。显而易见，我的大孙子李明哲没有过关，考核失败了，但是我还有小孙子。就在刚刚的股东大会上，股东全票通过，正式任命李俊泰为李氏传媒集团的新任董事长兼首席执行官。相信在他的带领下，董事会一定会披荆斩棘，带领集团杀出重围，再创昔日辉煌。”

“李俊泰？之前他被撤职的真相是什么？是他不能胜任，还是因为他悔婚、当众抛弃未婚妻何静文？”

“据我说知，李俊泰刚刚大学毕业不到半年，从未打理过家族事业，他如何有能力带领集团摆脱此次的困境？”

李政权被媒体追问、围攻，有些招架不住，忍不住咳嗽了两声。

“这个问题还是由我来回答吧。”李俊泰微笑着将话筒移到自己身前，绅士地对记者和镜头点头致意，然后才开始回答问题，“就在刚刚爷爷宣布我成为新任董事长的时候，我心里和刚刚两位记者朋友一样，存在相同的疑问。我凭什么成为集团的新任董事长、有什么能力带领公司走出困境呢？”

他自问自答，滔滔不绝，脸上洋溢着成功者才拥有的自信：“其实大家并不了解我，如果大家有关注过我，就不难发现，我虽然没有打理过集团的业务，但是我有自己开创的公司。我的工作室研发出的欧若拉软件，核心技术远超欧美，独占全息影像市场。而我从开发设计该软件到最终创建公司，再到将公司发展成为上市公司，只用了短短不到一年的时间。我相信这样介绍，大家应该能了解一点，就算我没有接触过家族事业，但我身上流着李家的血，我是天生的商人。”

“可是软件公司和传媒公司完全是两回事。”记者再次提出质疑。

“看样子，你没有做足功课——我在校期间，选修过表演课和传媒课，并且获得了满分学分。所以公司的经营方针和对未来的规划，对我而言根本不是问题。”李俊泰自信地解答，赢得了满堂彩。

记者不会就这样轻易放过李俊泰，各种刁难的问题百出，都被李俊泰巧妙地一一化解了。记者发布会结束后，李俊泰将李政权送到医院接受治疗，然后马不停蹄地忙碌起来。他以正面的形象不断努力，优先处理公司最棘手的事情，每天只休息三四个小时，其余时间全在奔波和善后。

很快，他的努力就见到了成效。再加上媒体的大肆报道和宣传，李氏传媒集团的股票开始回升，股民对李氏传媒集团的信心也在持续回暖。

周末，天阴沉沉的，空气闷到压抑，让人快要喘不上气来。

韩星子躺在床上已经整整三天了，她基本不吃不喝，也不睡觉，有时候发呆，有时候默默流泪，犹如没有灵魂的行尸走肉，让人担心。

“星子——”陈倩云推开门，将煮好的热汤面放在桌上，“吃点儿东西吧，你这样下去，妈妈快担心死了！”

“妈，我不饿，我就是想一个人待着，静一静，想想事。”韩星子恍惚地抬起头，脸色苍白，目光迷离，看上去十分憔悴。

“可是你已经静了三天，再这样下去，妈担心你的身体熬不住，会倒下去。”陈倩云眼中有了泪光，抽泣着，就要哭出来。

“我没事的，妈。”韩星子强撑着坐起来，虽然不想吃东西，但还是勉强地将碗端起来吃了一口面，“你看，我能吃东西。我只是不饿，所以才不想吃。”

“多吃点儿！三天了啊，你整整三天没吃东西了！”陈倩云看着韩星子吃了一口面，眼圈发红，鼻头发酸。她的女儿到底做错了什么，要经历这些痛苦啊？

她多希望韩星子没有恢复记忆，那样就不会受到伤害，也就不会觉得痛苦。可是韩星子什么都不说，她不知道韩星子到底为什么这么伤心，问孙华皓，孙华皓也不知情。她只能偷偷猜测，这一切可能和李俊泰有关。

可就因为如此，她反而不敢问了，就怕提到李俊泰的名字，会让韩星子更伤心难过。

“好，我吃。”韩星子不想让陈倩云为她担心，只好强忍着反胃，小口小口地吃面。

她足足吃掉了半碗，再吃就要吐的时候，停下了筷子，“妈，我吃饱了。你看，我真的没事，你别胡思乱想。我只是遇到了一点儿事，要静下来仔细思考。”

“好好好，我不吵你，但是你要答应我，按时吃饭。”陈倩云揉了揉眼睛，虽然不相信韩星子的话，却借机提条件想让韩星子多吃东西。

“好——”韩星子无奈地答应。

陈倩云这才愉快地端着面离开，还体贴地帮韩星子关上了门。韩星子重新躺下，继续看着窗外发呆。

她的脑海里一直在重复播放着李俊泰提出分手的一幕，她越想忘记，这一幕越是扎根在脑海深处，想忘忘不掉，想逃避却无处可逃。她只好一遍遍地重复心碎的滋味，要么哭，要么发呆。

这样的状态又持续了两天，其间孙华皓来看过她，他很担心，但是又不知道到底发生了什么事，只是隐隐猜测，李俊泰和韩星子可能分手了。

他不了解李俊泰的心思，但是多少也能猜到一点原因。他本来想劝说韩星子，但是看着韩星子失魂落魄、在痛苦边缘挣扎的模样，又不忍心戳她的伤疤。最后，孙华皓提议带韩星子出国，只有舞台能唤醒她，让她开启新的生活，将过去遗忘。

陈倩云欣然同意，偷着打点好了一切，直到起飞当天，才告知韩星子。

“去美国？今天？”韩星子呆呆地看着陈倩云，忽然发现，才几天的时间，陈倩云的两鬓就有些斑白了。她的眼角立刻变得湿润：“妈，对不起，让你为我操心了。”

“傻孩子，哪有当妈的不为自己儿女操心的？妈只盼着你好，只要你每天开开心心的，妈就知足了。”陈倩云温柔地摸了摸韩星子的脑袋，“去洗个澡吧，然后换身衣服，咱们去美国，去圆梦！”

“圆梦？”韩星子呢喃着。

是啊，她并没有失去一切。和李俊泰分手后，她还拥有自己的梦想。她可以去舞台表演，去为了梦想打拼，然后靠着自己的努力，成为好莱坞巨星。

“嗯，我知道了，妈！”韩星子的眼底重新焕发神采，虽然看上去依旧憔悴，但是比前几天的精神好了很多。

她去洗了个热水澡，将身上发霉的味道冲掉，然后放松自己，不再去想李俊泰。

等她换好了衣服准备出发的时候，孙华皓准时抵达，来接她们去机场。

“谢谢你，孙华皓。”韩星子道谢的时候虽然在笑，笑意却不达眼底，有些生硬。

孙华皓看着十分心疼：“一会儿到了机场，过了安检你好好休息，等坐上飞机就能睡觉了。一觉醒来，我们就到了纽约，开启新的生活。”

“我们？你也要去纽约？”韩星子惊呼，这件事陈倩云并没有告诉她。

“嗯，公司未来的发展是在国外，所以我先过去，在纽约开一家分公司。等分公司走上轨道，总公司可能直接搬到纽约。”孙华皓丝毫没有遮掩，将公司未来的规划毫无保留地告诉了韩星子。

“哦，那你加油！”韩星子恍然大悟。

“走吧，再不出发就赶不上飞机了。”陈倩云眼见着话题冷下来，两个人尴尬得不知道该说什么，急忙打圆场。

“好。”孙华皓看了一下时间，差不多该出发了，他走到韩星子身边，绅士地将车门打开，“星子，上车吧。”

韩星子看着他绅士的举动，脑海里忽然浮现出第一次和李俊泰见面的乌龙事件。虽然自己误会李俊泰是偷包贼，李俊泰却不计前嫌，还因为担心她的安全将她送回了大学。

她永远都忘不了那一天，李俊泰也是这样的绅士；更忘不了那一天，他们走在校园里，她的手被他牵着，明明是第一次和异性接触很害羞，却舍不得松手。

现在想起来，她应该是在那个时候就觉得李俊泰很特别，对他有了好感，甚至喜欢上了他。

"星子？"孙华皓发现韩星子发呆，喊了一声。

"嗯？"韩星子回神，疑惑地看着孙华皓。

"上车，我们该出发去机场了。"孙华皓不知道韩星子刚刚发呆在想什么，只好重复了一遍说过的话。

韩星子点点头，坐上车。

孙华皓将车门关上，又扶着陈倩云坐上车，然后才匆匆走到驾驶座，系上安全带，踩油门掉转车头，开车去机场。

国际机场办理入境出境的游客非常多，韩星子他们到了，先办理托运行李，然后排队取票，等待过安检。

排队等待的时候，韩星子无意间发现大屏幕上正在播放时事新闻。她扫了一眼，就掉头看向别处。

"听说了吗？李氏传媒集团董事长换人了，他长得好帅哦！"

"帅有什么用，能挽回败局吗？他哥哥留下那么大的烂摊子给他，换作是我早跑了。守着即将破产的公司，听说还有巨额贷款要还呢，早晚他会被公司拖累压垮，搞不好会像他哥一样自杀。"周围忽然响起小声的议论，都在谈论李氏传媒集团的八卦。

韩星子竖起耳朵，听得一字不差，不禁疑惑："李氏传媒集团，那不是李俊泰家里的公司吗？"

她忽然着急了，李俊泰的哥哥不就是李明哲吗？李明哲自杀了？李氏传媒集团面临破产，还欠下巨额贷款？为什么这些事，从来没有人告诉她？

“妈，李……”韩星子刚想问陈倩云，目光再次看到机场的大屏幕，顿时惊呆了。大屏幕里播放的新闻，正是关于李氏传媒集团的。

画面中，李政权中风，病重住院；李明哲自杀未遂，至今仍待在重症看护病房，随时都可能有生命危险；李俊泰虽然临危受命，但是难以力挽狂澜，李氏传媒集团面临崩盘破产的危险，更有雷项袁的公司虎视眈眈，准备吞并……

“天哪！”韩星子不敢置信地捂住嘴巴惊呼。

这些天到底发生了什么事？为什么李氏传媒集团会面临这么多困境，而这些重担现在又全压在了李俊泰一个人身上？

他能承受得住这么大的压力，力挽狂澜，解救公司面临的巨大危机吗？如果不能，那他将来该怎么办，怎么承担巨额债务？

电光石火间，韩星子突然想明白了一切。李俊泰突然态度大变，甚至提出分手，还说什么从没有爱过她的话，都是谎言！他就是担心无法力挽狂澜，怕拖累她，所以选择了放手。

“李俊泰，你这个大笨蛋，傻瓜！”韩星子忽然泪如雨下，又是跺脚又是骂人，心情却从阴转晴，这几天犹如万箭穿心的心脏，终于恢复了正常。

“星子，你怎么了？”陈倩云被韩星子突如其来的喊叫吓了一大跳。

孙华皓也听到了，急忙跑过来站在韩星子身边：“星子，你怎么哭了？”他手忙脚乱地找到纸巾，准备给韩星子擦眼泪，却忽然被韩星子抓住了胳膊。

“孙华皓，我问你，李氏传媒集团出问题，是不是在我恢复记忆之前？”韩星子迫切地想知道真相，想验证自己的猜测到底准不准确。

“是，难道你一直都不知道？”孙华皓疑惑地挑眉。如果是这样，难道李俊泰那个小子是为了不连累韩星子，提出分手，才造成韩星子这段时间的悲痛欲绝？

他顿时纠结了，因为他对李俊泰这样的做法十分赞同。如果换作是他，他也会做出和李俊泰一样的选择。他们对韩星子都是真爱，只要她将来能够过得幸福快乐，他们都会心甘情愿地放弃，选择默默地守护。

“你们为什么不告诉我，没有人说，我不知道……”韩星子泪如雨下，突然转身就跑。

孙华皓和陈倩云急忙去追，就见韩星子冲出机场，跑到一个无人的角落，失声痛哭。

“星子。”孙华皓第一个跑过来，看着韩星子这么难过，忽然不知道该如何安慰。

“俊泰说分手的时候，一定难过死了。可是我什么都不知道，只知道躲在家里一个人伤心难过，在他最需要我的时候，我没在他身边，我……我好笨、好笨！”韩星子一边哭一边自责。

此刻，她疯狂地思念李俊泰，想不顾一切地去见他，陪在他身边和他一起共渡难关。但是她害怕，害怕李俊泰再次将她推开，害怕她什么忙都帮不上，只会给李俊泰添乱、让他分心，无法专心处理公司的事情。

两种想法在她的脑海里打架，将她的心彻底搅乱。

“李俊泰就是因为你不知道，才选择了这样的方式来保护你、守护你。”孙华皓蹲下来，轻柔地揉了揉韩星子的脑袋，“别哭了，否则李俊泰知道，不知道会多伤心难过呢！”

“我……”韩星子抬起头，眼睛哭得又红又肿，憔悴的脸上挂着两条醒目的泪痕，看起来楚楚可怜，惹人心疼，“可是我想帮他，和他一起渡过难关。但是我又担心我什么忙都帮不上，只会拖累他。”

“傻瓜！”孙华皓心疼地抱住她。

这一刻，他终于明白了一件事——爱不仅仅是成全，还有祝福和放手。韩星子自始至终只爱李俊泰一个人，他不管怎么努力都无法改变这个事实，默默守护或者疯狂追求，都只会给韩星子造成困扰，并不会让她弃爱而选择自己。

“如果爱，就放手拼搏。我相信你的出现不会变成李俊泰的拖累，反而会成为他奋斗的强心药、兴奋剂，让他勇往直前、披荆斩棘！”此刻，孙华皓就像是一个大无畏的骑士，选择退出的同时，鼓励韩星子大胆去追爱。

“我真的可以吗？”韩星子眼前一亮，豁然开朗。

“当然！”孙华皓将韩星子拉起来，拽着她逆风奔跑，“走，我送你去见李俊泰！”

“我……”韩星子还在犹豫，但是很快她的心就随着奔跑活跃起来，像是打了一针强心剂，对未来充满了期待。

她开始追上孙华皓的脚步，不断奔跑、奔跑……

李氏传媒集团门前，李俊泰刚下车，就再次被媒体记者团团围住。

他虽然很疲惫，但在摄像机前还是展现出绅士的一面，认真回答记者提出的每一个问题，直到他们满意地离开。

“董事长！”大喇叭被借调过来当李俊泰的秘书，记者们走后，他急忙把陈雅萌煲的滋补汤拿出来，倒了一碗递给李俊泰。

李俊泰自上任以来，每天最多睡三四个小时，忙的时候连饭都顾不上吃一口。他双眼布满了血丝，疲累得经常在奔波的路上坐在车上就睡着了。

大喇叭将这一切看在眼里，说给陈雅萌。陈雅萌也特别担心李俊泰，就怕他把身体熬坏了倒下去。如果连李俊泰都倒下去了，李氏传媒集团就真的到了无可挽救的地步。所以从前天开始，陈雅萌每天都会抽出时间煲滋补汤，哪怕李俊泰忙到没空吃饭，只要喝点儿汤，也能补充身体必需的营养。

“别让雅萌做了，她现在两边忙，比我们还累。”李俊泰无奈地将汤一口喝掉，拍拍大喇叭的肩膀，“她累倒了，你还要去照顾她，到时候，我上哪里找比你们两个更卖力的员工帮我分忧解难？”

“没事，她外号是金刚芭比，哪那么容易倒下？反倒是你，我看你现在的状态明显不对，继续这样劳累过度，很容易像你爷爷一样倒下去。”大喇叭苦口婆心地劝说，“该休息还是要休息，否则怎么长期作战？李氏传媒集团面临的问题，不是短时间内能够解决的。”

“道理我比你清楚，但是我现在真的没时间休息。每一分、每一秒都可能出大问题，我必须盯着。”李俊泰将杯子还给大喇叭，转身朝公司正门走去。

忽然，一辆飞速行驶的保时捷冲过来，准确无误地停在公司门口。

车门被大力推开，韩星子跳下来，看到李俊泰的背影，不顾一切地冲过去，从后面抱住了李俊泰：“俊泰，我都知道了。你骗我，你骗我！明明你那么爱我……”

李俊泰身体顿时僵住，一直压在心底不敢去想、不敢去碰触的思念和爱意，突然像是被打开的水龙头，瞬间倾泻，占据了身体的每一个细胞。

想要抱她、想要说爱她的念头，越来越强烈。

但是最后关头，理智还是占据了上风。李俊泰艰难地抓住韩星子的手，将她从身边推离，转过身冷漠地看着她："我没有骗你，我真的从来没有爱过……"

"你说谎！"韩星子大声揭穿李俊泰的谎言，撕扯开他的伪装，直指他真正的内心，"如果你不爱我，就把这个当着我的面毁掉！"韩星子从口袋里将比生命还珍视的"Aurora Mini"拿出来，抓住李俊泰的手，将它放在李俊泰的掌心。

李俊泰看着自己专门为韩星子设计制作的"Aurora Mini"，痛苦万分。他的内心在挣扎、在抗拒，疯狂地碰撞着理智构建的堡垒。

"好，如果这样能够让你相信，那我亲手毁了它！"李俊泰两眼变得通红，慢慢合上手掌，想要将"Aurora Mini"亲手捏碎。

"这是你送给我的礼物，你说过，它是这个世界上独一无二的，就像是你对我的爱一样，永远不离不弃、永不改变。"韩星子忽然捏着李俊泰的手，制止他的行为。

她泪眼婆娑地抬起头，深情地看着李俊泰，看着他布满血丝、痛苦挣扎的眼睛："一直以来，都是你在表白，告诉我你有多爱我，我从未主动示爱，从未告诉过你我的真心。现在我告诉你，欧若拉是我崇拜的极光女神，我有多爱她、多爱极光，就有多爱你！当你将'Aurora Mini'送给我的那一刻，我在心里也说了同样的话——这辈子，我对你的爱都不会改变，不离不弃，直到永远！"

"星子——"李俊泰瞪大了眼睛，突如其来的爱的宣言，瞬间击溃了他内心构建的铜墙铁壁。他沦陷了，被爱俘虏，心甘情愿地投降。

"是的，我爱你！不管你接不接受，都不会改变。"韩星子主动示爱。

她曾经以为，什么都不用说，只是选择接受李俊泰，他就会明白自己的心。直到这一次李俊泰提出分手，她才意识到了自己的错误。如果可以好好珍惜、多说一些爱，他们之间的感情就会更牢固、更坚不可摧，而他也会对自己多一些信任，相信她可以不离不弃，不管他遇到什么样的困难，都会和他患难与共。所以，历经伤心欲绝后知道了真相，韩星子选择了改变，她要大胆地将爱说出来，她要陪在李俊泰身边，和他患难与共。

“星子——你让我拿你怎么办？我该怎么办，才能真的做到不去爱你、不去想你？”李俊泰再也控制不住内心的激动和早已经泛滥的爱意，抓住韩星子的手，将她紧紧抱住。

这几天他不断地奔波忙碌，除了公司面临困境，他也想借着工作麻痹自己。只要一直忙，他就没时间去思念韩星子，这样心就不会痛到想死。可他最终还是败给了对韩星子的深爱，面对她最真挚的告白，他无法无动于衷，无法再次将她从自己身边推开。

就让他自私一次吧！

“我真的好爱好爱你，星子！”李俊泰激动得难以自控，布满血丝的眼睛里蕴含着喜悦幸福的泪水。

“嗯，我也好爱你，俊泰！”韩星子反手抱住他，和他紧紧相拥。

孙华皓和大喇叭站在一边，默默地关注着，不由得为他们感到开心，差一点儿就激动得喜极而泣了。

“喂，你怎么做到的？居然亲自把星子送来了，难道你不爱她了吗，你放弃了？”大喇叭轻轻撞了撞孙华皓的肩膀。

孙华皓假装眯了眼睛，擦了一下眼睛：“我怎么可能不爱她？但是她爱的人不是我，想要她幸福，就只能把她送到李俊泰的身边。否则你以为我真那么高尚，会把心爱的女人拱手相让？”

“看来还不傻，撞了南墙99次，终于知道在第一百次的时候回头了。”大喇叭发自内心地为李俊泰开心，也为孙华皓感到自豪。

只有懂得放弃和成全的男人才是真爱，才能真的蜕变，从小男生变成成熟的男人，值得信赖、值得托付一生。

“祝你早日找到值得你爱的女人！不过我已经找到了，我们家雅萌就是值得我一生呵护的那个人！”祝福的时候，大喇叭也不忘记秀恩爱。

“真重口味！”孙华皓回撞了一下大喇叭的胳膊，冷哼了一声，走向还在紧紧拥抱、互说情话、许下誓言的李俊泰和韩星子：“行了，差不多得了！大庭广众、光天化日，你们在公司门口秀恩爱，还让不让我们这些单身汉活了啊？”

“孙华皓，谢谢你！”韩星子害羞地离开李俊泰的怀抱，目光却非常坚定，脸上浮现出灿烂的笑容，犹如经历过暴风雨洗礼的玫瑰，绽放出生命中最美的风采。

“光谢谢不行啊，你们结婚要请客，我可是媒人！”孙华皓看着韩星子的目光变得柔和，虽然依旧火热，但是执着已经褪去，只剩下由衷的祝福。

“啊？！”李俊泰惊呼出声。这到底是怎么回事？孙华皓不是一直喜欢韩星子吗，怎么忽然摇身一变，变成了他和韩星子的媒人？到底发生了什么变故，才让孙华皓有这么大的转变？

“吃惊什么，难道你想过河拆桥？”孙华皓瞪了李俊泰一眼，“哼！要不是看着你是我同窗，星子又喜欢你，我会……算了，过去的事不提了！媒人红包，你敢不给试试？”

“给，一定给！”没等李俊泰回答，韩星子立刻抱住李俊泰的胳膊抢先答应。

李俊泰低头看着她明媚的笑脸，心情大好，浑身充满了干劲。一副不管什么样的困难，也休想再难倒他的样子。

“喂，你公司出了这么大的事，也不吱一声，是不把我当朋友吗？”孙华皓突然斜着眼睛狠狠瞪着李俊泰，“我家虽然不是什么大型上市公司，但我好歹也是富二代，别的都缺，唯独不缺钱！”

“刚好，我现在什么都不缺，只缺钱！”李俊泰愣了一下，随后笑了。

危急关头，有时候一直争斗的伙伴其实就是那个能够仗义疏财的朋友。他伸出手来，看着孙华皓。

孙华皓撇撇嘴，快速伸手和他击掌：“两个加起来都快50岁的人了，还玩击掌，真幼稚！”虽然碎碎念地抱怨着，但是在别人看不到的角度，他忍不住咧开嘴，笑了又笑。

有了孙华皓的帮助，再加上韩星子归来，李俊泰像是换了个人似的，精神抖擞，干劲十足。很快，就解决了两个棘手的事情。

李氏传媒集团暂时得到缓解，何氏经纪公司却面临困境。何康博没有儿子，所有事情只能一个人硬扛着。原本何静文还能帮忙，但是自从李明哲自杀住院，何静文就像是变了个人，不是在家里发呆，就是在病房里守着李明哲发呆。

何康博知道女儿有心事，不忍心苛责，只好把所有重担扛起来。幸好李俊泰并没有放弃与何氏经纪公司的合作，及时出手帮忙，暂时解决了何氏经纪公司面临的最大难题。

连续的危机公关下来，就在大家以为可以喘口气的时候，银行的催债通知到了。

巨额贷款不仅难住了李俊泰，就连孙华皓和韩星子一时间都想不出解决问题的办法。公司刚有起色，却不得不再次因为难关止步，陷入了危机。

而另一边，医院又给李明哲下了病危通知书。一时间，愁云将李家和何家紧紧包围。

何静文在收到病危通知书的时候愣了一下，随后离开，赶到医院。病房里，李俊泰和韩星子早已经赶到。李俊泰红着眼睛，韩星子早就躲在李俊泰的背后，偷偷抹眼泪。

“明哲，他……”何静文被这个场面吓了一跳，双腿一软，差点儿摔倒。

“没，医生只是说，我哥随时可能死亡。”李俊泰急忙解释清楚，医生的话已经无异于是在通知他们准备后事了，他不由得眼圈一红。

“死？不会的！”何静文被韩星子扶起来，坐在病床上，身体微微发抖。她看着脸色苍白、毫无血色的李明哲，眼泪在眼眶里直打转。

这些天，她始终没想明白的事，这一刻终于想通了。对于李俊泰，她是执念多过爱；对于李明哲，她真的不懂，但是这一刻，当她接到病危通知书、知道李明哲可能会死掉、会离她而去，她才意识到自己舍不得。可是现在，做什么都已经晚了。

“这是明哲最重视的东西，可是我无法帮他达成心愿了。”何静文颤抖着从皮包里拿出一个破旧的怀表，“他跳崖自杀，落水后都死死攥着不放，医生在给他手术的时候，强行取下来交给我的。我这才知道，原来这块怀表是他亲生妈妈留给他的礼物，里面有他和妈妈的照片。”

“我知道，导师的亲生妈妈叫雷彩英。”韩星子看到怀表，再也忍不住，抱着李俊泰大哭，“本来雷阿姨已经打算和导师相认了，但是不知道为什么，她突然改口，没有和导师相认。如果，如果雷阿姨知道导师现在的情况，会不会后悔没有相认？”

“那个人真的是明哲的妈妈？难道不是你故意找来泄露明哲私生子身份的演员？”何静文惊呼。

“当然不是，那个人就是导师的亲生妈妈。她一直都在导师身边，默默守护着他长大。导师读小学，雷阿姨就化身给小学送奶的阿姨；导师读高中，雷阿姨就每天在校门口一直苦守到深夜，亲眼看着导师平安坐上家里接他的车，才悄悄离去。等导师读了大学，雷阿姨为了每天在上学放学的路上能够看到儿子，就盘下了学校附近的店铺，开了小吃店。可是每次导师都只是路过店铺，从没有走进去……”韩星子哭着讲完，最后泣不成声。

何静文惊呆了，眼泪悄然滑过她的脸庞：“原来我错了，我真的错了……”

“雷彩英，这个名字听起来有些耳熟呢！”李俊泰一边搂着韩星子安抚她的情绪，一边冥思苦想。忽然他眼前一亮，猛地一拍巴掌：“我知道了！雷彩英、雷项袁，雷彩英是雷项袁的姐姐！”

何静文猛地抬起头。如果雷彩英是雷项袁的姐姐，那么她一定就是李明哲的亲生妈妈，而且一定就在雷家。

“我去找她！无论如何，也要在明哲去世前让他们母子相认！”何静文握紧怀表，转身冲出病房。

李俊泰和韩星子急忙去追，与何静文一起开车到了雷家。但是雷家大门紧闭，拒不见客，他们被挡在门外，无计可施。

天无绝人之路，就在大家束手无策的时候，雷家附近的邻居提供了一条宝贵的线索。何静文当机立断报了警，最后他们联合警方，成功将被雷项袁软禁的雷彩英救出。

“星子——”雷彩英看到韩星子，激动得大哭，“我、我看到明哲出事的新闻，想去看他，但是我那个狠心的弟弟不仅不让我去，还把我给软禁了！是他害了我、害了明哲啊……”

“雷阿姨，别哭了，我们这就送你去见导师。”韩星子帮雷彩英擦去泪水，给她披上李俊泰的西装外套，带着她急忙往医院赶，争取和李明哲见上最后一面。

他们到达医院的时候，李明哲又经历了一次抢救，虽然抢救了过来，但是医生下发了第二次病危通知书。

“明哲，明哲，我的孩子啊！”雷彩英扑到床前，抱着李明哲失声痛哭，“我是你的妈妈啊！是妈妈对不起你，错信你舅舅的话，始终不敢和你相认。是妈妈害了你啊，是妈妈害了你啊……”她放声大哭，泪水滴在李明哲的脸上。

突然，她愣住了，低头看到一滴泪水正顺着李明哲的眼角滚落。

“明哲，明哲！我是妈妈！我是妈妈……”雷彩英紧紧抓住李明哲的手，一声声不停地呼唤着。

李明哲似乎听到了呼唤声，睫毛一阵扇动，然后奇迹般地睁开了眼睛。看到雷彩英的瞬间，他愣了一下：“你，你真的是我妈妈？”他气若游丝，好像一张纸，虚弱得随时都会碎掉。

“对，我是妈妈。上次是我骗了你，因为你舅舅威胁我，所以我才临时改口骗了你。”雷彩英哭着讲述了事情的经过。

李明哲痛苦地闭上眼睛。与母亲相认让他幡然醒悟，原来一切悲剧的源头都是雷项袁，但是他也有不可推卸的责任。如果他能够对爷爷、对俊泰和韩星子多一些信任，悲剧就不会发生。一滴悔恨的泪水悄然地沿着他的脸颊滚入发鬓深处：“原来都是舅舅，是舅舅！星子没有骗我，俊泰也没有背叛过我，是我误会了他们，酿成了大错。”

“哥，我不怪你，真的！”李俊泰含着泪，抓住李明哲的另一只手。

李明哲缓缓睁开眼睛，悔恨地看着李俊泰：“对不起，是哥错了。”

“爷爷也不怪你，他告诉我，他从来没有嫌弃过你是私生子。他将公司交给你打理的那天，也并不是为了让你打江山，而是想锻炼你，但是你误信了你舅舅的话，太急功近利，好几次差点儿酿成大错。如果不是爷爷紧急补救，公司早就被你舅舅收购吞并了。”李俊泰紧紧握住李明哲的手，“爷爷说，如果你能够醒来，他会亲自向你道歉，这些年让你受委屈了。”

“爷爷——”李明哲再也忍不住，失声痛哭，“是我错了！我误会了爷爷，错信了舅舅。大错是我铸成的，我绝对不会让公司被舅舅打垮，绝对不会！”

“嗯，我们兄弟联手，一定可以渡过难关。”李俊泰眼里含着泪，激动地和李明哲拥抱。

探视的时间很快结束了。李明哲刚刚醒来，身体还很虚弱，护士将所有人都赶出了病房。只有雷彩英坚决不走，坚决要留在病房外面守护着儿子。

第二天，李俊泰再来看望李明哲的时候，李明哲的气色好了很多。兄弟俩商讨了一下，不约而同地认为，之前中断的电影项目是拯救集团的唯一突破口，其本身具有很好的前景，半途而废实在可惜。

李俊泰立刻赶往公司，召开股东大会。

“当务之急，是重建公司的口碑、解决公司资金困难的问题。我和我哥商量了一下，只有重新将中断的电影拍摄出来，才能解救公司。”李俊泰阐述着自己的观点，眉宇之间充满自信，“大家都知道我有自己的一家媒体工作室，我打算利用Mix Reality技术研发的的终极版欧若拉软件——‘Aurora Mix Master’虚拟还原电影场景，进行重新制作，这样可以大大缩减成本和工期，但依然需要董事会拿出更多的钱来重启项目。”

听了这话，董事会成员开始交头接耳，有些人频频摇头，有些人则是保持中立。

李俊泰早就预料到会是这样的结果，幸好他早有准备，立刻打开大喇叭事先安装到会议室的软件。会议室的灯突然熄灭，就在董事会所有人身处黑暗、惶惶不安的时候，一场利用软件虚拟还原的电影场景出现在会议室。

逼真立体的场景、走动的人群，如同坐在电影院里观看大屏幕的感觉。但是这种触手可及的影像更加逼真、更具观赏性。

所有董事会成员惊呼声不断，被李俊泰展现的高科技深深折服，最终除了董明的匿名反对票之外，几乎全票通过。

李俊泰立刻行动，资金到位后，准备更新工作室的设备，创作能够支撑长达145分钟电影的全息影像。孙华皓也从公司抽调了资金，以投资方的身份帮助李俊泰解决危机。韩星子和何静文则联系同学和关系好的明星，不要报酬入驻剧组，一切都进行得非常顺利。

就在这时，雷项袁得知了李俊泰的计划，立刻授意董明将代持的李氏传媒集团的股票迅速抛售光。

这招狠毒的釜底抽薪，令李氏传媒集团彻底陷入了绝境——李氏股价暴跌，集团资金链断裂，不仅电影项目无法付诸实施，甚至整个李氏传媒集团都有随时崩盘的危险。不但李氏传媒集团陷入了绝境，何氏经纪公司也面临同样的困扰，失去了唯一的翻身机会，败局似乎已经注定。

“我可以说服我父亲大量注入资金。但只是杯水车薪，我们还需要一个强有力的投资人。或许，我们可以找风投？”孙华皓帮忙出主意。

“现在国内所有投资者都知道李氏传媒集团遭遇困境，是一个巨大的、难以填补的窟窿，如果有人帮忙，早就站出来了。”李明哲摇头，很不看好风投的结果。

“也许……”李俊泰忽然想到一直与李氏传媒集团有跨国商业合作的美国传媒大鳄威尔斯，此人一直对新媒体技术深感兴趣，“我们可以找威尔斯投资。”

“没错，他应该会顾念旧情。”李明哲眼前一亮。

“这样，我们大家兵分两路，我和星子、孙华皓去美国找威尔斯，以欧若拉软件的核心技术来换取他注资李氏传媒集团；其他人留守家中，预防雷项袁趁我们不在时将公司吞并。大喇叭和陈雅萌继续负责用欧若拉软件制作电影场景，在资金允许的情况下，能做多少做多少，争取时间。”李俊泰和大家商量后，慎重地作出了决定。

随后，李俊泰、韩星子和孙华皓乘坐航班赶往纽约。他们心怀期待而来，却败兴而归。威尔斯虽然看好新媒体技术，对中国人的能力却心存质疑，婉言拒绝了李俊泰的注资请求。

万般无奈之际，韩星子想到了曾经拒绝过自己的好莱坞著名导演詹姆斯。詹姆斯对新媒体戏剧一定很感兴趣，于是，韩星子提议去拜访詹姆斯。

詹姆斯颇为欣赏李俊泰的提议，对于出演过歌舞剧并且获得东京影后的韩星子也另眼看待。在他的帮助下，最终威尔斯勉强答应了提供资金帮助，但是他同时提出了一个条件——他要亲眼看过中国的新媒体技术，证明它值得倾注巨资。

韩星子一口答应，却在这时候发了愁。危急时刻，大喇叭和陈雅萌等工作室成员赶到纽约，紧锣密鼓地开始计划。

韩星子在纽约大学的同学们得知了这个消息，纷纷赶来助阵。甚至还有一些纽约本土的三四线小明星不要报酬地热情给予帮助。

终于，一切准备就绪。

表演当天，纽约迎来了久违的好天气。碧空万里，天空湛蓝如洗，微风阵阵，驱走了酷暑的炎热，带来阵阵凉爽。

经过协商，纽约大学中心的华盛顿广场花园四周被临时封闭，广场内空无一人，四周却围满了看热闹的群众。

威尔斯和詹姆斯到达现场的时候，忍不住惊叹：“这还是我们熟悉的华盛顿广场花园，它简直变成了另外的模样！”

“表演即将开始，请威尔斯先生拉开序幕。”韩星子走到威尔斯面前，递给他一枚硬币。

威尔斯困惑地拿起，只听音乐声响起，前来助演的伙伴从四面八方涌入广场。紧接着，广场的场景随之变化，上演了一场精彩绝伦的演出！

韩星子犹如穿越时空一样，游走于不同的历史场景中。在盛唐长安，她跳了著名的霓裳羽衣舞；来到繁华的宋朝，她跳起了水袖舞；画面变换到欧洲中世纪时期、近代、当代……每穿越一个时空，韩星子的舞蹈就随之改变。

同样的，每次她表演的舞蹈不同，服装和造型也随着背景的变换而发生变化，犹如在众目睽睽之下上演了一曲魔法大戏，让人为之疯狂、为之着迷。

表演到最后，是压轴大戏，曾经被詹姆斯拒绝过的电影、代表着21世纪百老汇艺术风范的《妈妈咪呀》音乐剧原版！

在TICSH舞蹈团的配合下，韩星子倾情演绎着女主角苏菲，将经典歌舞剧演绎得淋漓尽致，丝毫不输原版。

终于，曲终谢幕，所有的场景突然消失，大家惊讶地发现，站在广场中央的只有韩星子一个人。她身穿白衣，长发飘飘，犹如魔法世界中的仙女，又像是圣洁的天使，震撼了在场的所有人。

“太精彩了！”沉寂片刻后，威尔斯第一个鼓掌。

掌声唤醒了发呆的人群，顿时人群中爆发出震耳欲聋的欢呼声，紧接着掌声如潮，经久不息，一直飘荡在华盛顿广场花园的上空。

韩星子和李俊泰喜极而泣，完全没想到两人的梦想竟会以如此完美的方式同时实现！

“星子，恭喜你！”李俊泰突然屈膝半跪，拉起韩星子的手，深情款款地看着她，“今天在这里，你我同时实现了梦想。请问你愿意嫁给我吗？不论吉凶祸福，但求长相厮守！”

“嫁给他，嫁给他——”韩星子还未答复，在场的观众们先沸腾了，异口同声地为李俊泰打气加油，送上祝福。

“嗯，我愿意！”韩星子红着脸点头。

李俊泰激动地一把将她抱起来，在广场中央不停地旋转，快乐得像是得到天下了一样，感觉前所未有地幸福。

“虽然不想打断你们的幸福，但是接下来，我们是不是该签约了？”威尔斯不再怀疑，甚至有点儿着急。

李俊泰不好意思地放开害羞得满脸通红的韩星子，笑着和威尔斯握手：“感谢您在我们最需要帮助的时候选择和我们签订战略合作协议。”

“哈哈，互惠互利！对了，这次的电影你们为什么不请詹姆斯执导？他最近一直想拍新媒体戏剧，可惜没有找到合适的投资方和制片方。”签订合约后，威尔斯极力推荐詹姆斯。

李俊泰和韩星子都没想到能够请到詹姆斯，立刻乘机邀请詹姆斯导演。

“哈哈，当然可以，不过我要她当女主角！”詹姆斯哈哈大笑，将手指向韩星子。

“当然！只要是我们李氏传媒集团出品的电影，星子都会是女主角！”李俊泰拍着胸脯做保证，快乐得像个孩子。

几乎一夜之间，这场想象力非凡的广场演出就传遍了全世界。

韩星子一战成名，成了媒体热议的焦点。她在广场上的精湛表演与正在上映的詹姆斯电影版《妈妈咪呀》相映成趣，却毫不逊色。她用实际行动向詹姆斯证明了中国演员一样可以站在最顶级的舞台，也一样可以做好莱坞明星！

这个消息传回国内，李明哲和李政权顿时振奋起来，立刻积极着手准备电影开拍的相关事宜，同时更加积极地调查取证，搜集雷项袁通过廖俊贪污李氏传媒集团巨款、与董明之间进行股权交易的漏洞。

但是他们提交的证据，根本无法将雷项袁定罪。难道就眼睁睁地看着雷项袁这个不法之徒逃过法律的制裁？李明哲很愤怒，何静文很不甘，却找不到新的证据。

这时，何康博站了出来。

“静文，爸爸当年为了能够将公司扩大，做了一件错事。也是这件事，让爸爸终身悔恨，每次看到你李爷爷，都心生愧疚、悔不当初。”何康博突然握紧何静文的手，道出了当年的秘辛往事。

原来，当年雷项袁曾经出卖过李家的商业机密，何康博抓住机会，才将公司做大。而雷项袁也正是通过贩卖那次的机密尝到了甜头，开始走上了不归路。他不但挖掘李氏传媒集团的商业机密，还想方设法地利用得到的机密套取其他公司的机密，并靠此发家，一步步将雷氏集团做大。李柯东的死，也间接和雷项袁有关。

“爸，你说的是真的？”何静文惊呼，不敢置信地看着何康博、她引以自豪的爸爸。

“你说，柯东的死，是雷项袁间接造成的？”李政权突然按着胸口，快喘不上气来。

“具体情况我不知道，知道的我都说了。”何康博一脸愧疚，“李老，当年的事，我对不起你！”

“过去的都过去了，贩卖商业机密的也不是你。现在静文是我的孙媳妇，咱们两家也变成一家人了。但是绝对不能放过雷项袁，不能让他逍遥法外！”李政权愤恨地嘶吼着，结果却引发了剧烈的咳嗽。

李明哲急忙担忧地帮爷爷拍打着后背，舒缓他过于愤怒的情绪。

“我、我也知道我弟弟一些不法的事，我可以站出来指证。”

雷彩英和儿子相认后，虽然得到李政权的默许，可以出入李家，但她平时还是小心做人，在大家说话的时候从不随便开口。但是这次事关自己的亲生儿子，而且雷项袁常年欺骗她，还差点儿害死她的亲生儿子。身为人母，她不能饶过雷项袁；身为姐姐，她也不能眼睁睁看着雷项袁一步步继续错下去。所以，她站了出来。

“妈，谢谢！”李明哲深受感动。

雷彩英大义灭亲的行为让李政权另眼相看：“以后，你就住在李家吧，毕竟你是明哲的亲生妈妈，柯东也曾经爱过你。如果不是我，也许今天就不是这样的结局，柯东也不会死。”

“爷爷，谢谢你！”李明哲眼圈红红的，一直期盼的事，没想到终于实现了。他紧拥着母亲，感到前所未有地快乐。

有了多方的证据和证人，证据确凿，雷项袁终于被逮捕，最后被判有期徒刑十年。

这边尘埃落定，李俊泰和韩星子也胜利归来。

电影项目再次启动，詹姆斯亲自执导，很多大牌明星争先恐后地想要参演，最终韩星子只选择了在危难时期不计辛劳帮助大家的人和她共同出演。

新媒体工作室在威尔斯的特效团队配合下，出色地完成了电影的特效制作，再加上李俊泰修改后的剧本、韩星子等人精湛的演技，最终电影凭借绝佳的视觉效果和无与伦比的表演，成为票房黑马，韩星子更是再度摘得影后桂冠，詹姆斯也再一次获得了最佳导演大奖，成为好莱坞炙手可热的导演。

李氏传媒集团和何氏经纪公司这一个翻身仗完美获胜，不但化险为夷，更打响了名声，一跃成为国内最有号召力的传媒公司和经纪公司。

何静文也通过这部电影回归演艺圈，恢复了百变小天后的称号。但是她不再那么热衷电影，开始参与幕后工作，准备接手自己的家族公司。她签约新人，与李明哲和李俊泰兄弟俩强强合作，垄断了大半个电影市场。旗下的电影明星、小花旦、小生犹如雨后春笋般不断涌现。

一切都是美好的结局，李俊泰和韩星子也迎来了属于他们的婚礼。婚礼当天，他们却双双缺席，别出心裁地跑到北极度蜜月去了！

李明哲看着缺少主人公的婚礼，不禁失笑。他本来还担心爷爷会气到病发，没想到李政权早就看开了，年轻人那一套他不懂，就由着他们去吧！他拉着何康博，相约去河边钓鱼，这边的事都交给李明哲和何静文善后。

“看来我们才是真正的挨累命！”何静文无奈地苦笑。

“静文，一直以来，我欠你一句对不起。”李明哲突然将何静文抱住，然后松开她，从口袋里掏出已经签好字的离婚协议书，“我早就应该放你自由，却因为私心而伤害了你，我很抱歉！”

“都是过去的事了。答应我，就算离婚，我们依旧是一家人。”何静文释然地笑了，提笔在离婚协议书上签了字，“我打算忙完公司的事情后去环游世界。如果五年后我回来，你还未娶，我也未嫁，你愿意再娶我吗？”

“乐意之至！”李明哲解开心结后，笑容真正变得温暖，如沐春风。

“谢谢！”何静文笑得甜美。

同一片天空下，严寒的北极，韩星子冷得发抖，却笑得灿烂。

“极光！我终于来到欧若拉的故乡，看到了真正的极光！”韩星子指着横跨整个天空、壮观的极光，兴奋得又蹦又跳。

李俊泰激动地将她抱住，和她耳鬓厮磨：“欧若拉象征着爱与勇气，我们在她的故乡看到了美丽的极光，一定会得到欧若拉的庇佑，此生真爱永恒！”

“真爱永恒！”韩星子幸福地笑。

李俊泰拥着她，低头，激动地吻住她的唇。

身后，极光突然发出绚烂的红色光芒，在天际变幻，从一条宽带缠绕成一颗心的形状。心的背后，隐隐浮现一个穿着白衣的女神，正在看着他们微笑……